HEYNE BÜCHER

SCIENCE FICTION

Herausgegeben von Wolfgang Jeschke

STAR TREK in der Reihe
HEYNE SCIENCE FICTION & FANTASY:

Vonda N. McIntyre, *Star Trek II: Der Zorn des Khan* · 06/3971
Vonda N. McIntyre, *Der Entropie-Effekt* · 06/3988
Robert E. Vardeman, *Das Klingonen-Gambit* · 06/4035
Lee Correy, *Hort des Lebens* · 06/4083
Vonda N. McIntyre, *Star Trek III: Auf der Suche nach Mr. Spock* · 06/4181
S. M. Murdock, *Das Netz der Romulaner* · 06/4209
Sonni Cooper, *Schwarzes Feuer* · 06/4270
Robert E. Vardeman, *Meuterei auf der Enterprise* · 06/4285
Howard Weinstein, *Die Macht der Krone* · 06/4342
Sondra Marshak & Myrna Culbreath, *Das Prometheus-Projekt* · 06/4379
Sondra Marshak & Myrna Culbreath, *Tödliches Dreieck* · 06/4411
A. C. Crispin, *Sohn der Vergangenheit* · 06/4431
Diane Duane, *Der verwundete Himmel* · 06/4458
David Dvorkin, *Die Trellisane-Konfrontation* · 06/4474
Vonda N. McIntyre, *Star Trek IV: Zurück in die Gegenwart* · 06/4486
Greg Bear, *Corona* · 06/4499
John M. Ford, *Der letzte Schachzug* · 06/4528
Melinda Snodgrass, *Die Tränen der Sänger* · 06/4551
Jean Lorrah, *Mord an der Vulkan Akademie* · 06/4568
Janet Kagan, *Uhuras Lied* · 06/4605
Laurence Yep, *Herr der Schatten* · 06/4627
Barbara Hambly, *Ishmael* · 06/4662
J. M. Dillard, *Star Trek V: Am Rande des Universums* · 06/4682
Della van Hise, *Zeit zu töten* · 06/4698
Margaret Wander Bonanno, *Geiseln für den Frieden* · 06/4724
Majliss Larson, *Das Faustpfand der Klingonen* · 06/4741
J. M. Dillard, *Bewußtseinsschatten* · 06/4762 (in Vorb.)
Brad Ferguson, *Krise auf Centaurus* · 06/4776 (in Vorb.)

STAR TREK: DIE NÄCHSTE GENERATION:
David Gerrold, *Mission Farpoint* · 06/4589
Gene Deweese, *Die Friedenswächter* · 06/4646
Carmen Carter, *Die Kinder von Hamlin* · 06/4685
Jean Lorrah, *Überlebende* · 06/4705
Peter David, *Planet der Waffen* · 06/4733
Diane Carey, *Gespensterschiff* · 06/4757 (in Vorb.)
Howard Weinstein, *Macht Hunger* · 06/4771 (in Vorb.)
John Vornholt, *Masken* · 06/4787 (in Vorb.)

STAR TREK: DIE ANFÄNGE:
Vonda N. McIntyre, *Die erste Mission* · 06/4619
Margaret Wander Bonanno, *Fremde vom Himmel* · 06/4669
Diane Carey, *Die letzte Grenze* · 06/4714

DAS STAR TREK-HANDBUCH:
von Ralph Sander · 06/4670

Diese Liste ist eine Bibliographie erschienener Titel
KEIN VERZEICHNIS LIEFERBARER BÜCHER!

JEAN LORRAH

ÜBERLEBENDE

Raumschiff ›Enterprise‹

Die nächste Generation

Science Fiction Roman

Deutsche Erstausgabe

WILHELM HEYNE VERLAG
MÜNCHEN

HEYNE SCIENCE FICTION & FANTASY
Band 06/4705

Titel der amerikanischen Originalausgabe
SURVIVORS
Deutsche Übersetzung von Andreas Brandhorst
Das Umschlagbild schuf Boris Vallejo

2. Auflage

Redaktion: Rainer Michael Rahn

Printed in Germany 1990
Umschlaggestaltung: Atelier Ingrid Schütz, München
Satz: Kort Satz GmbH, München
Druck und Bindung: Ebner Ulm

ISBN 3-453-04288-3

KAPITEL 1

Der Planet hieß New Paris, denn die irdischen Auswanderer, die nach dem postatomaren Schrecken im All Zuflucht suchten, erhofften sich eine Welt der Harmonie. Sie wollten eine Gesellschaft gründen, in der die Menschen frei, gesund und glücklich sein konnten, in der Kunst und Liebe blühten und der Haß schwand.

Als die Föderation der Vereinten Planeten New Paris im vierundzwanzigsten Jahrhundert wiederentdeckte, stellte sich unglücklicherweise heraus, daß die Kolonie weitaus mehr dem von Victor Hugo beschriebenen Paris entsprach und kam Ähnlichkeiten mit den Darstellungen eines Toulouse-Lautrec aufwies. Der Traum von einer besseren Heimat war schon nach kurzer Zeit gestorben. Der anfängliche Überlebenskampf führte zu einem gnadenlosen Ringen um die Macht, und dadurch beschworen die Bewohner von New Paris jenes Entsetzen herauf, dem ihre Vorfahren in primitiven, ohne Warptriebwerke ausgestatteten Raumschiffen entflohen waren.

Ein fünfzehnjähriges Mädchen kauerte in den Ruinen einer Stadt, die einst als Modell für die Einheit von Form und Funktion gegolten, sowohl Schönheit als auch Komfort geboten hatte. Auf den ›Letzten Krieg‹ konnte keine neue globale Katastrophe folgen; denn dieser Krieg zerstörte seine eigenen technischen Voraussetzungen. Die Anführer der verschiedenen Banden übten ihre Macht mit Muskelkraft, heimtückischer List und durch die Größe ihrer Gruppen aus — oder sie kontrollierten die Versorgung mit Lebensmitteln und Drogen.

Das schmutzige und magere Mädchen hielt den einzigen Trost seines Lebens in den Armen: eine rötlichgelbe Katze, mit der es die Lebensmittel teilte, die es finden oder stehlen konnte. Das Tier bedankte sich, indem es des Nachts die Ratten verjagte und seiner Herrin die Möglichkeit gab, ruhig zu schlafen: Die Namenlose wußte, daß es sie mit einem Fauchen wecken würde, wenn sich jemand näherte. Einmal sprang es sogar mit einem wütenden Zischen auf die Schulter eines Mannes, der sie wegen einer kleinen Schüssel mit gebratenem Geflügel umbringen wollte. Die Katze lenkte den Angreifer ab, und dadurch bekam das Mädchen Zeit genug, sein Messer zu ziehen und es dem Mann in den Leib zu stoßen. Anschließend bekam das Tier als Belohnung eine besonders große Portion der gemeinsamen Mahlzeit.

Die einsame Überlebende nannte ihre Begleiterin einfach nur Katze, denn sie wußte nichts von dem irdischen Brauch, solchen Geschöpfen Namen zu geben. Katze wurde zu ihrer einzigen Gefährtin, und mehr als einmal erwies sie sich als Retterin in der Not.

Diesmal aber konnte sie ihr nicht helfen. Eine der Lustbanden hatte sie entdeckt, und sie mußte damit rechnen, gnadenlos verfolgt zu werden.

Voller Schrecken dachte sie an ein entsprechendes Erlebnis zurück, von dem sie inzwischen drei Jahre trennten. Als sie damals in Gefangenschaft geriet, war sie knapp zwölf: zu jung, zu hungrig, zu dünn und ausgezehrt. Die Männer lachten sie aus, ließen sie wieder frei.

»Verschwinde, Mä'chen. Verzieh dich in irgend'nem Loch. Werd groß und laß dir or'n'liche Titt'n wachsen. Erst dann hat's 'n Sinn, dein'n hungrigen Wanst zu füllen. Die alten Knochen bezahlen nur für Frauen mit 'nem rich'en Vorbau. He, Mä'chen, wie gefällt dir so was, hm? Du bekommst hübsche Kleid'r, vielleich' sogar Schmuck und dergleich'n. Und jede Menge Freud'nstaub, damit du immerzu gücklich lächelst.«

Damals lernte die Überlebende zu kämpfen. Es gehörten auch Mädchen zu einigen Banden; manche Gruppen bestanden sogar nur aus Frauen. Doch da sie nicht als Mitglied einer Gang geboren war, mußte sie damit rechnen, abgelehnt zu werden, solange sie sich nicht selbst verteidigen und schützen konnte. Wer in eine Bande aufgenommen werden wollte, stellte zunächst seine Fähigkeiten unter Beweis, und solange sie ständig Gefahr lief, vor Hunger zu sterben, erregte sie nur Mitleid. Voller Scham erinnerte sie sich an das spöttische Lachen der Männer, und neuerlicher Zorn brodelte in ihr. Das Verhalten der Frauenjäger bewies, daß sie nicht hoffen durfte, in eine Gruppe aufgenommen zu werden. Zuerst mußte sie Kraft und Geschick finden, sich die Fähigkeit aneignen, ganz allein ihren Platz in einer apokalyptischen Welt zu verteidigen. Wenn ihr das gelang, konnte sie sich den Kriegerinnen anschließen, und dann brauchte sie die Lustbanden nie wieder zu fürchten. Von Angst bestimmtes Grauen verwandelte sich in Wut, die wiederum den Nährboden für Entschlossenheit bildete.

Nun, Entschlossenheit war eine Sache, Ausbildung und das Sammeln einschlägiger Erfahrungen eine andere. Sie unterhielt keine Kontakte zu den Gemeinschaften. Ihre Mutter hatte sie verlassen, als sie erst fünf gewesen war. Eine alte Frau — letztes, greises Überbleibsel einer kleinen Gang —, nahm sich ihrer an, wahrscheinlich nur deshalb, weil sie Mitleid mit dem verhungernden Kind empfand. Sie schickte das Mädchen zum Stehlen aus, benutzte es als lebenden Bettwärmer — und als geduldigen Zuhörer. Sie brachte ihm einige Tricks der Diebeskunst bei, zeigte ihm auch, wie man Schlösser knackte. Und die junge Überlebende erfuhr von ihr, wie man sich in den Ruinenlabyrinthen zurechtfand.

Sie machte ihre kleine Gefährtin mit den Geheimnissen der Buchstaben vertraut, so daß sie die Schilder entziffern konnte, die hier und dort an Kellern und Tunnelzugängen hingen. Für die Obdachlosen von New Paris — sie bildeten die überwiegende Mehrheit der Bevölkerung — diente das Lesen nur einem einzigen Zweck: Es versetzte sie in die Lage, sich in den endlosen Passagen und Korridoren zu orientieren oder Hinweise zu erkennen, die vor radioaktiven Zonen warnten. In ihrer Welt gab es keine Bücher. Alle Bände, die das atomare Feuer überstanden hatten, waren schon vor vielen Wintern verbrannt worden, um ein wenig Wärme zu spenden. Der Begriff ›Zeitungen‹ blieb ohne Bedeutung: Die reichen Drogenbosse, die weit über den Ruinen wohnten, tauschten Nachrichten mit Hilfe von Kurieren oder Kommunikationskonsolen aus. In jenen hohen Gebäuden, die noch immer gen Himmel ragten, bewahrten sie einige Reste der einstigen Technologie. Die Kommunikatoren in den Straßen funktionierten längst nicht mehr, und Elektrizität und sanitäre Anlagen standen nur den wenigen Mächtigen zur Verfügung.

Im Alter von zwölf Jahren besaß die Namenlose keine Fähigkeiten, die für eine der Gemeinschaften von Interesse sein mochten. Sie mußte also lernen, auf eigenen Beinen zu stehen, selbst für ihre Sicherheit zu sorgen. Sie hatte eine Waffe: das Messer der alten Frau, ihr einziges Vermächtnis. »Du hinterläßt mir meh' als mei'e eigene Mutter«, murmelte sie, als sie eines Morgens neben der Leiche der alten Frau erwachte. Sie sah sich außerstande, auch die Kleidung zu nehmen, durchsuchte jedoch die Taschen – die Greisin hätte es nicht anders erwartet. Was konnte sie jetzt noch mit ihren wenigen Habseligkeiten anfangen? Die junge Überlebende fand zwei Münzen, eine harte Brotkruste, drei Stecknadeln – und ein Allzweckmesser, die Klinge bis auf die Hälfte der ursprünglichen Größe abgewetzt: eine substantielle Erinnerung an die Zeit, als die alte Frau ihre eigene Gruppe angeführt hatte.

Die Lustbande entdeckte sie zwei Tage nach dem Tod der Greisin, und das Messer nützte ihr überhaupt nichts. Vielleicht machte sie der Kummer sorglos; vielleicht übersah sie deshalb die Bewegungen in den Schatten. Ein lachender Mann entwand ihr die Klinge und überwältigte sie mühelos.

Man stülpte ihr eine Kapuze über den Kopf, so daß sie nichts sehen und weder kämpfen noch beißen konnte. Und während vor ihren Augen Dunkelheit herrschte, während sie fast erstickte, nahmen die Männer sie nacheinander. Schließlich zerrte ihr der Anführer den Stoffbeutel vom Kopf und ließ das Messer achtlos fallen; er wußte, daß sie viel zu schwach und entsetzt war, um Gebrauch davon zu machen.

Sie ließ sich diese Erfahrung eine Lehre sein. Die emotionale Bindung an eine alte Frau hatte sie in große Gefahr gebracht, und deshalb beschloß sie, in Zukunft nur noch an sich selbst zu denken, sich um niemanden mehr zu kümmern. Sie unternahm keinen Versuch, sich mit den anderen Kindern anzufreunden, die sie verächtlich ›Skla'in der al'n Hexe‹ nannten. Im Nahkampf konnte sie es mit keinem Mann aufnehmen, und das bedeutete: Sie mußte besser mit der Klinge umgehen und immer wieder üben, um ein Ziel bereits aus größerer Entfernung zu treffen. In dieser Hinsicht brauchte sie keine fremde Hilfe. Innerhalb weniger Wochen traf sie alle Gegenstände, die sie anvisierte. Das Messer bohrte sich sogar in die haarigen Leiber von Ratten, die durchs Halbdunkel huschten.

Zwei Jahre später rettete sie die Katze vor einigen grölenden Kindern, die ihren Schwanz in Brand setzen wollten, und daraufhin war sie nicht mehr ganz so einsam. Sie versuchte sich einzureden, daß ihr eigentlich überhaupt nichts an dem Tier lag und sie nur ein nützliches Etwas darin sah, ein Werkzeug, vergleichbar mit ihrem Messer. Somit erschien es ihr durchaus angebracht, die Katze zu füttern, sie zu streicheln, sich von ihrem Schnurren beruhigen zu lassen, wenn sie aus einem ruhelosen, von Alpträumen heimgesuchten Schlaf erwachte.

Die Kinder hatten sofort die Flut ergriffen, obwohl sie in der Überzahl gewesen waren, und dieser Umstand erfüllte sie mit Zuversicht. Nach der mehrfachen Vergewaltigung machte sie sich eine ständige, nie nachlassende Wachsamkeit zu eigen, die ihr gut zu statten kam, wenn sie Schlösser aufbrach und sich des Nachts in eine der verriegelten Lagerkammern schlich. Sie stahl besonders lekkere und nahrhafte Lebensmittel, anstatt tagsüber zusammen mit anderen Jugendlichen auf Diebestour zu gehen, um irgend etwas Eßbares zu ergattern.

Die Lustbanden nahmen mehrmals die Verfolgung auf, aber sie fiel ihnen nie wieder in die Hände. Zweimal geschah es, daß sich einzelne Männer an ihre Fersen hefteten, und daraufhin verbarg sie sich in einem Hinterhalt, tötete lautlos mit der Klinge und warf die Leichen in einen der tiefen Schächte, die eine weitere Gefahr in den Ruinen darstellten.

Sie wurde stärker und größer, und schließlich verriet sie der eigene Körper: Zwar blieb sie schlank und drahtig, aber ihr Leib entwickelte typisch weibliche Rundungen.

Woraufhin sie sich zum Handeln entschied. Sie hielt den Zeitpunkt für gekommen, sich an eine der Frauengangs zu wenden und zu zeigen, wie gut sie inzwischen mit dem Messer umzugehen verstand. Sie wollte davon berichten, wie sie die beiden Lustbandenmitglieder umgebracht hatte, war auch bereit, ihre entsprechenden Fähigkeiten zu beweisen. Die Überlebende hoffte, auf diese Weise Aufnahme in eine Gemeinschaft zu finden. Die Aussichten standen nicht schlecht, denn zwischen jenen Männern und den Kriegerinnen herrschte ebene ebenso verständliche wie unversöhnliche Feindschaft.

Ihre Wahl fiel auf die Teufelskatzen, die vier Ruinenblöcke kontrollierten. In ihrem festungsartigen Zentralgebäude gab es einen Elektrizität produzierenden Generator — und bestimmt auch Ratten. Die abscheulichen Nagetiere stellten eine wahre Plage dar, und sie beschloß, nicht nur ihre eigenen Dienste anzubieten, sondern auch die der Katze. Vielleicht waren die Kinder deshalb so erschrokken gewesen, als sie von ihr beim Quälen des Tiers überrascht wurden. Möglicherweise hatten sie angenommen, das Mädchen gehöre zu einer Bande, von der harte Strafe drohte. Die Überlebende bereitete ihre Erklärungen mit großer Sorgfalt vor: Hinweise darauf, wie sehr sich ihre vierbeinige Gefährtin als Maskottchen für die Teufelskatzen eignete, und auf ihre eigene katzenhafte Schläue wie die Fähigkeit, sich an ihre Feinde heranzuschleichen und lautlos zuzuschlagen ...

Sie lag zusammengerollt, und während sich die Katze an sie schmiegte und zufrieden schnurrte, dachte sie aufgeregt an die nächste Nacht, stellte sich vor, daß sie nicht mehr auf einem Lumpenlager schlief, sondern in einem richtigen Bett. Sie fragte sich, ob die Teufelskatzen in ihrer Bastion jeden Tag warme Mahlzeiten einnahmen. Bei diesen Überlegungen lief ihr das Wasser im Mund zusammen, und der Magen stimmte ein hoffnungsvolles Knurren an.

Nein, sie durfte sich keinen sehnsüchtigen Gedanken hingeben, bei denen es ums Essen ging. Seit einer Weile erbeutete sie bei ihren Streifzügen kaum noch das Notwendigste. Selbst die Lagerkammern enthielten nur wenig, und sie brachte nicht mehr den Mut auf, dort etwas zu stibitzen — aus Angst, der Diebstahl könnte entdeckt werden.

Statt dessen konzentrierte sie sich auf den Wunsch, ihre alte, langsam auseinanderfallende Kleidung durch neue zu ersetzen. Sie mußte die Stoffetzen mit Schnüren zusammenbinden, aber trotzdem rutschten sie vorn immer wieder herunter und bedeckten kaum noch die Brüste. Wenn sie in diesem Zustand einer Lustbande über den Weg lief, begann sicher eine allgemeine Jagd auf sie.

Sie erinnerte sich an die Männer, die sie am Nachmittag gesehen und fast mit ihren Blicken verschlungen hatten. Es gelang ihr, ihnen aus dem Weg zu gehen, und sie hoffte inständig, daß sie ihr nicht mehr folgten. Die kehligen Stimmen und anzüglichen Rufe erinnerten sie mit schmerzhafter Deutlichkeit an ihr Erlebnis als Zwölfjährige.

Sie drehte sich um, und die Katze wich ein wenig von ihr fort, kehrte dann wieder zurück und schnurrte erneut. Sie kraulte das Tier unter der Schnauze, fühlte warmen, weichen Pelz und spürte, wie es den Kopf an ihre Hand preßte. Eine stumme Gestenbotschaft: Wir sind Freunde; wir halten zusammen.

Doch plötzlich wölbte die Katze den Rücken, richtete sich auf und sprang mit einem knurrenden Zischen fort.

Das Mädchen stemmte sich in die Höhe und sah ein trübes, mattes Schimmern am Ende des langen Korridors.

O nein, die Überlebende saß nicht in der Falle. Sie hatte es längst gelernt, sich immer einen Fluchtweg offenzuhalten.

Rasch hob sie die Katze hoch und eilte in einen Nebentunnel, wo sie sich zitternd niederkniete. Sanft und wortlos versuchte sie, das Tier zu beruhigen, fürchtete, es könne den Unbekannten entgegenlaufen und von ihnen getötet werden. Als sie sicher war, daß es ihr gehorchen und sie in die andere Richtung begleiten würde, nickte die Namenlose und flüsterte: »Lauf jetz'! Die'er Ort is' nich' mehr sicher!« Sie warf noch einen letzten Blick in den Korridor, beobachtete das Glühen, hörte spöttische Männerstimmen ...

Während der Nacht hielten die Ruinen noch viel mehr Gefahren bereit als tagsüber. Aber es blieb ihr keine Wahl: Sie mußte fort von hier, das Risiko eingehen, in einen der tiefen Schächte zu stürzen ...

Eine Hand packte sie an der Schulter.

Aus einem Reflex heraus drehte sie sich um und riß erschrocken die Augen auf, als sie den Anführer der Lustbande erkannte, der sich lautlos an sie herangeschlichen hatte.

Die Katze sprang an ihm hoch!

Der Mann schrie, und die anderen kamen schnell näher. Das Mädchen holte mit dem Messer aus und traf den Mann am Arm.

Sofort begriff es; daß es damit sein eigenes Schicksal besiegelte. Es hätte fortlaufen sollen, solange ihm noch Zeit genug blieb. Vielleicht wäre es imstande gewesen, in den dunklen Tunneln zu entkommen.

Rache vereitelte die letzte Chance der Namenlosen: Zwei weitere Männer ergriffen sie von hinten, während der Anführer eine breite, kräftige Hand um die Katze schloß, das Messer nahm und dem einzigen Freund des Mädchens bei lebendigem Leib den Bauch aufschlitzte.

Die Überlebende kreischte, wand sich hin und her, biß und kratzte – vergeblich. Einmal mehr stülpte man ihr eine Kapuze über den Kopf. Irgend jemand drehte ihr mit einem groben Ruck die Arme auf den Rücken, und unmittelbar darauf spürte sie das kühle Metall von Handschellen. »Wir ham dich beobach'et, Mä'chen«, sagte der Mann vor ihr. »Is hübsch was aus dir gewor'n. Bestimmt bekomm'n wir 'n gu'en Preis für dich, sobald wir unsern Spaß hatten!«

Ein anderer Bursche hob sie hoch und warf sie sich über die Schulter. »Verschwin' wir von hier. Muß die'e blöde Stichwun'e behandeln lassen, bevor ich die Kleine einreite. Daß mir vorher nieman' Hand an sie legt!«

Es hatte keinen Sinn, sich zur Wehr zu setzen, aber vielleicht gab es noch Hoffnung, wenn sie erschlaffte, wenn sie den Anschein erweckte, als sei sie in Ohnmacht gefallen, und Kraft sparte.

Die Männer stapften durch den finsteren Korridor, und nach einer Weile ächzte ihr Träger leise, ließ sie zu Boden sinken, um sich auszuruhen. Zwar trug sie noch immer Handschellen und Kapuze, aber trotzdem reagierte sie sofort, sprang mit einem Satz auf und stürmte los. Ihr Schienbein prallte an ein unangenehm hartes Hindernis, und sie schlug mit dem Kopf an einen Mauervorsprung ...

Sie achtete nicht auf den Schmerz. Und wenn sie in einen der Schächte fiel ... Nun, sie zog den Tod Freudenstaub und einem Leben in sexueller Sklaverei vor. Wenn man sie mit Drogen vollpumpte, verlor sie sogar ihre geistige Freiheit, geriet in eine mentale Abhängigkeit, aus der sie sich nie wieder befreien konnte, die sie zu einem elenden Dahinvegetieren verurteilte. Dann erging es ihr so wie ihrer Mutter. Dann verirrte sie sich in Apathie und Gleichgültigkeit, in einem geistigen Labyrinth, das alle echten Gefühle tötete und nur noch Platz ließ für Pseudoempfindungen.

Tief in ihrem Innern vibrierten Verzweiflung und Grauen, aber sie konzentrierte sich auf ihre Wut, um die Angst zu besiegen.

Jemand stellte ihr ein Bein, und sie stolperte, verlor das Gleichgewicht und stürzte der Länge nach zu Boden, ohne sich irgendwo festhalten zu können. Sie drehte den Kopf zur Seite, konnte jedoch nicht verhindern, daß ihre Wange über festen, rauhen Stein schabte. Wenige Sekunden später wurde sie in die Höhe gerissen und nach draußen gezerrt; kühle Nachtluft strich ihr über die Haut. Der Mann, der sie trug, schnaufte und schwitzte infolge der Anstrengung, aber das Mädchen zitterte in der Kälte. Schock und Furcht ließen sich nicht länger verdrängen, und die Überlebende erbebte am ganzen Leib.

»Laßt uns hier Rast ma'en«, hörte sie die Stimme des Anführers. »Verdammich! Ich blute noch immer!«

Der Träger bückte sich und ließ die Gefangene einfach von seiner Schulter rutschen. Sie fiel in den Staub, und der Aufprall preßte ihr die Luft aus den Lungen. Eine Stiefelspitze traf sie an den Rippen, und sie gab einen schmerzerfüllten Schrei von sich, zitterte noch heftiger.

»Wasnlos, Mä'chen? Is' dir etwa kalt? Gut so! Du has' dafür gesorgt, daß ich lei'en muß. Jetz' bis' du dran, Kleine. Eigentlich soll'e ich dich win'elweich prügeln und dir 'n paar Knochen brechen, aber dann erziels' du keinen gu'en Preis mehr. Wie dem auch sei: Zu bequem solls' du es nich' haben.«

Sie spürte eine Messerspitze am Hals, doch die Klinge ritzte nicht etwa ihre Haut, sondern durchschnitt die Schnüre über der Brust, glitt dann in Richtung Bauch und Taille weiter, schälte ihr die abgewetzte, rissige Kleidung vom Leib. Die übrigen Männer brummten anerkennend. Schmerzhafte, demütigende Erinnerungsbilder formten sich vor den inneren Augen des Mädchens, und der Zorn entglitt den mentalen Fingern, wich beginnender Panik. Arme und Beine zuckten ...

»Was hat das zu bedeuten?« erklang eine feste, scharfe Stimme. »Was machen Sie da?«

»Wer seid ihr denn?« erwiderte der Bandenführer. Angst umklammerte die Namenlose, aber trotzdem vernahm sie das Erstaunen des Mannes, hörte in seinem Tonfall sogar einen Hauch von Furcht.

»Mein Gott!« ertönte eine weibliche Stimme. »Die Kerle vergewaltigen sie! Das dürfen wir nicht zulassen, Dare!«

»Sie gehör' mir!« grollte der Anführer. »Ihr habt eure eigene Puppe!«

»Lassen Sie die junge Frau in Ruhe!« sagte der fremde Mann, der daran gewöhnt zu sein schien, Befehle zu erteilen. »Soll sie selbst entscheiden, wem sie ›gehört‹ oder nicht gehört«.

Die seltsamen Stimmen waren nur schwer zu verstehen. Zwar benutzten sie die gleiche Sprache, aber das Mädchen hatte noch nie einen solchen Akzent gehört.

»Sieh dir die Typen an!« warf ein anderes Bandenmitglied ein. »Sie haben 'n tolles Weibsstück dabei, tra'en Schmuck un' technische Sachen. Und es sin' nur drei ...«

»Halt die Klappe! Willste dir vielleicht den Zorn der Drogenbosse zuziehen?«

Aufgrund der Kapuze konnte die Überlebende nicht genau feststellen, was um sie herum geschah, aber sie vermutete, daß sich die Bande von Gier und Habsucht dazu hinreißen ließ, die drei Fremden anzugreifen, um sie zu berauben und zu töten.

Sie nutzte die unerwartete Chance und kroch langsam fort.

Kurz darauf vernahm sie ein sonderbares, fast schrilles Summen, das keinen ihr bekannten Geräuschen ähnelte. Mehrere Körper fielen mit einem dumpfen Pochen zu Boden. Irgend jemand schnappte erschrocken nach Luft und ... floh

Hände berührten sie. Die Namenlose zuckte zusammen und trat um sich.

»Schon gut, schon gut«, sagte die Frau. »Wir wollen Ihnen nichts zuleide tun. Sie sind in Sicherheit.«

Tastende Finger lösten die Kapuze und zogen sie beiseite. »O Gott – es ist ein Mädchen!« platzte es aus der Unbekannten heraus. »Kaum mehr als ein Kind.« Sie holte tief Luft. »Du brauchst dir jetzt keine Sorgen mehr zu machen. Es wird alles gut, glaub mir.«

Licht glänzte. Es handelte sich nicht um den Schein einer Taschenlampe, sondern um ein helles, elektrisches Strahlen, das ihr Tränen in die Augen trieb, als sie zu den Gestalten emporsah.

Die Frau hockte direkt neben ihr, aber das Mädchen sah an ihr vorbei, beachtete sie überhaupt nicht. Statt dessen glitt sein Blick über dunkle Hosenbeine, kroch daran empor, zu einem Pulli mit gelbgrünen Brustmustern, richtete sich schließlich auf das Gesicht des Mannes.

In ihrem Schrecken glaubte die Überlebende, harte und grausame Züge zu sehen, Augen so kalt und dunkel wie der winterliche Nachthimmel. Dann teilten sich die vollen Lippen und ein —falsches? — Lächeln vermittelte Wärme, als der Fremde neben ihr Platz nahm. »Armes kleines Ding! Kannst du die Fesseln lösen, Margie?«

»Es sind keine Fesseln, sondern Handschellen«, erwiderte die Frau.

»Beherrschst du unsere Sprache?« fragte der Mann. »Verstehst du mich?«

»Ja, ich ... verstehe«, brachte das Mädchen zögernd hervor. Als es sich langsam an das helle Licht gewöhnte, sah es die Körper von vier Bandenmitgliedern, die einige Meter entfernt lagen. Offenbar waren diese Leute sehr gefährlich. Vielleicht standen sie in Diensten der Drogenbosse.

»Gut.« Der Mann lächelte erneut. »Wir befreien dich von den Schellen, und anschließend ...« Er unterbrach sich, als die Namenlose erneut zitterte. »He, dir ist kalt, nicht wahr? Meine Güte, du mußt halb erfroren sein!« Er drehte den Kopf, griff nach der zerschnittenen Kleidung, ließ sie sofort wieder los und klopfte sich die Hände ab. Dann berührte er eine glänzende goldene Brustbrosche. »Hier ist Adin. Ich brauche einen Metallschneider und eine Decke. Richten Sie den Transporterfokus auf folgende Koordinaten ...« Er nannte einige Zahlen. »Und noch etwas: Schicken Sie uns eine Ärztin. Wir haben hier ein Mädchen, das Opfer eines Überfalls wurde und behandelt werden muß.«

»Ja, Sir«, antwortete die Brosche.

»Das Schmuckstück ist ein ... Kommunikator!« sagte die Überlebende verblüfft. »Was für 'n tolles Ding!«

»Ja, du hast recht«, bestätigte der Mann. »Du kennst sogar das richtige Wort dafür.«

»Mhm. Aber wo verbirgt sich der Draht?«

»Was für ein Draht?«

»Ich meine das dünne Kabel, das die Geräusche überträgt«, erklärte sie. Glaubte der Fremde etwa, daß sie nicht wußte, wie ein Kommunikator funktionierte? Hielt er sie für so dumm?

Wieder lächelte der Mann, und diesmal wirkte er recht nachdenklich. »Oh, jetzt wird mir einiges klar. *Deshalb* warteten wir vergeblich auf eine Antwort. Auf dieser Welt gibt es keine drahtlose Kommunikation.« Er sah seine Begleiterin an, und in den Augen glitzerte eine stumme Frage.

Die Frau nahm einen Apparat zur Hand und richtete ihn auf das Mädchen. Irgend etwas surrte und sirrte leise, und ein kleines Anzeigefeld erhellte sich. »Ganz eindeutig ein menschlicher Metabolismus«, sagte sie. »Und bisher hat sich nicht das Übersetzungsmodul eingeschaltet. Darum klangen die Worte der Burschen dort drüben so seltsam: Sie benutzten unsere Sprache; sie hat sich nur genug verändert, um anders zu klingen.« Sie sah zu den Ruinen. »Offenbar gab es hier früher ein höheres technisches Niveau. Dare, ich glaube, wir haben eine vergessene irdische Kolonie gefunden.«

»Dem Himmel sei Dank«, erwiderte der Mann. »Das bedeutet, wir brauchen dieses Mädchen nicht sich selbst zu überlassen. Wir nehmen es mit.«

»Dare, du kannst unmöglich ...«, begann die Frau, wurde jedoch von einem weiteren eigentümlichen Geräusch unterbrochen. Das Mädchen richtete sich verblüfft auf, als ganz in der Nähe ein schimmernder Glanz entstand und aus dem Nichts eine Decke erschien, auf der ein weiteres Gerät lag.

Das dritte Mitglied dieser höchst erstaunlichen Gruppe griff nach den beiden Objekten und trug sie herbei. Die Frau nahm den technischen Gegenstand, hantierte damit hinter dem Rücken des Mädchens – und plötzlich lösten sich die Schellen. Dann nahm sie die Decke und hüllte den Oberkörper der Namenlosen in herrlich weichen und sauberen Stoff.

Einige Sekunden später wiederholte sich das Schillern, und diesmal trat eine zweite Frau daraus hervor.

»Ich bin Dr. Munson«, sagte sie. »Du hast nichts von mir zu befürchten, Kind.« Sie deutete auf ein kleines, silbriges Etwas. »Dieses Instrument gibt mir über das Ausmaß deiner Verletzungen Aufschluß.«

Das Mädchen wich ein wenig zurück und überlegte, wo ihr die Frau das Ding auf den Körper pressen wollte. Aber sie hob es nur und blickte auf eine schmale, bunte Fläche. Es klickte mehrmals in dem rätselhaften Apparat. »Eine leichte Gehirnerschütterung, eine gebrochene Rippe, mehrere Quetschungen und ein physisch-psychisches Trauma – das sind die unmittelbaren Probleme. Hinzu kommen noch einige andere. Es war richtig, daß Sie mich hierher bestellt haben, Mr. Adin. Die junge Dame ist unterernährt, braucht Zahnersatz und leidet sowohl an internen als auch externen Parasiten. Der letzte Punkt erfordert gewisse Konsequenzen unsererseits: Wir müssen uns der vollen Dekontaminierungsprozedur unterziehen, wenn wir an Bord zurückkehren.«

»In Ordnung, Doktor«, erwiderte der Mann, den diese Frau seltsamerweise mit ›Mr. Adin‹ ansprach, während ihn die andere ›Dare‹ nannte. Vermutlich kam die eine Bezeichnung einem Titel oder Rang gleich, während es sich bei der anderen um seinen Namen handelte. War er das Oberhaupt dieser Gemeinschaft? Er rieb sich die Hände an der Hose ab und fragte: »Kann ich ihr ein paar Fragen stellen, bevor sie in die Krankenstation gebracht wird?«

»Sie soll *wohin* gebracht werden?« platzte es aus der zweiten Frau heraus. Es klang fast empört.

»Die Bewohner dieser Welt verständigen sich in einer Variante unserer Sprache, Doktor«, sagte die erste Frau. »Dies ist eine irdische Kolonie.«

Doktor sah sich um. Das erste Licht des Tages verdrängte die Dunkelheit der Nacht und enthüllte die ganze Häßlichkeit der Ruinenstadt. »Ich verstehe durchaus, warum Sie das Mädchen hochbeamen möchten, Mr. Adin. Aber zuerst brauchen wir die Genehmigung des Captains — und die Erlaubnis der Eltern.«

Die Namenlose hörte stumm und mit wachsender Verwunderung zu. Mr. Adin/Dare war also doch nicht der Anführer; er nahm Anweisungen von jemand anders entgegen. Sie unterbrach ihre Gedankengänge, als sie den Blick Doktors auf sich ruhen spürte. »Wissen deine Eltern, wo du bist, Kind? Bestimmt machen sie sich große Sorgen um dich.«

»Eltern?«

»Mutter. Vater. Deine Familie.«

»Ich habe kei'e Familie«, antwortete das Mädchen mürrisch. Es wußte nicht einmal, ob seine Mutter noch lebte, bezweifelte es jedoch. Sie war bereits nach Freudenstaub süchtig gewesen, als sie ihre eigene Tochter im Stich gelassen hatte, und wer täglich solche Drogen einnahm, überlebte kaum ein Jahr.

»Wer kümmert sich um dich?« fragte Mr. Adin.

»Ich gebe au' mich selbst acht!«

Er musterte sie, erweckte mehrere Sekunden lang den Anschein, als wolle er sie noch etwas anderes fragen. Doch er sagte nur: »Ich bin Darryl Adin. Meine Freunde nennen mich Dare. Wie heißt du?«

»Tasha«, erwiderte das Mädchen. Das Wort klang seltsam, ungewohnt — seit dem Tod der alten Frau hatte niemand ihren Namen genannt.

»Tasha«, murmelte Darryl Adin. »Ein hübscher Name für eine hübsche junge Dame.«

»Ich will gar nich' hübsch sein«, entgegnete die Überlebende verärgert. »Dadurch erweckt man nur die Aufmerksamkei' der Lustbanden.«

»Lustbanden!« entfuhr es Doktor. »Himmel, was ist dies für eine Welt?«

»Nicht unbedingt der ideale Planet für einen Landurlaub«, entgegnete Darryl Adin und überlegte kurz. »Hast du auch einen Nachnamen, Tasha?«

Sie dachte rasch nach und erinnerte sich daran, daß sie es mit einer außerordentlich mächtigen Gemeinschaft zu tun hatte, die über viele technische Geräte verfügte, und was diesen besonderen Mann betraf ... Er mochte zwar nicht der Anführer sein, aber ganz offensichtlich bekleidete er einen hohen Rang — und er wollte sie mitnehmen. Sie wußte, was das bedeutete, begriff es sofort, als er sie hübsch nannte.

Wie sollte sie entkommen, wenn diese Leute Waffen besaßen, gegen die nicht einmal eine gut ausgerüstete Lustbande etwas unternehmen konnte? Tasha war erschöpft, und sie fröstelte nach wie vor, trotz der Decke. Nein, in einem Kampf blieb ihr nicht die geringste Chance, und deshalb mußte sie sich fügen.

Der Bande gehörten auch Frauen an, und offenbar begegnete man ihnen mit Respekt. Vielleicht konnte sie einen ähnlichen Status erringen.

Doktor hatte darauf hingewiesen, daß man Tashas Wunden behandeln würde. Und Darryl Adin erwähnte in diesem Zusammenhang einen Ort namens Krankenstation. Möglicherweise wollte er sie nicht mit einem blauen Auge und einer gebrochenen Rippe. Sie entsann sich auch an die Bemerkung, die das Oberhaupt der Lustbande an sie gerichtet hatte: Verletzungen und Entstellungen reduzierten den Preis. Und Drogenbosse stellten sehr hohe Anforderungen an die ästhetischen Aspekte der Frauen, die sie erwarben.

Tasha wog Vor- und Nachteile gegeneinander ab. Sie fühlte sich müde und ausgelaugt, und ohne Medikamente dauerte es sicher ziemlich lange, bis sie sich wieder erholte. Eine gute Behandlung reduzierte die Zeitspanne der Rekonvaleszenz auf wenige Tage. Außerdem: Vielleicht gab man ihr zu essen; vielleicht bekam sie sogar neue Kleidung. In dieser Hinsicht waren die Ressourcen der Drogenbosse unbegrenzt; ihnen stand praktisch alles im Überfluß zur Verfügung. Tasha beschloß zu nehmen, was man ihr gab. Und wenn es ihr wieder besser ging, wenn Darryl Adin erwartete, daß sie sein Bett mit ihm teilte ... würde sie fliehen.

Aber wenn die Flucht nicht gelang? Wenn man sie faßte und zwang, ihren Widerstand aufzugeben? Wenn man ihr mit einem qualvollen Tod drohte?

Spekulationen, dachte sie. Verlier keine Zeit damit, Lösungen für Probleme zu finden, die sich dir noch gar nicht gestellt haben. Zunächst einmal kommt es darauf an, die gegenwärtige Situation zu bewältigen. Derzeit bin ich völlig hilflos, und wenn ich schon jetzt auf stur schalte, bringen mich die Fremden vielleicht sofort um. Du bist nicht gerade in der geeigneten Position, um irgendwelche Forderungen zu stellen, oder? Gehorche. Sei nett zu Doktor Munson, während du dich an dem Krankenstation-Ort befindest. Versuch herauszufinden, wie Frauen zu Bandenmitgliedern werden, anstatt nur Spielzeuge für Männer zu sein. Doktor und Margie sind wie ihre beiden männlichen Begleiter gekleidet. Ihre Pullis unterscheiden sich nur durch andere Farbmuster. Das bedeutet sicher, daß sie wirklich gleichberechtigte Angehörige der Gemeinschaft sind. Wie Doktor mit Darryl Adin gesprochen hat ... Es klang alles andere als unterwürfig.

Der Mann mit den dunklen Augen hatte Tasha nach einem Nachnamen gefragt, erwartete also einen Zusatz. Darryl Adin. Doktor Munson. Vermutlich identifizierten sich die übrigen Bandenmitglieder ebenfalls mit zwei verschiedenen Worten. An den Namen ihrer Mutter erinnerte sich Tasha nicht mehr, und selbst wenn das doch der Fall gewesen wäre: Sie hätte ihn nicht genannt, lehnte ihn ab.

Die alte Frau fiel ihr ein, eine Greisin, die ein fünfjähriges Kind bei sich aufnahm und ihre geringe Habe mit ihm teilte. Ihr Vermächtnis bestand nicht nur aus dem Messer, sondern auch aus einer Namenssilbe. »Yar«, sagte sie und hob den Kopf. »Ich heiße Tasha Yar.«

KAPITEL 2

Starfleet-Lieutenant Tasha Yar, Sicherheitsoffizier der U.S.S. *Enterprise,* beamte sich vom Planeten Minos an Bord zurück und atmete erleichtert auf. Während ihre Gruppe von einer außer Kontrolle geratenen Waffe verfolgt wurde, hatte sie mehr als einmal gefürchtet, zusammen mit den Leuten zu sterben, für deren Sicherheit sie die Verantwortung trug. Die Bewältigung der Krise bestätigte einmal mehr, wie wichtig die Kooperation der einzelnen Angehörigen eines Landeteams war.

Yar erstattete ausführlich Bericht, und anschließend zog sie sich in ihre Kabine zurück. Doch so sehr sie auch versuchte, die Anspannung von sich abzustreifen — sie fand keine Ruhe.

Sie las in einem elektronischen Buch und hörte sich leise Musik an, hoffte darauf, irgendwann einzuschlafen ...

Es summte an der Tür. »Herein«, sagte Yar. Sie war nicht überrascht, als die Bordcounselor Deanna Troi eintrat.

»Irgend etwas belastet Sie, Tasha«, sagte Deanna ohne Einleitung.

»Kommen Sie als Freundin oder Counselor?« fragte Yar argwöhnisch.

»Sowohl als auch.« Troi lächelte sanft. »Beziehungsweise weder noch, falls Sie möchten, daß ich wieder gehe.«

»Nein, nein.« Yar seufzte. »Wenn ich meine Gefühle so deutlich sende, brauche ich vermutlich Hilfe, um mit ihnen fertig zu werden.«

»Und Sie verabscheuen es, um Hilfe zu bitten«, stellte Troi fest. »Ich schlage vor, wir unterhalten uns einfach. Wahrscheinlich benötigen Sie meinen offiziellen Rat gar nicht. Sie brauchen nur jemanden, der Ihnen zuhört.«

Yar musterte ihre überaus attraktive Freundin. Deanna Troi befand sich ebensowenig im Dienst wie sie selbst, und sie trug ein blau, grün und violett gemustertes Gewand. Das dunkle Haar war nicht etwa hochgesteckt, sondern reichte lockig auf die Schultern herab, wodurch sie jünger wirkte. Noch etwas anderes fiel ihr auf: Die Uniform betonte Deannas geradezu atemberaubend gute Figur, während ihre derzeitige Kleidung genau das Gegenteil bewirkte.

Tasha folgte Trois Blick und sah an sich selbst herab, betrachtete die weite hellblaue Hose unter der ebenso großzügig bemessenen Schlafanzugjacke, die bis zu den Oberschenkeln herabreichte.

Oh, verdammt.

»Grinsen Sie nicht so«, sagte Tasha, als sie das neuerliche Lächeln der Counselor bemerkte. »Ja, ich weiß, was das bedeutet. Ich verberge schon wieder meine Weiblichkeit, und Ihrer Meinung nach ist das nicht normal, wenn man im Dienst eine schlichte, geschlechtsneutrale Uniform tragen muß.«

»Die Bezeichnung ›normal‹ spielt in diesem Zusammenhang überhaupt keine Rolle, wie Ihnen klar sein dürfte, Tasha. Wer schlichte Nachtwäsche bevorzugt, braucht sich deshalb keine Sorgen zu machen. Es gibt mir jedoch zu denken, daß Sie nicht schlafen können, obwohl Sie einen sehr anstrengenden Tag hinter sich haben.«

»Vielleicht bin ich *zu* müde.«

»Mag sein. Aber mögerlicherweise gibt es eine andere Erklärung. Während Ihres Einsatzes auf dem Planeten fühlten Sie sich ausgesprochen hilflos, und dadurch wurden sehr unangenehme Erinnerungen in Ihnen geweckt. Reminiszenzen, die Sie nicht einmal mir anvertrauen möchten.«

War das der Grund? Schreckte sie instinktiv vor dem Schlaf zurück, weil sie fürchtete, von den Lustbanden zu träumen? Jenes alte, längst überwunden geglaubte Entsetzen kehrte im Verlauf der letzten Mission mit einer wahrhaft erschreckenden Intensität zurück, als sie beobachten mußte, wie man Wesley Crusher zur Hinrichtung führte. Das Alter des Fähnrichs entsprach ihrem eigenen damals auf New Paris, kurz vor ihrer Rettung durch Starfleet ...

Glücklicherweise kam auch Beverly Crushers Sohn mit dem Leben davon.

»Ich hasse es, die Kontrolle über eine bestimmte Situation zu verlieren«, sagte Tasha. »Der Captain und Dr. Crusher waren in Schwierigkeiten, und wir konnten sie nicht einmal *finden.*«

Sie hörte die Schärfe in ihrer Stimme und versuchte vergeblich, sich zu beruhigen. »Die Waffe ... Sie erschien immer wieder, wurde jedesmal stärker und schneller. Und ich sah mich außerstande, irgend etwas gegen sie zu unternehmen.«

»Das klingt so, als sei es allein Ihre Verantwortung gewesen, Tasha. Will Riker befehligte die Landegruppe, und Data ...«

»Für die Sicherheit bin *ich* zuständig, niemand sonst! Meine Aufgabe bestand darin, die anderen zu schützen; aber ich war nicht fähig, diese Pflicht wahrzunehmen. Wenn ich nicht einmal mir selbst vertrauen kann ...«

Troi sah sie stumm an und wartete.

Nach einer Weile stand Tasha Yar auf und wanderte umher.

»Darauf läuft alles hinaus: Ich kann niemandem vertrauen, nur mir selbst.«

Sie schüttelte ihren Kopf. »Gleichzeitig bin ich Tag für Tag gezwungen, über meinen eigenen Schatten zu springen. Ich delegiere Verantwortung und gehe davon aus, daß mich die anderen Mitglieder einer Landegruppe dekken, so wie ich sie.«

»Ja«, bestätigte die Counselor. »Inzwischen ist Ihnen ein solches Verhalten zur Gewohnheit geworden. Doch vielleicht fürchten Sie tief in ihrem Innern, von einem Gefährten verraten zu werden.«

»Es sind Menschen. Und Menschen unterliegen Irrtümern, machen Fehler. Was Data betrifft ...« Yar sprach nicht weiter.

»Interessant, daß Sie Data erwähnen«, sagte Deanna herausfordernd.

»Dieses Thema ist tabu!« zischte Tasha. »Es handelt sich um private Angelegenheiten, die Sie nichts angehen. Außerdem stehen sie in keinem Zusammenhang mit meinen gegenwärtigen Problemen.«

»Wirklich nicht?« fragte Troi.

»Nein.«

»Obwohl Data all das darstellt, was Sie sein möchten?«

»Wie bitte?« Yar runzelte verwirrt die Stirn. Sie nahm zunächst an, Troi beziehe sich auf ein Ereignis, von dem sie eigentlich gar nichts wissen konnte. Tasha hatte den Androiden unter ganz besonderen Umständen verführt, aber da alles in ihrer Kabine stattfand und sich Data später strikt an ihre Anweisung hielt, nichts darüber verlauten zu lassen, erfuhr sonst niemand davon. Sie hielt sich an den Grundsatz ›Es ist nie geschehen‹ – doch niemand konnte die Vergangenheit seinen eigenen Wünschen anpassen, sie nach Belieben verändern.

Mit gewissen Dingen mußte man sich abfinden, so schwer das auch sein mochte. *Wie dumm von mir,* fuhr es Yar durch den Sinn. *Deanna hat gewiß keine Ahnung. Aber mit meiner Reaktion habe ich gerade deutlich darauf hingewiesen, daß zwischen Data und mir irgend etwas vorgefallen ist.*

Die Counselor wechselte taktvoll das Thema. »Sie haben sich erstaunlich gut von den gräßlichen Traumen Ihrer Kindheit erholt, Tasha. Eigentlich wundert es mich gar nicht, daß Sie sich nur mit Mühe dazu durchringen können, anderen Personen zu vertrauen, daß Sie ständig hohe Anforderungen an sich selbst stellen. Beneiden Sie Data um seine innere Stärke, seine physische Kraft, sein Wissen?«

»Alle beneiden ihn darum«, behauptete Yar. »Wenn er

nicht mit Demut und Bescheidenheit programmiert wäre, könnte man seine Überlegenheit kaum ertragen.«

»Demut und Bescheidenheit sind keineswegs Bestandteile seines Programms, Tasha«, widersprach Troi. »Data beneidet *uns.*«

»Das ist doch lächerlich. Er besitzt alle menschlichen Fähigkeiten und darüber hinaus noch viele mehr. Warum sollte er ausgerechnet uns gegenüber so etwas wie Neid empfinden?«

»Data hat es ganz offen gesagt, und Sie haben ihn ebenfalls gehört. Deshalb ist es kein Vertrauensbruch, wenn ich es an dieser Stelle noch einmal betone: Data wäre gern ein Mensch.«

Neuerliche Verwunderungsfalten bildeten sich in Yars Stirn. Bisher hatte sie kaum einen Gedanken an diese seltsame Bemerkung des Androiden verschwendet. »Nimmt er Ihre Dienste als Bordcounselor in Anspruch?«

»Er gehört zur Besatzung. Er hat die gleichen Rechte wie alle anderen.«

»Aber er ist eine *Maschine*«, wandte Yar ein. »Er kann doch keine echten Gefühle haben, oder?«

»Er denkt und empfindet als autarkes Individuum, Tasha. Sie kennen seine Personalakte: Sehen Sie sich darin nur einmal die Resultate der Aufnahmeprüfung an, die er ablegen mußte, bevor er mit dem Studium an der Starfleet Akademie beginnen konnte. Seine Intelligenz wurde natürlich ebensowenig in Frage gestellt wie die körperliche Belastungsfähigkeit. Aber zu den Zulassungsbedingungen gehört auch Empfindungsvermögen. Mit anderen Worten: Es ist nicht nur Verstand notwendig, sondern auch Gefühl, Tasha. Das bewußte Wissen um die eigene Existenz wird notwendigerweise von Emotionen begleitet. Starfleet nimmt keine Computer und Roboter als eigenständige Individuen auf, wohingegen Data heute im Rang eines Offiziers steht.«

Spürt Deanna meine Schuld? überlegte Yar. *Ihre Worte deuten darauf hin, daß ich Data verletzt, ihn zumindest verwirrt habe. Inzwischen ist viel Zeit verstrichen. Wie kann ich mich bei ihm entschuldigen?*

Trois große, dunkle Augen glänzten warm. »Ich glaube, Sie finden jetzt die ersehnte Ruhe.«

»Wieso?« fragte Yar überrascht. »Warum sind Sie da so sicher? Ich habe gerade ein neues Problem entdeckt.«

»Ja, aber es betrifft nicht direkt Sie, sondern jemand anders. Und Sie verstehen es ausgezeichnet, sich um andere Leute zu kümmern. Ihre Schwierigkeiten beginnen erst, wenn Sie zuviel von sich selbst verlangen. Nun, bevor ich gehe, möchte ich Sie noch um etwas bitten.«

»Ja?«

»Sprechen Sie mit Data.« Bevor Yar darauf hinweisen konnte, daß so etwas in die Sphäre des Privaten gehörte, fuhr Deanna Troi fort: »Es wäre für Sie beide gut. Tasha, Sie möchten immerzu standfest, tapfer und in der Lage sein, alle Feinde mit jeder beliebigen Waffe oder auch nur mit bloßen Händen zu besiegen. Sie wollen nie den Überblick verlieren, ständig alles unter Kontrolle halten. Data zeichnet sich nicht nur durch große physische Kraft aus, sondern er besitzt auch ein umfassendes Wissen – zwei Qualitäten, um die Sie ihn beneiden. Aber er gäbe diese Vorteile sofort auf, wenn er ein Mensch sein könnte. Reden Sie mit ihm. Ich bin sicher, Sie können viel voneinander lernen.«

»Ist das eine Anweisung der Counselor?«

»Nein, ein Vorschlag Ihrer Freundin.«

Troi ging, und als Tasha Yar am nächsten Morgen das Wecksignal hörte, stellte sie fest, daß sie tatsächlich tief und fest geschlafen hatte, ungestört von irgendwelchen Alpträumen.

Lieutenant Commander Data saß an seiner Konsole auf der Brücke, als die Nachricht von Treva eintraf. Sofort rief er alle verfügbaren Informationen über den Planeten ab: Klasse M, humanoide Kultur unbekannten Ursprungs, das technologische Niveau vergleichbar mit dem präatomaren irdischen Entwicklungsstand in der Mitte des zwanzigsten Jahrhunderts, keine Raumfahrt, aber Handel mit fremden Zivilisationen, bevor die Föderation einen Kontakt herstellte. Vor fünfzehn Standardjahren wurde ein erster, formloser Antrag auf Mitgliedschaft in der Föderation gestellt. Die von Starfleet ausgeschickte Forschungsgruppe befürwortete in ihrem Bericht eine gründliche Untersuchung, der eine offizielle Aufnahme in den Völkerbund folgen konnte. Doch Treva übermittelte keine förmliche Einladung, und ohne genauere Informationen ließ sich nicht über den Antrag entscheiden.

Data war ein wenig enttäuscht, daß Captain Jean-Luc Picard darauf verzichtete, ihn über Treva um Auskunft zu bitten. Jenes Gefühl, das die Menschen ›Frustration‹ nannten, kannte er nur zu gut: Art und Weise seiner Konstruktion machten ihn zu einem perfekten Datenabfragesystem, aber man gab ihm nur selten Gelegenheit, diese Funktion zu demonstrieren.

Der Captain verzichtete darauf, die Dienste des Androiden in Anspruch zu nehmen. Statt dessen veränderte er mit einer kurzen Schaltung den Fokus des großen Wandschirms. Die Darstellung zeigte eine Frau, die sich als Nalavia vorstellte, Präsidentin von Treva. Data nahm eine ebenso kurze wie gründliche Informationskorrelation vor, und eine halbe Sekunde später hatte er die Identität der Sprecherin bestätigt.

Er musterte sie eingehend, zeichnete die Botschaft auf und nahm sich vor, Commander William Riker später zu fragen, wie er Nalavias Attraktivität beurteilte. Nach Datas Ansicht waren allen Menschen – allen lebenden Geschöpfen – beträchtliche ästhetische Aspekte zu eigen, aber seit einiger Zeit beschäftigte er sich mit einem seltsamen Phänomen: Offenbar gab es verschiedene Standardvorstellungen von Schönheit. In Hinsicht auf Landschaften, Sonnenuntergänge und funkelnde Sterne kam es kaum zu unterschiedlichen Beurteilungen, doch die Meinungen differierten stark, wenn es um intelligente Wesen ging. Da er es für sinnlos hielt, die entsprechenden Vorzüge von Menschen, Vulkaniern, Klingonen und Andorianern untereinander zu vergleichen, beschränkte er sich derzeit darauf, die als ›schön‹ oder ›hübsch‹ bezeichneten menschlichen Merkmale zu analysieren. In diesem Zusammenhang besaß er einen eigenen Maßstab: sich selbst. Immerhin war er nach dem Ebenbild des Homo sapiens erschaffen worden.

Data entdeckte bei Nalavia keine Details, die Menschen *nicht* als attraktiv erachteten. Die Größe ließ sich auf dem Wandschirm kaum feststellen, da Bezugspunkte fehlten, aber der Androide sah deutlich, daß die Präsidentin von Treva weder zu dünn noch zu dick war. Ihre körperlichen Proportionen wurden den üblichen Forderungen an weibliche Ästhetik gerecht. Die Frau hatte keine Narben und schielte nicht, und in ihrem Gesicht fehlten Falten, die unter gewissen Umständen das maskuline Interesse reduzieren. Außerdem schien sie nicht in dem Alter zu sein, in dem Männer aus für Data unerfindlichen Gründen intellektuellem Respekt Vorrang gaben und dem körperlichen Erscheinungsbild von Frauen eine geringere Bedeutung zusprachen.

Unter Berücksichtigung aller ihm bekannten Kriterien gelangte Data zu dem Schluß, daß Nalavia tatsächlich alle Kriterien von Schönheit erfüllte. Allerdings nahmen Menschen häufig Dinge wahr, die seiner Aufmerksamkeit entgingen; sie widersprachen sich so oft, daß der Androide noch immer nicht genau bestimmen konnte, welche Faktoren zweifelsfrei Attraktivität bestimmten.

Die Frau im Projektionsfeld hatte schwarzes Haar und helle, blasse Haut. In ihrem Gesicht fielen sofort die großen und runden Augen auf, die in einem seltsamen Grün glänzten. Nun, vielleicht wirkten sie nur deshalb sonderbar, weil es in der visuellen Übertragung zu subtilen Störungen und farblichen Verzerrungen kam. Data kannte viele Menschen mit grünen Augen, und er konnte nicht bestimmen, warum ihm diese Pupillen irgendwie ... unnatürlich erschienen.

Er entschied, später einige Fragen an Riker zu richten, und konzentrierte sich zunächst auf die Worte der Präsidentin.

»Auf dem Planeten Treva ist es zu ernsten politischen Unruhen gekommen. Die rechtmäßig gewählte Regierung wird von selbsternannten Kriegsherrn bedroht, denen es darum geht, die demokratische Ordnung zu zerstören und die alte Herrschaft des Schwertes wiederherzustellen. Sie haben bereits drei Repräsentanten des Gesetzgebenden Rates ermordet und bringen uns alle in Gefahr.

Als Präsidentin von Treva bitte ich die Föderation der Vereinten Planeten um militärische Hilfe. Der Gesetzgebende Rat strebt eine Mitgliedschaft in der Föderation an, doch die ständigen Angriffe vereiteln alle unsere Bemühungen. Im Namen der rechtmäßig gewählten Regierung von Treva ersuche ich um die Entsendung eines Raumschiffes, das uns dabei helfen soll, den Aufstand der Kriegsherrn niederzuschlagen, damit Treva seinen Platz in der interstellaren Völkergemeinschaft einnehmen kann.«

»Ende der Nachricht«, meldete Data.

Captain Picard nickte langsam. »Offenbar hat man auf Treva eher vage Vorstellungen davon, was es mit der Föderation auf sich hat. Lieutenant Yar, bestätigen Sie die Anfrage Präsidentin Nalavias und fügen Sie hinzu, daß sie an Starfleet Command und den Rat der Föderation weitergeleitet wird.«

»Aye, Captain«, sagte Tasha sofort. Aus den Augenwinkeln sah Data, wie sich die Anzeigen der Kontrollflächen veränderten, und er speicherte die neuen Datenfolgen automatisch ab, während seine eigentliche Aufmerksamkeit dem Captain galt.

Der Androide drehte den Kopf und beobachtete, wie Picard einer alten Angewohnheit folgte und vor den großen Wandschirm trat. Es handelte sich um eine menschliche Eigenheit, die Data noch immer nicht ganz verstand.

Der Captain konnte ebensogut hören und sehen wie die anderen Offiziere, und außerdem bestand keine direkte Verbindung mit Treva: Die Nachricht der Präsidentin war aufgezeichnet, und ihr Abbild ließ sich wohl kaum beeindrucken, wenn man direkt davor Aufstellung bezog. Nalavia würde Picard nicht einmal zu Gesicht bekommen; Tasha Yar übermittelte ihr nur eine akustische Antwort.

Data unterbrach diese Gedankengänge, als er begriff, daß sie ohne konkretes Ergebnis bleiben mußten. »Wird die Föderation militärische Hilfe entsenden?« fragte er.

»Welche Entscheidung träfen Sie, Commander?« erwiderte Picard. Der Captain sprach ihn mit der Rangbezeichnung und nicht etwa mit dem Namen an, und daraus schloß der Androide, daß er auf die Probe gestellt werden sollte. Data empfand solche Erlebnisse keineswegs als Demütigung, wußte jedoch, daß einige der anderen Offiziere manchmal mit Verärgerung reagierten.

Der Androide brauchte nicht lange zu überlegen. »Es liegen nicht genügend Informationen vor, um über das Gesuch der Präsidentin zu befinden.«

»Was schließen Sie aus den Daten, die uns derzeit für eine Situationsbewertung zur Verfügung stehen?« hakte Picard nach.

»Eine offizielle Bitte um Hilfe darf nicht ignoriert werden. Vermutlich verlangt der Föderationsrat genauere Auskünfte und beauftragt jemanden mit einer Untersuchung. Da sich nur die *Enterprise* in der Nähe von Treva befindet, müssen wir bald mit neuen Anweisungen rechnen.

Unser gegenwärtiger Auftrag besteht darin, droghenianischen Weizen nach Brentis VI zu bringen«, fuhr Data fort. »Solcher Weizen widersteht der fulgianischen Fäule, die schon zwei Ernten auf dem Zielplaneten vernichtet hat, aber er muß innerhalb der nächsten siebzehn Komma drei Tage ausgesät werden. Wir erreichen den Bestimmungsort in fünf Komma zwei Tagen. Wenn wir die Order erhalten, den Kurs zu ändern und zuerst Treva anzufliegen, reduziert sich die Toleranzspanne bis zum letzten möglichen Saatzeitpunkt auf einen gefährlich niedrigen Wert. Daraus folgt: Die *Enterprise* kann erst dann mit einer neuen Mission beginnen, wenn sich unsere Fracht auf Brentis VI befindet.«

»Vollkommen richtig«, sagte Picard anerkennend. »Aber das ist noch nicht alles, oder?«

»Nein, Sir. Wenn Präsidentin Nalavias Lagebeschreibung den Tatsachen entspricht, bringen die ›Kriegsherrn‹ unschuldige Personen um. Die Datenbanken von Starfleet geben keine Auskunft über die polizeilichen und militärischen Streitkräfte auf Treva. Wir wissen also nicht, ob die Regierung ohne ein Eingreifen der Föderation in der Lage ist, weiterhin Recht und Ordnung zu gewährleisten.«

Picard wandte sich von dem Androiden ab. »Was könnte Starfleet unternehmen, Lieutenant Worf?«

»Es wäre möglich, ein Scoutschiff zu entsenden, Sir«, sagte der klingonische Offizier. »Commander Data, gibt es irgendeine Erkundungseinheit, die Treva mindestens so nahe ist wie wir?«

»Negativ.«

»Nun ...«, brummte Worf. »Dann wird uns Starfleet beauftragen, eine Landegruppe zu schicken, die sich auf Treva umsehen und feststellen soll, ob ein echter Notfall herrscht.«

Lieutenant Yar gratulierte Worf mit einem stummen Lächeln und sagte dann: »Nachricht von Starfleet, Captain. Wir werden angewiesen, ein Shuttle auszuschleusen und in Erfahrung zu bringen, was auf Treva geschieht. Das Oberkommando erwartet eine unverzügliche Meldung, wenn unserer Ansicht nach eine Intervention nötig ist.«

»Antworten Sie, daß wir sofort der neuen Order gemäß handeln«, brummte der Captain. Aber er hatte seine Lektion noch nicht beendet. »Fähnrich Crusher.«

»Wollen Sie mich der Landegruppe zuteilen, Sir?«

»Nein, Fähnrich.« Data beobachtete einen Schatten von Ärger, der über Picards Züge huschte. Er hielt nichts von Kindern auf der Brücke. »Ich möchte von Ihnen hören, wie die Erste Direktive auf diese Situation angewandt wird.« Er benutzte das offizielle ›Sie‹, anstatt den Jungen zu duzen.

Wesley errötete. *Er ist ›ins Fettnäpfchen getreten‹, wie es bei den Menschen heißt,* dachte der Androide. »Äh, ich weiß nicht, Captain. Wie lautet Trevas derzeitiger Status?« Er richtete einen verzweifelten Blick auf Data, doch im Gegensatz zu Worf stellte er keine direkte Frage.

Als die Stille andauerte, sagte Data: »Treva hat sich um Mitgliedschaft in der Föderation beworben, doch es wurde noch keine umfassende Ermittlung durchgeführt.«

»Äh ...« Wesley suchte nach den richtigen Worten. »Wenn der erste Bericht positiv ausfiel, könnten wir durchaus einer Bitte der rechtmäßigen Regierung genügen und eingreifen.«

»In Ordnung.« Der Captain nickte. »Zögern Sie beim nächsten Mal nicht, entweder Commander Data oder den Computer nach zusätzlichen Informationen zu fragen, Fähnrich. Zumindest der Computer wird kaum aus eigener Initiative Erklärungen anbieten, und Sie dürfen so etwas auch nicht von Ihren Kollegen erwarten. Während einer Krisensituation hätten wir durch Ihr Verhalten wertvolle Zeit verloren.«

»Ja, Sir«, erwiderte der Junge. Einerseits freute er sich darüber, die richtige Antwort gegeben zu haben, doch andererseits erfüllte ihn der Tadel in bezug auf seine Verfahrensweise mit tiefer Verlegenheit.

»Commander Data, Lieutenant Yar ...«, fügte Picard hinzu. »Nehmen Sie Shuttle 11 und fliegen Sie Treva an. Nalavias Mitteilung zeichnete sich in erster Linie durch einen *Mangel* an nützlichen Informationen aus. Stellen Sie fest, was es mit den Unruhen auf sich hat.«

Tasha Yar überlegte: Einige Tage allein mit Data an Bord eines Shuttles — bestimmt ergab sich dabei eine Gelegenheit, Deannas Rat zu beherzigen und mit dem Androiden zu sprechen. Es war unzumutbar viel Zeit verstrichen. Wenn sie wirklich Datas Gefühle verletzt hatte, so deutete sein Verhalten darauf hin, daß er deswegen keine Vorwürfe gegen sie erhob. Tatsächlich reagierte er selbst kurz nach dem Zwischenfall in ihrer Kabine mit einer derartigen Gleichgültigkeit, daß sich Tasha fragte, ob er ihren Befehl ›Es ist nie geschehen!‹ wortwörtlich genommen und die entsprechenden Erinnerungen aus seinen internen Speichern gelöscht hatte.

Diese Möglichkeit erschien ihr noch schlimmer als die Vorstellung, ihm emotionale Wunden zugefügt zu haben. Zwar erhoffte sich Yar voller Ungeduld Antwort auf ihre Fragen, aber gleichzeitig befürchtete sie, mit zu großer Neugier noch mehr Distanz zwischen ihnen zu schaffen. In dieser Hinsicht mußte sie gerade nach der Entdeckung von Lore besonders vorsichtig sein: Data wußte nun, daß er keineswegs einzigartig war, daß ihn seine Konstrukteure mit voller Absicht weniger menschlich gestaltet hatten als seinen Prototyp.

Das Schicksal – und Captain Picards Anweisungen – führten sie erneut zusammen, und als die *Enterprise* in den Tiefen des Alls verschwand, blieb ihnen nichts anderes übrig, als die Sterne zu beobachten. Die Höchstgeschwindigkeit des Shuttles betrug Warp eins, und daher veränderten sich die Konstellationen nur sehr langsam.

Tasha Yar warf einen kurzen Blick auf die Kontrollkonsole.

»In sieben Minuten erreichen wir volle Impulskraft«, sagte Data. Er sah nicht auf.

»Haben Sie Ihre ohnehin schon erstaunlichen Fähigkeiten um Telepathie erweitert?« fragte Tasha.

Daraufhin hob der Androide verwundert den Kopf, und seine goldfarbenen Augen glänzten.

»Es ... erschien mir logisch anzunehmen, daß Sie eine solche Information wünschten, Lieutenant«, entgegnete er. »Natürlich hätten Sie die auf der Konsole angezeigten Daten auch selbst korrelieren können.«

»Aber nicht annähernd so schnell«, sagte Yar. »Nun, seit einer Weile neigen Sie dazu, unaufgefordert Auskunft zu geben.«

»Ja. Ich muß erst noch lernen, wann eine solche Verhaltensweise angemessen ist und wann nicht. Was die Situation mit Wesley auf der Brücke betrifft — ich hätte besser schweigen sollen.«

»Er richtete eine Frage an Sie.«

»Nicht direkt. Ich wußte, daß der Captain ihn auf die Probe stellen wollte. Ich hätte warten und ihm Gelegenheit geben sollen, sich auf eine Weise zu verhalten, die einem Offizier in der Ausbildung gebührt.«

»Neue Situationen erfordern Anpassung«, sagte Tasha. »Das weiß ich aus eigener Erfahrung. Der Weg zum Offizier ist hart und mit vielen Hindernissen gepflastert. Und die Schwierigkeiten hören keineswegs auf, wenn man sein Ziel erreicht hat.«

Ein dünnes Lächeln umspielte Datas Lippen. »Sie sind der einzige Offizier, der nie meinen Rang in Frage gestellt hat.«

»Warum sollte ich? Sie haben ihn gewiß verdient. Starfleet geht mit Beförderungen nicht gerade verschwenderisch um.«

»Viele Leute meinen, mir sei in diesem Zusammenhang besondere Großzügigkeit und Nachsicht zuteil geworden«, murmelte der Androide. Als er Yars fragenden Blick bemerkte, fuhr er fort: »Es ist kein Geheimnis. Starfleet Command verhandelte über die Frage, ob man mir einen höheren Rang als den des Lieutenants zugestehen solle oder nicht. Und die letztendliche Entscheidung wurde keineswegs einstimmig getroffen. Einige Leute vertreten die Ansicht, ein Androide eigne sich nicht zum Kommandooffizier, der häufig den Captain vertritt und irgendwann einmal ein eigenes Raumschiff befehligen könnte.«

»Ist das Ihr Wunsch?« fragte Yar. Die letzten Worte Datas weckten ihr spezielles Interesse.

»Nein«, lautete die Antwort. »Commander Riker träumt davon, ich nicht. Meine Konstruktion sieht nicht vor, Menschen Befehle zu erteilen.« Data lehnte sich in seinem Sessel zurück und neigte mit einer ruckartigen, mechanisch anmutenden Bewegung den Kopf zur Seite – eine Geste, die auf Verwirrung hindeutete. »Das Streben nach Macht ist mir fremd und unverständlich, Tasha. Seit ich mir zum erstenmal meiner eigenen Existenz bewußt wurde, habe ich immer angenommen, Androiden könnten solche Empfindungen unmöglich teilen: Wir sind nicht geschaffen, um zu herrschen, sondern um zu dienen. Ich hielt an dieser Überzeugung fest – bis wir Lore fanden.«

»Lore war ein einziger Konstruktionsfehler«, warf Yar ein. »Im Vergleich zu ihm stellen Sie eine enorme Verbesserung dar.«

»Vielleicht. Aber was ist, wenn meine entwicklungstechnischen Schwächen nur weniger offensichtlich sind?«

»In dem Fall ähnelten Sie uns Menschen«, sagte Tasha. »Wir versuchen ständig, besser zu werden, über uns selbst hinauszuwachsen.« Sie sah die Überraschung des Androiden und lachte. »Ich weiß, daß Sie gern ein Mensch sein möchten ...«

»Nein.« Data schüttelte den Kopf.

»Nein? Aber haben Sie nicht eine solche Bemerkung gemacht?«

»Commander Riker drückte sich auf diese Weise aus, und zu jenem Zeitpunkt hielt ich es für unangebracht, seiner Terminologie zu widersprechen«, erklärte Data. »Ich *wünschte,* ich wäre ein Mensch. Die Verwendung des Verbs ›möchten‹ legt jedoch einen beabsichtigten Umwandlungsprozeß nahe, der notwendigerweise unvollständig bleiben und Enttäuschung zur Folge haben muß, wohingegen ein Wunsch qualitative Eigenschaften anerkennt und gleichzeitig genug mentalen Spielraum läßt, um die Realität als solche zu akzeptieren.«

»Ich glaube, ich verstehe, was Sie meinen«, sagte Yar nach einer Weile. »Sie bringen da etwas zum Ausdruck, das ich selbst einmal gespürt habe, ohne es in Worte fassen zu können. Ich hatte ein ganz persönliches Ideal, mit dem ich mich ständig verglich. Wissen Sie, ich wollte der ideale Starfleet-Offizier werden. Perfekt. Nie eine falsche Entscheidung, immer Ehre und Würde wahren. Nun, so etwas gibt es natürlich gar nicht, aber damals hielt ich es für möglich.«

Data lächelte erneut, diesmal fast schelmisch. »Niemand ist perfekt?«

»Nein, nicht einmal Sie«, sagte Tasha und lachte. Data gab keinen Ton von sich. Zwar war der Androide längst mit Ironie und sogar Schalk vertraut, aber jene Art von Humor, die Menschen zum Lachen brachte, blieb ihm unverständlich. Yar zweifelte nicht daran, daß es ihm eines Tages gelingen würde, auch dieses Rätsel zu lösen, und sie stellte sich einen Data vor, der durch glucksendes Kichern weitaus menschlicher wurde als viele andere Personen, die sie kannte.

Data begrüßte die Gesellschaft Tasha Yars. Eine ganze Zeitlang — seit dem Zwischenfall, der ›nie geschehen‹ war — hatte er sich gefragt, ob sie ihm ganz bewußt aus dem Weg ging. Manchmal wurden Menschen von einem recht unangenehmen Gefühl heimgesucht, das sie ›Verlegenheit‹ nannten und insbesondere sexuelle Aktivitäten betraf; aber dabei handelte es sich um eine der vielen Emotionen, die Data nur beobachten, jedoch nicht nachvollziehen konnte.

An Bord des Shuttles schien sich Tasha in seiner Nähe wohl zu fühlen. Offenbar war der bisherige Mangel an interessanten Diskussionen in erster Linie auf den Umstand zurückzuführen, daß ihre verschiedenen Aufgaben sie nur auf der Brücke und bei gelegentlichen Landeunternehmen zusammenführten.

Nach einer Weile bekam Tasha Appetit, trat an das Terminal des Lebensmittelsynthetisierers heran und gab eine Codefolge ein. »Was ist *das* denn?« fragte sie erstaunt. »Aldebaranischer Wein? Quetzi-Käseauflauf? Austern?«

Data hörte Ärger in ihrer Stimme und drehte sich um. »Es funktionieren auch die üblichen Standardprogramme. Ich habe dieses Menü hinzugefügt, weil ich weiß, daß Sie solche Speisen mögen.«

Yar starrte ihn einige Sekunden lang stumm an, und in ihrem Blick rangen Zorn und Verblüffung miteinander. Schließlich trat Erheiterung in den mimischen Ring und errang einen raschen Sieg. Sie lachte, »Oh, natürlich. Ich verstehe, Data. Wahrscheinlich wissen Sie gar nichts von der Bedeutung dieser Spezialitäten.«

»Was für eine Bedeutung meinen Sie?« fragte der Androide erstaunt. Tasha errötete und holte tief Luft. »Sie haben das programmiert, was in meiner Kabine auf dem Tisch stand, als ich Sie ... zu mir einlud. Sie können nicht ahnen, daß diese Leckereien in dem Ruf stehen, äh ... Aphrodisiaka zu sein.«

Datas physiologische Reaktionen wurden nicht von unbewußten Reflexen gesteuert, und deshalb blieben seine Wangen blaß. Andernfalls wäre ihm ebenfalls das Blut ins Gesicht geschossen. »Es ... es tut mir leid«, brachte er hervor. »Schon gut«, sagte Tasha. »Was ist mit *Ihnen?* Mögen Sie solche Sachen?«

»Ich weiß nicht. Ich habe keine Gelegenheit bekommen, sie zu pro...« Data unterbrach sich kummervoll. Dies, so überlegte er, mußte Verlegenheit sein. Vielleicht fand er später Gefallen daran, ein weiteres menschliches Gefühl genau zu analysieren; derzeit brauchte er seine ganze konzentrative Kraft, um mit einem Empfinden fertig zu werden, das tatsächlich ausgesprochen unangenehm war. Er erinnerte sich an zwei Worte, die Riker einmal in einer ähnlichen Situation gemurmelt hatte, und er wiederholte sie nun: »Verdammter Mist.«

Tasha musterte ihn sprachlos und begann dann plötzlich zu kichern. Nach einigen Sekunden wurde sie wieder ernst. »Machen Sie sich nichts draus«, sagte sie. »Es ist alles meine Schuld.« Sie atmete tief durch. »Welche Speisen soll ich für Sie wählen?«

»Jede Kombination von Proteinen, Kohlehydraten und elektrolytischen Elementen, die sich für Menschen eignet, kann auch von meinen Verdauungssäften verarbeitet werden.«

»Haben Sie keine bestimmte Vorliebe?« beharrte Yar.

»Ein Schinkenbrötchen, einen Apfel und ein Glas Milch«, sagte Data und nannte damit jene Mahlzeit, die er sich oft in der Akademiemensa bestellt hatte, um spöttischen Kommentaren der anderen Studenten vorzubeugen.

»Mhm-hm«, machte Tasha. »Die typische Tarndiät von Starfleet-Außenseitern.«

»Wie?«

»Wer so seltsam ist wie wir beide, der lernt rasch, keine Aufmerksamkeit zu erregen«, erläuterte Yar.

»Jetzt werden *Sie* zur Telepathin«, sagte Data. »Wie dem auch sei: Sie sind nicht seltsam, Tasha.«

»Damals war ich's«, erwiderte sie. »Als ich mit dem Studium an der Starfleet-Akademie begann, hatte ich zwar schon meinen achtzehnten Geburtstag hinter mir, genoß jedoch erst seit drei Jahren die Vorzüge der Zivilisation. Unter der dünnen kulturellen Tünche floh ich noch immer vor den Lustbanden auf New Paris. Ich mußte die allgemeine schulische Ausbildung in nur sechsunddreißig Monaten nachholen, und leider blieb mir keine Zeit, richtiges soziales Verhalten zu erlernen.«

Data blinzelte. »Warum?« fragte er. »Ich meine, ich kenne Ihren persönlichen Hintergrund. Ich weiß, daß Sie als Fünfzehnjährige von einem Planeten gerettet wurden, auf dem Grauen und Chaos herrschten. Aber warum nahmen Sie mit einem solchen Eifer Wissen in sich auf, für das es keinen unmittelbaren Anwendungsbereich gab?«

»Starfleet«, antwortete Yar. »Ich wollte unbedingt Offizier in der Raumflotte werden, Data. Ich schätze, Sie kennen dieses Gefühl. Sie wurden ebenfalls von Starfleet gerettet, und bestimmt haben auch Sie sich gewünscht, einmal an Bord eines Raumschiffes arbeiten zu können.«

»Nur Starfleet gibt mir die Möglichkeit, mein ganzes Funktionspotential zu entfalten«, sagte Data.

»Ja«, pflichtete ihm Tasha bei und nickte. Der Androide spürte jedoch, daß sie weitaus mehr meinte, als in ihren Worten zum Ausdruck kam. Er schwieg und wartete, doch sie setzte ihre Ausführungen nicht fort.

Der Lebensmittelsynthetisierer summte, und Tasha entnahm dem Ausgabefach ein Tablett mit kleinen Behältern. Kein Wunder, daß es so lange gedauert hatte: Data hielt vergeblich nach Schinkenbrötchen, Apfel und einem Glas Milch Ausschau; statt dessen fiel sein Blick auf weitaus komplexere Speisen.

»Ich dachte mir, ein Wechsel der Diät könne nicht schaden«, sagte Tasha und runzelte plötzlich die Stirn. »Vorausgesetzt natürlich, Sie sind damit einverstanden.«

»Oh, ich kann verschiedene Geschmacksrichtungen, Aromen und die strukturellen Beschaffenheiten einzelner Nahrungsmittel gut voneinander unterscheiden«, versicherte der Androide hastig. »Vielleicht sogar besser als Sie. Aber ich habe keine bestimmten Präferenzen oder Abneigungen. Ich versuche nur, einen Ausgleich zwischen den einzelnen Nährstoffen sicherzustellen.«

»Oh.« Data sah Yars Enttäuschung, obwohl sie danach trachtete, sich nichts anmerken zu lassen.

Nach kurzem Nachdenken fügte der Androide hinzu: »Andererseits habe ich festgestellt, daß ich im Laufe der Zeit gewisse Speisen mit einzelnen Ereignissen assoziiere: mit intellektuell stimulierenden Lektionen, ebenso schwierigen wie faszinierenden Problemen, angenehmer Gesellschaft. Wenn ich später auf einen ähnlichen Geschmack stoße, gefällt er mir mehr als andere.« Er lächelte. »Ich schätze, ich kann diese Mahlzeit der Liste meiner Vorlieben hinzufügen.«

Tasha schmunzelte dankbar und begann zu essen.

Data bedauerte es, daß sie nicht mehr über ihre persönlichen Gründe sprach, die sie zu einer Karriere in Starfleet bewegt hatten. Yar wechselte das Thema, deutete zum

Aussichtsfenster und bewunderte mit vielen Adjektiven den ewigen Glanz der Sterne. Planetenbewohner redeten oft übers Wetter, Raumfahrer über die Wunder des Alls. Auf diese Weise geriet die Konversation nicht auf metaphorisches Glatteis, und es bestand auch kaum die Gefahr, neuerliche Verlegenheit heraufzubeschwören.

Data ließ seine Gedanken treiben, während er in unregelmäßigen Abständen die Gabel zum Mund führte. Er brauchte nur wenige Kalorien, um die biologischen Funktionen seines zum großen Teil aus Kunststoff, Metall und elektronischen Schaltkreisen bestehenden Körpers zu erhalten, erachtete das Essen vor allen Dingen als eine Gelegenheit zu sozialen Interaktionen.

Der Androide erinnerte sich an keine intensiven Emotionen in bezug auf seine Entscheidung, an der Akademie zu studieren und das Offizierspatent zu erwerben, und auch während des Studiums blieben seine emotionalen Reaktionen auf ein Minimum beschränkt. Vielleicht lag es daran, daß er die rätselhafte menschliche Natur damals nur erst in groben Zügen kannte und noch keinen Sarkasmus zu deuten verstand. Tasha hatte in dieser Beziehung völlig andere Erfahrungen gemacht. Mehrmals wies sie darauf hin, von Starfleet gerettet worden zu sein, und ihre Treue zu den Idealen der Raumflotte erinnerte an die Unerschütterlichkeit eines religiösen Glaubens. Yar schilderte nur positive Dinge, doch Data begann zu ahnen, daß sich unter der Patina einzig und allein angenehmer Erfahrungen auch noch etwas anderes verbarg.

Seine einzige große Schwäche hieß Neugier. Als er zum erstenmal das Bewußtsein erlangte, ließ sich die Gier nach Wissen keine Fesseln der Kritik anlegen: Statistische Sportaufzeichnungen über die Fußballmeisterschaften der letzten vier Jahrhunderte waren für ihn ebenso faszinierend wie die physikalische Geschichte einer Sonne, die zur Nova wurde.

Schließlich aber lernte es Data, Informationsprioritäten zu setzen, und er beschloß, sich vorrangig mit den Personen zu beschäftigen, in denen er Freunde sah. Er glaubte zu spüren, daß es zwischen Tasha Yar und Starfleet auch noch eine andere Verbindung gab, und sofort überlegte er, wie er mehr darüber herausfinden konnte.

Als sie die Mahlzeit beendeten, sammelte er die leeren Behälter ein und warf sie in den Abfallvernichter. »Ein höchst nahrhaftes und auch sehr aromareiches Essen«, sagte er. Und um Tasha zu ködern, fügte er hinzu: »Aber in der Akademiemensa hätten wir damit großes Aufsehen erregt.«

»Heute wäre mir das gleich«, antwortete Yar und zuckte kurz mit den Achseln. »Aber damals ... Lieber Himmel, ich bin eine Wildkatze gewesen, die bei jeder noch so unpassenden Gelegenheit zu fauchen begann und die Krallen ausfuhr. Ich wurde zunächst nur zu einem Probesemester zugelassen, und wenn ich heute daran zurückdenke ... Eigentlich ist es ein Wunder, daß man mich nicht schon nach wenigen Wochen fortschickte. Ich fiel bei der Prüfung im Kurs ›ethische und moralische Prinzipien‹ durch, konnte einfach nicht akzeptieren, daß *Leben heilig und unantastbar ist. Unter allen Umständen.* Ich lehnte es sogar ab, einen solchen Grundsatz auch nur als Hypothese hinzunehmen.«

Data musterte sie ruhig und neigte den Kopf. »Ich mußte jenen Kurs ebenfalls wiederholen«, sagte er. »Weil ich nicht fähig war, den Grundsatz *in Frage* zu stellen, als ich bei entsprechenden Erörterungen einen konträren Standpunkt beziehen sollte.«

Tasha runzelte die Stirn. »Sie haben gelernt, ihn anzuzweifeln?«

»Ja. Herausforderungen dieser Art dienen nur dazu, die Bedeutung eines solchen Prinzips zu unterstreichen. Es wurde nicht etwa geschwächt, als man es zur Diskussion stellte, sondern gestärkt. Als ich das erkannte, bestand ich die Prüfung.«

Yar nickte langsam. »Nun, ich habe mich meinen eigenen Herausforderungen gestellt – als ich zu fragen begann, anstatt immerzu von irgendwelchen Annahmen auszugehen. Dort, wo ich aufgewachsen bin, war das Leben alles andere als heilig und unantastbar. Es ist schwer, sich von Überzeugungen zu trennen, die auf Kindheitserfahrungen basieren.«

»Mag sein. Ich weiß es nicht. Ich wurde schlicht und einfach mit Respekt vor allem Lebendigen programmiert.« Data dachte einige Sekunden lang nach. »Im Gegensatz zu meinem Bruder. Lore glaubte, dadurch sei er menschlicher als ich.«

»Aber genau in diesem Punkt irrte er sich!« erwiderte Tasha fest. »Nach meiner Rettung von New Paris, während des ersten Semesters an der Akademie ... Damals war ich weniger Mensch als Sie, Data. Wenn Darryl Adin mir nicht geholfen hätte ...«

Sie schnitt eine Grimasse und ballte die Fäuste. Das Blut wich aus ihren Wangen. »Ich begreife noch immer nicht, wie er ...«

Sie unterbrach sich erneut, und Data war ziemlich sicher, daß sie nicht weitersprechen würde.

Ihm standen alle Personaldateien im elektronischen Archiv der *Enterprise* zur Verfügung, und daher wußte er Bescheid. »Darryl Adin, Sicherheitsoffizier des Forschungsschiffes *Cochrane*, das die verlorene irdische Kolonie New Paris wiederentdeckte. Er leitete die Landegruppe, von der Sie gerettet wurden, kehrte zusammen mit Ihnen zur Erde zurück und sorgte dafür, daß man sich um Sie kümmerte, während er an anderen Raummissionen teilnahm. Sie standen kurz vor dem Ende Ihres Studiums, als Adin zurückkehrte, um einen Kurs über die jüngsten Neuheiten der Sicherheitstechnik zu besuchen. Sie ...«

Der Androide brach abrupt ab, als die Datenflut plötzlich eine Bedeutung gewann, sich in eine Tragödie aus Liebe und Verrat verwandelte, deren Protagonistin direkt vor ihm saß.

In Gedanken verfluchte er seine internen Speicher, die ständig Informationen lieferten, ohne ihren emotionalen

Gehalt zu berücksichtigen. Völlig unabsichtlich hatte er schmerzhafte Erinnerungen in Tasha Yar geweckt – indem er nur einfach Daten abrief und Fakten nannte.

Als sie das Thema wechselte ... Warum gab er der Versuchung nach, mehr in Erfahrung zu bringen? Warum entschied er sich nicht dazu, das zu respektieren, was die Menschen als Privatsphäre bezeichneten? Er hätte zumindest warten sollen, bis ihm der ganze Dateiinhalt für Elaborationen und Signifikanzanalysen zur Verfügung stand; in einem solchen Fall wäre ihm sofort klar gewesen, was er mit entsprechenden Worten bewirkte.

Jetzt konnte er sich nur unterbrechen und eine Entschuldigung murmeln.

Tasha zwinkerte und versuchte, ihre Tränen zurückzuhalten. »Es ist nicht Ihre Schuld, Data. Ich hätte daran denken sollen, daß Sie ohnehin über alle Informationen verfügen. Nun, jetzt wissen Sie, warum ich nicht gern über meine Zeit an der Starfleet-Akademie rede. Es war herrlich zu lernen, nach einem Ideal zu leben, von dem ich bis dahin nicht einmal zu träumen wagte. Ich streifte Zynismus und Desillusionierung ab, befreite mich von all den inneren Einstellungen, die auf New Paris mein Überleben gewährleisteten – und wie durch ein Wunder gab ich mir dadurch keine Blöße. Aber dann erwartete mich eine neue Enttäuschung, vielleicht die größte überhaupt: Jener Mann, der mir ein Beispiel gab, der in mir den Wunsch weckte, bei Starfleet Aufnahme zu finden, der Starfleet für mich *verkörperte* – er verriet alles, an das ich glaubte.«

Yar schwieg. Data musterte sie und stellte fest, daß sie aus dem Fenster sah und die Sterne beobachtete. Gleichzeitig reichte ihr Blick weiter, über die Kluft der Zeit hinweg in die Vergangenheit.

KAPITEL 3

Starfleet-Kadett Tasha Yar lag bäuchlings im Schlamm, dicht neben dem Fluß. Einige Meter entfernt sah sie ein Objekt, das in dieser Umgebung nichts zu suchen hatte: ein Boot. Es handelte sich nicht etwa um einen primitiven Einbaum oder ein aus Baumrinde bestehendes Kanu, sondern ein großes, aus Leichtmetall konstruiertes Fahrzeug, das über ein modernes, leistungsstarkes Triebwerk verfügte.

Eine solche Apparatur durfte auf Priamos IV nicht existieren. Ihre Präsenz stand in direktem Gegensatz zur Ersten Direktive.

Was bedeutete, daß sie nicht Starfleet gehören konnte. In diesem Zusammenhang ließen die Anweisungen des Föderationsrates keinen Interpretationsspielraum: Auf Priamos IV durften sich nur gut vorbereitete und sorgfältig getarnte wissenschaftliche Beobachter aufhalten. Müde, erschöpfte, hungrige und von blutsaugenden Insekten geplagte Kadetten gehörten nicht zur Kategorie ›Zugelassene Besucher‹, aber Yar befand sich nicht aus freier Wahl an diesem Ort.

Als das Scoutschiff U.S.S. *Threnody* in einen Ionensturm geriet und auseinanderbrach, überlebte Tasha zusammen mit zwei anderen Kadetten in einer Rettungskapsel. Es gelang ihnen, sich mit der verborgenen Starfleet-Niederlassung auf dem Planeten in Verbindung zu setzen, doch die Navigationssensoren versagten, und dadurch stürzten sie hundert Kilometer vom vereinbarten Landepunkt entfernt ab.

T'Pelak und Forbus starben durch die Wucht des Aufpralls. Nur Yar kam mit dem Leben davon und versuchte, zu Fuß den Landeplatz zu erreichen, in der Hoffnung, dort aufgenommen und in Sicherheit gebracht zu werden. Ihre

Lage hätte kaum schlechter sein können. Beim Absturz waren sowohl der Notsender als auch die übrigen elektronischen Instrumente zerstört worden. Kurze Zeit später kam es zu einer Explosion, die Yar aus der Kapsel schleuderte und gleichzeitig die Speicherbatterie in Fetzen riß. Forbus wurde unter den schweren Trümmern zerquetscht, und T'Pelak starb durch einen Stromschlag. Die Phaser, Kommunikatoren, Tricorder, Funkgeräte und alle mechanischen Komponenten der Überlebensausrüstung – nutzloser Schrott. Yar hatte ihre Gefährten verloren und besaß nur eine Machete, aber sie war alles andere als hilflos.

Sie mußte sich an ein anderes Ambiente anpassen, doch grundsätzlich unterschied sich ihre Situation kaum von der auf New Paris. Yar zweifelte nicht daran, daß es ihr gelingen würde, dem Tod ein Schnippchen zu schlagen. Sie fragte sich allerdings, ob sie als eine Angehörige von Starfleet überleben konnte. Ohne einen Kommunikator bestand keine Aussicht, der planetaren Basis eine Nachricht zukommen zu lassen. Sie mußte also unbedingt den Landeplatz erreichen. Wenn sie das Suchfahrzeug verpaßte, saß sie auf diesem Planeten fest, ohne eine Möglichkeit, in die Zivilisation zurückzukehren und ihr Studium fortzusetzen.

Aber selbst in einem solchen Fall brauchte sie nicht zu verzagen. Es gab durchaus die Möglichkeit, mit einer Suche nach den Föderationswissenschaftlern zu beginnen, die als Eingeborene getarnt auf Priamos IV arbeiteten. Tasha kannte die Funkfrequenz, mit der sie einen Kontakt zu ihnen herstellen konnte – doch ohne ein funktionierendes Funkgerät nützte ihr dieses Wissen herzlich wenig. Sie mußte sich also auf eine andere Art und Weise zu erkennen geben, damit sie abgeholt werden konnte, wahrscheinlich erst in einigen Jahren.

In der Zwischenzeit blieb ihr keine andere Wahl, als zu versuchen, sich einer primitiven Welt anzupassen, in der wie auf New Paris der Starke über den Schwachen herrschte, in der Macht Recht schuf.

Nein. Sie war entschlossen, den Weg zum Landeplatz fortzusetzen, gelegen in einem Wüstenbereich, den die Eingeborenen mieden. Die natürliche Strahlung an jenem Ort schadete ihnen, doch Menschen konnten sie zumindest einige Tage lang ertragen.

Aber beharrliche Skepsis nagte an Tashas Entschluß, als sie es ständig mit neuen Hindernissen und Problemen zu tun bekam. Während der ersten sechs planetaren Tage legte sie nur fünfzig Kilometer zurück, die Hälfte der Strecke, die sie vom Ziel trennte. Voller Unbehagen dachte sie daran, daß die von der Starfleet-Basis ausgeschickte Gruppe vielleicht schon nach ihr Ausschau gehalten und die Suche abgebrochen hatte ... Yar verlor viele Stunden, weil sie sich vor Raubtieren verstecken mußte, und zwei Tage lang lag sie in einer kleinen Höhle, erbrach sich dauernd und zitterte wie Espenlaub: Trotz der vielen Routine-Impfungen reagierte ihr Körper auf die Bakterien von Priamos IV. Die Krankheit schwächte sie, und dadurch kam sie noch langsamer voran.

Schließlich erreichte sie den Fluß, der sich bis zum Landeplatz erstreckte. Am Ufer standen einige Hütten, und die Erste Direktive besagte, daß eine schlanke, blonde Frau von den Eingeborenen nicht in ihrer wahren Gestalt gesehen werden durfte. Sie wäre sofort aufgefallen: Die Bewohner von Priamos IV hatten grünes Haar und kalkweiße Haut. Aber ganz abgesehen von den Geboten der Ersten Direktive – Tasha hielt es in jedem Fall für vernünftig, sich zu verbergen. Die Eingeborenen lebten in der Barbarei und wären bestimmt bereit gewesen, jedes fremdartige Geschöpf sofort zu töten.

Die beiden letzten Tage verbrachte Yar damit, sich auszuruhen und neue Kraft zu schöpfen, während die Insekten sie bei lebendigem Leib fraßen. Des Nachts schlich sie sich zum Dorf und verfluchte ihr Pech: Der Fluß war weit über die gewöhnlichen Ufer getreten und nur schiffbar, wenn man über ein solches technisches Wunder verfügte, wie es Tasha nun sah.

Gehörte es Starfleet-Angehörigen, die nach ihr suchten? Nein. Wenn die Basis jemanden ausschickte, so trugen die Betreffenden bestimmt Ganzkörpermasken — oder sie gingen nicht das geringste Risiko ein und setzten sich per Funk mit den getarnten Wissenschaftlern in Verbindung, um sie auf die abgestürzte Rettungskapsel hinzuweisen.

Woraus sich erneut die Frage ergab: Wer war mit diesem Boot gekommen?

Yar kroch durch den Schlick, von Kopf bis Fuß mit der stinkenden, gelbbraunen Masse bedeckt. Im blassen Licht der Morgendämmerung befürchtete sie keine Entdeckung: Wenn tatsächlich irgendwelche Dorfbewohner aufmerksam wurden, brauchte sie einfach nur reglos liegenzubleiben — dann hielt man sie vermutlich für eine Schlammbank. Ganz langsam schob sie sich an das Boot heran, seufzte lautlos und erleichtert, als sie auf der anderen Seite lag: Der Rumpf des High-Tech-Gefährts schirmte sie nun von den Hütten ab. Rasch stemmte sie sich in die Höhe, kletterte über die Reling und duckte sich unters Dach.

Die Kontrollen entsprachen denen an Bord eines jeden bodengebundenen Fahrzeugs der Föderation. Die Schirmfläche eines kleinen Computers glühte und projizierte eine kartographische Darstellung des Flusses: Eine deutliche Markierung kennzeichnete den Landeplatz, doch die Zeichen entstammten weder der englischen noch irgendeiner anderen Sprache, die Tasha kannte. Daneben leuchteten drei Auswahlmenüs mit programmtechnischen Optionen. Einige Symbole erinnerten sie ans Vulkanische, während ihr die zweite Schriftart völlig unverständlich blieb. Das dritte Bildschirmfenster zeigte Hinweise auf Klingonaase.

Nun, die Klingonen hatten sich inzwischen der Föderation angeschlossen.

Aber sie waren noch nicht sehr lange Mitglieder des interstellaren Völkerbunds. Gehörte dieses Boot jemandem, der nichts von der neuen Allianz hielt oder bereits vorher Kontakte zu den Eingeborenen knüpfte?

Und die früheren Verbündeten der Klingonen ...

Yar begriff plötzlich, daß weitaus mehr auf dem Spiel stand als nur ihr eigenes Überleben. Es handelte sich gewiß nicht um einen freien Händler, der die Botschaft des Warnsatelliten im Orbit ignorierte. Vielmehr deutete alles darauf hin, daß irgendein Föderationsgegner Einfluß auf die lokale Kultur nahm. Starfleet mußte so schnell wie möglich davon erfahren! Jetzt gab es für Tasha einen noch viel wichtigeren Grund, rechtzeitig den Landeplatz zu erreichen – und das Boot versetzte sie dazu in die Lage.

Immerhin: Die Dorfbewohner hatten es längst gesehen.

»Computer ...«, flüsterte Tasha.

Keine Antwort. Sie wartete eine Zeitlang und starrte auf das Gitter des akustischen Aktivators. Warum reagierten die Kontrollen nicht?

Oh, natürlich! Yars Übersetzungsmodul war ebenso defekt wie all die anderen elektronischen Instrumente, und der Computer nahm nur dann Anweisungen entgegen, wenn man eine der drei auf dem Schirm dargestellten Sprachen benutzte. Die dem Vulkanischen ähnelnde Schrift mußte Romulanisch sein, eine Sprache, die Tasha nicht beherrschte. Hinzu kam: Ihre Aussprache vulkanischer Worte war schlicht und einfach gräßlich. Sie holte tief Luft, flehte stumm den Segen des Erfinders automatischer Übersetzungsgeräte herbei und versuchte, sich an genug im Schlaf erlerntes Klingonaase zu erinnern, um sich verständlich zu machen.

Tasha nannte drei verschiedene Worte, und endlich leuchteten einige zusätzliche Kontrollen an der Konsole auf. Eine Sprachprozessorstimme kratzte, und Yar hoffte inständig, daß die Antwort ›Bereitschaft‹ bedeutete.

»Nicht so ...« Zum Teufel auch, wie hieß das klingonische Äquivalent von ›laut‹?

Während sie noch überlegte, wiederholte der Computer seinen Hinweis, noch lauter als beim erstenmal.

»Pscht«, machte Yar.

Woraufhin eine Sirene heulte und helle Warnlichter schimmerten!

Weißhäutige, grünhaarige Eingeborene stürmten aus ihren Hütten.

»Khest!« entfuhr es Yar. Sie brauchte dazu gar nicht erst in ihrem inneren Wörterbuch zu blättern – diesen Kraftausdruck kannte jeder Kadett und benutzte ihn täglich. »Gib mir manuelle Kontrolle!« verlangte sie auf Englisch, und der Computer ignorierte sie.

Speere prallten ans Dach und den Rumpf.

»Verdammte Idioten, hört auf damit!« erklang eine kehlige Stimme. »Ihr durchlöchert das Boot!«

Als Tasha das Fauchen hörte, wußte sie sofort, welchen Fehler sie gemacht hatte. Die ihr unbekannte Sprache war Orionisch. Und das orionische Signal für Gefahr klang wie das Zischen einer Schlange!

Ein plötzlicher Adrenalinschub ließ ihre Gedanken rasen, und endlich fiel ihr die klingonische Bezeichnung für ›manuelle Übernahme‹ ein. Hastig betätigte sie einige Tasten, und das Triebwerk begann zu brummen.

Ein elektromagnetisches Polster bildete sich, und das Boot stieg fast ganz aus dem Wasser, reagierte sofort auf Yars Schaltungen. Es schwang herum – und verharrte plötzlich! Ein dicker Strick verband es mit einem Pfahl am Ufer.

Tasha nahm ihre Machete und kroch unter dem Dach hervor ...

... als sich jemand über die Reling schwang und sie packte!

Es war ein großer orionischer Mann: Das graue Reptiliengesicht starrte auf sie herab, und gelbe Augen funkelten unter einer flachen Kopfbedeckung. Breite, kräftige Hände griffen nach Yars Beinen und zerrten sie zurück, bevor sie die Trosse durchtrennen konnte.

Tasha wand sich verzweifelt hin und her, drehte die Machete, um damit auf den Angreifer einzuschlagen.

Die Größe hinderte ihn keineswegs daran, sich flink zu

bewegen. Mit einem Ruck riß er Yar heran, und seine Finger schlossen sich wie Stahlklammern um ihr Handgelenk, drückten unbarmherzig zu.

Es gelang Tasha, das eine Bein aus dem Griff zu lösen, und sie zögerte nicht, rammte ihrem Widersacher den Fuß in die Magengrube.

Doch er ließ sie nicht los. Er stürzte nach hinten, hielt sie dabei weiterhin fest. Die linke Pranke blieb um Yars Wade geschlossen, die rechte um ihren Unterarm. Sengender Schmerz durchfuhr sie, als das Handgelenk mit einem dumpfen Knirschen nachgab.

Die Machete fiel aufs Deck.

Tasha wußte, daß ihr ein zweiter, noch schlimmerer Fehler unterlaufen war. Sie hatte sich von einem größeren und wesentlich stärkeren Gegner packen lassen.

Aber in dem kleinen Boot, das nur wenig Platz bot ...

Nein. Es gab keine Entschuldigung. Sie hatte die erste Runde verloren, was jedoch nicht unbedingt auf ein Ende des Kampfes hinauslief. Tasha entschied sich für die einzige Taktik, die einige Aussicht auf Erfolg versprach: Sie mußte den Orioner davon überzeugen, daß keine Gefahr mehr von ihr drohte.

Yar stöhnte leise, erschlaffte und erweckte den Anschein, das Bewußtsein zu verlieren.

Entweder ließ sich der Reptilienmann nicht zum Narren halten, oder er hielt es für besser, kein Risiko einzugehen. Bevor er das gebrochene Handgelenk losließ, griff er nach dem anderen Arm, ließ eine Schelle zuschnappen und befestigte die stählerne Fessel an einem von vielen Ringen in der Bootswand. Der Schluß lag auf der Hand: Es handelte sich um einen Sklaventransporter.

Der Orioner wandte sich von seiner Gefangenen ab.

»Computer«, knurrte er. »Steuer das Boot zum Ufer zurück und schalte das verdammte Triebwerk ab!«

Tasha verstand die Worte: *Sein* Übersetzungsmodul funktionierte einwandfrei.

Der Orioner entleerte einen Eimer Wasser über Yars

Gesicht, und daraufhin blieb ihr nichts anderes übrig, als zu prusten und wieder die Augen zu öffnen.

»Wen haben wir denn da?« grollte der Mann. »Eine menschliche Frau? Was machst du auf Priamos IV?«

Der Schlamm bildete nach wie vor eine dicke Kruste auf ihrem Leib, bedeckte die Starfleet-Uniform. »Ich bin freie Prospektorin«, erwiderte sie. »Mein Schiff stürzte auf diesem Planeten ab. Als ich Ihr Boot sah, erhoffte ich mir Hilfe.«

»Und deshalb hast du einfach beschlossen, es zu stehlen?«

»Ja. Als ich begriff, daß es einem orionischen Sklavenhändler gehört.«

Der Reptilienmann nickte. »Wie klug von dir. Schade, daß es nicht geklappt hat. Schade für *dich.* Für mich bist du eine unerhoffte Zugabe.« Er griff nach Tashas Kinn, drehte ihren Kopf erst zur einen und dann zur anderen Seite. »Ich glaube, unter dem Schlick verbirgt sich ein hübsches Gesicht. Und du bist stärker, als es zunächst den Anschein hat, denn sonst hättest du hier nicht überlebt. Irgendein einsamer Dilithium-Schürfer wird bestimmt 'ne Menge Geld herausrücken, wenn er dafür eine Frau bekommt, die nicht nur gut aussieht, sondern auch arbeiten kann.«

Er holte einen Medo-Kasten hervor, sondierte Tashas Handgelenk und richtete die Knochen aus, ohne auf ihren Schrei zu achten. Als er eine Regenerationsspange ansetzte, ließ der Schmerz allmählich nach.

Inzwischen befand sich das Boot wieder an der Anlegestelle. Drei Eingeborene starrten neugierig über die Reling. »Lieber Himmel!« entfuhr es einem von ihnen. »Einer der Kadetten hat überlebt!«

»Halt die Klappe!« knurrte die zweite Gestalt, aber es war bereits zu spät.

Yar machte ebenfalls den Fehler, sich nicht rechtzeitig

zu beherrschen. Schock und stechende Pein führten dazu, daß sie ihre Vorsicht vergaß. »Sie gehören zur Föderation!« platzte es aus ihr heraus.

»Wir müssen sie töten!« stieß der erste ›Einheimische‹ hervor und hob den Speer.

Der Orioner schob ihn beiseite. »Kommt nicht in Frage! Ich verkaufe sie an einem Ort, von dem aus sie nie in die Föderation zurückkehren kann. Machen Sie sich keine Sorgen. Mir liegt ebensowenig wie Ihnen daran, daß Starfleet von unserem kleinen Abkommen erfährt.«

»Trotzdem ist es sicherer, sie umzubringen«, brummte der zweite getarnte Wissenschaftler.

»Wenn Sie ihr auch nur ein Haar krümmen, geht es *Ihnen* an den Kragen«, zischte der Orioner. »Diese Frau ist eine ganze Ladung Priamiten wert.«

»Aber Sie sagten doch ...«

»Ich sagte, wir verwenden einige der Eingeborenen versuchsweise als Arbeitssklaven. Sie sind kräftig, dumm, willfährig und recht fruchtbar – zumindest hier auf ihrem Heimatplaneten. Wenn sie solche Eigenschaften auch in einer anderen Umgebung offenbaren und dort nicht verkümmern, kehren wir zurück und holen so viele Exemplare, wie Sie uns zur Verfügung stellen können. Das dürfte etwa ein Jahr dauern. Falls Sie dafür sorgen können, daß uns die Föderation nicht dazwischenfunkt, macht Orion Sie reich. So, ich muß jetzt los. Sind Sie ganz sicher, daß die von der Basis ausgeschickte Patrouille nicht zurückkehrt?«

»Wir haben den Leuten mitgeteilt, die Kadetten seien ums Leben gekommen – wir hielten sie alle für tot. Die Rettungskapsel bot nur drei Personen Platz und wir fanden zwei Leichen. Bestimmt ergeben sich keine Probleme: Von jetzt an sind wir hier ungestört, und es vergehen mindestens drei Jahre, bis ein anderes Starfleet-Schiff eintrifft. In dieser Zeit verdienen wir durch den Handel mit Ihnen genug, um uns zur Ruhe zu setzen und den Rest unserer Tage in Luxus zu genießen.«

Verzweiflung erfaßte Tasha Yar: Starfleet hatte tatsächlich nach ihr Ausschau gehalten – und dann die Suche abgebrochen. Hilflos beobachtete sie, wie gefesselte Eingeborene an Bord geführt wurden. Nach einer Weile lenkte der Orioner sein Boot in die Mitte des Flusses und fuhr in Richtung Landeplatz, wo vermutlich ein Shuttle wartete, um Yar zusammen mit den Priamiten in die Sklaverei zu entführen.

Das moderne Gefährt des Orioners verfügte zwar über ein recht leistungsfähiges Triebwerk, aber die Reise würde trotzdem rund zwei Tage in Anspruch nehmen. Tasha versuchte, mit den Priamiten zu sprechen, aber ohne ein funktionierendes Übersetzungsmodul konnte sie sich ihnen nicht verständlich machen. Die meiste Zeit über blieben ihre Mitgefangenen völlig still: Sie hockten im Rumpf des Bootes, dicht an der Wand, starrten stumpfsinnig ins Leere.

Als der Abend dämmerte, steuerte der Orioner das Ufer an und servierte seiner ›Ware‹ einen geschmacklosen Brei. Yar streckte sich auf dem Boden aus, fand jedoch keine auch nur annähernd bequeme Position: Der eine Arm blieb mit einer Schelle an den Wandhaken gefesselt, und das andere Handgelenk schmerzte und juckte, während es langsam heilte. Sie war hungrig, erschöpft und von Kopf bis Fuß mit trocknendem Schlamm bedeckt.

Trotz ihrer Müdigkeit sah sie sich außerstande, einige Stunden zu schlafen. Als der Orioner die Augen schloß, wartete sie eine Zeitlang, bevor sie sich leise aufrichtete und den stählernen Ring betrachtete. Ohne den magnetischen Schlüssel bestand keine Aussicht, die Schelle zu öffnen.

Zornig zerrte sie daran – und die Kette löste sich aus der Wandhalterung!

Einige Sekunden lang blieb die verblüffte Tasha reglos sitzen.

Glück. Ebenso unerwartetes wie unglaubliches Glück.

Durch einen Zufall steckte der Bolzen nicht völlig gerade im Metallplastik der Wand, und dadurch fehlte eine ausreichend feste Verankerung im stählernen Holm unter der Verkleidung. Es war nur ein ordentlicher Ruck notwendig, um die zweite Schelle abzureißen.

Yar handelte sofort, kletterte lautlos über die Reling, glitt in den Schlamm und kroch zum nahen Wald.

Kurze Zeit später fand sie Gelegenheit, über ihr Dilemma nachzudenken.

Es gab keine unmittelbare Fluchtmöglichkeit für sie: Die von Starfleet ausgeschickte Suchgruppe würde nicht zurückkehren. Von den Föderationswissenschaftlern durfte sie keine Hilfe erwarten. Ganz im Gegenteil: Sie mußte damit rechnen, sofort von ihnen getötet zu werden. Und wenn sie sich einzig und allein auf das persönliche Überleben konzentrierte, kehrten die orionischen Sklavenhändler in einem Jahr zurück, um weitere Eingeborene zu holen.

Andererseits: Wenn sich Tasha an die Priamiten wandte – von denen keine so große Gefahr auszugehen schien, wie sie zunächst angenommen hatte –, verletzte sie die Erste Direktive. Während sie ihre Sprache lernte, ließ es sich gar nicht vermeiden, daß sie etwas über die Welt verriet, aus der sie kam. Konnte sie der Versuchung widerstehen, den Einheimischen Verbesserungen zu zeigen, sie zum Beispiel mit Pfeil und Bogen vertraut zu machen? Es blieb ihr gar nichts anderes übrig, als sich irgendwelche Waffen zu beschaffen: Der Orioner wies die verräterischen Föderationswissenschaftler sicher auf ihre Flucht hin, und sie mußte sich verteidigen können, falls es zu einer Konfrontation mit ihnen kam.

Allein Tashas Präsenz stand schon im Widerspruch zur Ersten Direktive. Doch wenn sie einen Kontakt mit den Eingeborenen herbeiführte, setzte sie sich aktiv und ganz bewußt über die Nichteinmischungsprinzipien hinweg.

Doch wie sollte es ihr möglich sein, sie vor den orionischen Sklavenhändlern zu warnen, wenn sie nicht versuchte, eine gemeinsame Kommunikationsbasis zu schaffen?

Drei Jahre – so lautete die Auskunft der Wissenschaftler. Nun, vermutlich fand Yar irgendeine Möglichkeit, sechsunddreißig Standardmonate lang im Dschungel zu überleben. Es mußte für die Verräter weitaus schwieriger sein, sie dort zu finden als bei den Eingeborenen. Sie konnte ihnen zum Landeplatz folgen, wenn sie abgeholt wurden – und Starfleet ausführlich Meldung erstatten.

Aber wie viele Priamiten wurden während der nächsten drei Jahre in die orionische Sklaverei verkauft? Kräftig, robust und gefügig – perfekte Sklaven. Tasha hielt es sogar für möglich, daß die Orioner ihre ›Ware‹ auf Strahlungsempfindlichkeit testeten, sie als lebende Detektoren verwendeten ...

Übelkeit verursachte leichte Krämpfe in ihrer Magengrube.

Die Erste Direktive auf der einen Seite – und auf der anderen das Leben fühlender, intelligenter Geschöpfe.

Was war schlimmer: Einflußnahme auf die Entwicklung einer Kultur – oder Passivität selbst dann, wenn Angehörige eben jener Zivilisation versklavt wurden? Die Starfleet-Philosophie behauptete, bisher hätten alle Versuche, unterentwickelten Völkern bei ihrer kulturellen Evolution zu helfen, zu Katastrophen geführt. Deshalb die Erste Direktive.

Was mag geschehen, wenn die Priamiten durch meine Schuld in Abhängigkeit von Außenweltlern geraten? dachte Tasha Yar kummervoll. Wenn sie herausfinden, daß sie von getarnten Menschen betrogen und hintergangen wurden – erfinden sie dann den Krieg, der auf dieser Welt bisher unbekannt ist? Und wenn ich mich tatsächlich entscheide, die Erste Direktive zu verletzen ... Dann gibt es keinen Grund mehr, Priamos IV abzuschirmen. Vielleicht gründen interstellare Unternehmen in einem solchen Fall erste Niederlassungen auf diesem Planeten, um die natürlichen Ressourcen auszubeuten.

Hinzu kam noch etwas anderes: Yars Breitbandimpfungen bewahrten sie nicht davor, in diesem Ambiente zu erkranken. Die Föderationswissenschaftler hatten sich einer umfassenden Dekontaminierung unterzogen, bevor sie landeten, doch das war bei Tasha nicht der Fall. Trug sie in ihrem Leib Viren und Bakterien, die sich für die Priamiten als tödlich erweisen mochten? Vielleicht führte ihr Versuch, die Eingeborenen vor der Sklaverei zu bewahren, zu einer fatalen Epidemie.

In der Geschichte der Föderation gab es viele Beispiele für solche apokalyptischen Ereignisse.

Aber wenn Tasha nur an sich selbst dachte, an ihr eigenes Überleben ... Dann wurden Hunderte, möglicherweise sogar Tausende von friedlichen Einheimischen verschleppt, bevor Starfleet eingreifen und den Orionern einen Strich durch die Rechnung machen konnte.

Es erschien ihr besser, das aktuelle Entsetzen zu beenden und sich später um mögliche zukünftige Schrecken Gedanken zu machen.

Aber wenn Priamos IV als Folge ihres Handelns dem Profitstreben interstellarer Konzerne zum Opfer fiel, wenn man den Eingeborenen die Chance nahm, ihre Kultur selbst zu bestimmen, sich ohne fremden Einfluß zu entwikkeln? Wenn die Priamiten durch Tashas Schuld an Krankheiten starben, die für Menschen keine Gefahr darstellten?

Und die Orioner? Wer hinderte sie daran, weiterhin Kummer und Leid zu säen?

Die Sklavenhändler achteten sorgfältig darauf, ihren Einfluß örtlich zu begrenzen, so daß weiter entfernt wohnende Stämme nichts erfuhren. Auf diese Weise blieb das Überraschungsmoment auf ihrer Seite.

Tasha Yar hockte tief im Dickicht des Waldes und spürte, wie sich neuerliche Verzweiflung in ihr regte. Das verletzte Handgelenk schmerzte, und hinter ihrer Stirn herrschte das reinste Chaos. Sie zermarterte sich den Schädel, überlegte sogar, warum sie jemals so versessen darauf gewesen war, sich Starfleet anzuschließen.

Vor ihren müden Augen erschimmerten die Konturen, und die Waldszene verwandelte sich in Dutzende von bunten Quadraten. Sie schillerten und funkelten, formten schließlich zwei große metallene Türen, die zurückwichen und einen Korridor zeigten, in dem drei Personen standen: eine Vulkanierin, ein Mensch, der die Kleidung des medizinischen Korps von Starfleet trug – und der orionische Sklavenhändler.

Yar starrte ihn ungläubig an und glaubte, in einem Alptraum gefangen zu sein.

»Es ist vorbei, Tasha«, sagte die Vulkanierin. »Sie haben alles überstanden. Es handelte sich um einen Test. Sie sind wach und in die Realität zurückgekehrt.«

Der Dschungel von Priamos IV löste sich auf, und ein leeres Holodeck nahm seine Stelle ein.

Yar rieb sich das in Wirklichkeit überhaupt nicht verletzte Handgelenk und erinnerte sich langsam an das holografische Akademie-Szenario, mit dem ihre Reaktionen auf bestimmte Situationsmuster festgestellt werden sollten. Der menschliche Arzt, der neben ihr kniete und sie mit einem Tricorder untersuchte, hieß Dr. Forbus, und die vulkanische Heilerin war T'Pelak. Mit einer Hypnose hatten sie Yar von den subjektiv realen Aspekten der Simulation überzeugt und verhindert, daß ihr Gedanken wie »Oh, dies ist nur eine Übung, die aufgrund des Holodecks ziemlich überzeugend erscheint!« durch den Kopf gingen. Der Doktor und die Heilerin schlüpften in die Rollen von zwei anderen Kadetten, die beim Absturz der Rettungskapsel starben.

Und der Orioner? Es gehörten keine Orioner zu Starfleet. Orion war nicht Mitglied der Föderation, konnte es erst werden, wenn die Bewohner jenes Planeten einen grundlegenden Wandel in ihrer Lebensweise vollzogen.

Yar zuckte unwillkürlich zusammen, als der Reptilienmann neben ihr in die Hocke ging. »Du bist wirklich in dem Traum aufgegangen, Kleines«, sagte er.

Die Stimme ...

Tasha unterdrückte ihren Reflex, sofort anzugreifen, denn sie hörte nicht etwa das fauchende Zischen des orionischen Sklavenhändlers. Statt dessen vernahm sie eine

Stimme, die direkt aus der Vergangenheit zu stammen schien ...

Der Mann lachte gutmütig und nahm die Maske ab, offenbarte braune Augen, eine charakteristische, lange und gerade Nase. Ein Lächeln umspielte die vollen Lippen.

»Dare!« entfuhr es Yar. Sie schlang die Arme um ihn. »Darryl Adin! Ich wußte gar nicht, daß du hier bist!«

Er erwiderte die Umarmung. »Ich bin erst heute morgen eingetroffen. Als ich von deinem Test erfuhr, habe ich einige Beziehungen spielen lassen, um an der Simulation teilzunehmen und festzustellen, wie du dich verhältst.« Darryl half Tasha auf und fügte hinzu: »Du bist wahrhaftig erwachsen! Und ich bin sehr stolz auf dich.«

Yar freute sich darüber, daß ausgerechnet ihr Mentor ein solches Lob aussprach, jener Mann, der sie gerettet und ihr Leben vollkommen verändert hatte. Und doch ... »Du hast selbst dann gewonnen, als du mit bloßen Händen gegen mich antreten mußtest. Obgleich ich bewaffnet war.«

»Darum ging es in dem Test überhaupt nicht, Tasha«, erwiderte T'Pelak. »Das Programm sah den Angriff des orionischen Sklavenhändlers vor, während Sie sich kaum verteidigen konnten.«

»Du hast gut gekämpft«, kommentierte Dare. »Was mich nicht überrascht: Du setzt dich *immer* tapfer zur Wehr. Aber mit diesem Test sollte verifiziert werden, welche Entscheidungen du nach deinem letztendlichen Sieg triffst.«

»Nach meinem Sieg?« wiederholte Yar verwirrt. »Meine Güte, es war reines Glück, daß ich entkommen konnte. Übrigens halte ich das Szenario für nicht besonders gut. Ein Zufall folgte auf den anderen.«

Dr. Forbus lachte. »Kadett Yar, wir haben praktisch alle programmtechnischen Optionen wahrgenommen, um Ihren Einfallsreichtum auszugleichen und Sie in eine wirklich schwierige Lage zu bringen.«

T'Pelak nickte langsam und hob die Brauen — eine Geste, die bei Vulkaniern ebensoviel ausdrückte wie das dünne Lächeln eines Menschen. »Woraufhin sich meine verehrten Kollegen der Erkenntnis stellen mußten, daß sie sich selbst in eine ›Sackgasse‹ bugsiert hatten. Ihre Flucht erschien praktisch unmöglich.«

»Als uns die Counselor darauf hinwies«, warf Dare ein, »schlug ich vor, das festgefahrene Szenario mit einer losen Schraube wieder in Gang zu bringen.«

Yar beantwortete sein Grinsen mit einem hingebungsvollen Seufzen. Sie empfand es als wunderbar, diesen starken, zähen Mann wiederzusehen, und sie genoß seinen besonderen Sinn für Humor. Einerseits war ihr, als seien sie die ganze Zeit über zusammen gewesen, und gleichzeitig fühlte sie sich so, als begegne sie ihm zum erstenmal.

Seit sieben Jahren hatten sie sich nicht mehr gesehen, und während dieser Zeit bekam Tasha nur wenige Nachrichten von Darryl. Trotzdem bestand noch immer das alte Band zwischen ihnen, eine Verbindung, die nur sie beide teilten.

Yar wußte ganz genau, daß sie ihn niemals vergessen konnte! Nach ihrer Rettung von New Paris – in diesem Zusammenhang dachte sie in erster Linie an Dare und ließ die anderen Mitglieder der Landegruppe unberücksichtigt – machte er sie während der Reise zur Erde sowohl mit den Errungenschaften als auch den Erfordernissen der Zivilisation vertraut.

Tasha konnte von Glück sagen, daß die *Cochrane* ihre Mission beendet hatte und mit dem Rückflug begann, denn das gab ihr die Möglichkeit, zwei Monate an Bord zu verbringen, anstatt in irgendeiner Starbase abgesetzt zu werden. Schon nach wenigen Tagen begriff sie, daß Darryl kein Interesse an ihrem Körper hatte: Es kam ihm in erster Linie auf ihren Verstand an.

Zunächst reagierte Tasha mit ausgeprägtem Mißtrauen auf ihre neue Umgebung, aber sie fand schnell Gefallen daran, in einem sauberen und herrlich weichen Bett zu schlafen. Die Besatzung ermutigte sie, zu lernen und zu entdecken, und dadurch entstanden erste Lücken in ihrem emotionalen Panzer. Sie betrafen vor allen Dingen Darryl Adin.

Aus Furcht und Argwohn wurde Heldenverehrung. Wenn Dare Wert darauf legte, daß sie mehr als nur ein Dutzend Worte lesen lernte, so war Tasha entschlossen, seinen Erwartungen zu genügen. Er legte ihr nahe, beim Essen sonderbare Instrumente zu benutzen, und deshalb übte sie den Umgang mit ihnen. Er schlug ihr vor, viele Stunden lang die Geschichte ihres Lebens in einen Tricorder zu sprechen und anschließend mit der Bordcounselor darüber zu sprechen, und Yar kam seiner Bitte nach, obwohl ihr die Erinnerungen seelischen Schmerz bereiteten.

Dare führte sie in alle für Passagiere zugänglichen Bereiche des Raumschiffes, erklärte ihr die Funktionsweise der Geräte und Maschinen, brachte Yar das Schwimmen bei. Als sie darauf bestand, unterwies er sie sogar im Nahkampf, wobei er jedoch betonte, als zivilisierter Bürger der Föderation brauche sie keine entsprechenden Kenntnisse.

Aber für ein fünfzehnjähriges Mädchen ohne irgendeine Vorstellung von galaktischer Geschichte war die ›Föderation‹ ein nur schwer verständliches Konzept. Tasha Yars Phantasie wurde in erster Linie von Starfleet stimuliert, und als sie die Erde erreichten, hatte sie eine wichtige Entscheidung für ihr Leben getroffen. Zum erstenmal sah sie sich einer Gruppe von Personen gegenüber, deren Zusammenarbeit nicht nur auf den elementaren Notwendigkeiten des Überlebens basierte. Sie begann allmählich zu begreifen, daß sich Loyalität auch auf mehr gründen konnte als nur gemeinsame Bedürfnisse oder Habgier.

Als die *Cochrane* in den irdischen Orbit schwenkte, wußte Tasha, daß ihre Zukunft Starfleet hieß. Sie träumte davon, irgendwann einmal Sicherheitsoffizier an Bord eines Raumschiffes zu werden, so wie Darryl Adin.

Dare hörte geduldig und aufmerksam zu, wenn Tasha von ihren Wünschen und Plänen erzählte. Er gewährte ihr moralische und ideelle Unterstützung, wies mehrmals darauf hin, wie wichtig eine gute Vorbildung sei, nicht nur für das Studium an der Starfleet-Akademie, sondern für das Leben an sich. Er ließ ihre Intelligenz und Begabungen testen, sorgte dafür, daß sie eine spezielle Schule besuchen konnte, die ein komprimiertes, intensives Lehrprogramm anbot. Tasha mußte viel lernen, in möglichst kurzer Zeit.

Später wurde Adin mit neuen Missionen beauftragt. Man teilte ihn der *Copeland* zu, dann der *Seeker*, und Yar sah ihn erst wieder, als ihre Abschlußprüfung bevorstand. Es war ein sehr wichtiger Tag für sie: Das Ergebnis des Examens entschied darüber, ob sie ihre Ausbildung in einem anderen Lehrinstitut vervollständigen mußte oder das Privileg erwarb, an der Akademie zu studieren – notwendige Voraussetzung für eine Laufbahn als Starfleet-Offizier.

»Sicher sind Sie erschöpft und hungrig«, sagte Dr. Forbus. »Ich schlage vor, Sie essen etwas, unterhalten sich ein wenig mit Mr. Adin und gehen anschließend zu Bett. Das Analysegespräch findet morgen früh um neun Uhr statt, Kadett Yar.«

»In Ordnung, Doktor«, erwiderte Tasha und spürte, wie sich in ihrer Magengrube ein flaues Gefühl ausbreitete. In Hinsicht auf Priamos IV stand eine Entscheidung nach wie vor aus. Wahrscheinlich hatte man ihr die vorgesehene Zeit gelassen und sie dann geweckt. Bedeutete das ein Versagen ihrerseits? War sie zu unentschlossen? Wie lautete die richtige Antwort? Wer konnte zwischen der Versklavung intelligenter Wesen und dem Bruch der Ersten Direktive wählen?

An diesem Abend durfte Tasha nicht damit rechnen, entsprechende Auskünfte zu bekommen. Selbst wenn Dare Bescheid wußte – er würde ihr bestimmt nichts sagen. Ich sollte den Test vergessen und seine Gesellschaft genießen, dachte sie.

Darryl legte den Rest der orionischen Maske ab, und darunter kam eine Starfleet-Uniform zum Vorschein. Yar bemerkte sofort den dritten Stern des Rangabzeichens: Er war jetzt Commander. »Herzlichen Glückwunsch, Commander Adin«, sagte sie und lachte, als sie sich vorstellte, daß ausgerechnet Dare in die Rolle eines Sklavenhändlers schlüpfte. Er verdankte seine Beförderung der Entlarvung eines orionischen Kartells, das mehrere Planeten am Rand der Föderation betraf.

Als er die Stiefel auszog, erschien er Tasha überraschend klein.

Nun, er war nicht wirklich klein, sondern noch immer ein ganzes Stück größer als Yar. Aber seine Größe ging kaum über die eines durchschnittlichen Mannes hinaus.

Seltsamerweise zeigten ihn Tashas Erinnerungen als einen Hünen.

In den vergangenen sieben Jahren bin ich gewachsen, fuhr es ihr durch den Sinn. Sowohl körperlich als auch geistig.

Sie sah in Dare keine Art Halbgott mehr, sondern jemanden aus Fleisch und Blut. Was jedoch nichts daran änderte, daß sie ihn noch immer als einen Helden erachtete.

»Was machst du hier?« fragte sie. »Hast du Urlaub?«

»Ich nehme an einem Auffrischungskurs teil«, antwortete Darryl. »Während ich die Galaxis durchstreifte, hat Starfleet einige neue Sicherheitstechniken entwickelt. Ich soll mich über alle Innovationen informieren, bevor ich neue Einsatzorder bekomme. Mit anderen Worten: Ich bin das ganze Semester über auf dem Campus.« Er zeigte jenes warme, wundervolle Lächeln, das seine manchmal hart wirkenden Züge sanfter und attraktiver gestaltete. »Ich kann also erleben, wie mein Protegé sein Studium beendet. Ach, Tasha, ich bin so stolz auf das, was du aus deinem Leben gemacht hast.«

Yars Wangen röteten sich. »Mit diesem Lob solltest du noch ein wenig warten«, erwiderte sie. »Möglicherweise bin ich beim Priamos-IV-Test durchgefallen.«

»Wie kommst du darauf?« fragte Darryl neugierig.

»Ich wußte einfach nicht weiter«, sagte Yar und verzog das Gesicht. »Ich konnte keine Entscheidung treffen, Dare. Und ein Starfleet-Offizier, der sich nicht entscheiden kann ...«

»Pscht.« Darryl klopfte ihr auf die Hand. »Denk heute abend nicht mehr daran. Wir sprechen morgen früh darüber, wenn die Auswertung beginnt. Und sei unbesorgt. Du bist sicher noch immer so fleißig wie früher, und vermutlich hast du es in erster Linie mit konzentriertem Lernen bis hierher gebracht. Das bedeutet, du kannst alle Hürden nehmen, die dir Starfleet in den Weg stellt.«

Adin behielt recht. Am nächsten Morgen fand Yar heraus, daß ihr ethisches Dilemma während des Priamos-IV-Tests voll und ganz beabsichtigt gewesen war. Sie schilderte ihre Überlegungen nach der Flucht vom Boot des orionischen Sklavenhändlers, und daraufhin sagte Counselor T'Pelak: »Sie haben alle einzelnen Faktoren berücksichtigt, sogar Ihre Verletzung. Kadett Yar, es ist Ihnen gelungen, den Lehrstoff des Philosophiekurses zu verinnerlichen, der Ihnen zunächst solche Sorgen bereitete. Und nicht nur das: Sie berücksichtigen jene Erkenntnisse auch in den praktischen Anwendungen, bei denen Sie sich immer auszeichnen.«

»Ich verstehe nicht ...«, murmelte Yar verwirrt und sah Dare an, der aufgrund seiner Teilnahme an der Simulation zugegen war. Neben ihm saßen einige andere Männer: die angeblich so verräterischen Föderationswissenschaftler. »Ich bin passiv geblieben. Ich wußte nicht, wie ich mich verhalten sollte.«

»Mit den Ihnen zur Verfügung stehenden Informationen konnten Sie in der gegebenen Zeit gar keine Entscheidung treffen«, entgegnete T'Pelak. »Kadett Yar, Sie hätten versagt, wenn Sie bereit gewesen wären, Ihr Handeln zu bestimmen.«

»Soll das heißen, jede beliebige Entscheidung wäre falsch gewesen?« fragte Tasha verblüfft.

»Nicht unbedingt jede«, widersprach Commander Ermann, einer der ›Wissenschaftler‹. »Nur eine hastige, die Sie ohne eine eingehendere Analyse getroffen hätten, ohne gründlich alle Situationsaspekte zu prüfen. Wenn es sich nicht um eine Simulation gehandelt hätte, wären Sie natürlich gezwungen gewesen, irgendwann einen Beschluß zu fassen. Aber Ihre Instinkte rieten Ihnen, damit zu warten, solange sie verletzt und erschöpft sind. Wir unterbrachen das Szenario an jener Stelle, weil wir alle notwendigen Daten besaßen. Sie haben die Prüfung bestanden, einmal mehr mit Auszeichnung. Kadett Yar, Sie werden hiermit offiziell zum Abschlußsemester zugelassen.«

Das Gespräch endete, indem die übrigen Anwesenden Tasha gratulierten, doch sie konnte noch immer keinen klaren Gedanken fassen, als sie das Zimmer verließ. Dare folgte ihr. »Das war der letzte Test«, sagte er. »Was hast du jetzt vor?«

»Mir bleibt eine Woche Zeit, bevor das Semester beginnt. Ich glaube, ich schlafe mich richtig aus.«

Darryl lachte. »In der vergangenen Nacht hast du nicht viel Ruhe bekommen, was? Tut mir leid, Tasha – leider konnte ich dir nicht sagen, daß der innere Konflikt als Beweis für deine Reife genügte. Du mußtest heute morgen deine Beweggründe erklären, und wenn ich irgendeinen Einfluß auf dich genommen hätte ... Weißt du, in dieser Hinsicht ist mit T'Pelak nicht zu spaßen.«

»Oh, es geht gar nicht um dich«, erwiderte Yar. »Du durftest mir natürlich nichts verraten. Nein, ich meine den Test. Welchen Sinn hat er? Was nützt ein Sicherheitsoffizier, der zögert und sich nicht entscheidet?«

»Es ist viel schlimmer, irgend etwas zu überstürzen. Diese Erfahrung hast du bestimmt schon gemacht, oder?«

Yar nickte zerknirscht. »Allerdings. Ich muß nach wie vor lernen, diese Schwäche zu überwinden.«

»Nun, in vielen Fällen gibt es nachher die Möglichkeit, einen Ausgleich zu schaffen. Während der Simulation hast du eine wichtige Eigenschaft unter Beweis gestellt: Wenn du nicht in der Lage bist, einen Fehler zu korrigieren, handelst du keineswegs unbesonnen, sondern nimmst dir Zeit, gründlich nachzudenken.«

»Und wenn es eine reale Situation gewesen wäre?«

»Ja, was dann?« fragte Darryl.

Yar fühlte den durchdringenden Blick brauner Augen auf sich ruhen, und plötzlich erweiterte sich ihre Perspektive. Sie dachte nicht mehr nur an ihre eigene Lage, an den Dschungel, den Schlamm auf ihrem Leib, die Schmerzen im gebrochenen Handgelenk, ihre Hilflosigkeit. Die rationale Wahrnehmung wuchs darüber hinaus, und sie überlegte, wie ihr unmittelbares Handeln gestaltet sein mußte ...

»Ich vermute ... Nein, ich *weiß*, daß ich zunächst einmal Nahrung und einen Unterschlupf gesucht hätte. Ich dächte über alles nach, während der gebrochene Knochen zusammenwächst. Ich ginge den Verrätern aus dem Weg, die sicher jede Gelegenheit nutzten, mich als unbequemen Zeugen zu beseitigen. Ich würde eine Zeitlang die Eingeborenen beobachten – und erst dann eine endgültige Entscheidung treffen.«

»Genau das habe ich von dir erwartet«, sagte Darryl. »Überleben, die Lage einschätzen – und erst dann handeln. Begreifst du jetzt, warum ich so stolz darauf bin, daß du meinem Beispiel folgen und Sicherheitsoffizier in Starfleet werden möchtest?«

Während sich Tasha auf das Abschlußexamen vorbereitete, spürte sie bei Darryl Adin eine Art väterlicher Zufriedenheit über ihre Leistungen. Zuerst freute sie sich darüber, doch dann empfand sie es allmählich als störend.

Sie nahmen an zwei gemeinsamen Kursen teil: fortgeschrittene Sicherheitstechnik, Theorie und Praxis. Yar war wie üblich die Klassenbeste. Dare machte sich Notizen und schilderte seine persönlichen Erfahrungen, wenn ihn der Dozent dazu aufforderte, aber ansonsten hielt er sich zurück. Voller Erstaunen stellte Yar in der Mitte des Semesters fest, daß sie noch immer an der Spitze aller Studenten stand. Darryl Adin nahm den zweiten Platz ein.

»Warum?« fragte sie ihn. »Niemand hätte etwas dagegen, wenn du dich während des Unterrichts öfter zu

Wort melden würdest. Außerdem weißt du ja, wie sehr es mir gefällt, von dir herausgefordert zu werden — beim Praktikum nimmst du gewiß keine Rücksicht auf mich!«

»Darum geht es nicht, Tasha«, erwiderte Dare. »Ihr jungen Leute müßt die Theorie ausführlich diskutieren, bevor ihr sie in ihrem ganzen Ausmaß versteht. Commander Zarsh weiß, daß ich diesen Teil hinter mir habe. Deshalb lerne ich den Umgang mit allen neuen Techniken, ohne die Zeit zu beanspruchen, die ihr Kadetten braucht.«

»Aber weshalb ist mein Durchschnitt um drei Punkte höher als deiner?« hakte Yar nach. »Du bist der erfahrene Offizier. Eigentlich solltest du *jeden* Kadett übertreffen.«

Darryl lachte. »Dazu wäre ich auch imstande — wenn alle Prüfungen objektiv wären. Mein schwacher Punkt sind die Aufsätze — ich kann einfach nicht so gut schreiben wie du, Tasha. Eigentlich sollte ich mich deswegen schämen«, fügte er hinzu, doch das amüsierte Funkeln in seinen Worten übermittelte eine ganz andere Botschaft. »Immerhin habe ich eine normale Schulbildung genossen, im Gegensatz zu dir. Nun, B+ im schriftlichen Ausdruck genügt mir. Wenn auch die übrigen Benotungen berücksichtigt werden, ergibt sich trotzdem ein A. Bei Sicherheitsaufgaben kommt es vor allen Dingen auf die praktische Seite an; mit der klangvollen Prosa, die du bei deinen Berichten verwendest, kommt man kaum weiter.«

»Strengst du dich beim Praktikum deshalb so an?« erkundigte sich Yar. Seit Darryl Adin an jenem Kurs teilnahm, hatte er Tasha von ihrer absoluten Vorrangstellung verdrängt.

»Es bleibt mir gar nichts anderes übrig, wenn es dieser alte Körper mit euch jungen Leuten aufnehmen soll.«

»Ich bitte dich, Dare! Du bist doch nicht alt!«

»Ich bin über dreißig«, sagte er.

»Nur um zwei Jahre.«

Darryl lächelte reumütig und schüttelte den Kopf. »In unserem Job wird das Alter schnell zu einer zusätzlichen

Bürde, wenn man sich nicht fit hält. Meine Reflexe sind ebensogut wie deine, Tasha, und beim Zielschießen kannst du noch immer nicht mithalten ...«

»Ich übe und gebe mir Mühe!«

»... aber trotz der modernen Medizin fordern Verletzungen ihren Preis. Du weißt ja, welchen Risiken man in unserem Beruf ausgesetzt ist. Ich habe mir auf Twenginian das Rückgrat gebrochen, und deshalb kann ich nie wieder so geschmeidig sein, wie ich es früher einmal war.«

»Was? Davon hast du mir nie erzählt.«

Darryl zuckte mit den Schultern. »Die Wirbelsäule wurde nicht vollständig durchtrennt. Man brachte mich in die Krankenstation, und einen Monat später wurde ich entlassen und konnte den Dienst wiederaufnehmen. Es fällt mir keineswegs schwer, bei den medizinischen Untersuchungen allen Erfordernissen zu genügen, doch ich *weiß*, daß ich meinen früheren Standards nicht mehr gerecht werden kann. Ich muß täglich üben und dabei gegen die stärksten und flinksten Gegner antreten, um in Form zu bleiben.« Eine Zeitlang starrte Adin ins Leere. »Ich habe Kollegen gesehen, die sich nicht an diesen Grundsatz hielten und langsam immer schwächer wurden. Ich möchte verhindern, daß so etwas auch mit mir passiert.«

Zwar wechselte Dare rasch das Thema, aber Yar nutzte später ihre Zugangsberechtigung als Endsemester-Studentin, um in den elektronischen Archiven Starfleets nachzusehen und festzustellen, was Darryl auf Twenginian zugestoßen war. Alle wußten, daß die *Seeker* auf jenem Föderationsplaneten einen geheimen Stützpunkt von Orionern entdeckt und zerstört hatte, doch die Einzelheiten unterlagen einer strengen Geheimhaltungsklassifikation.

An Bord der *Cochrane* bekleidete Dare den Posten des Ersten Sicherheitsoffiziers, doch während der beiden nächsten Einsätze wurde er als stellvertretender Sektionsleiter größeren Raumschiffen zugeteilt. Sein Verantwortungsbereich wuchs ebenso wie die Besatzungsstärke, was bedeutete, daß er wichtigere Pflichten wahrnahm. Die Versetzungen kamen also Beförderungen gleich.

Sicherheitsoffizier Vento Scoggins leitete die Landegruppe auf Twenginian, ein Mann mit über zwanzigjähriger Erfahrung bei Starfleet. Die Berichte zeigten deutlich, daß er einfach nicht rechtzeitig genug zur Stelle war, um die Verwundung seines Stellvertreters zu verhindern. Scoggins bekam keinen Verweis, und nicht ein einziger Eintrag in seiner Personalakte deutete auf Nachlässigkeit hin.

Die *Seeker* setzte ihre Mission gegen die Orioner fort. Als das Schiff Conquiidor erreichte, war Dare wieder auf den Beinen – und sein Vorgesetzter gab ihm den Befehl über die Einsatzgruppe, die mehr als zweihundert Föderationsbürger aus der orionischen Sklaverei befreite. Dadurch wurde Darryl Adin zu einem Helden. Kurze Zeit später schied Scoggins ehrenvoll aus dem aktiven Dienst aus und zog sich in den Ruhestand zurück.

Yar las zwischen den Zeilen: Scoggins fühlte sich verantwortlich für Dars Verletzungen und nahm den Abschied, bevor noch jemand aus seinem Kommando zu Schaden kommen konnte.

Tasha war zu jung, um sich über langsam nachlassende Reflexe Sorgen zu machen. Und was Darryl betraf: Wer bei einem außerordentlich schwierigen Praktikum Dutzende von Senior-Kadetten besiegen konnte, gehörte bestimmt nicht zum alten Eisen!

Dennoch kam Adin immer wieder auf den Altersunterschied zu sprechen. Er nannte seine Klassenkameraden ständig ›ihr jungen Leute‹, und als er zusammen mit Yar eine häusliche Lektion in taktischer Theorie durchging, revanchierte sich Tasha.

»Na schön, du weiser alter Mann: Zeig mir mit deiner langjährigen Erfahrung, wie du einen von siebzehn aggressiven und schwer bewaffneten mercaptanischen Kriegern gehaltenen Hügel nimmst, obgleich du nur von drei Angehörigen der Sicherheitsabteilung begleitet wirst.«

Eigentlich gab es überhaupt keine mercaptanischen Krieger. Die ebenso abscheulichen wie gefährlichen Feinde waren reine Phantasieprodukte und wurden immer wilder und unberechenbarer, weil jedes Abschlußsemester die programmierten Charakteristiken erweiterte. Derzeit handelte es sich um drei Meter große Geschöpfe mit Schuppen, zotteligem Fell, Klauen und langen Reißzähnen. Darüber hinaus bestand ihre Bewaffnung aus tragbaren Photonentorpedos.

»Sieh die ganze Sache wie eine Schachpartie«, antwortete Dare.

»Wie eine Schachpartie?« wiederholte Yar verwirrt. Schach gefiel ihr nicht besonders gut, wohingegen Dare praktisch alle jemals erfundenen Spiele meisterlich beherrschte.

In diesem Zusammenhang ging ein Gerücht, für das noch eine Bestätigung fehlte: Angeblich hatte Darryl ein *Klin-zha*-Turnier gewonnen, bei dem alle anderen Spieler Klingonen waren.

»Wir brauchen es nicht mit der gesamten gegnerischen Streitmacht aufzunehmen«, erklärte Adin. »Wichtig ist nur, den König in eine ausweglose Lage zu bringen.«

»Mercaptaner haben keine Könige«, sagte Yar.

»Aber dafür gibt es bei ihnen Leute mit ähnlich bedeutsamer Stellung, Tasha«, entgegnete Dare.

»Ja, ich verstehe«, brummte Yar und mußte sich eingestehen, daß tatsächlich eine Analogie existierte. »Die Krieger gehorchen den Befehlen des Truppenkontrolleurs. Und sie schützen ihn gut, sind sogar bereit, sich für ihn zu opfern.«

»Die Frage lautet also: Wie kommen wir an ihn heran?«

»Ich glaube, du kennst die Antwort«, sagte Yar. »Während ich noch immer vergeblich danach suche. Er ist auf allen Seiten von Soldaten umgeben und verfügt außerdem über einen individuellen Schutzschirm. Wir haben nicht die geringste Möglichkeit, an ihn heranzukommen.«

»Das ist auch gar nicht nötig«, erwiderte Dare geduldig. »Wir brauchen ihn nur in eine Falle zu locken.«

»Aber wie?«

»Denk nach, Tasha. Ohne die Führung durch einen Truppenkontrolleur ...«

»... laufen mercaptanische Krieger Amok. Wirklich nett: Sie sind schon so wild genug.«

»Du hast völlig recht. Was greifen sie an, wenn sie sich in Berserker verwandeln?«

»Praktisch alles, auch ihre eigenen Gefährten. Das ist ein alter Trick, Dare, und unter den gegenwärtigen Umständen läßt er sich nicht verwenden. Uns fehlen genug Leute, um den Gegner zu veranlassen, einen Kreis zu bilden oder in zwei gegenüberstehenden Reihen Aufstellung zu beziehen. Und selbst wenn wir auf ein größeres Kontingent zurückgreifen könnten: Unsere Feuerkraft reicht nicht aus, um den Kontrolleur zu töten, so daß die Mercaptaner übereinander herfallen.

»Du hast nicht zugehört, Tasha. Ich sprach davon, ihn in eine Falle zu locken.«

Yar wandte den Blick vom Bildschirm ab und musterte Darryl. »Wie? Womit? Ich sehe nirgends irgendwelche verborgenen Bergwerksschächte oder Fallgruben.«

»Wenigstens bist du jetzt auf dem richtigen Weg«, sagte Dare. »Wir möchten den gegnerischen Kommandeur von den Kriegern trennen, so daß seine Leute völlig außer sich geraten, wenn er ihnen keine Befehle mehr erteilt. Und um sicherzustellen, daß die übergeschnappte Truppe mit sich selbst genug zu tun hat und uns in Ruhe läßt, müssen die Soldaten in die richtige Position gebracht werden.«

Yar konzentrierte sich wieder auf den Schirm. Was plante Dare? Was ließ sich mit nur drei Begleitern bewerkstelligen?

Plötzlich kam ihr eine Idee. Tasha streckte ruckartig die Hand aus, rief die persönlichen Daten des Sicherheitspersonals ab und lächelte. »Thonis, ein Andorianer – aber er hat an der vulkanischen Akademie der Wissenschaften studiert. Hier haben wir's: moderne Computertechnologie; Dozent: Sarek von Vulkan. Außerordentlich gute Benotungen in allen Einzelfächern. Mit *solchen* Qualifikationen müßte Thonis in der Lage sein, alle nur erdenklichen Computer anzuzapfen, auch den des mercaptanischen Truppenkontrolleurs. Er braucht dazu nur einen Tricorder, und ... Ja, ein solches Gerät gehört zu seiner Ausrüstung. Der Fall ist klar: Thonis stellt eine Verbindung zum Rechnermodul des gegnerischen Kommandeurs her und befiehlt den Truppen, auf die von uns gewünschte Weise Aufstellung zu beziehen; dann schließt er die Modemkreise des Kontrolleurs kurz, bevor er der Anweisung widersprechen kann!«

»Haargenau richtig«, brummte Dare zufrieden.

»Du hast es schon einmal mit einem solchen Szenario zu tun gehabt!« warf ihm Yar vor.

Darryl schüttelte den Kopf. »Nein. Ich weiß nur, wie wichtig es ist, über die speziellen Fähigkeiten der einzelnen Mitglieder einer Landegruppe informiert zu sein. Denk immer daran, Tasha: Wer zur Sicherheitssektion eines Raumschiffes gehört, ist eben kein mercaptanischer Krieger. Wir sind mehr als organische, gegeneinander austauschbare Kampfmaschinen.«

»Darüber bin ich froh«, erwiderte Yar. »Ich fühle mich nämlich durchaus als Individuum.«

»Aber was weißt du von den individuellen Fähigkeiten der anderen Studenten – abgesehen von ihren Leistungen beim Unterricht? Welches Musikinstrument spielt Johnson?«

Yar zuckte hilflos mit den Achseln. »Keine Ahnung.«

»Klavier«, sagte Darryl. »Und Pringle ... Warum kennt sie sich so gut mit Textverarbeitungssystemen aus?«

»Ist das der Fall?«

Dare lächelte. »Sie schreibt Artikel, Tasha. Während ihres Studiums an der Akademie hat sie mehr als ein halbes Dutzend in verschiedenen Magazinen über Gartenbau veröffentlicht.«

»Gartenbau?« Yar hob die Brauen. »Kein Wunder, daß ich davon nichts weiß. Für Gärten habe ich mich noch nie interessiert.«

»Aber wenn du dich zusammen mit Pringle auf einem fremden Planeten befindest und euch der Proviant ausgegangen ist?«

Yar nickte. »Oder wenn Gefahr von fleischfressenden Pflanzen droht ... Ja, ich verstehe, Dare. Hast du über die ganze Klasse Erkundigungen eingezogen?«

»T'Keris ist Expertin für Architektur. Jessamins Disziplin und Anmut sind das Ergebnis langjähriger Ballett-erfahrungen. Wokonski betätigt sich als Bildhauer. Pro-Prenicle interessiert sich für Archäologie. Verne ...«

»Schon gut.« Yar ächzte leise. »Du hast mich bereits genug beschämt. Ich kenne meine Studienkollegen seit inzwischen drei Jahren – und bisher hatte ich nicht die geringste Ahnung, wie sie ihre Freizeit verbringen. Vielen Dank für den Hinweis, Dare. Ich werde mich gründlich über die anderen Besatzungsmitglieder informieren, *bevor* ein Landeunternehmen beginnt, bei dem bestimmte Begabungen und Fähigkeiten eine wichtige Rolle spielen könnten.«

Darryl lächelte aufmunternd. »Mach dir nichts draus, Tasha. Du bist noch jung. Im Laufe der Zeit ...«

»Hör endlich auf damit!« entfuhr es Yar zornig.

Verwirrungsfalten bildeten sich in Adins Stirn. »Womit?«

»Red nicht dauernd wie ein alter Mann. Du bist nicht mein Vater, Dare!«

»Nein«, sagte er leise. »Das bin ich gewiß nicht, Tasha.« Er sah sie an, und das Glühen des Computerschirms spiegelte sich in seinen Augen wider. »Und ich kann auch nicht länger behaupten, daß ich dir nur väterliche Gefühle entgegenbringe.«

Irgend etwas erzitterte in Yar, eine seltsame Mischung aus Schmerz und Wohlbehagen. »Ich bin jetzt erwachsen«, sagte sie und trat noch näher an ihn heran. Viele Jahre lang hatte sie Vorstellungen von Sexualität mit den schrecklichen Erlebnissen auf New Paris verbunden, und sie kam nur mit Hilfe einer intensiven, von Starfleet-Counselors entwickelten Therapie darüber hinweg. Zum erstenmal gab sie nun dem seltsam angenehmen Vibrieren des Begehrens nach.

Das Herz klopfte ihr bis zum Hals empor, als sich die Distanz zwischen ihnen auf ein Minimum verringerte. Dare verstand sofort; er konnte ihre Absicht auch gar nicht falsch interpretieren. »Tasha«, flüsterte er und schlang die Arme um sie.

Yar sah zu ihm auf, ließ sich allein von ihren weiblichen Instinkten leiten. Er begegnete ihr einmal mehr mit dem herrlichen Lächeln, das seine markanten Züge glättete. Nach einigen Sekunden neigte er den Kopf ein wenig zur Seite, so daß ihre Nasen nicht aneinanderstießen, und küßte sie.

Es war ein zögernder, zurückhaltender Kuß, der jedoch fast sofort Platz für mehr Leidenschaft schuf. Yar spürte, wie die letzten Reste der Anspannung aus ihr wichen, verglich ihr Empfinden mit dem eigentümlichen Gefühl der Heimkehr, als sie die Starfleet-Akademie betrat und wußte, daß ein völlig neuer und vielversprechender Abschnitt in ihrem Leben begann. Hinzu kam nun eine Ruhe, die alle Winkel ihres Selbst ausfüllte.

Als sich ihre Lippen wieder trennten, ließ Dare sie nicht etwa los, sondern drückte sie sanft an sich und flüsterte ihr ins Haar: »O ja, Tasha, du bist erwachsen. Daran kann überhaupt kein Zweifel bestehen.«

KAPITEL 4

»Tasha?« Lieutenant Commander Data musterte seine Begleiterin besorgt. Schon seit einer ganzen Weile saß sie völlig reglos und starrte aus dem Fenster. Als sich die Frau umdrehte, lächelte sie verträumt. An was auch immer sie gedacht hatte: Offenbar gehörten auch angenehme Dinge dazu. Der Androide stellte erleichtert fest, daß er mit seinen Fragen und Bemerkungen nicht nur kummervolle Erinnerungen in ihr geweckt hatte.

»Ich bin soweit in Ordnung, Data«, sagte sie. »Die Zeit heilt alle Wunden.«

»Das klingt wie ein ...«

»Aphorismus. Ja. Bestimmte Aussprüche werden zu Aphorismen, indem man sie wiederholt – weil sie wahr sind. Ich kann es Darryl Adin nie verzeihen, daß er Starfleet verraten hat, aber ... Nun, er war nicht durch und durch böse, Data. Eine solche Beschreibung trifft auf niemanden zu. Ich habe ihn noch immer so in Erinnerung, wie ich ihn damals sah, als einen starken, tapferen, klugen und umsichtigen Mann.«

»Hielten Sie ihn für attraktiv?« fragte der Androide. »Für das Äquivalent eines schönen Prinzen?«

Tasha lachte. »Wohl kaum. Eigentlich wies er sogar eine gewisse Ähnlichkeit mit Ihnen auf.« Sie holte erschrocken Luft und fügte hastig hinzu: »Bitte verstehen Sie mich nicht falsch. Ich meine ...« Sie brach ab.

Ihre Reaktion verwirrte Data. »Soweit ich das feststellen kann, entspricht mein Erscheinungsbild in etwa dem eines durchschnittlichen Mannes. Statur, Gesichtsstruktur und Haarfarbe vereinen einzelne ästhetische Aspekte verschiedener menschlicher Subspezies. In rein organischer Hinsicht gibt es natürlich erhebliche Unterschiede zur theoretischen Norm. Außerdem bin ich gar nicht dafür konstruiert, mit einem Menschen verwechselt zu werden. Meine Hautfarbe versetzt mich zum Beispiel in die Lage, möglichst viel Energie zu absorbieren, und die Augen ...« Er zögerte. »Bitte entschuldigen Sie. Diese Dinge bleiben für Sie sicher ohne Belang.«

Tasha lächelte. »Sie sind nicht etwa durchschnittlich, sondern eher ein Ideal«, erwiderte sie und fuhr etwas nachdenklicher fort: »Nun, vielleicht glaube ich das nur, weil Sie dem ... ersten Mann ähneln, den ich liebte. Die erste Liebe vergißt man nie, Data.«

Der Androide gewann den Eindruck, daß Tasha nicht vom ›ersten Mann‹ hatte sprechen wollen, sondern vom ›einzigen‹. Doch diese Angelegenheit gehörte zu dem Thema, das er auf keinen Fall erneut anschneiden durfte. »Ich bin nicht attraktiv«, sagte er statt dessen.

»Zumindest nicht in gewöhnlicher Hinsicht. Aber das macht Ihnen kaum etwas aus, oder?«

»Schön ist, wer schön handelt«, entgegnete Data. »Der äußere Schein kann trügen. Schönheit liegt im Auge des Betrachters ...«

Tasha wurde seinen Erwartungen gerecht, und schmunzelte, woraufhin der Androide seinen Vortrag beendete. Als er festgestellt hatte, daß er Menschen zum Lachen bringen konnte, indem er aus den Informationen seiner internen Speicher eine Liste von Definitionen und Beispielen schuf, begann er mit einer Analyse des Phänomens Humor und gelangte dabei zu verständlichen Resultaten. Menschen fanden die Wiederholung eines bestimmten Musters amüsant; Vertrautheit führte bei ihnen zu Entspannung, bewirkte ein Gefühl sicherer Behaglichkeit. Nachdem sich Data darüber klar geworden war, setzte er diese Technik häufig ein, um in kritischen Situationen die allgemeine Stimmung zu verbessern. Wobei er allerdings vorsichtig sein mußte: Unter bestimmten Bedingungen erzielte er damit nicht etwa Erheiterung, sondern handelte sich Captain Picards Ärger ein.

Diesmal rief er genau den gewünschten Effekt hervor. Tasha lächelte noch immer, als sie fragte: »Warum sollten Sie es bedauern, nicht wie die Männer in den holografischen Rekrutierungsprospekten von Starfleet auszusehen, solange sich Ihnen mehr Frauen an den Hals werfen als Will Riker?«

»Es werfen sich mir keine ...«

»Kommen Sie, Data. Sie wissen, was ich meine.«

Der Androide fragte sich, wie er auf dieses besondere Thema reagieren sollte. »Ich nehme an, Frauen beurteilen Männer weniger nach dem Aussehen als umgekehrt«, antwortete er schließlich.

»Diesmal haben Sie die richtigen Schlußfolgerungen aus Ihren Beobachtungen gezogen«, sagte Yar. »Zumindest was Menschen betrifft. Nun, Sie sprachen davon, daß Sie bestimmte Speisen mit angenehmen Situationen assoziieren und daraufhin den Geschmack mögen, wenn Sie ihm noch einmal begegnen. Erinnern Sie sich?«

»Ja«, bestätigte Data unsicher und versuchte vergeblich, logische Verbindungen zwischen den Begriffen Speisen, Aphrodisiaka und Schönheit herzustellen. Als Tasha fortfuhr, begriff er, daß sie auf etwas ganz anderes hinauswollte.

»Frauen sehen Männer aus einer vergleichbaren Perspektive. Wir halten jene Vertreter des angeblich starken Geschlechts für attraktiv, die einem einstigen Geliebten ähneln. Manche Psychologen behaupten, Frauen fühlten sich zu Männern hingezogen, in denen sie ihren Vater wiederzuerkennen glauben. Nun, ich habe meinen Vater nie kennengelernt, und deshalb bleibe ich vermutlich auf all diejenigen fixiert, die Darryl Adin ähnlich sehen.« Tasha lächelte schelmisch. »Ich fürchte, Sie müssen sich damit abfinden, daß ich Sie für attraktiv halte.«

»Ich, äh, erachte das als ein Kompliment«, sagte Data und nutzte die Gelegenheit, sein derzeitiges Forschungsgebiet zu erörtern. »Was die Beurteilung von weiblicher

Schönheit betrifft, gehen die Meinungen nicht annähernd so weit auseinander wie bei männlicher Ästhetik.«

Tasha nickte. »Das stimmt.«

»Sie sind schön«, fügte Data hinzu.

Yar blinzelte überrascht. »Nun, einige Leute vertreten eine solche Ansicht.«

»Es handelt sich um eine Einschätzung, die alle männlichen Vertreter der Brückencrew teilen. Dennoch unterscheiden Sie sich von Counselor Troi, die ebenfalls bewundert wird. Captain Picard hält Dr. Crusher für schön, worauf ihr Sohn sowohl mit Verwunderung als auch mit vagem Unbehagen reagiert.«

»Was haben Sie gemacht, Data?« fragte Tasha ungläubig. »Eine Abstimmung veranstaltet?«

»Ja«, gestand der Androide ein. »Ich möchte die menschlichen Ideale der Schönheit verstehen.«

»Sie wollen wirklich das Unmögliche, nicht wahr?«

Data neigte den Kopf zur Seite. »Sie halten so etwas für unrealisierbar? Nun, mir ist durchaus klar, daß in Hinsicht auf ästhetische Beurteilungen nie völlige Übereinstimmung herrschen kann. Aber es muß doch eine Formel geben, mit der sich bestimmen läßt, warum eine Mehrheit von Menschen gewisse Personen als attraktiv bezeichnet. Commander Rikers Ansichten zum Beispiel sind ein guter Maßstab für weibliche Schönheit; bisher habe ich noch nie festgestellt, daß die Mehrheit – oder auch nur eine bedeutende Minderheit – seinen Einstellungen widerspricht. Leider bin ich derzeit nicht in der Lage, ihn nach seiner Meinung über Präsidentin Nalavia zu fragen.«

Tasha lachte. »Oh, ich kann mir denken, was er über *sie* sagen würde, Data. Und wenn Sie die Möglichkeit hätten, in der *Enterprise* eine umfassende Meinungsanalyse durchzuführen, fänden Sie schon bald heraus, daß in diesem Fall eine beträchtliche Minderheit andere Auffassungen vertritt als Riker!«

»Wie meinen Sie das?« fragte der Androide.

»Jeder Mann an Bord wäre sofort bereit, Nalavia als außergewöhnlich schön zu bezeichnen, während alle weiblichen Besatzungsmitglieder dem widersprächen und sich somit zu Lügen hinreißen ließen.«

»Sie verwirren mich, Tasha«, murmelte Data.

»Nalavia gehört zu den Frauen, die sofort das männliche Interesse erwecken«, erklärte Tasha. »Sie ist eine Art Erdmutter, aber gleichzeitig jung und keineswegs unnahbar — Eigenschaften, die sie voll ausnutzt. Genau darin liegt der Unterschied zwischen ihr und Deanna, die sich durch ähnliche physische Reize auszeichnet. Deanna vereint den Ernst des Starfleet-Offiziers mit der mütterlichen Sanftmut einer Counselor. Auf diese Weise gleicht sie die Gefahren ihrer Schönheit aus.«

»Was für Gefahren?« erkundigte sich Data neugierig.

»Deanna ist fast *zu* attraktiv«, fuhr Tasha fort. »Damit könnte sie Männer abschrecken. Sie wird damit fertig, indem sie sich immerzu freundlich und zuvorkommend verhält. Aus diesem Grund genießt sie bei den Frauen an Bord die gleiche Wertschätzung wie bei den Männern. Nalavia hingegen ... Wir empfingen nur eine aufgezeichnete Nachricht von ihr, aber die Botschaft bestand nicht allein aus Worten. Vom Bildschirm her stimulierte sie die maskulinen Instinkte ihres männlichen Publikums, und wahrscheinlich steckte volle Absicht dahinter.«

Data konzentrierte sich kurz auf die gespeicherte Nachricht, wobei sein Interesse in erster Linie den Reaktionen der Brückencrew galt. Ja, die anwesenden Männer offenbarten tatsächlich so etwas wie überraschte Faszination. »Aber das allgemeine Verhaltensmuster änderte sich nicht. Ich meine, niemand ließ sich allein von seinen Instinkten leiten.«

»Wer zu Starfleet gehört, lernt schon nach kurzer Zeit, nicht mit den Hormonen zu denken. Wie dem auch sei: Haben Sie jemals erlebt, daß Wesley Crusher in einer ganz normalen Situation derart verlegen und unsicher war? Armer Junge: Er hat noch keine umfassende Ausbildung genossen, die es ihm erlaubt, sich ständig unter Kontrolle zu halten, und außerdem ist er mitten in der Pubertät. Nalavia gegenüber hatte er nicht die geringste Chance.«

»Oh«, sagte Data und nickte. »Jetzt verstehe ich. Es überraschte mich, daß Wesley von der völlig unlogischen Annahme ausging, der Captain könne ihn der Sondierungsgruppe für Treva zuweisen.«

»Wesley brachte schlicht und einfach einen Wunsch zum Ausdruck«, erwiderte Tasha. »Der Grund dafür blieb ihm ein Rätsel, wohingegen die anderen Männer auf der Brücke sofort Bescheid wußten. Nun, Captain Picard hätte ihm mit mehr Nachsicht begegnen sollen. Sicher wird eines Tages ein guter Offizier aus Wesley – wenn es ihm gelingt, bis dahin zu überleben.«

Data wollte einwenden, daß Captain Picard den jungen Fähnrich niemals bewußt irgendwelchen Gefahren aussetzen würde, begriff aber dann, daß Tasha ihre letzte Bemerkung scherzhaft meinte. Er nahm sich Zeit, sie gründlich zu analysieren, begrüßte die Gelegenheit, über menschliche Gefühle zu diskutieren. In diesem Zusammenhang verfügte Tasha über weitaus mehr Kenntnisse. »Ich nehme an, Sie wollen auf folgendes hinaus: Wesleys Mischung aus Jugend und Intellekt erregt häufig Unwillen, und deshalb könnte jemand veranlaßt werden, allein aus Ärger seine physisch-psychische Integrität zu beeinträchtigen. Allerdings klangen Ihre Worte nicht etwa ernst, sondern eher spöttisch.«

»Sie haben's erfaßt, Data«, bestätigte Tasha. »Allerdings: Wer einen Witz in seine Einzelteile zerlegt, zerstört die Pointe.«

Der Androide nickte erneut. »Es fällt mir schon schwer genug, den Humor an sich zu verstehen. Aber wenn es um unterschiedliche Qualitäten von Witzen geht ...«

Tasha lächelte. »Sie lernen es sicher, Data. Durch Erfahrung. Nun, wie lange dauert es noch, bis wir die ersten Sendungen von Treva empfangen können?«

»Etwa sechzehn Stunden – es sei denn, man schickt

uns eine Subraum-Nachricht.« Data runzelte die Stirn. »Ahnen Sie irgend etwas?«

»Nein, nicht in dem Sinne. Ich bezweifle nur, ob uns Nalavia die ganze Wahrheit erzählt hat.«

»Mit einer so kurzen Mitteilung war sie dazu gar nicht imstande.«

»Es geht mir um etwas anderes. Vielleicht ist es weibliche Intuition – obwohl es Captain Picard ebenfalls bemerkt hat. Irgend etwas an ihr weckt Argwohn.«

»Worauf gründet sich Ihr Mißtrauen?« fragte der Androide.

»Nun, offenbar erwartet Nalavia, daß Starfleet eingreift, ohne sich ein genaues Bild von der Lage auf ihrem Planeten zu machen.«

»Die trevanische Kultur ist recht primitiv«, sagte Data. »Kriegsherrn protestieren gegen eine demokratische Form der Regierung und Verwaltung. Wer auf einer solchen Welt als erfahrener Politiker gilt, könnte nach unseren Maßstäben geradezu naiv sein. Vielleicht fehlen uns auch einige wichtige Informationen. Es gibt zum Beispiel Zivilisationen, in denen ein von den Schwachen ausgehender Ruf um Hilfe die Starken veranlaßt, eine beschützende Haltung einzunehmen.«

»Camelot«, warf Tasha ein und nickte. Ihre Bemerkung galt einem Planeten, deren Bewohner das Prinzip einer Ritterlichkeit achteten, die selbst in historischer Hinsicht nur die Bedeutung einer Legende besaß. »Ja, es wäre durchaus möglich, daß es uns an Kenntnissen über elementare trevanische Grundsätze mangelt. Aber wenn solche Angaben selbst in den Berichten des ersten Forschungsteams fehlen, bleibt uns wohl nichts anderes übrig, als abzuwarten, bis wir uns einen unmittelbaren Eindruck verschaffen können.«

Tasha verbrachte die nächsten sechzehn Stunden, indem sie sich mit körperlichen Übungen beschäftigte, schlief und eine weitere Mahlzeit einnahm. Data brauchte noch keine zusätzlichen organischen Nährstoffe. Ab und zu sprachen sie miteinander, doch die meiste Zeit über teilten sie ein entspanntes Schweigen. Unterdessen setzte das Shuttle seinen Flug fort. In Abständen von jeweils zwölf Stunden schickte der Androide eine Routinemeldung an die *Enterprise:* »Keine besonderen Vorkommnisse.«

Schließlich verkürzte sich die Entfernung zum Zielplaneten auf eine Distanz, die es Data erlaubte, erste Funksignale zu empfangen. Auf Trevas Hauptkontinent war die akustische Übertragung längst keine innovative Technologie mehr, doch überraschenderweise wurden die entsprechenden Signale nun auch von Bildern begleitet. Data prüfte Frequenzen und Modulationsstrukturen, und kurze Zeit später stellte er fest: »Die Trevaner verwenden eine von den Ferengi stammende Sendetechnik!«

»Die Ferengi unterhalten Kontakte zu vielen Welten«, entgegnete Tasha. »Solange Treva nicht zur Föderation gehört, gibt es keinen Grund für Nalavia, auf einen Handelsaustausch mit ihnen zu verzichten.«

»Aber wenn die Trevaner Geschäftsverbindungen sowohl zur Föderation als auch zu den Ferengi knüpfen – vielleicht haben sie dann beide Seiten um Hilfe gebeten.«

Tasha preßte die Lippen zusammen und schob das Kinn vor. »Wir dürfen keine voreiligen Schlüsse ziehen. Zunächst einmal müssen wir herausfinden, wie die allgemeine Lage beschaffen ist. Die Ferengi werden nur dann aktiv, wenn sie sich Profit versprechen. Aus diesem Grund sind sie wahrscheinlich gar nicht zu einer Intervention bereit. Nun, falls Treva wegen einer möglichen Einschränkung des Handels mit den Ferengi und anderen nicht zur Föderation gehörenden Kulturen darauf verzichtete, sich ganz offiziell um eine Mitgliedschaft zu bewerben, könnten wir Nalavias Wohlwollen erringen, indem wir unmittelbare Hilfe anbieten.«

»Diplomatie ist nicht gerade eine meiner herausragendsten programmtechnischen Eigenschaften«, sagte der Androide.

»In meinem Repertoire spielt sie ebenfalls nur eine untergeordnete Rolle«, erwiderte Tasha. »In dem Zusammenhang fällt mir ein: Eigentlich bilden wir eine recht sonderbare Landegruppe.«

»Captain Picard trifft seine Entscheidungen immer mit großer Umsicht«, murmelte Data.

»Das stimmt. Nun, sehen wir uns die Sendungen an. Vielleicht finden wir darin einige wichtige Hinweise.«

Der zentrale Bildschirm glühte.

Während der nächsten beiden Stunden ignorierten Data und Tasha die jenseits des Aussichtsfensters schimmernden Sterne. Ihre Aufmerksamkeit galt einzig und allein den Darstellungen auf der großen Schirmfläche.

Zuerst wurden nur Unterhaltungsprogramme ausgestrahlt: Tänze, Sport, Filme, deren dramaturgischer Sinn verborgen blieb, weil die beiden Insassen des Shuttles nur einzelne Szenen verfolgten. Immer wieder kam es zu Einblendungen, die zum Kauf bestimmter Produkte animierten. Data meinte, es handele sich offenbar um private Sendeanstalten, finanziert von verschiedenen Unternehmen der freien Wirtschaft: Die Sender bestritten ihre Kosten mit dem Ausstrahlen sogenannter ›Werbespots‹, in denen die Produkte und Waren der Sponsoren angepriesen wurden.

»Das alles erinnert mich an Minos«, fügte der Androide hinzu.

Tasha nickte. »Wahrscheinlich haben die Trevaner nicht nur die Sendetechnik der Ferengi übernommen, sondern auch ihr Programmsystem.«

Data probierte es mit verschiedenen Frequenzen, doch die vorherigen Bilder wiederholten sich, bis die Sportübertragung endete. Darauf folgte eine längere Sendung, die für verschiedene Rauschmittel, Waffen, kosmetische Artikel, Kleidung und Privatfahrzeuge warb. Es schlossen sich weitere Drogen an: Getränke, Duftstoffe und Tabletten — chemische Substanzen, die sofortiges Glück in Aussicht stellten. Data bemerkte das nachdenkliche Schweigen seiner Begleiterin und runzelte die Stirn. »Sind Sie bedrückt?«

Tasha wandte den Blick vom Bildschirm ab. »Ist das Leben auf Treva so schlecht? Oh, ich weiß, *wie* schlimm es sein kann, Data. Meine eigene Mutter nahm Drogen, um einer harten und erbarmungslosen Realität zu entfliehen. Dieses Volk aber ... Die trevanischen Bürger gehen einer geregelten Arbeit nach, haben ein Heim, Familien und genug zu essen. Mit der Einnahme von Rauschmitteln riskieren sie ihren Ruin.«

»Der Bericht des Forschungsteams erwähnt keine weitverbreiteten chemischen Abhängigkeiten«, sagte der Androide und brachte Tashas Bemerkung über ihre Mutter in Verbindung mit der Information, daß sie als Fünfjährige sich selbst überlassen wurde.

Aber Tasha legte ganz offensichtlich keinen Wert darauf, über ihre Vergangenheit zu sprechen. »Endlich eine Nachrichtensendung«, sagte sie und deutete auf den Schirm.

Die erste Meldung betraf Repräsentanten der Föderation, die am nächsten Tag eintreffen und dabei helfen würden, den Rebellenaufstand zu beenden.

»Rebellenaufstand?« wiederholte Data verwundert.

»Was ist mit den Kriegsherrn geschehen?« fragte Tasha.

Der Nachrichtensprecher ging mit keinem Wort darauf ein, kommentierte statt dessen einige Szenen, die Starfleet in ›voller Aktion‹ zeigten: Ein Raumschiff der alten Constitution-Klasse zerstörte einen ganzen Planeten; Soldaten in Uniformen, wie sie vor hundert Jahren gebräuchlich waren, kämpften gegen Klingonen. Hinzu kamen kurze Schilderungen, die den ersten Krieg zwischen der Föderation und den Romulanern betrafen: Ein Kreuzer manövrierte im All und katapultierte Photonentorpedos hinaus; der Explosionsblitz zerfetzte den Gegner, ein romulanisches Schiff.

»Man stellt uns wie Aggressoren dar!« entfuhr es Tasha. »Wie gnadenlose Mörder!«

»Die Bilder sind authentisch«, stellte Data fest. »Aber sie stammen aus einer anderen Epoche der Föderation und sind so aneinandergefügt, daß Starfleet den Eindruck einer Kriegsflotte erweckt.«

»Dies ist die Macht, die uns unterstützen wird, wenn wir uns ihren Repräsentanten gegenüber als würdig erweisen«, sagte der Kommentator. »Wir bitten Sie alle, den Abgesandten der Föderation einen herzlichen Empfang zu bereiten. Die Delegation wird von Starfleet Commander Data und dem Ersten Sicherheitsoffizier Yar geleitet.«

Tasha lachte humorlos. »Die Delegation besteht nur aus uns beiden. Und haben Sie gehört, auf welche Weise man unsere Ränge nannte? Es klingt so, als gehörten wir zur Starfleet Command.« Sie schnappte plötzlich nach Luft. »Woher stammt *das* denn?«

Der Bildschirm bot den Zuschauern eine jüngere Tasha Yar dar, die mit dem Phaser in der Hand auf der Brücke eines Raumschiffes stand und gegen jemanden kämpfte, der nicht von den Kameras erfaßt wurde.

»Die *Starbound«,* flüsterte Tasha. »Während des Übungsflugs. Lieber Himmel, wie gelangten diese Aufnahmen nach Treva?«

»Schon bei der ersten Mission bekam die junge Tasha Yar Gelegenheit, ihre heldenhafte Tapferkeit zu beweisen«, verkündete der Sprecher. »Sie rettete mehreren Besatzungsmitgliedern das Leben, als ein skrupelloser Feind das Schiff angriff und unter seine Kontrolle zu bringen versuchte.«

Phaserstrahlen zuckten und gleißten durch den Kontrollraum, aber Tasha behauptete ihre Stellung, und die kühl glänzenden Augen brachten nur grimmige Entschlossenheit zum Ausdruck, nicht einmal eine Spur von Furcht. Als ihr Gegner auf sie zustürmte, eröffnete sie das Feuer, und die Konturen der Umgebung verschwanden im grellen Schimmern eines Überladungsblitzes.

»Es wird nicht gezeigt, wie meine Gefährten um mich herum starben«, brummte Tasha düster. »Ich soll einige Besatzungsmitglieder gerettet haben? Es war Darryl, der ...«

Sie unterbrach sich abrupt, und Data speicherte die Worte, um sich später eingehender mit ihrem Bedeutungsinhalt zu befassen.

Die nächsten Bilder demonstrierten eine Tasha, die an Bord der *Enterprise* ihren routinemäßigen Pflichten nachging.

Dann kam Data an die Reihe. Er nahm an einem sportlichen Wettkampf der Starfleet Akademie teil, hob erst drei, dann sogar vier und fünf seiner Studienkollegen in die Höhe, wirkte dabei ein wenig verwirrt. Der Androide erinnerte sich an seine damalige Verwunderung: Er hatte bereits alle Tests hinter sich, die Körperkraft, Ausdauer und Belastungsfähigkeit ermittelten, und deshalb fragte er sich, wozu eine derartige Zurschaustellung seines Leistungsvermögens diente. Später erfuhr er, daß die entsprechenden Aufzeichnungen insbesondere Schulen zur Verfügung gestellt wurden. Bevor er seinen Dienst an Bord eines Raumschiffes antrat, besuchte er als Bildungsrepräsentant Starfleets viele Lehrinstitute auf der Erde und den anderen Planeten des Sonnensystems.

»Zumindest weiß ich, woher dieses Material stammt«, wandte er sich an Tasha. »Wahrscheinlich gibt es Starfleet noch immer heraus, wenn sich jemand nach mir erkundigt. Es sind alles andere als aktuelle Informationen, und ... Nun, ich kann es nicht genau erklären, aber solche Szenen erfüllen mich aus irgendeinem Grund mit ... Unbehagen.«

»Weil Sie darin wie ein Objekt und nicht als Person dargestellt werden«, erwiderte Tasha sofort. »Übrigens verzichtet Starfleet heute darauf, Ihrem Dossier so etwas hinzuzufügen. Ich sehe diese Bilder jetzt zum erstenmal. Bestimmt liegen die Speichermodule mit den Originalen in irgendeinem Archiv — als Relikte einer für Starfleet Command beschämenden Vergangenheit. Sie sind jetzt ein geschätzter und respektierter Offizier, kein Ausstattungsstück, von dem man nicht genau weiß, wie man es verwenden soll.«

Doch die restliche Sendung über Data ähnelte den Berichten, die Tasha betrafen. Er wurde ebenfalls als wild um sich schießender Kämpfer gezeigt, und die Quintessenz lautete: Dieser Mann ist nicht nur aggressiv, sondern auch sehr gefährlich.

»Mit Hilfe von Starfleet«, sagte der Kommentator, »werden wir unsere friedliche Welt von den Rebellen befreien, die gegen unsere Lebensweise opponieren und die Macht über uns alle anstreben. In Tongaruca kam es gerade heute zu einem weiteren Zwischenfall: Die Rebellen griffen wehrlose Bürger an, die sich auf dem Marktplatz versammelten ...«

Das Bild wechselte und zeigte ein dichtes Gedränge. Plötzlich gleißte ein Explosionsblitz, und von einem Augenblick zum anderen brach das Chaos aus. Wer nicht sofort starb und noch kriechen oder gehen konnte, begegnete am Rande des Platzes schwer bewaffneten Männern und Frauen, die sich einen Spaß daraus machten, mit dikken Knüppeln auf die Hilflosen einzuschlagen. Wer Widerstand zu leisten wagte, wurde mit Phasern erschossen.

Data runzelte die Stirn. »Die ›Rebellen‹ verfügen über Strahlwaffen. Warum stellt Nalavia keine eigene Armee zusammen, um ihr Volk vor solchen Angriffen zu schützen?«

»Das ist eine der Fragen, auf die wir eine Antwort finden müssen«, erwiderte Tasha. »Zwei weitere lauten: Warum haben sich die Kriegsherrn in Rebellen verwandelt? Gegen *was* rebellieren sie?«

Stumm starrten sie auf den Bildschirm, und Data bekam einen ersten Hinweis, als gut ausgerüstete Soldaten in Bodenfahrzeugen eintrafen und die Angreifer vom Platz vertrieben. Allerdings gingen ihre Schüsse ins Leere: Die Aufständischen entkamen, und daraufhin halfen die Soldaten den überlebenden Zivilisten.

Data drehte den Kopf. »Wenn diese Nachrichten ebenso sorgfältig redigiert sind wie die Berichte über uns ...«

»Ich glaube, die Ausdrücke ›Zensur‹ und ›Manipulation‹ sind weitaus angemessener«, warf Tasha ein. »Vielleicht gibt es auf Treva überhaupt keine freie Presse.«

»Nalavia behauptet das Gegenteil«, sagte Data. »Halten Sie es für möglich, daß die Journalisten gegen eine Intervention Starfleets sind und uns deshalb als Repräsentanten einer militärischen Streitmacht darstellen?«

»Möglich«, murmelte Tasha. »Ganz gleich, wer diese Meldungen vorbereitete: Der Betreffende scheint davon überzeugt zu sein, daß sich die Bevölkerung ein energisches Eingreifen *wünscht.*« Sie zuckte mit den Schultern. »Was in gewisser Weise verständlich ist. Die Soldaten taugen jedenfalls nicht viel.«

»Aber der trevanische Journalismus scheint sich durch ein hohes Maß an professioneller Kompetenz auszuzeichnen«, sagte Data. »Ganz offensichtlich waren Kameraleute zur Stelle, um den Angriff zu filmen.«

Tasha riß unwillkürlich die Augen auf. »Meine Güte, Sie haben recht! Und das gibt überhaupt keinen Sinn. Es sei denn, die Reporter sympathisieren mit den Rebellen und wollen zeigen, daß sie unbesiegbar sind ... Nein, Unsinn. In einem solchen Fall würden die Aufständischen wohl kaum als Terroristen dargestellt. Aber indem man *uns* in recht düsteren Farben malt ...« Sie seufzte. »Ich werde einfach nicht schlau daraus.«

»Meine Signifikanzanalyse führte ebensowenig zu einem konkreten Ergebnis. Ich brauche zusätzliche Daten.« Der Androide sah wieder auf den Bildschirm, doch die Nachrichtensendung ging gerade zu Ende. Eine Wettervorhersage schloß sich an, und darauf folgten Musik und Tanz. Die anderen Kanäle brachten ähnliche Programme, und die einzige Alternative bestand in einem Dokumentarfilm, in dem es um Pflanzen und Tiere ging. Data schaltete den Empfänger aus. »Vermutlich erfahren wir erst mehr, wenn wir auf Treva landen.«

Am nächsten Tag, als sie sich dem Zielplaneten näherten, justierte Tasha Yar den Bildschirm erneut auf die trevanischen Sendungen. Die Shows und Varietés unterschieden sich kaum von denen des Vortages, doch bei den Nachrichten erwartete sie eine Überraschung. Alles war für die Ankunft der Starfleet-Delegation vorbereitet. Der Kommentator wies auf strenge Sicherheitsmaßnahmen hin, denn es bestehe die Gefahr, daß Feinde des Volkes einen Angriff auf die beiden Abgesandten der Föderation planten.

»Interessant«, bemerkte der Androide. »Diesmal werden weder Kriegsherrn noch Rebellen erwähnt. Statt dessen ist von ›Feinden des Volkes‹ die Rede.«

Als Data und Yar vorgestellt wurden, zeigte man sie nicht als entschlossene Kämpfer, sondern unterstrich ihre friedfertige Natur. Die Aufzeichnungen stammten von Starbase 74: Tasha gewann bei einem Geschicklichkeitsspiel, das nicht nur Geduld, sondern auch Intelligenz erforderte, und Data offenbarte eine unerschütterliche Ruhe, als er vier neugierigen Kindern die Funktion des Bildungscomputers erläuterte.

»Vermutlich hat Starfleet dieses Material über uns herausgegeben und Treva übermittelt«, sagte Yar. »Darin werden wir völlig anders geschildert als gestern.«

»In der Tat«, bestätigte Data. »Entweder hat man gestern nicht damit gerechnet, daß wir die Sendungen verfolgen ...«

»... oder die Verantwortlichen glaubten, wir seien gar nicht dazu in der Lage«, fügte Tasha hinzu.

Der Androide nickte. »Die Kommunikationsanlagen des Shuttles sind nicht leistungsfähig genug, um die schwachen Signale aufzubereiten. Ich habe sie verstärkt. Nun, inzwischen sind wir dem Planeten nahe genug, um sie problemlos zu empfangen.« Er musterte Tasha mit einer Mischung aus Unschuld und Verwirrung. »Warum haben die trevanischen Medien gestern ein verzerrtes Bild von uns gezeigt, während sie heute eine genauere, wenn auch unvollständige Präsentation darbieten?«

»Für eine freie Presse wäre so etwas undenkbar«, antwortete Yar. »Es ist ein Indiz — wenn auch kein endgültiger Beweis — dafür, daß Nalavia die Sendungen kontrolliert.«

Data nickte ruckartig, gab damit zu erkennen, daß er noch nicht analysierte Informationen speicherte. Anschließend wandte er sich wieder dem Schirm zu. Tasha beobachtete sein Profil und stellte einmal mehr fest, wie sehr der Androide ihrem früheren Mentor ähnelte — obgleich ihr das erst gestern bewußt geworden war. Natürlich ließ sich Data kaum mit Dare verwechseln, aber sie gehörten zum gleichen Typ: mittlere Größe, schlanke Statur. Hinzu kamen erstaunliche Parallelen in bezug auf die allgemeine Struktur des Gesichts: hohe Stirn, schwere Lider, eine lange und gerade Nase. Datas Kinn war nicht ganz so kantig, und bei der Mundform gab es erhebliche Unterschiede. Darryls Züge gewannen dadurch eine gewisse Anmut, und wenn er die vollen, gewölbten Lippen zu einem Lächeln verzog, konnte ihm praktisch keine Frau widerstehen. Doch wenn er wütend wurde, verliehen sie seiner Mimik etwas so Fratzenhaftes und Drohendes, daß selbst mutige Männer zurückwichen und in Deckung gingen.

Bei Data fehlten solche Ausdrucksmöglichkeiten. Seine Lippen waren blaß und dünn — allerdings wußte Tasha aus eigener Erfahrung, wie sinnlich sie unter bestimmten Umständen sein konnten. Der Androide lächelte nur selten und grinste nie. Die Lebenserfahrung hatte ihn noch nicht die Gefühle gelehrt, die derartige mimische Reaktionen bewirkten. Andererseits wurde Data praktisch nie zornig, zeigte höchstens gelinden Ärger. Sein Gesicht gewann keine furchteinflößenden Aspekte. Ganz im Gegensatz zu Dare: Adins Wut hatte sich für immer in ihr Gedächtnis eingebrannt, erinnerte sie sowohl an die erste als auch letzte Begegnung mit ihm. Beim erstenmal galt sein

Zorn der Lustbande auf New Paris, beim letztenmal ihr selbst.

Data drehte sich zu ihr um, und als Tasha seinen fragenden Blick auf sich ruhen spürte, begriff sie, daß sie ihn die ganze Zeit über angestarrt hatte. Seine großen, goldgelben glänzenden Augen ließen sich nicht mit denen eines Menschen vergleichen. Yar überlegte, ob sie nach und nach natürlich wirken mochten, wenn sich der Androide besser der menschlichen Gemeinschaft anpaßte. Entwikkelten sie dann auch die unauslotbare Tiefe der braunen Pupillen, die sie manchmal in ihren Träumen sah? War ein Androide imstande, solche emotionalen Höhen zu erklimmen und in derart tiefe, von Gefühlen geschaffene Schluchten zu stürzen? Wahrscheinlich nicht. Sicher erzeugte sein Programm schützende Barrieren, die ihn davor bewahrten, so gefährlich, heimtückisch und durchtrieben zu werden wie sein ›Bruder‹.

Oder wie Darryl Adin.

»Tasha?«

»Ja? Haben Sie schon unsere Ankunftszeit berechnet?«

»Wir treffen in einer Stunde und siebzehn Komma drei Minuten ein.« Data zögerte und fügte dann hinzu: »Sie sind besorgt. Sollen wir der *Enterprise* eine Nachricht schicken und vorläufigen Bericht erstatten?«

»Das ist eine ausgezeichnete Idee«, sagte Yar, froh darüber, daß der Androide ihre Nachdenklichkeit falsch interpretiert hatte. Eigentlich erwartete Captain Picard die nächste Meldung erst nach ihrer Landung, aber gerade jetzt hatten sie Zeit genug, um die Routinemitteilungen mit Einzelheiten zu erweitern. Data fügte Aufzeichnungen der beiden Nachrichtensendungen hinzu, und anschließend formulierten sie ihre Vermutungen.

Als sie mit dem Wortlaut zufrieden waren, strahlte Data die Botschaft ab. Die *Enterprise* hatte während der vergangenen Stunden ihren Warpflug fortgesetzt, und deshalb dauerte es jedesmal länger, bis die Berichte Captain Picard erreichten. Bisher waren zwei Meldungen bestätigt worden. Wahrscheinlich verging ein weiterer Tag, bevor eine Antwort auf diese Mitteilung empfangen werden konnte, und da sich Data und Tasha zu jenem Zeitpunkt nicht mehr im Shuttle befanden, würde sie im Kom-Speicher auf einen Abruf warten.

Kurz darauf setzten sich die beiden Insassen des Shuttles mit dem Raumhafen von Trevas Hauptstadt in Verbindung und setzten zur Landung an. Man brachte ihr Gefährt in einem Hangar unter, und als Data und Yar ausstiegen, sahen sie sich von mehreren Männern und Frauen umringt. Sie trugen schwarze Kombinationen mit roten, blauen oder grünen Mustern. Zwar handelte es sich nicht direkt um Nachahmungen von Starfleet-Uniformen, doch aus der Ferne betrachtet erweckte das Begrüßungskomitee den Eindruck, ebenfalls zur Delegation zu gehören. Waren die trevanischen Bürger so dumm zu glauben, daß derart viele Personen in einem kleinen Shuttle Platz fanden?

Am Rande der Landefläche hatten sich einige Leute versammelt, die von Soldaten zurückgehalten wurden. Man führte Data und Yar in einiger Entfernung an ihnen vorbei und zu einem Bodenfahrzeug, das sie zur Stadt brachte. Offenbar waren die Straßen für den gewöhnlichen Verkehr gesperrt, und Tasha stellte fest, daß ihnen einige Wagen folgten. Darin saßen die Trevaner, die sie im Hangar erwartet hatten. Hinter den Abgrenzungen an den Gehsteigen standen viele Schaulustige, um einen Blick auf die Besucher aus dem All zu werfen.

Der Präsidentenpalast stand am Stadtrand, umgeben von einer gepflegten Parkanlage. Als das Fahrzeug durchs Tor rollte, zeichnete Yar eine mentale Skizze des Geländes, hielt ganz automatisch nach anderen Zugängen und möglichen Fluchtrouten Ausschau. Überraschenderweise forderte man sie nicht auf, die Phaser abzugeben; sie durften die Waffen sogar behalten, als sie das Gebäude betraten.

Nalavia wartete im Empfangszimmer auf sie, streckte ihnen in einer typisch menschlichen Geste die Hand entgegen und lächelte in die Kameras. Sie veranstaltete eine

Show ganz besonderer Art, setzte sich in Szene. Tasha rief sich ins Gedächtnis zurück, was sie über diplomatisches Protokoll wußte, gestand sich betroffen ein, daß sie in dieser Hinsicht nicht über sehr viele Informationen verfügte. Auf Treva fand gerade der Übergang von einer Art sozialen Tyrannei zur parlamentarischen Demokratie statt. Der Wandel hatte vor rund zwei Generationen begonnen; als Folge davon verloren Klassenunterschiede und Traditionen rasch an Bedeutung. Mit anderen Worten: Es gab keine festen Regeln, die man zum Beurteilungsmaßstab von Nalavias Verhalten machen konnte.

Abgesehen von einer: Ganz gleich, wie diese Frau an die Macht gelangt war, ob durch Thronfolge oder freie Wahlen – sie leitete die Regierung ihres Heimatplaneten. Und doch wartete sie im Empfangszimmer auf die beiden Starfleet-Gesandten, anstatt die Chance für einen großen Auftritt zu nutzen. Sie behandelte Tasha und Data so, als nähmen sie einen ähnlich hohen Rang ein, was natürlich nicht stimmte. Und daraus ließ sich nur ein Schluß ziehen: Nalavia wollte ihr Volk davon überzeugen, daß sie mit Gleichgestellten verhandelte.

Trevas Präsidentin trug weinrote, eng anliegende Kleidung, die mit einigen Epauletten und mehreren goldenen Broschen auf der linken Seite des Oberteils an eine militärische Uniform erinnerte. Auf die kurze, knappe Jacke folgte ein Rock, dessen unterer Saum ein ganzes Stück über den Knien endete. Die Stiefel reichten bis zu den Waden empor und verfügten über so hohe Absätze, daß Nalavia fast ebensogroß wirkte die Data. Yar fragte sich, wie es ihr gelang, das Gleichgewicht zu wahren und nicht dauernd umzuknicken.

An Nalavias Halskette glänzte ein goldener Anhänger, Symbol ihrer Präsidentschaft, und das Medaillon ruhte genau zwischen den Wölbungen ihrer Brüste, die der tiefe Ausschnitt nur zu deutlich zeigte. Unter der Jacke trug sie weder Hemd noch Bluse.

Das gelbe Funkeln kontrastierte gut zu Nalavias blasser

Haut und ihrem schwarzen Haar, paßte jedoch nicht zu den Augen. Die grünen Pupillen wirkten irgendwie seltsam, flach und schräg — fast reptilienartig, obwohl diese Bezeichnung nicht ganz angemessen war. Den Vergleich mit Katzenaugen hielt Tasha ebenfalls für unangebracht: Es fehlte der dafür typische, klare Glanz. Sie musterte die Präsidentin, konnte jedoch nicht bestimmen, was ihr so sonderbar erschien.

Der Empfang nahm nur wenig Zeit in Anspruch und beschränkte sich auf einige wenige Förmlichkeiten. Nalavia hielt eine kurze, offizielle Ansprache und Data antwortete mit einer ebenso knappen Rede. Yar war froh, daß der Androide einen höheren Rang bekleidete und deshalb die rhetorischen Pflichten übernahm; sie verabscheute es, vor vielen Personen zu sprechen. Darüber hinaus fand sie dadurch Gelegenheit, in Nalavias Zügen so etwas wie Verärgerung zu entdecken. Warum?

Plötzlich ging Yar ein Licht auf. Sie begriff nun die Entscheidung Captain Picards: Die Präsidentin von Treva war mit weiblichen Reizen so üppig ausgestattet, daß ihre Sinnlichkeit selbst in einer aufgezeichneten Nachricht zum Ausdruck kam und alle männlichen Hormone im Kontrollraum der *Enterprise* stimulierte. Aber wen schickte der Captain? Eine Frau und einen Androiden! Tasha unterdrückte ein Lächeln, als sie Picards Scharfsinn bewunderte.

Nach dem mediengerechten Austausch erster Höflichkeitsfloskeln zeigte man Tasha und Date ihre Unterkünfte. Die Quartiere bestanden aus jeweils zwei Zimmern mit Bad und befanden sich auf den gegenüberliegenden Seiten eines mit Gemälden und Statuen geschmückten Korridors — der auch einigen bewaffneten Wächtern Platz bot.

Yars Sachen waren bereits in den Schränken und Kommoden untergebracht. *Und wahrscheinlich hat man sie auch gründlich durchsucht,* dachte sie. Nun, die wichtigen Dinge trug sie bei sich: Phaser, Tricorder und Insignienkommunikator.

Nalavia erwartete sie in anderthalb Stunden zum Abendessen.

Es blieb Tasha also Zeit genug, um zu baden, ihre Galauniform anzuziehen und respektvolles Make-up aufzutragen. Sie war erleichtert darüber, kein Kleid oder Gewand tragen zu müssen, ahnte jedoch, daß die Präsidentin wohl kaum auf eine feminin-eindrucksvolle Aufmachung verzichten würde.

Einige Minuten vor dem vereinbarten Termin kam Data, um Yar in den privaten Speisesaal zu begleiten, wo sie mehr über die tatsächlichen Vorgänge auf Treva herauszufinden hofften. Der Androide trug ebenfalls seine Galauniform. »Ich schätze, wir können die Phaser in unseren Zimmern lassen«, sagte er.

»Offenbar fühlen Sie sich ohne die Waffen ebensowenig wohl in Ihrer Haut wie ich«, erwiderte Yar. »Haben Sie Ihr Quartier auf Abhörgeräte überprüft?«

»Es gibt keine. Allerdings wünschte ich, Counselor Troi wäre bei uns. Selbst ich spüre, daß man weder uns noch der Bevölkerung von Treva die ganze Wahrheit sagt. Was ist mit Ihnen, Tasha?«

»Ich empfinde ebenso. Übrigens: Sie haben Nalavia beim Empfang verärgert.«

»Wieso denn?«

»Sie reagierten nicht auf ihre Reize«, erklärte Yar. »Hm. Wissen Sie, wie man flirtet?«

»Ich bin auf viele Techniken und Verhaltensweisen programmiert, die Vergnügen bereiten, und ich kenne insgesamt zweihundertvierunddreißig verschiedene Arten des Kokettierens.«

»Dann schlage ich vor, Sie probieren einige an Nalavia aus. Soll sie ihre eigene Medizin kosten. Mal sehen, was dann passiert.«

»Was dann passiert? Tasha, wenn ich ihr auf eine solche Art und Weise begegne, erwartet sie bestimmt von mir ...«

»Nein!« unterbrach Yar den Androiden. Etwas sanfter fügte sie hinzu: »Ich meine, nicht heute abend. Wenn Sie sofort auf ihre Wünsche eingehen, hat sie keinen Grund, Ihre zu erfüllen.«

»Und was wünsche ich mir?« erkundigte sich Data.

»Die Wahrheit. Informationen darüber, was wirklich auf Treva geschieht. Ihnen dürfte wohl klar sein, daß wir der Präsidentin keine direkten Fragen stellen können, oder?«

»Ja, Tasha«, erwiderte der Androide und deutete ein dünnes Lächeln an. »So naiv bin ich nicht. Immerhin lebe ich schon seit sechsundzwanzig Jahren unter Menschen.«

Yar konnte der Versuchung nicht widerstehen. »Sie sind kein Grünschnabel mehr. Sie sind nicht von gestern. Sie sind längst trocken hinter den Ohren. Sie sind mit allen Wassern gewaschen ...« Es bereitete ihr nicht unerhebliche Genugtuung, als sie sah, wie Datas Lächeln in die Breite wuchs.

»Stehlen Sie mir bitte nicht die Schau«, sagte er sanft. »Es ist die einzige, die ich habe.«

»Oh, nein, das stimmt nicht«, widersprach Tasha und hauchte ihm einen Kuß auf die Wange. Seine Haut fühlte sich so an, wie Yar sie in Erinnerung hatte: warm, weich, ein kaum wahrnehmbares Vibrieren, das auf Kraft hindeutete. Bisher bereute es Tasha, Data unter dem Einfluß eines von Hemmungen befreienden Virus verführt zu haben, aber vielleicht war das falsch. Vielleicht sollte sie stattdessen ihre Es-ist-nie-geschehen-Anweisung bedauern.

Nun, nach der Beendigung ihrer gegenwärtigen Mission stand ihnen eine lange Reise mit dem Shuttle bevor. Nur sie beide an Bord, völlig ungestört ...

Tasha verdrängte diese Überlegungen und konzentrierte sich auf das neuerliche Treffen mit der Präsidentin von Treva. Nalavia empfing sie in einem kleinen Salon, bot ihnen Wein und Cocktails an. Yar nahm ein Glas entgegen, doch Data lehnte ab. Was Tasha erstaunte: Alkohol hatte keine oder nur eine geringe Wirkung auf ihn.

»Jetzt sind wir allein und können ganz offen miteinander sprechen, als Freunde«, begann Nalavia. »Auf meinem

Heimatplaneten spitzt sich die Lage immer mehr zu. Sie wissen sicher, daß der schlimmste aller Kriege dann beginnt, wenn das Volk gegen seine eigenen Brüder kämpft. Genau das geschieht auf Treva.«

»Bürgerkrieg«, sagte Yar. Gerade sie wußte, wie schrecklich ein ständiger Guerillakampf sein konnte. »Es betrübt uns, von dem Leid eines Volkes zu erfahren, das wir in der Föderation willkommen heißen wollten.«

»Dann ist Starfleet bestimmt bereit, uns Hilfe zu schikken!« sagte Nalavia fast hastig. »Die Bevölkerung ersehnt sich Frieden und Selbstbestimmung, aber Terroristen ermorden ihre rechtmäßig gewählten Vertreter. Der Gesetzgebende Rat mußte seine Sitzungen unterbrechen, als es darum ging, die neue Verfassung zu diskutieren und zu verabschieden.«

Ein Bediensteter kam herein und verkündete, das Essen sei aufgetragen. Es war eine wahrhaft fürstliche Mahlzeit, während der Nalavia die Rolle einer aufmerksamen und immer zuvorkommenden Gastgeberin wahrnahm. Sie lehnte es ab, weiterhin über die politische Situation auf Treva zu sprechen, schnitt dieses Thema erst wieder an, als sie erneut im Salon saßen und saurianischen Brandy tranken.

»Welche Absichten verfolgen die Terroristen?« fragte Data.

»Sie wollen zu den alten Traditionen zurückkehren. Früher herrschten die Kriegsherrn über das Volk und verlangten bedingungslosen Gehorsam von ihren Untertanen. Sie hassen alles Demokratische.«

»Kriegsherrn?« wiederholte Yar und versuchte, sich ihren Argwohn nicht anmerken zu lassen.

»Sie haben sich unter der Führung eines Mannes zusammengeschlossen«, erklärte Nalavia. »Er heißt Rikan. Viele Bauern gehören zu seinem Heer. Sie wechselten auf seine Seite, weil sie Veränderungen fürchten oder nostalgische Träumer sind, die der angeblich so ›guten‹ alten Zeit nachtrauern. Vielleicht glauben sie auch, daß Rikan den letztendlichen Sieg erringt und deshalb wollen sie sich nicht seinen Zorn zuziehen – aus Furcht um ihr eigenes Leben und das ihrer Familien.«

»Diese Probleme sind Teil der inneren Angelegenheiten Trevas«, gab Data zu bedenken. »Wie soll Starfleet bei ihrer Lösung helfen?«

Nalavia beugte sich ungeduldig vor. »Wir wissen, wo sich Rikans wichtigster Stützpunkt befindet! Unsere landgebundenen Streitkräfte haben sie mehrmals angegriffen, aber die Festung des Kriegsherrn ist praktisch uneinnehmbar. Mit der *uns* zur Verfügung stehenden militärischen Ausrüstung kommen wir nicht weiter, aber wenn wir Ihre Waffen einsetzen könnten ... Sie brauchen nur ein einzelnes Raumschiff zu schicken, um die Bastion aus der Umlaufbahn zu vernichten! Rikan hat zwar die Möglichkeit, unsere kleinen Flugzeuge abzuschießen, aber gegen ein Kampfschiff im Orbit kann er nichts unternehmen. Sie sind in der Lage, uns innerhalb weniger Minuten von dem Tyrannen zu befreien – und als Dank dafür wird sich Treva bereitwillig der Föderation anschließen.«

»Ich fürchte, Sie haben falsche Vorstellungen von Starfleet«, erwiderte Yar. »Wir bemühen uns in erster Linie, Kriege zu verhindern. Wenn man gezwungen wird, Waffen zu verwenden, kommt das schon einer Niederlage gleich.«

Nalavia starrte sie mit kaum verhohlenem Ärger an. »Sie wollen uns einfach im Stich lassen und nichts gegen den Tyrannen unternehmen?« Sie atmete tief durch, wodurch sich ihre Brüste deutlich hoben und senkten. »Nun, vielleicht sollten Sie sich einmal ansehen, wie die Truppen des Kriegsherrn mit unschuldigen Bürgern verfahren.« Die Präsidentin stand auf, trat an einen Wandschirm heran und betätigte mehrere Tasten. Die Projektionsfläche leuchtete auf, und erste Bilder erschienen. Tasha sah erneut den Marktplatz, die vielen Trevaner, den Explosionsblitz einer Bombe. »Das ist erst gestern geschehen«, sagte Nalavia.

»Ihre Streitkräfte scheinen nicht besonders schlagkräftig zu sein«, meinte Data.

»Welche Armee ist imstande, wirksam gegen einen Feind vorzugehen, der wehrlose Zivilisten umbringt?« hielt ihm Nalavia entgegen. »Außerdem können meine Soldaten nicht überall zugleich sein. Wenn sich uns Rikan offen zum Kampf stellen würde, hätten wir vielleicht eine Chance. Aber er bevorzugt andere Methoden.«

Ein neuerlicher Tastendruck veränderte das Bild. Die nächste Szene zeigte eine Art vollbesetzten Bus, der über eine verkehrsreiche Straße rollte. Plötzlich sprangen Männer daraus hervor und feuerten wahllos auf Passanten. Andere Bewaffnete griffen eine Schule an, zerrten die Kinder in bereitstehende Wagen und brachten sie fort. Ein Junge ergriff die Flucht, kam jedoch nur wenige Meter weit: Er wurde kaltblütig erschossen. Andere schrien voller Angst, und wer in Panik geriet und fortzulaufen versuchte, starb ebenfalls.

Yar wandte ihren Blick von dem Gemetzel ab, als sie Datas Stimme vernahm. »Wie kommt es, daß Kameras ...«

»Wie kommt es, daß Ihre Armee nicht gleich Dutzende von Freiwilligenkorps gebildet hat?« übertönte Tasha die Worte des Androiden. »Die Bürger nehmen diese schrecklichen Überfälle doch nicht einfach so hin, oder?«

Data warf ihr einen kurzen Blick zu und nickte. Er behielt seine Frage für sich, und Tasha hoffte, daß er ganz darauf verzichtete, sie an Nalavia zu richten. Die Präsidentin durfte nicht erfahren, daß sie Verdacht geschöpft hatten: Die ›Grausamkeiten‹ schienen zumindest inszeniert, wenn nicht gar frei erfunden zu sein.

Nalavia war mit ihren Gedanken bereits einen Schritt weiter. »Als die Angriffe begannen, entschieden wir uns, an vielen Stellen in der Hauptstadt Überwachungskameras zu installieren, um im Falle eines Überfalls unsere Truppen so schnell wie möglich zu mobilisieren. Was Freiwillige betrifft: Trevas Bürger haben die Ketten der Knechtschaft erst vor einer Generation abgestreift; traditionsgemäß neigen sie noch immer dazu, ihr Schicksal in die Hände der

Mächtigen zu legen. Wir geben uns wirklich große Mühe, um ein festes demokratisches Fundament zu schaffen, aber wenn wir uns nicht erneut den Kriegsherrn und der Herrschaft der Waffen beugen sollen, brauchen wir Ihre Hilfe.« Nalavia klang so, als könne sie von einem Augenblick zum anderen in Tränen ausbrechen.

Yar sah Data an, und ihre Lippen formulierten ein lautloses ›Jetzt‹.

Einige Sekunden lang wirkte der Androide verwirrt, dann nickte er.

»Ein durchaus einleuchtendes und höchst wirksames Argument«, sagte er, stand auf, näherte sich der Präsidentin und griff nach ihrer Hand, als wolle er ihr Trost zusprechen. »Starfleet wird sehr an Ihren Ausführungen interessiert sein — und auch an den Informationen, die wir dem Bericht hinzufügen. Doch heute abend können wir keine Entscheidung treffen. Denken Sie nicht mehr an die tragischen Bilder, die Sie uns eben zeigten. Sie haben uns Freunde genannt, Nalavia. Ich hoffe, daß tatsächlich ein festes, unzerreißbares Freundschaftsband zwischen uns entsteht.«

Yar blinzelte überrascht. Data war wirklich gut! Die Präsidentin sah zu ihm auf, schluchzte andeutungsweise und hielt tapfer die Tränen zurück. Tasha widerstand der Versuchung, eine Grimasse zu schneiden: Was das Flirten betraf, stellte Nalavia ebenfalls ein nicht unerhebliches Geschick unter Beweis. Nach einer halben Stunde glaubte Yar, den metaphorischen rosafarbenen Nebel zu sehen, der sich rasch zu verdichten schien, und vage Besorgnis erfaßte sie. Was mochte geschehen, wenn Data vergaß, daß er nur eine Rolle spielte, wenn er sich von klimpernden Wimpern und vorgetäuschter weiblicher Hilflosigkeit hereinlegen ließ?

Nein. Data war eine *Maschine.* Er vergaß nichts, zeichnete alles in seinen internen Speichermodulen auf. Und er stellte logische Rationalität niemals zugunsten von Emotionen zurück.

Trotzdem: Er *verhielt* sich ganz so, als sei er voller Gefühl.

Ach, komm schon, Tasha — er hat dich gefragt, ob du Nalavia für schön hältst, dachte sie. Nach dem nächsten Brandy entschuldigte sie sich, wies auf den langen Tag und ihre Angewohnheit hin, schon früh aufzustehen und im ersten Licht des Tages mit Leibesübungen zu beginnen.

Die Präsidentin nickte freundlich und wünschte ihr eine gute Nacht, aber ihre Aufmerksamkeit galt in erster Linie Data. *Ich sollte sein Flirtprogramm selbst einmal ausprobieren,* überlegte Yar, als sie durch den langen Korridor zu ihrem Quartier zurückkehrte. Der Sicherheitsoffizier in ihr nahm amüsiert zur Kenntnis, daß der Wächter vor der Tür schlief, aber sie entschied sich dagegen, ihn zu wekken. Sollte er von der Ablösung oder seinem Vorgesetzten beim Nickerchen überrascht werden.

Tasha betrat ihre Unterkunft, betätigte den Lichtschalter — und es blieb alles dunkel.

Sie handelte aus einem Reflex heraus, wirbelte um die eigene Achse und sprang in den Flur, nahm sich nicht einmal die Zeit zu erschrecken ...

Zu spät.

Starke Hände zerrten sie in den Raum zurück.

Yar setzte sich instinktiv zur Wehr. Sie hatte es mit zwei Gegnern zu tun, denn einer schloß die Tür, während sie sich aus dem festen Griff eines zweiten zu befreien versuchte. Sie winkelte das Bein an und trat zu, hörte ein schmerzerfülltes Stöhnen, als sie das Knie des Angreifers traf.

Die zuvor beiseite gezogenen Vorhänge waren nun geschlossen, und dadurch gewannen die beiden Unbekannten einen Vorteil: Nach dem hellen Licht im Korridor mußten sich Yars Augen erst an die Dunkelheit gewöhnen. Andererseits hatte sie oft in völliger Finsternis Nahkampfübungen bestritten.

Nur zwei Männer. Normalerweise wäre sie problemlos mit ihnen fertig geworden, aber es schienen erfahrene

Kämpfer zu sein, und beide überragten Tasha um ein ganzes Stück.

Sie hielt sich nicht mit einer umfassenden Analyse ihrer Situation auf, wandte sich ruckartig vom ersten Gegner ab und holte aus, um dem zweiten einen Schlag in die Magengrube zu versetzen.

»Verdammt!« keuchte er, und Yar lächelte mit grimmiger Zufriedenheit.

Ein weiterer kräftiger Tritt – und einer der beiden Gegner taumelte. Doch der andere nutzte die Gelegenheit und stieß Tasha beiseite.

Sie wankte und stolperte, doch es gelang ihr, auf den Beinen zu bleiben.

Unmittelbar darauf spürte sie, wie jemand nach ihren Armen griff, und eine Hand berührte sie dort, wo der Nacken in die Schulter überging.

Erst jetzt fiel ihr ein, um Hilfe zu rufen, doch sie bekam keine Möglichkeit mehr dazu. Nur ein leises, dumpfes Ächzen entrang sich ihrer Kehle, bevor sie das Bewußtsein verlor.

Als Yar erwachte, schien ihr schlimmster Alptraum Wirklichkeit geworden zu sein. Sie war an Händen und Füßen gefesselt, und ihr Kopf steckte in einer Kapuze. Jemand trug sie.

Einige entsetzliche Sekunden lang glaubte sie, wieder auf New Paris zu sein, in der Gewalt einer Lustbande.

Dann erinnerte sie sich an die jüngsten Ereignisse. Zwei Angreifer hatten sie aus Nalavias Palast verschleppt.

Tasha bereute es nun, nicht den Wächter geweckt zu haben. Bestimmt hätte sie dabei festgestellt, daß er gar nicht schlief, sondern betäubt worden war. Gleich darauf rief sie sich zur Ordnung: *Es hat keinen Sinn, Versäumnisse zu bedauern. Es kommt nur auf das Hier und Jetzt an.*

Wieviel Zeit ist verstrichen? dachte sie. *Sind wir noch immer auf dem Palastgelände?*

Als sie die Festigkeit ihrer Fesseln prüfte, erregte sie die

Aufmerksamkeit des Mannes, der sie trug. »Sie kommt wieder zu sich.«

»Er sagte ja, daß sie ziemlich zäh ist«, erklang eine andere Stimme. »Zum Teufel auch: Bestimmt hinke ich eine Woche lang.«

»Du solltest mal meine Rippen spüren. Aber hörst du ein Wort der Klage von mir?«

»Wunden im Kampf sind Wunden der Ehre. Das sagt er immer.«

Tashas Träger lachte und verlagerte das Gewicht seiner lebenden Last. »Für ein kleines Kätzchen ist sie ziemlich schwer.«

»Vielleicht liegt's an den Krallen«, brummte der andere Mann und bot sich eifrig an: »Soll ich sie übernehmen?«

»Nein, wir sind schon da.«

Nach einigen weiteren Schritten spürte Tasha, wie die Richtung geändert wurde. Eine Tür schwang auf. »Wir haben sie erwischt!« verkündete der Fremde, auf dessen Schultern sie ruhte. Er ließ sie recht unsanft zu Boden.

»Nehmt ihr die blöde Kapuze ab!« knurrte eine andere, verärgerte Stimme.

Eine Stimme, die Tasha vertraut erschien ...

»Schon gut, schon gut«, antwortete jemand. »Sie sollte doch nicht sehen, welchen Weg wir nahmen, oder?«

Kurz darauf hatte Yar ein seltsames *Déjà-vu*-Erlebnis. Ihr Blick fiel auf dunkle Stiefel, und als sie langsam den Kopf hob, sah sie lange Beine, einen in schwarzen und grauen Stoff gehüllten Torso, darüber ein markantes und zorniges Gesicht, das auf sie herabstarrte. Der Ausdruck entsprach dem bei ihrer letzten Begegnung.

Der Mann vor ihr hieß Darryl Adin.

KAPITEL 5

Fähnrich Tasha Yar konnte sich nicht vorstellen, daß irgend jemand im Universum glücklicher war als sie. Sie hatte ihr Studium an der Starfleet-Akademie mit Auszeichnung abgeschlossen, und die erste Ausbildungsmission im All führte zu derart guten Ergebnissen, daß man der *Starbound* auf dem Rückflug zur Erde einen echten, wichtigen Auftrag gab: Das Raumschiff sollte Dilithium-Kristalle von den Abbaubasen auf Tarba zu den marsianischen Werften transportieren. Doch es waren nicht etwa die ersten Erfolge, die in Yar den Verdacht erweckten, die künstliche Schwerkraft an Bord funktioniere nicht mehr richtig.

Nach dem Elend der ersten fünfzehn Jahre ihres Lebens hatte sie sich gerade erst an die Vorstellung einer hoffnungsvollen Zukunft gewöhnt, als ihr das Einwanderungsamt der Föderation damit drohte, sie nach New Paris zurückzuschicken. Einige Historiker fanden uralte, längst vergessene Dokumente, aus denen folgendes hervorging: Der Planet New Paris hatte seinen Austritt aus der Föderation erklärt und als Grund angeführt, die Kolonie sei im Stich gelassen worden. Die damalige Regierung wußte nichts von den Kriegen und ökologischen Katastrophen auf der Erde und erklärte ihre Unabhängigkeit, um nicht ebenfalls von dem postatomaren Grauen erfaßt zu werden. Es kam einer Ironie des Schicksals gleich, daß es auf New Paris etwas länger dauerte, bis der zivilisatorische Niedergang begann, und im Gegensatz zur Erde erholte sich der Kolonialplanet nicht von der kulturellen Apokalypse.

Dare sorgte dafür, daß sich ein Rechtsberater Starfleets um Tashas Fall kümmerte. Schließlich aber verdankte sie es nicht etwa dem juristischen Geschick des Anwalts, daß sie auf der Erde bleiben durfte; auch Darryls wortgewandte Beschreibungen des Infernos, aus dem er das ›Kind‹ gerettet hatte, spielten in diesem Zusammenhang kaum eine Rolle. Der mächtigste Drogenboß auf New Paris, den die Föderation notgedrungen als Sprecher des Planeten anerkennen mußte, lehnte Yars Rückkehr ab! »Wir hätten hier nur ein weiteres hungriges Maul zu stopfen. Behaltet das Mädchen, wenn ihr solchen Wert darauf legt. Und holt euch meinetwegen auch alle anderen Streuner und Herumtreiber.«

Erst als sie sich in ihrer neuen Existenz sicher fühlen konnte, begann Tasha damit, die Werte der Zivilisation auch auf sich selbst zu beziehen: Die Verwirklichung des Traums, an der Starfleet-Akademie zu studieren, rückte in greifbare Nähe. Der reine Kampf ums Überleben war vorbei, und es eröffneten sich ihr völlig neue Perspektiven.

Das Schicksal begegnete der jungen Frau namens Tasha Yar endlich mit Wohlwollen und nicht mehr mit Verachtung. Als Darryl Adin für einen Auffrischungskurs über die neuesten Sicherheitstechniken zur Akademie zurückkehrte, führte sie ein erfreulicher Zufall in der gleichen Klasse zusammen, gab ihnen somit die Möglichkeit, sich neu zu entdecken. Der Altersunterschied erschien bedeutend, als Dare ein erfahrener Offizier und Yar ein furchtsames Mädchen war; doch angesichts einer fast dreiundzwanzigjährigen Tasha spielte er keine große Rolle mehr. Sie verliebten sich ineinander.

Und sie wählten dafür einen recht günstigen Zeitpunkt. Bis vor einigen Jahren gingen Starfleet-Ehen mit erheblichen Risiken einher. Oft scheiterten sie, weil zwei völlig verschiedene Karrieren keinen Ausgleich ermöglichten: Häufig mußten die Ehepartner zwischen der Ablehnung von Beförderungen und vielen Monaten oder gar Jahren der Trennung wählen. Die allgemeinen Probleme des Zusammenlebens gesellten sich zum beruflichen Streß, und diese Kombination führte zu vielen Scheidungen.

Doch jetzt wurde das menschliche Bedürfnis nach familiären Bindungen anerkannt: Starfleet baute neue Raumschiffe der Galaxis-Klasse, die lange Forschungsreisen unternehmen und Platz für ganze Familien bieten sollten. Darryl Adin und Tasha Yar beantragten sowohl eine Heiratsgenehmigung als auch die Versetzung an Bord eines solchen Schiffes. In bezug auf das erste Gesuch lag bereits ein positiver Bescheid vor: Ihre Heirat war in der Akademie-Kapelle geplant, unmittelbar nach ihrer Rückkehr zur Erde. Was den zweiten Punkt anging, herrschte noch immer Ungewißheit. Einige Bekannte in Starfleet Command wiesen Dare jedoch auf folgendes hin: Zwar lagen viele Bewerbungen für die einzelnen Posten an Bord der Galaxis-Schiffe vor, doch nur wenige interessierten sich für eine Arbeit in den jeweiligen Sicherheitsabteilungen. Wer abenteuerlich genug war, um eine solche berufliche Laufbahn anzustreben, fühlte sich kaum von Raumern herausgefordert, die sogar Kindern Schutz und Geborgenheit gewährten.

Yar hoffte also, daß sie gemeinsam mit Dare ihren Dienst antreten und eine Familie gründen konnte, deren Kinder in der Nähe beider Elternteile aufwuchsen – eine Familie in der größeren Gemeinschaft namens Starfleet, die Tasha als ihre einzige und wahre Heimat erachtete.

Wie üblich bei Ausbildungsflügen, setzte sich die Mannschaft der *Starbound* größtenteils aus Kadetten zusammen, die gerade ihr Studium beendet hatten. Nur einige wenige erfahrene Offiziere standen ihnen zur Seite. Ihre Mission war recht einfach: Es ging darum, mehrere Planeten mit Nachschub zu versorgen, und der Flug führte durch zentrale Raumkorridore. Mit anderen Worten: Es handelte sich weder um einen gefährlichen noch um einen besonders wichtigen Auftrag. Die Fähnriche lernten, mit Ionenstürmen fertig zu werden und sich an einen festen Arbeitsplan zu halten. Sie besuchten Welten, deren kulturelle und ambientale Bedingungen sich erheblich von denen unterschieden, die sie kannten. Sie machten sich mit der Routine an Bord eines Raumschiffes vertraut, nahmen die notwendigen Wartungspflichten wahr und wurden Landegruppen zugeteilt, damit sie aus erster Hand Erfahrungen sammelten.

Nach der Rückkehr zur Erde erwarteten sie Versetzungen zu anderen Schiffen oder Außenbasen im All; und dann mußten sie eigene Entscheidungen treffen, ohne ständig auf Hilfe und Rat von Ausbildern zurückgreifen zu können.

Dare gehörte zu den erfahrenen Offizieren der *Starbound,* nahm dort die Stellung des Ersten Sicherheitsoffiziers ein. Einige von Yars Freundinnen wiesen darauf hin, wie problematisch der Umgang mit einem Verlobten sei, der gleichzeitig ihr Vorgesetzter war. Nun, wenn sich Schwierigkeiten ergaben, so besser jetzt als nach der Heirat. Als sich die unheilvollen Prophezeiungen nicht bewahrheiteten, führte Tasha die entsprechenden Bemerkungen schlicht auf Eifersucht und Neid zurück. Inzwischen ging die sechsmonatige Reise allmählich ihrem Ende entgegen. In Starbase 36 nahmen sie eine geheime Ladung Dilithiumkristalle auf, und anschließend begannen sie den Rückflug zur Erde, in der festen Überzeugung, die Mission bereits erfolgreich abgeschlossen zu haben.

Eines Tages stand Yar am Schießstand und versuchte, es mit Dares Zielsicherheit aufzunehmen. Sie hielt eine spezielle Vorrichtung in der Hand, die nur jeweils einen Schuß zuließ. Phaser eigneten sich nicht für solche Übungen: Man hielt den Auslöser einfach niedergepreßt und schwenkte den Strahl herum. Wer nur mit solchen Waffen zu tun hatte, neigte schon bald zu Nachlässigkeit und lief Gefahr, daß sich die Energieladung innerhalb kurzer Zeit erschöpfte – was unter kritischen Einsatzbedingungen fatal sein mochte.

Aus diesem Grund verwendeten die Kadetten kleine Erg-Katapulte: Sie emittierten einen kurzen Lichtimpuls, der von den Zielsensoren erfaßt wurde. Yar war die beste Schützin in ihrer Klasse – doch Dares Geschick genoß bereits einen legendären Ruf. Seit neun Jahren galt er als

Meisterschütze Starfleets, und bisher gab es niemanden, der ihm diesen Titel streitig machen konnte.

Die Lichtschleuder summte leise, und am Ziel erklangen mehrere Töne – es kam ganz darauf an, wo der Impuls registriert wurde.

Yars Schüsse bewirkten ein ständiges, monotones ›Boing‹. Aus einer Entfernung von dreißig Metern traf sie immer wieder die zehn Zentimeter durchmessende Scheibe in der Mitte.

Auf diese Distanz konnte sie das Muster aus weißem Licht am Ziel nur undeutlich erkennen, aber es erschien ihr einmal mehr als zu groß. Tasha trat zurück und warf einen Blick auf den Monitor an der Decke.

Sie hatte sich nicht getäuscht: Die einzelnen Treffer waren auf der zentralen Scheibe verstreut. Dare hingegen ... Man sagte von ihm, er sei in der Lage, fünfzehnmal hintereinander auf genau die gleiche Stelle zu schießen; dann bildete sich nur ein einziger heller Fleck.

Yar holte tief Luft, streckte die Finger und begann noch einmal. Sechsmal ertönte das dumpfe Brummen, doch der siebte Ton klang ein wenig anders. »Verdammt!« Sie wurde nicht besser, sondern schlechter.

»Es ist die Anspannung, Schatz.«

Tasha schloß die Augen und ballte die Fäuste. »Verschwinde, Dare«, brachte sie gepreßt hervor. »Du weißt doch, wie sehr ich es hasse, wenn du dich so an mich heranschleichst.«

»Wieso hast du mich nicht bemerkt?« fragte er spöttisch.

»Weil dies kein Überlebenstraining auf einem Holodeck ist. Hier werden Schießübungen veranstaltet, und ich versuche, mich zu konzentrieren. Ich dachte bisher, dies sei einer der wenigen Orte, an denen man nicht ständig mit einem Angriff rechnen muß.«

»Ich kenne noch einen anderen: meine Kabine. Wie wär's, wenn du mich nach deiner nächsten Wache besuchst?«

»Abgemacht. Aber jetzt geh und laß mich arbeiten.«

»Ist es wirklich Arbeit, Tasha?« Darryl trat hinter sie, legte ihr seine breiten Hände auf die Schultern und massierte die verkrampften Muskeln.

»Ja, für dich schon. Du strengst dich zu sehr an. Entspann dich. Die Waffe ist eine Erweiterung deines Arms. Richte sie wie einen Finger aus. Schießübungen sind doch nur ein Spiel ...«

»*Nur* ein Spiel? Und diese Bemerkung stammt von einem Mann, der drei Tage lang kochte, weil ihn der Bordcomputer beim Schach geschlagen hat.«

»Jemand aus der letzten Crew hat ihn so manipuliert, daß er mogelt«, sagte Dare gelassen. »Sestok mußte ihn völlig neu programmieren. Außerdem: Bleib beim Thema. In dieser Hinsicht brauchst du nicht perfekt zu sein, um einen Feind außer Gefecht zu setzen. Es geht hier nur darum, nicht einzurosten.«

»Ach? Vermutlich widerstrebt dir die Vorstellung, ich könnte besser werden als du.« Yar sprach im Plauderton, aber manchmal ging ihr Dares Kampfesgeist gegen den Strich, insbesondere dann, wenn er in direktem Gegensatz zu ihrem eigenen stand. Sie sah sich außerstande, ihm den Unterschied begreiflich zu machen: Dare *spielte*, um zu gewinnen; Yar *arbeitete*, um zu überleben.

Aber Darryl verstand ihre Wünsche, vielleicht auch ihre Motivationen. Seine Hände ruhten noch immer auf Tashas Schultern, und nach einigen Sekunden drehte er die junge Frau sanft zu sich um. »Ich möchte, daß du ebensogut bist wie ich«, sagte er.

»Aber nicht besser, wie?«

Er lächelte schelmisch. »Besser als perfekt?«

Yar schmunzelte. »Niemand ist perfekt.«

»Nein, nicht auf allen Gebieten. Aber es gibt da einige Dinge ... Tasha, was glaubst du, aus welchem Grund ich dich so sehr unter Druck setze? Ich möchte, daß du glücklich bist, und für dich bedeutet das, deine Fähigkeiten als Sicherheitsoffizier zu perfektionieren.«

»Nicht unbedingt. Solange ich dich habe ...« Sie sprach nicht weiter.

Darryl lächelte erneut, warm und herzlich, und dann küßte er Tasha. Sie schloß die Augen und schmiegte sich an ihn.

Als sie sich wieder voneinander lösten, sagte Dare: »Bist du jetzt entspannt? Fühlst du dich besser?«

»Mhm?«

»Schieß noch einmal.«

»Ich bitte dich!« Tasha versteifte sich verärgert.

»Los, versuch's«, drängte Adin. »Das ist ein Befehl, Fähnrich.«

»Zum Teufel mit dir«, zischte Tasha – so leise, daß ihr vorgesetzter Offizier namens Darryl nichts hörte. Sie wandte sich um, legte an und traf fünfzehnmal die Mitte der Scheibe.

Dare blickte auf den Monitor, als sich Yar zu ihm umdrehte. Er grinste. »Deine bisherige Bestleistung.«

Tasha beobachtete die Anzeige. Tatsächlich: Alle Treffer befanden sich in einem Radius von fünf Zentimetern. Sie sah Darryl an, der verschmitzt und selbstzufrieden auf sie herablächelte. Zorn und Freude bildeten eine seltsame Mischung in Yar, verschlugen ihr die Sprache.

»Du kannst ruhig zugeben, daß du in deiner Vorstellung auf mich geschossen hast«, sagte Dare.

Tasha schnappte unwillkürlich nach Luft. »Was für ein Unsinn!« Nach kurzem Zögern fügte sie hinzu: »Obwohl du es wirklich verdient hättest.«

»Dachte ich's mir doch.« Dare nickte anerkennend. »Setz deine Gefühle als Werkzeug ein, laß dich nicht von ihnen überwältigen.« Er winkte knapp. »Wir sehen uns nach deiner Wache.«

Und damit ging er. Zurück blieb eine Tasha, die mit Empörung, Ärger und Verwirrung rang und einen völlig neuen Aspekt in Dares Wesen entdeckt zu haben glaubte. Mühsam trachtete sie danach, Ordnung in ein Chaos aus Empfindungen zu bringen, die für zwei Personen ausgereicht hätten.

Später, als ihr Dienst endete und sie in Darryls Kabine saß, fragte sie: »Die psychologische Technik, die du heute an mir ausprobiert hast ... Wendest du sie bei allen Kadetten an?«

Adin lachte. »Bei Henderson käme ich damit nicht sehr weit, oder?«

Jack Henderson war einen guten Kopf größer als Dare und wie ein Erzfrachter gebaut. Was ihm an Agilität mangelte, machte er durch Gewicht und Muskelkraft wett. Wenn er einfach stehenblieb, konnte ihn niemand beiseite schieben, nicht einmal Darryl Adin.

»Und was ist mit den weiblichen Kadetten?«

»Ich habe schon einmal einen Nervengriff gespürt, Tasha«, erwiderte Dare. »Und ich möchte die Wiederholung eines solchen Erlebnisses vermeiden.«

Damit spielte er auf T'Seya an.

»Außerdem ...«, fuhr er fort. »Das Lehren von Sicherheitsprozeduren ähnelt in gewisser Weise den Übungen im Schießstand. Man nutzt alle Möglichkeiten, um das Ziel anzuvisieren.«

»Oh, interessant. Für dich bin ich jetzt also eine Art Ziel.«

Dare gab nicht sofort Antwort und musterte Tasha eine Zeitlang. Er trug einen Meditationsumhang und saß im Schneidersitz auf der Koje. Die *Starbound* war ein kleines Raumschiff: Dem Ersten Sicherheitsoffizier stand zwar eine Kabine zur Verfügung, doch sie bot nicht gerade viel Platz, und als luxuriös konnte man sie gewiß nicht bezeichnen. Zur Einrichtung gehörten nur zwei Stühle, und einer stand am schmalen Schreibtisch. Auf dem anderen hatte Tasha Platz genommen.

Sie war in ihrer Uniform gekommen, unmittelbar nach Beendigung ihres Dienstes: einer langweiligen aber notwendigen Inventur der Waffenkammer. Seltsamerweise entdeckte sie dabei sieben defekte Phaser und brachte sie in die Wartungsabteilung.

Dare beobachtete die junge Frau einige Sekunden lang, und das matte Licht spiegelte sich in seinen dunklen Augen wider. Das braune Haar wirkte so aufgelockert, als habe er es gerade gewaschen. Einige Strähnen reichten ihm die Stirn herab und verliehen ihm etwas Jungenhaftes und Unbekümmertes. Yar verspürte den Wunsch, sich neben ihn zu setzen, ihn zu berühren, den Rest der Welt zu vergessen. Aber irgend etwas hielt sie auf dem Stuhl fest – vielleicht sein durchdringender Blick.

»Bist du böse auf mich, Tasha?« fragte Dare schließlich.

»Ich weiß nicht.«

»Das klingt wie eine ehrliche Antwort. Du *bist* sauer, nicht wahr?«

»Spiel nicht den Bordcounselor, Dare. Dazu bist du ebensowenig qualifiziert wie ich.«

Er hob die Brauen, und seine Lippen deuteten ein entschuldigendes Lächeln an. Wenn sich seine Züge auf diese Weise glätteten, wirkte er noch weitaus attraktiver. »Das ist es also. Entschuldige bitte, Tasha. Du glaubst, heute nachmittag hätte ich mit deinen Gefühlen gespielt.«

»War das etwa nicht der Fall?«

»Einerseits nein. Und andererseits ...«

»Das klingt *nicht* nach einer ehrlichen Antwort.«

»Nun, ich wollte dich von einer nervösen Anspannung befreien und deinen Ehrgeiz herausfordern – wie ich es auch bei allen anderen Kadetten versuche, die sich in einer solchen Situation befinden. Das Nein bezieht sich auf mein Recht – auf meinen *Wunsch* –, dich zu berühren.« Er lächelte erneut. »Es war eine individuelle und nicht unbedingt persönliche Geste.«

»Was meinst du damit?«

»Ich habe dich ermutigt, eine Fähigkeit zu nutzen, die du bereits erworben hast, Tasha. Wenn man deine Kindheitserlebnisse berücksichtigt, ist es überhaupt kein Wunder, daß du so leicht wütend wirst. Aber du hast inzwischen gelernt, den Zorn als Instrument einzusetzen – ohne daß ich dir dabei geholfen habe. Als ich dich auf der Erde zurückließ, warst du wie eine Bombe, die jederzeit explodieren konnte. Als ich zurückkehrte, fand ich eine charakterlich gefestigte, hübsche junge Frau, von der man erwarten darf, daß sie klug und umsichtig handelt.«

»Meine Dozenten und Instruktoren behaupteten etwas anderes«, warf Yar ein.

»Stil, Klasse und Format, Tasha. Darum geht es. Dein persönlicher Stil besteht darin, rasch zu handeln. Und das ist auch bei mir der Fall. Wir sind beide Überlebende, Schatz. Deshalb geben wir ein so gutes Team ab.«

»Ich dachte immer, Gegensätze zögen sich an.«

»Nun, ich glaube, zwischen uns gibt es genug Unterschiede, um das Leben interessant zu gestalten«, sagte Darryl in einem betont verführerischen Tonfall.

Yar lachte fast gegen ihren Willen. Es gelang Dare immer, ihre emotionalen Verteidigungsbarrieren zu durchdringen. Kein Wunder, daß sie ihn liebte! Sie stand auf, gab sich der Wärme seiner Umarmung hin.

Darryl Adin mochte in fast allen Bereichen ausgesprochen ambitioniert und kompromißlos sein, doch was die Intimsphäre betraf, erwies er sich als außergewöhnlich großzügig. Er schenkte Tasha jene Zärtlichkeit, die sie so dringend brauchte. Er war ihre erste Liebe und ihr erster Liebhaber. Die jahrelange psychologische Beratung durch Starfleet-Counselors hatte sie zwar von der instinktiven Furcht und Ablehnung dem maskulinen Geschlecht gegenüber befreit; aber sie beschränkte sich auf rein platonische Freundschaften mit Männern, bis Dare in ihr Leben zurückkehrte.

Sie hielt es nun für absurd, daß sie unmittelbar nach ihrer Rettung auf New Paris angenommen hatte, Darryl erwarte sexuelle Dienste von ihr. Schon damals fühlte sie sich zu ihm hingezogen, aber gleichzeitig erschreckte er sie. An Bord des Raumschiffes wuchs ihre Angst, als ein Tag nach dem anderen verstrich, als man ihren Leib von

Parasiten befreite, alle Wunden behandelte und die Zähne in Ordnung brachte. Das weiche Bett und die regelmäßigen warmen Mahlzeiten richteten nur wenig gegen ihr Entsetzen aus. Die fünfzehnjährige Tasha befürchtete ständig, daß Dare ganz persönlichen Anspruch auf sie erheben, sie irgendwann zwingen würde, sein Bett mit ihm zu teilen.

Als er sie eines Abends nach einer Lektion in Mathematik verabschiedete, konnte sie die Ungewißheit nicht länger ertragen. »Wann isses soweit?« platzte es aus ihr heraus. »Wann soll ich für die Klei'ung bezahlen, für die Medizin, den Unterricht? Bin ich noch nich' gut genug für dich? Noch nich' sauber und klug genug?«

Darryl sah sie erstaunt an, und sein Blick brachte ehrliche, aufrichtige Verblüffung zum Ausdruck. Daraufhin dämmerte es Tasha zum erstenmal, daß er überhaupt keine Gegenleistung von ihr verlangte.

Während sie sich noch zu dieser Erkenntnis durchrang, begriff Dare schließlich, was sie meinte, welche Ängste sie vor ihm verborgen hatte. »Oh, Tasha!« stieß er voller Mitgefühl hervor. »Himmel, nein! Von jetzt an wird sich nie wieder jemand an dir vergreifen. Ich dachte, das sei dir klar. Du bist hier in Sicherheit, glaub mir.« Er beugte sich ihr entgegen, erinnerte sich dann daran, daß sie eine solche Geste falsch verstehen konnte, wandte sich statt dessen ab. Aber bevor er sich umdrehte, sah Tasha den Schmerz in seinen Zügen: Ihr unberechtigter Vorwurf hatte ihn zutiefst verletzt.

Sie war mindestens so verwirrt wie Darryl, und hinzu kam Verwunderung darüber, daß sie sich zurückgewiesen fühlte.

Erst als sie sich einige Jahre später wieder begegneten und Tasha alles aus der Perspektive einer erwachsenen Frau sah, begriff sie, wie unbegründet ihre damaligen Sorgen gewesen waren. Sie hatte damit sogar eine gewisse Distanz geschaffen, hinderte Darryl daran, seine eigenen Gefühle zu offenbaren, bis sie selbst an ihn herantrat. Glücklicherweise mangelte es ihr nicht an Initiative.

Ein weiterer wichtiger Aspekt ihres Wesens hieß Verantwortung. Deshalb verabschiedete sie sich an diesem Abend schon nach kurzer Zeit von Dare, obwohl sie es vorgezogen hätte, länger bei ihm zu bleiben: Ihr Name stand auf dem Dienstplan für die erste Wache am nächsten Bordtag; sie mußte also früh aufstehen. »Morgen geht's mit der Inventur weiter«, sagte sie, als sie zur Tür ging. »Ich kenne niemanden, der eine solche Arbeit liebt, aber wie sich heute herausstellte, hat sie durchaus einen Sinn.«

»Hm?« Dare bedachte sie mit einem verträumten Blick, schien überhaupt nicht richtig zuzuhören.

Yar erzählte ihm von den sieben defekten Phasern, und plötzlich genoß sie seine volle Aufmerksamkeit. »*Sieben!* Bei einer solchen Anzahl ist mehr als nur Zufall im Spiel. Irgend jemand hat sie nicht den Vorschriften gemäß verwendet.«

»Das glaube ich kaum. Die meisten wurden noch gar nicht benutzt.«

»Dann werden sie falsch gelagert.«

»Nein, Dare. Alle Waffen stecken in den Ladegeräten.« Tasha runzelte die Stirn. »Vielleicht sind die Aufladeeinheiten nicht in Ordnung. Nun, ich habe mich an die Kontrolliste gehalten, bin also streng der Reihe nach vorgegangen. Um ganz ehrlich zu sein: Mir ist überhaupt nicht in den Sinn gekommen, daß es Verdacht erregen muß, wenn von insgesamt fünfzig Phasern sieben defekt sind. Ich meine, die Inventur dient doch gerade dazu, fehlerhafte Exemplare zu finden und sie zu reparieren, oder?«

»Das stimmt schon. Du könntest natürlich nur aus Erfahrung wissen, daß es sogar nach einem mehrmonatigen Raumflug ungewöhnlich genug wäre, auf einen oder zwei nicht einsatzfähige Strahler zu stoßen. Aus diesem Grund bin ich hier, Tasha. In zwei Tagen hätte man mir den Inventurbericht vorgelegt, und dann wäre ich sofort auf diese seltsame Sache aufmerksam geworden. Zum Glück hast du mich schon jetzt darauf hingewiesen. Gleich morgen früh sehe ich mich in der Waffenkammer um.«

Am nächsten Morgen half Darryl Yar und zwei anderen Kadetten bei der Inventur. Nach einer knappen Stunde war er blaß und preßte die Lippen zusammen. Der in ihm brodelnde Zorn fand so deutlichen Niederschlag in seinem Gesicht, daß die beiden Kollegen Tashas zitterten. Sie wußte jedoch, daß Adins Ärger gar nicht ihnen galt, sondern einem noch unbekannten Faktor, der sich auf verheerende Weise in der Waffenkammer ausgewirkt hatte.

Die Überprüfung ergab nicht nur fünf weitere beschädigte Phaser, sondern erbrachte ein noch viel schlimmeres Ergebnis: Fast alle Akkumulatoren waren vollständig entladen und somit nutzlos. Dare nahm die Kontrolle selbst vor, und seine Stimme klang immer gepreßter. Ein sonderbarer Umstand verblüffte sie alle: Die Ladeeinheiten enthielten zwar keine Energie, funktionierten jedoch.

»Überprüf den Dienstplan und stell fest, wer hier seit der letzten Inventur gearbeitet hat«, sagte Darryl. »Die betreffenden Personen sollen sich morgen um neun Uhr im Hauptbesprechungszimmer einfinden. In der Zwischenzeit laden wir so viele Phaser wie möglich auf. Hol Bosinney aus dem Maschinenraum hierher. Ich will wissen, was die Entladungen und das Durchbrennen wichtiger Komponenten *verursacht* hat! Es hat keinen Sinn, die Strahler an die Akkumulatoren anzuschließen, wenn sie sich anschließend wieder entladen.«

»Äh, Commander ...«, sagte Yar zögernd.

Dare hob abrupt den Kopf, als sie ihn mit seiner Rangbezeichnung ansprach. »Sollten wir nicht zuerst dem Captain Meldung machen?«

Für einen Sekundenbruchteil richtete sich Darryls Ärger auf sie, doch er hatte schon vor vielen Jahren gelernt, sein überschäumendes Temperament zu bezähmen, und so erwiderte er fast sofort: »Ja, wir könnten es mit einem Sicherheitsrisiko zu tun haben. Erstatte Captain Jarvis Bericht. Ich setze mich mit dem Maschinenraum in Verbindung.«

Es überraschte Yar nicht, daß Dare die Hilfe des Kadetten Bosinney in Anspruch nehmen wollte, anstatt den Sachverstand des Chefingenieurs Nichols zu bemühen. Übungsflüge für Kadetten dienten auch dazu, älteren Angehörigen von Starfleet einen leichteren Übergang in den Ruhestand zu ermöglichen, und Bosinney nahm Nichols einen großen Teil seiner Arbeit ab. Er galt als mechanisches und elektronisches Genie, hatte bereits bei anderen Gelegenheiten seine überragenden Fähigkeiten unter Beweis gestellt.

Als Yar Captain Enid Jarvis von den defekten Phasern berichtete, ließ es sich die Kommandantin nicht nehmen, sie zur Waffenkammer zu begleiten. George Bosinney war bereits zugegen, demontierte eine Ladeeinheit und prüfte die einzelnen Schaltkreise. Er gehörte zu jenen jungen Männern, die sowohl mit Genialität als auch einem Aussehen gesegnet sind, das nicht dem tatsächlichen Alter entspricht. Er hatte das Studium an der Akademie mit knapp zwanzig abgeschlossen, doch wer ihn ohne Uniform sah, hielt ihn für einen Sechzehnjährigen. Bosinney war dünn, fast hager, und er bewegte sich ungelenk. In seinem Gesicht zeigten sich nach wie vor einige Pubertätspickel, und die Stimme klang noch immer recht hoch. Aber wenn er an komplexer Technik arbeitete, bewiesen die Hände ein bemerkenswertes Geschick.

»Was ist geschehen?« wandte sich Captain Jarvis an Dare.

»Wir versuchen gerade, eine Antwort auf diese Frage zu finden.«

»Commander Adin!« Bosinney war so aufgeregt, daß sich seine Stimme überschlug. »Sehen Sie sich diesen Stromkreisunterbrecher an!«

Dare starrte verwirrt darauf herab. Das Teil wirkte völlig normal, und auch Yar konnte nichts Außergewöhnliches daran erkennen.

»Was soll damit sein?« fragte Jarvis schließlich.

Bosinney schluckte. Die Anwesenheit des Captains machte ihn offenbar ein wenig unsicher. »Der Unterbrecher ist für ein anderes und angesichts dieser besonderen Verbindung viel zu geringes Energieniveau bestimmt.«

Jarvis nickte knapp. »Also blockiert er unter bestimmten Umständen die energetische Versorgung und muß dann neu justiert werden.«

»Von wem?« warf Dare ein. »Während *dieser* Reise wurden der Waffenkammer praktisch täglich neue Wachen zugeteilt.«

»Das stimmt!« bestätigte Yar eifrig. »Ich selbst bin hier stationiert gewesen, bevor man mich an einen anderen Posten versetzte.«

»Wie oft hat der Unterbrecher reagiert?« fragte Jarvis.

»Bei jeder Überladung«, erklärte Bosinney. »Sicher gibt das technische Logbuch darüber Auskunft.« Er trat ans Computerterminal heran und blätterte so schnell durch die einzelnen Monitorschemata, daß Tasha keine Einzelheiten erkennen konnte.

»Die Rejustierung erfolgte im Durchschnitt alle zwei Komma sechs Tage«, sagte Bosinney nach einer Weile. »Wir haben es mit einem Zufallsmuster zu tun, das einen Zeitraum von null Komma acht bis fünf Komma vier Tagen umfaßt.« Er deutete auf den Zacken einer grafischen Darstellung, während er gleichzeitig den entsprechenden Logbucheintrag abrief. »Hier hat das Ding innerhalb von vierundzwanzig Stunden gleich zweimal den Energiefluß unterbrochen, während jeweils verschiedene Kadetten den Wachdienst wahrnahmen.«

»Wieso kann ein energetischer Verlust in Abständen von rund zwei Tagen derart viele Waffen beschädigen?« erkundigte sich Yar.

»Ich habe da so eine Ahnung.« Bosinney rief weitere Grafiken ab. »Ja, hier ist es. Energetische Fluktuationen setzten die Lebensdauer der Speicherbatterien herab. Sie verloren teilweise ihre Ladung, bis jemand aufmerksam wurde und den Unterbrecher rejustierte. Aber es kam nie zu einer vollständigen Entladung, auf die dann neuerliche Energiezufuhr folgte. Ein- oder zweimal hätte ein solcher Vorgang sicher keinen Schaden angerichtet, aber er wiederholte sich ständig. Schließlich wurden die Batterien beschädigt, was wiederum die Funktionsweise der Akkumulatoren beeinträchtigte.«

»Ersetzen Sie die Batterien«, sagte Captain Jarvis. »Mr. Adin, wie lange dauert es, die Akkumulatoren zu laden?«

»Nicht länger als ...«

Er unterbrach sich, als Warnlichter blinkten.

Es knackte im Interkom-Lautsprecher. »Alarmstufe Gelb. Ein fremdes Raumschiff nähert sich und ignoriert unsere Grußsignale. Bitte kehren Sie zur Brücke zurück, Captain. Alarmstufe Gelb!« Es war eine junge und weibliche Stimme. Anspannung und Sorge vibrierten in ihr.

Die beiden erfahrenen Offiziere Darryl Adin und Enid Jarvis wechselten einen kurzen Blick, und Dare schnitt ein finsteres Gesicht. »Ich glaube nicht an Zufälle. Sie sollten eine Überprüfung aller Waffensysteme veranlassen.«

Die Kommandantin trat ans Interkom heran. »Hier Jarvis. Schilde hoch. Alarmstufe Rot. Nehmen Sie eine genaue Kontrolle aller Bordwaffen vor. Ich bin gleich bei Ihnen.«

Jarvis wandte sich um, und noch bevor sie die Tür der Waffenkammer erreichte, heulten Sirenen auf. Alle Warnlichter glühten in einem rubinfarbenen Schein, und die aus den Lautsprechern tönende Stimme zitterte. »Alarmstufe Rot. Kampfstationen besetzen. Dies ist keine Übung. Alarmstufe Rot.«

Dare betätigte eine Taste des Interkoms. »Sicherheitspersonal in die Waffenkammer.« Er sah Yar an. »Übernimm meinen Posten auf der Brücke. Ich muß entscheiden, wer die funktionsfähigen Waffen erhält. Wer vertritt mich derzeit?«

Tasha warf einen kurzen Blick auf den Dienstplan. »Henderson.«

Darryl reichte ihr zwei Phaser. »Er gehört wohl kaum zu unseren besten Schützen, aber wenigstens gerät er nicht leicht in Panik. Behalt ihn bei dir. Wenn's hart auf hart geht, kannst du dich hinter seinem Rücken verstekken.«

»Hältst du es etwa für möglich, daß jemand ins Schiff eindringt?« entfuhr es Yar.

»Wir müssen auf alles vorbereitet sein. Richte dich nach deinen Anweisungen, Fähnrich.«

Was in der nächsten halben Stunde passierte, gewann für Tasha die Schreckensqualität eines Alptraums, der ihr noch weitaus entsetzlicher erschien als die simulierten Erlebnisse auf Priamos IV. Die *Starbound* war ein kleines Schulschiff, kein Kampfkreuzer. Selbst wenn sich Dares Verdacht als unbegründet erwies und es am Zustand der Bordwaffen nichts auszusetzen gab: Eigentlich dienten sie nur als Schutz vor den Gefahren, denen man hier und dort im stellaren Territorium der Föderation begegnete. Seit mehr als einer Generation herrschten Frieden und Wohlstand, aber politische oder religiöse Kontroversen führten manchmal zu lokalen Auseinandersetzungen. Die *Starbound* mied all jene Bereiche; trotzdem blieb ein Restrisiko.

Hinzu kamen die Schmuggler: Wenn man etwas auf einem Planeten verbot, wurde es von einem anderen herbeigeschafft. ›Freie Händler‹ waren überall tätig, aber sie benutzten kleine und schnelle Schaluppen, die kaum genug schwere Waffen aufnehmen konnten, um ein Starfleet-Schiff anzugreifen.

Anders ausgedrückt: In diesem Quadranten sollte sich eigentlich nichts befinden, das irgendeine Bedrohung für die *Starbound* darstellte. Als sie vor rund einem Monat das Dilithium aufnahmen, versicherte die Sicherheitssektion Starfleets, niemand wisse von der wertvollen Fracht. Aber warum näherte sich dann ein fremdes Raumschiff mit hoher Warpgeschwindigkeit und auf Abfangkurs? Warum ignorierte es die Aufforderung, sich zu identifizieren?

Als Jarvis und Yar die Brücke erreichten, war die junge

Crew bereits ziemlich nervös. Die Kommandantin setzte sich in den Sessel des Befehlsstands und löste einen erleichtert aufatmenden Kadetten ab. Tasha nahm den Sicherheitsposten ein, und Jack Henderson trat dankbar zur Seite, als sie sich der Konsole zuwandte. »Sollten wir nicht Mr. Adin Bescheid geben?«

»Er hat in der Waffenkammer zu tun«, erwiderte Yar. »Hier, ich habe Ihnen einen Phaser mitgebracht.«

Henderson starrte auf den Strahler herab. »Hält er es für möglich, daß wir uns vielleicht ver...«

»Wir müssen vorbereitet sein«, unterbrach ihn Tasha Yar.

Das Pult vor ihr zeigte die Identifikationsanfrage, die dem fremden Schiff galt und mit gekoppeltem Übersetzungsmodul auf allen Frequenzen ausgestrahlt wurde. »Bisher noch keine Antwort, Captain«, sagte sie.

Ein anderer Schirm zeigte die Sensordaten des heranrasenden Schiffes in einer dreidimensionalen Darstellung. Während die Entfernung schrumpfte, wurden allmählich Einzelheiten sichtbar.

»Vielleicht sind die Kommunikationsanlagen des Unbekannten ausgefallen«, sagte Jarvis ruhig. »Steuermann, ändern Sie unsere Flugkoordinaten auf null null sieben Komma sechs.«

»Koordinaten geändert.«

»Das fremde Schiff führt ein Anpassungsmanöver durch«, berichtete Yar, als die Konsole entsprechende Daten zeigte. »Es nähert sich nach wie vor auf Abfangkurs.«

»Können Sie es identifizieren?« fragte der Captain.

»Es sendet keine automatischen ID-Signale«, erwiderte Tasha. »Die Form deutet darauf hin, daß es sich um ein gewöhnliches Fernraumschiff handelt. Seine Masse entspricht dem Dreifachen der *Starbound.* Keine besonderen Merkmale. Miss Sethan«, wandte sie sich an die kleine Hemanitin, die vor der wissenschaftlichen Station saß, »stellen Sie Lebensformen fest?«

»Sogar eine ganze Menge«, lautete die Antwort. »Doch die Entfernung ist noch zu groß, um ...«

»Die Fremden eröffnen das Feuer!« entfuhr es dem Steuermann.

»Deflektoren ein«, sagte Captain Jarvis. »Photonentorpedos vorbereiten. Schicken Sie einen Notruf an Starfleet und alle Außenbasen in Kom-Reichweite: Das Schulschiff *Starbound* wird von einem unbekannten Gegner angegriffen.«

»Nachricht gesendet«, meldete Yar, bevor die erste Salve auf den Bugschild traf.

Das Deck erbebte, und die Wände erzitterten, doch die Deflektoren hielten der plötzlichen Energieflut stand.

Die *Starbound* erwiderte das Feuer, aber ihre Photonentorpedos zerplatzten wirkungslos an den Schutzschirmen des fremden Schiffes.

»Captain!« rief Tasha. »Die Subraumfrequenzen werden gestört!«

»Wiederholen Sie den Notruf trotzdem, Fähnrich«, entgegnete Jarvis gelassen.

Yar schaltete auf automatische Sendung. »Die Stabilität des vorderen Steuerbordschilds ist auf fünfunddreißig Prozent reduziert«, sagte sie.

»Kurswechsel«, ordnete die Kommandantin an. »Eins null drei Komma eins sieben. Warp drei. Mal sehen, ob wir schneller sind als der Angreifer.«

Das Manöver brachte die unbeschädigten Heckschilde zwischen die *Starbound* und ihren Angreifer, doch das fremde Schiff nahm sofort die Verfolgung auf und beschleunigte ebenfalls. »Warp vier ... fünf ... fünf Komma acht ...«

»Energetische Überlastung der Wandler!« warnte Nichols, der an den Triebwerkskontrollen stand. »Bosinney, was zum Teufel machen Sie dort unten?«

»Bosinney befindet sich in der Waffenkammer, Sir«, informierte ihn Yar.

»Verdammt! Er soll sofort in den Maschinenraum

zurückkehren. Nur er ist in der Lage, Warp sechs aus den Triebwerken herauszukitzeln.«

Als sich Tasha umdrehte, fühlte sie den Blick des Captains auf sich ruhen. »In Ordnung«, bestätigte Jarvis.

Ein weiterer Phaserblitz traf das kleine Schiff.

»Wir haben nur noch drei Torpedos«, sagte der Steuermann besorgt, als Yar den Kadetten Bosinney anwies, sofort den Maschinenraum aufzusuchen.

»Beeilen Sie sich, Junge«, hörte sie Dare. Seine Stimme klang etwas lauter und deutlicher, als er direkt ins Interkom-Mikrofon sprach. »An alle Angehörigen der Sicherheitsabteilung: Schützen Sie sowohl den Transporterraum als auch den Shuttlehangar. Jede Gruppe erhält mindestens einen Phaser. Ich bin mit weiteren Waffen auf dem Weg zur Brücke.«

Der *Starbound* fehlte ein Turbolift, und als Darryl den Kontrollraum erreichte, hatte Jarvis den letzten Photonentorpedo eingesetzt. Das Schulschiff konnte sich nicht mehr verteidigen, und nur die Deflektoren bewahrten es vor der Vernichtung.

Einer von Yars Schirmen glühte grell auf, und als das konturlose Schimmern verblaßte, meldete sie: »Heckschild ausgefallen.«

»Ich kann jetzt die Lebensformen an Bord des fremden Schiffes identifizieren, Captain«, sagte Sethan und beobachtete die Anzeigen der wissenschaftlichen Station. »Blut auf Kupferbasis. Größe, Körpertemperatur, Atmosphäre und Angriffsverhalten lassen nur einen Schluß zu.« Die zierliche Hemanitin drehte sich um und schloß unheilvoll: »Unsere Gegner sind Orioner.«

Ich träume, dachte Tasha. *Dies alles geschieht überhaupt nicht. Es ist ein weiterer Test. Es gibt keine andere Erklärung! Orioner wagen sich nie so tief ins stellare Territorium der Föderation ...*

Doch während ein Teil ihres Bewußtseins die Realität leugnete, hielt sich der andere, wichtigere an die Pflicht. »Der Maschinenraum meldet Beschädigungen des

Warpsegments auf der Backbordseite. Wir verlieren Energie.«

»Und wir werden langsamer«, brummte der Steuermann. »Warp vier Komma sechs. Warp drei Komma fünf — Geschwindigkeit konstant.«

»Der Angreifer schließt zu uns auf«, sagte Yar.

»Kapitulieren Sie!« befahl Jarvis.

»Captain?« platzte es verwirrt aus Tasha heraus.

Die Kommandantin sah sie an. »Es bleibt uns gar nichts anderes übrig, als aufzugeben, Fähnrich. Wir haben keine Photonentorpedos mehr, die Triebwerke sind beschädigt und unser Notruf wird von Störsignalen blockiert. Wenn uns die Orioner gefangennehmen, hat Starfleet Gelegenheit, uns freizukaufen.«

Yar preßte die Lippen zusammen. *Vorausgesetzt, Starfleet kann feststellen, wohin wir verschleppt wurden,* dachte sie bitter.

»Am Leben bleiben«, sagte Dare, und seine finstere Miene machte deutlich, wie sehr er es haßte, die Niederlage einzugestehen. »So lautet die wichtigste Regel.«

Er hatte natürlich recht. Es gab nur einen Grund für das enorme Wagnis der Orioner: Offenbar wußten sie von den Dilithiumkristallen. Wenn sie so tief in das Raumgebiet der Föderation vorstießen, ging es ihnen sicher nicht um Sklaven, und das wiederum bedeutete, daß sie keine Rücksicht nehmen würden. Falls die Besatzung der *Starbound* nicht kapitulierte ... In einem solchen Fall verwandelten die Orioner das Schulschiff mit einer weiteren Salve in Schlacke und konnten anschließend in aller Ruhe nach dem kostbaren Dilithium suchen.

Tasha ließ sich von diesen Überlegungen nicht daran hindern, dem Befehl der Kommandantin zu gehorchen und das Kapitulationssignal zu senden.

»Keine Antwort«, stellte sie nach einigen Sekunden verblüfft fest. »Captain, der Gegner ignoriert unsere Aufgabebereitschaft!«

»Wie bitte?« entfuhr es Dare ungläubig. Er stieß Yar

beiseite und starrte auf die Konsole. »Mit dem Sender ist alles in Ordnung, ebenso mit dem Empfänger. Die Subraumfrequenzen werden noch immer gestört, aber unsere Nachricht müßte die Orioner erreichen. Warum reagieren sie nicht auf die Kapitulation?«

Ganz offensichtlich kam es den Angreifern darauf an, die *Starbound* völlig manövrierunfähig zu machen. Einige weitere Photonentorpedos rasten heran, und anschließend ging der Gegner längsseits, verband einen Andockstutzen mit dem Shuttlehangar des wehrlosen Schiffes. Da die Kapitulation nicht akzeptiert worden war, bereiteten sich die Angehörigen der Sicherheitsabteilung und andere bewaffnete Besatzungsmitglieder auf den Kampf vor. Unglücklicherweise standen ihnen nur wenige Phaser zu Verfügung, mit denen sie kaum etwas gegen die Intervaller und Blaster der Eindringlinge ausrichten konnten.

»Dare ...«, begann Yar, als sie das Gemetzel auf den Monitoren beobachteten. »Sollten wir die Hangargruppen nicht durch die Leute im Transporterraum verstärken?«

»Auf keinen Fall, Fähnrich!« antwortete Adin scharf. »Bestimmt rechnen die Orioner damit, daß wir unsere kleine Streitmacht von dort abziehen. Da kommen sie schon!«

Tatsächlich: Über der Transferplattform bildeten sich schimmernde Energiesäulen, und die wartenden Männer und Frauen schossen auf die Feinde, bevor sie sich vom Rematerialisierungsschock erholen konnten. »Gute Arbeit!« lobte Darryl per Interkom. »Halten Sie die Stellung bis ...«

»Dare!« ächzte Yar und richtete seine Aufmerksamkeit auf den Bildschirm, der das Chaos im Maschinenraum zeigte. Orioner erschienen dort. Offenbar hatten sie die *Starbound* gründlich sondiert – immerhin bestanden die Schilde nicht mehr – und festgestellt, daß der Transferfokus auch auf andere Räume gerichtet werden konnte.

»Formen Sie einen Kreis!« knurrte Dare, und nicht einmal Jarvis stellte seine Anweisung in Frage. Alle standen am Rand der Brücke, als sich einige Orioner in die Mitte des Kontrollraums beamten. Adin lächelte kühl und schoß als erster, aber die anderen Anwesenden folgten seinem Beispiel sofort. Die Gegner bekamen überhaupt keine Gelegenheit, von ihren Waffen Gebrauch zu machen.

Einige hoffnungsvolle Sekunden lang glaubte Yar, die Besatzung der *Starbound* habe eine Möglichkeit, den Sieg über die Angreifer zu erringen.

Doch kurz darauf materialisierten die Orioner praktisch überall, und weitere drangen durch den Shuttlehangar ins Schiff ein. Wo sie auf Widerstand stießen, töteten sie gnadenlos.

Auf den Bildschirmen der Brücke war deutlich zu sehen, wie sich ein gegnerisches Kontingent dem Kontrollraum näherte. Tasha bereitete sich zusammen mit ihren Kameraden vor. Natürlich hatten sie die Tür zum Korridor verriegelt, aber es dauerte nicht lange, bis der dicke Stahl unter dem Feuer von Phasern und Intervallern nachgab. Reptilienwesen stürmten herein.

Die Brückencrew ging hinter den zentralen Konsolen in Deckung und setzte sich tapfer zur Wehr, doch mit ihren wenigen Waffen mußte sie früher oder später unterliegen. Henderson sank zu Boden, dann auch Captain Jarvis. Chefingenieur Nichols fluchte laut, als sich der Strahl seines Phasers in die Brustplatte eines Orioners bohrte, aber gleich darauf verstummte er: Der Schuß eines zweiten Eindringlings verschmorte ihm den Kopf.

Dare drückte immer wieder ab, und er traf jedesmal. Dennoch gerieten die Verteidiger immer mehr in Bedrängnis.

Yars Phaser war entladen. Sie ließ ihn einfach fallen, nahm den Strahler, der neben Jarvis' Leiche lag, hob den Kopf und rief: »Achtung, Dare!« Einer der verwundeten Orioner in der Mitte des Kontrollraums zielte auf den Ersten Sicherheitsoffizier.

Darryl wandte sich um, erschoß den Feind und übersah dadurch einen anderen an der Tür. Das geisterhafte Leuchten eines Intervallers traf ihn am Rücken.

Als ihr Verlobter zu Boden stürzte, herrschte in Tashas Innerem plötzlich eisige Kälte. Sie richtete sich auf, visierte den Orioner an, der Dare umgebracht hatte – und jagte ihm einen Blitz durch die Stirn. Yar feuerte weiter, bis sich auch die Ladung des zweiten Phasers erschöpfte; sie war die letzte Überlebende der Brückencrew, als die Angreifer sie schließlich überwältigten. Eins der Reptilienwesen packte die junge Frau und schleuderte sie an die Wand. Der heftige Aufprall raubte ihr sofort das Bewußtsein, und gnädige Schwärze löschte Kummer, Verzweiflung und Zorn aus ihr.

Tasha Yar erwachte in der Krankenstation des Schulschiffes, und ihr Kopf schmerzte so sehr, als könne er jeden Augenblick auseinanderplatzen. Sie habe eine Gehirnerschütterung erlitten, meinte Dr. Trent und hielt ein kleines Instrument hinter ihr Ohr, woraufhin das quälende Pochen nachließ.

Die seelische Pein blieb. »Was ist geschehen, Doktor?« fragte Tasha.

»Die Orioner sind fort«, erwiderte der Arzt finster. »Sie nahmen die Dilithiumkristalle. Wie sich herausstellte, hatten wir die kostbare Fracht an Bord, weil Starfleet Command glaubte, niemand erwarte sie bei uns. Einige der Lamettaträger sind offenbar total verkalkt!«

»Warum ... ließen uns die Angreifer hier zurück?«

»Angehörige von Starfleet geben keine guten Sklaven ab«, erklärte der Doktor. »Sie sind zu eigensinnig und entschlossen.«

»Wie viele von uns haben es überstanden?« Tasha Yar erinnerte sich an das grauenhafte Blutbad und schauderte.

»Die meisten Kadetten. Doch ob uns das noch etwas nützt ...«

»Wir leben«, stellte Tasha fest und versuchte nicht daran zu denken, daß Dare den Orionern zum Opfer gefallen war. »Und wir haben die Möglichkeit, zur Erde zurückzukehren.« Sie setzte sich auf. »Wer führt das Kommando? Captain Jarvis ...«

»Tot. Die Reptilien haben alle Offiziere umgebracht, bis auf Adin und mich. Und da der Leiter unserer Sicherheitsabteilung bewußtlos ist, trage ich wohl die Verantwortung für das Schiff.«

Yar riß die Augen auf und schnappte unwillkürlich nach Luft. »Commander Adin *lebt*? Wo haben Sie ihn untergebracht?«

»He, Sie dürfen noch nicht aufstehen«, brummte der Arzt. Nach kurzem Zögern fügte er hinzu: »Ach, was soll's. In einigen Tagen sind wir ohnehin alle tot. Adin liegt dort drüben ...«

Tasha fand Dare in der Intensivstation. Er atmete flach und unregelmäßig, und sein Gesicht war kalkweiß. »Die Orioner wählten eine Waffenjustierung, die sofort tötet, wenn der Strahl den Kopf trifft«, sagte eine Krankenschwester. »Erfaßt er eine andere Stelle des Körpers, kann der Betreffende mit dem Leben davonkommen. Mr. Adin hat eine recht gute Chance.« Sie wandte den Blick von Dare ab und beobachtete die anderen Patienten, die sich in einem ähnlichen Zustand befanden. »Vermutlich die Mentalität von Sklavenhändlern. Nach zwanzig oder dreißig Minuten läßt sich keine Hirnaktivität mehr feststellen.« Sie schluchzte leise. »Mindestens zehn Besatzungsmitglieder starben, weil uns hier nicht genügend Behandlungsplätze zur Verfügung stehen.«

Doch die unmittelbaren Verluste waren noch nicht einmal der schlimmste Aspekt ihrer Situation. Als Tasha sicher sein konnte, daß Dare keine Gefahr mehr drohte und er noch mehrere Stunden lang bewußtlos bleiben würde, begann sie mit einer Inspektion der *Starbound*. Die wenigen Personen, die sie unterwegs traf, hatten alles bis zum Schluß miterlebt und erstatteten erschütternde Berichte.

Der Gegner verschonte die meisten Angehörigen der medizinischen Sektion, aber in diesem Zusammenhang kam seine Rücksicht verhöhnendem Zynismus gleich.

Er nahm nicht nur das in den Frachtkammern gelagerte Dilithium, sondern auch die Kristalle in den Warptriebwerken des Schulschiffes. Anschließend zerstörte er die Impulsgeneratoren, das einzige Shuttle und die Rettungskapseln. Darüber hinaus entfernten die Orioner wichtige Komponenten aus dem Subraum-Kommunikator, so daß die Überlebenden keinen Notruf senden konnten. Bevor sie die *Starbound* verließen, gingen sie systematisch ihre betäubten Opfer durch und erschossen alle Offiziere – abgesehen vom Bordarzt und zwei Krankenschwestern.

Als sich die Angreifer absetzten, versuchte das medizinische Personal mit allen Mitteln, so viele Crewmitglieder wie möglich zu retten – nur um anschließend festzustellen, daß sie alle zu einem langsamen Tod verurteilt waren. Die Warp- und Impulstriebwerke funktionierten nicht, und deshalb wurden die Lebenserhaltungssysteme nur mit Batterieenergie gespeist, die in sechs Tagen zur Neige gehen mußte. Wenn Starfleet die *Starbound* vermißte, gab es für die Besatzung längst keine Hoffnung mehr.

Yar durchstreifte die Korridore, verzweifelt auf der Suche nach jemandem, der irgendwelche brauchbaren Vorschläge anbieten konnte. Die Kadetten waren viel zu schockiert, um einen klaren Gedanken zu fassen, und es gab keine Kommandooffiziere mehr, die ihnen mit Rat und Tat zur Seite standen.

Bis auf Dare.

Wie hatte er überlebt? Yar erinnerte sich nur daran, daß ihn eine Intervallerentladung am Rücken traf, und daraufhin fiel er nach vorn, stürzte auf eine andere Leiche. *Vielleicht haben ihn die Orioner nicht umgedreht, um einen Blick auf sein Gesicht oder die Rangabzeichen zu werfen,* dachte Tasha. Ganz gleich, welchem glücklichen Zufall er sein Leben verdankte: Sie betete zu allen Göttern, die in der Lage sein mochten, Einfluß auf das Schicksal zu nehmen und ihn zu retten. Wenn auch nur dazu, um sie beide zusammen sterben zu lassen.

Aber Darryl Adin gehörte nicht zu den Männern, die

sich dem Tod ohne einen Kampf fügten. Immer wieder hatte er den Kadetten eingehämmert: »Sie müssen lernen zu überleben. Ihre Aufgabe besteht darin, andere Leute zu schützen. Wieviel Schutz können tote Angehörige der Sicherheitsabteilung gewähren?«

Tasha saß an Dares Bett, als er das Bewußtsein wiedererlangte. Dr. Trent wies zwar mehrmals darauf hin, wie sehr er Ruhe brauchte, aber Adin fand schon nach kurzer Zeit heraus, in welchem Zustand die Orioner das Schulschiff zurückgelassen hatten.

»Wer führt das Kommando?« fragte er sofort.

»Sie, glaube ich«, erwiderte der Arzt.

»Ich meine, wer steuert die *Starbound*?«

»Eigentlich niemand«, sagte Yar. »Karin Orlow und Brian Hayakawa sind auf der Brücke und versuchen, aus irgendwelchen Einzelteilen ein Funkgerät zu bauen. Aber ohne die Möglichkeit, durch den Subraum zu senden, gibt es kaum eine Chance, ein anderes Raumschiff zu benachrichtigen ...«

»Selbst eine kleine Chance ist besser als gar keine!« warf Dare ein. »Wer unternimmt sonst noch etwas?«

»Äh ... was sollen wir denn unternehmen?«

Darryl setzte sich auf und schwang die Beine über den Bettrand.

»Sie haben sich noch längst nicht erholt!« sagte Dr. Trent scharf, als Dare das Gesicht verzog. »Bleiben Sie liegen!«

Der Sicherheitsoffizier drehte den Kopf und bedachte den Doktor mit einem durchdringenden Blick. »Jemand muß sich um das Schiff und die Besatzung kümmern. Sie werden hier gebraucht, und den Kadetten mangelt es an Erfahrung. Welche Angehörigen der technischen Sektion haben überlebt?«

»T'Irnya, Zkun, Donal und Bosinney. Aber ...«

»Wo steckt Bosinney?«

»Fähnrich Bosinney ist verletzt, Mr. Adin«, sagte der

Arzt. »Wenn Sie glauben, er könne an den Triebwerken arbeiten, muß ich Sie enttäuschen.«

»Wieso? Ist er bewußtlos?«

»Nein, aber ich mußte ihn ruhigstellen. Als die Orioner den Maschinenraum stürmten und den dortigen Verteidigern die Phaserenergie ausging, setzten sie sich mit ihren Werkzeugen zur Wehr. Bosinney hielt ein Schweißgerät, und ein Angreifer versuchte, ihn zu entwaffnen. Der Strahl traf seine Hand.«

»Lieber Himmel!« ächzte Dare und starrte auf seine eigenen Hände herab. Dann hob er wieder den Kopf. »Nun, wenn er nicht selbst tätig werden kann, dürfte er zumindest in der Lage sein, die Arbeit zu leiten, entsprechende Anweisungen zu geben. Ich hoffe doch, mit seinem Gehirn ist alles in Ordnung.«

»Er erlitt einen schweren Schock«, entgegnete Dr. Trent verärgert.

»Und um ihn zu überwinden, braucht er eine Gelegenheit, sich nützlich zu machen«, sagte Darryl. »Er ist doch nicht ans Bett gefesselt, oder?«

»*Mr.* Adin ...«, begann der Arzt.

Dare stand auf, schwankte ein wenig und straffte entschlossen die Gestalt. »Wenn es irgendeine Möglichkeit gibt, die Impulskraft wiederherzustellen – Bosinney findet sie bestimmt. Ich bedaure es sehr, unter diesen besonderen Umständen Ihre medizinische Fürsorgepflicht herauszufordern, Doktor, aber ohne Energie sind wir in einigen Tagen alle tot. Lassen Sie mich jetzt mit dem Fähnrich reden.«

Bosinney ruhte stumm und apathisch auf einer der Behandlungsliegen, und an seiner Stirn klebten zwei runde Beruhigungssensoren. Wie Dare trug er einen blauen Patientenoverall, und die untere Hälfte des rechten Arms steckte in einem Heilkokon. Er hatte die Augen geöffnet, doch der trübe Blick reichte ins Leere.

Darryl wartete nicht die Erlaubnis des Bordarztes ab und löste einen der beiden Sensoren. Der junge Techniker blinzelte und richtete den Blick auf seinen Vorgesetzten.

»Mr. Adin«, sagte er ein wenig undeutlich. »Ich bin froh, daß ... Sie überlebt haben, Sir.«

»Und wir freuen uns darüber, daß es Sie nicht erwischt hat, mein Sohn.« Soweit Tasha wußte, begegnete Dare zum erstenmal einem Kadetten auf so kameradschaftliche und betont freundliche Art und Weise — sah man einmal von ihr selbst ab. »Wir brauchen Ihre Hilfe, George. Wenn wir das Impulstriebwerk nicht irgendwie zusammenflicken, geht es uns allen an den Kragen.«

»Ich wünschte, ich ... könnte Ihnen helfen, Sir. Aber meine ... Hand ...«

»Mit dem zweiten Beruhigungssensor können Sie nicht klar denken, George«, sagte Darryl. »Wenn ich das Ding abnehme, werden Sie mit den emotionalen Folgen Ihrer Verletzung konfrontiert. Können Sie damit fertig werden, zum Wohl Ihrer Kameraden?«

Die Augen des Fähnrichs blieben trüb. Offenbar brauchte Bosinney unter der Wirkung des Gefühlsblockers länger als sonst, um seine Gedanken zu ordnen. Als Tasha schon glaubte, er habe das Bewußtsein verloren, antwortete er: »Für meine ... Kameraden. Ich will's ... versuchen, Sir.«

»In Ordnung.« Dare nickte und löste den zweiten Sensor.

Bosinneys Augen wurden sofort klar, und er zwinkerte, blickte auf den Kokon herab. »Ich fühle die Hand. Sie juckt.«

»Eine Folge des Heilprozesses im Arm«, sagte Dr. Trent. »Wenn Sie möchten ...« Er deutete auf die beiden kleinen Emoblocker.

»Nein!« Der Fähnrich sah Dare an. »Sie meinten eben, uns allen drohe der Tod.«

»Nur wenn wir keine Impulskraft bekommen.«

»Wie soll ich Ihnen in diesem Zustand helfen?« fragte Bosinney verzweifelt. Eine Träne rollte ihm über die Wange.

»Der Verstand ist Ihre Stärke«, antwortete Darryl eindringlich. »Die Hände spielen nur eine untergeordnete

Rolle. Dr. Trent hat Sie bestimmt auf die vielen Starfleet-Angehörigen mit Prothesen hingewiesen. Man wird Sie mit einer neuen Hand ausstatten, die ebensogut funktioniert wie die alte — vorausgesetzt, wir erreichen Starbase 18. Mit Impulskraft dauert der Flug fünfunddreißig Tage, und sobald die Triebwerke funktionieren, haben wir genug Energie für die Lebenserhaltungssysteme.«

»Aber wie?«

»Sie nehmen ganz gemütlich irgendwo Platz und geben Anweisungen, mein Sohn. Als amtierender Captain der U.S.S. *Starbound* ernenne ich Sie hiermit zum amtierenden Chefingenieur. Sie kennen die anderen Kadetten. Wer von ihnen verfügt über Fähigkeiten, die wir brauchen?«

»Das läßt sich erst feststellen, wenn ich einen Eindruck vom Ausmaß der Schäden gewonnen habe«, erwiderte Bosinney.

»Na schön.« Dare wandte sich an Dr. Trent. »Wann kann er mit der Arbeit beginnen?«

»In einigen Stunden ...«

»Wenn ich jetzt aufstehe ... Ginge ich dadurch das Risiko ein, später nicht einmal eine Prothese tragen zu können?«

»Nein. Aber Sie hätten Schmerzen, und der Schock ...«

»Danach habe ich nicht gefragt«, sagte der Fähnrich und klang plötzlich erwachsen, wie ein Mann.

Der Arzt warf Darryl einen zornigen Blick zu und antwortete: »Wenn Sie nicht gerade auf die Hand fallen, dürften sich kaum Komplikationen ergeben.«

»Dann entfernen Sie bitte den Heilkokon, Doktor.«

Während der nächsten Stunden beobachtete Tasha, wie Dare unter den erschrockenen und verängstigten Kadetten wieder so etwas wie Disziplin schuf. Ein neuer Dienstplan wurde erstellt und alle Sektionen besetzt, wenn auch mit weniger Personen als sonst.

Eigentlich hielt sich Darryl nur an die übliche Starfleet-Prozedur. Aber indem er Befehle erteilte, drohte, gut zuredete, psychologische Tricks anwendete und den eigenwilligen medizinischen Stab dazu brachte, sich an seine Anweisungen zu halten und mitzuhelfen, erzielte er eine enorme Wirkung. Am ersten Tag gelang es Orlow und Hayakawa, ein funktionstüchtiges Funkgerät zu bauen, das zwar keine Warpfrequenzen benutzte, aber wenigstens einen Notruf durch den Normalraum sendete.

Die Aussicht, daß er von einem anderen Raumschiff empfangen wurde, bevor die Energiereserven zur Neige gingen, war natürlich gering. Trotzdem führte dieser Erfolg zu einer beträchtlichen Verbesserung der allgemeinen Stimmung an Bord.

Anschließend veranstaltete Darryl ein feierliches Raumbegräbnis für all die Besatzungsmitglieder, die beim orionischen Massaker den Tod gefunden hatten.

Auch das entsprach dem Starfleet-Reglement, aber Yar reagierte trotzdem mit Entsetzen, als Dare alle dienstfreien Besatzungsmitglieder versammelte und die Andacht für jene übertragen ließ, die nicht daran teilnehmen konnten. Wenn er sich Mühe gab, offenbarte er erstaunliche rhetorische Fähigkeiten. Als die junge Mannschaft die Worte der Hoffnung und des Trostes vernahm, während die sterblichen Überreste ihrer im Kampf gefallenen Kameraden dem All übergeben wurden, weinten viele Männer und Frauen, ohne sich der Tränen schämen zu müssen.

Seltsamerweise stammten die Leichen nur aus der Besatzung der *Starbound.* Die Orioner hatten ihre Toten mitgenommen — ein überraschendes Verhalten für jemanden, der weder Ehre noch Loyalität kannte.

Ebenso bemerkenswert war der Umstand, daß sie Überlebende an Bord des Schulschiffes zurückgelassen hatten.

Als das Ritual zu Ende ging und Tasha mit neuerlicher Entschlossenheit zur Brücke zurückkehrte, um dort ihren Dienst fortzusetzen, begriff sie plötzlich, daß Dare genau richtig gehandelt hatte, indem er sich auch unter diesen Umständen an die Vorschriften Starfleets hielt. Das Raumbegräbnis führte nicht etwa zu Niedergeschlagenheit und Trauer, sondern bewirkte eine Art Läuterung.

Im Verlauf der nächsten drei Tage kam Dare kaum zur Ruhe. Er besuchte alle Sektionen des Schiffes, überwachte die Reparaturarbeiten, sprach Mut zu und befahl den Kadetten auch, in regelmäßigen Abständen Mahlzeiten einzunehmen und zu schlafen. Wenn er nicht die Korridore und Gänge der *Starbound* durchstreifte, befand er sich im Maschinenraum und half George Bosinney, der sich immer mehr darüber ärgerte, daß seine Tätigkeit auf Anweisungen beschränkt blieb. Schließlich kam er auf die Idee, den Stumpf des rechten Handgelenks mit einem Instrument zu verbinden und auf diese Weise an komplizierten elektronischen Bausteinen zu arbeiten, die selbst T'Irnyas Geschick überforderten.

Die Absicht des jungen Technikers bestand darin, aus den Überbleibseln von drei zerstörten Impulsgeneratoren einen neuen zu bauen. Wenn es ihm gelang, seinen Plan zu verwirklichen, bekamen sie gerade genug Energie für die Lebenserhaltungssysteme und eine kurze Beschleunigungsphase, die ausreichte, um Starbase 18 anzufliegen und dem Tod zu entrinnen. An jenem Tag, als sie das Ergebnis von Bosinneys Bemühungen testeten und wieder Fahrt aufnahmen, hallten jubelnde Stimmen durch die U.S.S. *Starbound.*

Der Flug wurde rasch zur Routine, als sich herausstellte, daß der improvisierte Generator einwandfrei funktionierte. Zwei Tage vor dem Ziel traf eine Antwort auf ihren Notruf ein. Man schickte der *Starbound* ein Raumschiff entgegen, und endlich fiel die Anspannung von den Überlebenden ab. Sie feierten, tanzten, umarmten sich — und erstatteten erste Berichte. Es wurde über Medaillen, Auszeichnungen und Beförderungen gesprochen; Yar war stolz auf ihre Kameraden — und insbesondere auf den Mann, den sie liebte.

Einige Stunden später beamten sie sich zur Starbase. Tasha gehörte zur letzten Gruppe, die auf die Transporterplattform trat. Sie hatte die Pflichten des stellvertretenden Kommandanten wahrgenommen, stand rechts neben

Dare, während George Bosinney links von ihm wartete. Als der Retransfer erfolgte, nahm Yar überrascht zur Kenntnis, daß sie nicht von ihren Kameraden empfangen wurden. Vergeblich hielt sie nach einem Admiral oder auch nur einem Commodore Ausschau, der die Helden begrüßte.

Statt dessen fiel ihr Blick auf mehrere Angehörige der Sicherheitsabteilung. Der befehlshabende Offizier wandte sich sofort an Dare. »Darryl Adin«, sagte er laut, »ich verhafte Sie im Namen von Starfleet Command. Sie werden hiermit aus dem aktiven Dienst entlassen und verlieren Ihren Rang. Sie bleiben unter Arrest gestellt, bis eine Untersuchungskommission feststellt, ob unter den Anklagepunkten Verschwörung, Verrat und Mord ein Kriegsgerichtsverfahren gegen Sie gerechtfertigt ist.«

Yar und die anderen Überlebenden der *Starbound* bekamen Darryl Adin einige Tage lang nicht zu Gesicht – bis die Ergebnisse der Ermittlungen vorlagen. Zu Tashas Entsetzen fand die Untersuchungskommission genügend Indizien, um gegen jenen Mann zu verhandeln, der ihnen Kraft und Mut gegeben hatte, damit sie nach dem Überfall der Orioner nicht die Hoffnung verloren.

Als feststand, daß ein Prozeß gegen Darryl Adin eingeleitet werden sollte, weigerte sich Yar, die Fragen des Verteidigers zu beantworten: Erst wollte sie mit Dare sprechen.

Inzwischen wußte sie, was man ihm vorwarf: eine Verschwörung mit den Orionern, bei der es um das Dilithium ging. Dares Lohn bestand angeblich aus einem Vermögen auf orionischen Nummernkonten. Starfleet Command stellte fest, daß jemand den Reptilienwesen Informationen zukommen ließ, als das Schulschiff die wertvolle Fracht in der Starbase 36 aufnahm. Als ein Hinweis auf Darryls Schuld galt bereits der Umstand, daß ihn die Orioner verschonten, während sie alle anderen Offiziere umbrachten.

Yar schlug George Bosinney vor, ebenfalls mit dem Angeklagten zu sprechen, doch der junge Techniker lehnte ab. Zuerst war Bosinney ebenso entschlossen, sich für Dare einzusetzen – bis man ihn an die entladenen Phaserakkumulatoren erinnerte, die kurz vor dem Angriff entdeckt wurden. Er berichtete den Ermittlern vom falschen Stromkreisunterbrecher in den betreffenden Geräten. Selbstverständlich hatte Dare sie gegen die richtigen ausgetauscht und auch einen Eintrag in den entsprechenden Kontrollisten vorgenommen. Aber in diesem Zusammenhang machte der Untersuchungsausschuß eine sonderbare Entdeckung: Nach den Angaben im allgemeinen Logbuch der *Starbound* wurde der richtige Unterbrecher zu Beginn der Reise installiert, und nichts wies auf einen späteren Austausch hin.

Der Erste Sicherheitsoffizier konnte die Waffenkammer jederzeit betreten – und er stellte den Dienstplan zusammen. »Nachdem wir Starbase 36 verließen, wartete er so lange mit der Routineinventur im Arsenal, wie es die Vorschriften zuließen«, rief Bosinney Tasha ins Gedächtnis zurück. »Nun, ich gehöre nicht zur Sicherheitsabteilung, aber es spricht sich herum, wer die besten, klügsten und gewissenhaftesten Leute in den einzelnen Sektionen sind. Er beauftragte Sie mit der Kontrolle, weil er sicher sein konnte, daß Sie die Sabotage bemerken würden. Ich vermute, der orionische Überfall erfolgte nicht zum vorgesehenen Zeitpunkt, sondern etwas zu spät. Wenn die Reptilien zwölf Stunden früher angegriffen hätten, wäre niemand auf die falschen Unterbrecher aufmerksam geworden. Vielleicht beabsichtigte Mr. Adin, sie während des Durcheinanders nach dem Kampf auszutauschen, und in einem solchen Fall hätte niemand Verdacht geschöpft.«

»Wie können Sie es wagen!« zischte Tasha. »Dare hat uns allen das Leben gerettet, und trotzdem halten Sie ihn für einen Verräter?«

Bosinney hob den rechten Arm, zeigte ihr den Stumpf des Handgelenks. »Wenn die Anklage nicht völlig absurd ist, trägt er hierfür die Verantwortung. Ich komme sicher zurecht, aber ganz gleich, was die Ärzte behaupten: Eine Prothese kann unmöglich so gut sein wie das Original. Und ich gehöre noch zu den Leuten, die Glück hatten, Tasha. Vierzehn Kadetten und sieben gute Starfleet-Offiziere sind tot. Wenn uns Darryl Adin verriet, verdient er dafür den Tod! Wer seine eigenen Kameraden hintergeht und sterben läßt, hat nichts in einer Rehabilitierungskolonie verloren, sondern sollte hingerichtet werden!«

»Dare hat uns nicht hintergangen!« beharrte Yar. »Bitte, George — helfen Sie mir dabei, seine Unschuld zu beweisen! Sprechen Sie wenigstens mit ihm.«

»Zu welchem Zweck?« erwiderte der junge Techniker. »Wenn er wirklich schuldig ist, streitet er bestimmt alles ab. Tasha, denken Sie nicht wie ein verliebter Teenager, sondern wie ein Starfleet-Offizier. Ich hoffe für Sie, daß sich Adins Unschuld herausstellt; aber ich nehme eher das Gegenteil an. Wie dem auch sei: Beim Verfahren kommt bestimmt die Wahrheit ans Licht.«

Überraschenderweise wandte sich Dare mit ähnlichen Worten an Yar, als sie ihn besuchte. Es gab nur einen Unterschied: Er schien von einem letztendlichen Freispruch überzeugt zu sein. Darryl war blaß und hohlwangig, und unter seinen Augen zeigten sich dunkle Ringe. Er trug einen weiten, lohfarbenen Coverall und wirkte darin kleiner als sonst. Tasha verspürte den Wunsch, ihn zu umarmen, ihn mit Leib und Seele vor den furchtbaren Anklagen zu schützen, doch zwischen ihnen spannte sich ein Kraftfeld und hinderte sie an einem direkten Kontakt.

»Wie soll ich mich verhalten?« fragte sie. »Dare, ich habe alles miterlebt. Ich war zugegen, als George den falschen Unterbrecher fand. Aber man fragt mich dauernd nach unseren privaten Gesprächen. Was soll ich machen, Dare?«

»Sag die Wahrheit!« drängte er. »Himmel, ich habe mir *nichts* zuschulden kommen lassen, Tasha. Die Wahrheit kann nur meine Unschuld beweisen. Sei unbesorgt,

Schatz. Vertrau den Ermittlern von Starfleet – sie verstehen ihr Handwerk. Vielleicht ist dir irgendein wichtiger Punkt aufgefallen, der sich meiner Aufmerksamkeit entzog. Sag alles, was du weißt. Nur dadurch bekomme ich eine Möglichkeit, in die Freiheit zurückzukehren.«

Doch während des Verfahrens stellte sich die Wahrheit zunehmend als belastend heraus. In Starbase 36 waren einige verdächtige Nachrichten aufgezeichnet worden: Bei den betreffenden Gesprächen wurden öffentliche Kom-Anschlüsse in der Nähe des Hotels benutzt, in dem die Crew der *Starbound* wohnte. Zwar bezahlte man die Gebühren mit Gutscheinen, aber beim Erwerb der Bons registrierten die Computer Darryls persönlichen Kreditcode.

Diese Hinweise ergaben sich zu Beginn der Verhandlung, und in jenem Stadium hielt Dare noch an seiner Zuversicht fest. Als ihn die Anklagevertretung auf die Gutscheine ansprach, antwortete er: »Ich habe sie nicht gekauft. Wenn ich beabsichtigt hätte, mich auf irgendeine Verschwörung einzulassen, wäre ich wohl kaum so dumm gewesen, meinen eigenen Kreditcode zu verwenden. Münzen sind weitaus unverdächtiger.«

»Die Bons wurden in einer anderen, weit vom Hotel entfernten Sektion der Starbase erworben«, sagte der Ankläger.

»Und natürlich weiß kein Sicherheitsoffizier Starfleets, wie leicht man den Zahlungsverkehr überwachen kann«, erwiderte Dare sarkastisch. »Jemand anders hat meinen Code benutzt, um die Kom-Gutscheine zu kaufen. Für einen so kleinen Betrag ist keine Identifikation notwendig. Dieser Vorgang beweist nur eins, Sir: Irgend jemand hat sorgfältige Vorbereitungen getroffen, um mir die Schuld für den Angriff auf die *Starbound* in die Schuhe zu schieben.«

»Ja, Mr. Adin«, sagte der Ankläger. »Wir werden beweisen, daß genau so etwas geschehen ist.«

Mit langsamer Unerbittlichkeit entwickelte die Anklagevertretung ein Argumentationsgebäude, dessen Fundament aus folgenden Voraussetzungen bestand: Nach ihrer Niederlage auf Conquiidor schworen die Orioner, sich an Darryl Adin zu rächen. Anstatt ihn zu töten, beschlossen sie, ihn in Mißkredit zu bringen, entwickelten einen Plan, setzten sich schließlich mit dem verhaßten Sicherheitsoffizier in Verbindung und boten ihm Geld an. Dare stand in dem Ruf, ein Spieler zu sein — vermutlich hatte er Schulden bei jemandem, der Kontakte zu den Orionern unterhielt.

Zwar erhob Adins Verteidiger immer wieder Einwände, aber davon ließ sich die Anklage nicht beeindrucken. Sie legte nahe, den Orionern sei es gelungen, Dares schwachen Punkt zu finden und ihn zu ihrem Vorteil zu nutzen. Aber sie konnten ihn nicht direkt zwingen, auf ihr Angebot einzugehen, brauchten dazu seine Kooperationsbereitschaft. Vermutlich gab er ihnen nicht nur Informationen über die Dilithiumfracht, sondern schlug auch den Überfall auf die *Starbound* vor — in der Annahme, die Orioner unternähmen nichts gegen die Besatzung. Er selbst glaubte sich unbedroht, weil die Reptilien großen Wert auf die Dienste eines zu Starfleet gehörenden Sicherheitsoffiziers legten.

Wie die Anklage hinzufügte, ging es den Orionern jedoch darum, Darryl Adin zu zerstören und gleichzeitig in Starfleet Mißtrauen gegenüber dem Sicherheitspersonal zu säen. Mehrmals wies sie darauf hin, daß die Orioner ihr Ziel nur erreichen konnten, wenn Adin eine aktive Rolle in ihrem Plan spielte.

Dares Reaktion bestand aus einem ironischen Lachen. »Wer mit den Orionern gemeinsame Sache macht, muß total übergeschnappt sein.«

Unglücklicherweise deuteten alle Indizien darauf hin, daß er recht hatte.

Die Kom-Nachrichten galten anderen Gästen im Hotel der Starbase 36 und dienten offenbar dazu, Verabredungen zu treffen. Doch als Starfleet die Identität jener ›Gäste‹ überprüfte, stellte sich heraus, daß sie überhaupt nicht existierten. Ihre Dokumente waren schlicht und einfach gefälscht. An den Kreditkonten bestand kein Zweifel, aber sie wurden unmittelbar vor dem Flug der Unbekannten zur Starbase 36 geöffnet – und sofort nach ihrer Abreise wieder geschlossen. Darüber hinaus erfolgten alle finanziellen Transaktionen über abgelegene Provinzplaneten und unter Verwendung tragbarer Kleincomputer. Mit anderen Worten: Es gab weder aufgezeichnete ID-Bilder noch Stimmuster.

Hinzu kam, daß Dare nicht für die ganze Aufenthaltsdauer in Starbase 36 Alibis vorweisen konnte. Die angeblichen Treffen fanden statt, während er schlief oder – allein – irgendwo in der Station unterwegs war. Yar fühlte, wie ihr das Blut ins Gesicht schoß: Wer auch immer Dare zu diskreditieren versuchte – offenbar hatte der Unbekannte ihn und Tasha ständig beobachtet, wußte also, welche Nächte sie miteinander verbrachten und wann Darryl an einem zweitägigen Ausbildungsseminar für Kadetten teilnahm. Der Kurs unterlag keinen Geheimhaltungsklassifikationen, aber der Argwohn des Gerichts wuchs, als Adin freimütig eingestand, die beiden Abende in einem Spielkasino verbracht zu haben – ohne Tasha, die von solchen Freizeitbeschäftigungen nicht viel hielt.

Sie erinnerte sich an den Nachmittag, als sie zusammen mit einigen anderen Fähnrichen das berühmte sensitive Museum besuchen wollte: Dare meinte, sie solle allein gehen, denn er sei schon mehrmals dort gewesen und wollte die Zeit nutzen, um einige Einkäufe zu erledigen.

Als sie sich am Abend erneut begegneten, gab er ihr einige Geschenke. Doch als Yar nun gründlicher darüber nachdachte, entsann sie sich daran, daß mehrere Stunden verstrichen waren. Dare hatte also ausreichend Gelegenheit, jemanden zu treffen, Strategie und Taktik des Dilithiumraubs zu erörtern.

Yar wurde erst während einer späten Phase des Verfahrens in den Zeugenstand gebeten. Inzwischen war Darryls Miene so ausdruckslos und steinern wie die eines Vulkaniers, während er zuhörte und begriff, daß sich seine Lage immer mehr verschlechterte. Dennoch brachte er die Kraft auf, Tasha mit einem Lächeln zu ermutigen. Ganz offensichtlich rechnete er damit, daß ihn ihre Aussage von allen Belastungen befreite.

Aber: Was sollte sie sagen? Sie mußte sich ausschließlich an die Wahrheit halten, klammerte sich an der Hoffnung fest, daß sie ihm dadurch helfen konnte. Er hatte sie selbst dazu aufgefordert, ganz offen zu sein, und das erachtete Tasha als einen eindeutigen Beweis für seine Unschuld.

Ja, antwortete sie dem Ankläger, während des Studiums habe ich bei den Sicherheitskursen mehrere Auszeichnungen bekommen, Ja, Darryl Adin stellte an Bord der *Starbound* für unsere Abteilung den Dienstplan zusammen. Ja, nach dem Verlassen der Starbase 36 wurde die Waffenkontrolle fast um die zulässigen dreißig Tage verschoben.

»Haben Sie sofort defekte Phaser gefunden, als Sie mit der Inventur begannen?«

»Ja.«

»Wie reagierten Sie darauf?«

»Ich wies Dare – Commander Adin – noch am gleichen Abend darauf hin.«

»Ist das eine Standardprozedur?«

»Nein, ich hätte die Strahler der Wartungssektion überantworten und sie einfach vergessen können«, erwiderte Yar triumphierend. »In einem solche Fall wäre Mr. Adin erst am nächsten Tag auf die Sabotage aufmerksam geworden, durch den abschließenden Inventurbericht. Aber wir waren an jenem Abend ... verabredet. Indem er mich mit der Waffenkontrolle beauftragte, erfuhr er rechtzeitig von den nicht einsatzfähigen Phasern und konnte sie sofort reparieren lassen.«

»Hat er eine solche Entscheidung getroffen?« fragte der Ankläger.

»Sie meinen, ob er eine Reparatur veranlaßt hat? Natürlich. Wir waren damit beschäftigt, als die Orioner angriffen.«

»Nein, Fähnrich, ich möchte wissen, ob Mr. Adin *sofort* eine Instandsetzung der defekten Waffen anordnete. Ihre erste Bemerkung deutet auf folgendes hin: Zwar erstatteten Sie ihm am Abend Bericht, aber er wartete bis zum nächsten Morgen, bevor er seine Pflicht wahrnahm.«

»Das stimmt«, bestätigte Yar und spürte Dares Blick auf sich ruhen, obwohl sie nicht den Kopf drehen und ihn ansehen konnte. »Gleich am nächsten Morgen begab er sich in die Waffenkammer. Die Sache mit den Phasern war nur ungewöhnlich. Erst als wir die entladenen Akkumulatoren fanden, begriffen wir, daß etwas nicht mit rechten Dingen zuging. Sie können Mr. Adin wohl kaum vorwerfen, einen Notfall ignoriert zu haben, von dessen Existenz er überhaupt nichts ahnte.«

Das Gericht stellte weitere Fragen, und Yar erlebte noch einmal jene Stunden im Arsenal. Mehrmals wies sie darauf hin, daß Dare nach den Vorschriften Starfleets gehandelt und bei Fehlersuche und Reparatur auf die Hilfe der kompetentesten Person an Bord zurückgegriffen hatte.

»Ich habe hier das elektronische Logbuch der Waffenkammer«, sagte der Ankläger. »Sehen wir uns an, auf welche Weise Sie das Problem mit den Akkumulatoren entdeckten.«

Ein Bildschirm erhellte sich und zeigte die entsprechende Szene.

Die Überprüfung ergab nicht nur fünf weitere beschädigte Phaser, sondern erbrachte ein noch viel schlimmeres Ergebnis: Fast alle Akkumulatoren waren vollständig entladen und somit nutzlos. Dare nahm die Kontrolle selbst vor, und seine Stimme klang immer gepreßter. Ein sonderbarer Umstand verblüffte sie alle: Die Ladeeinheiten enthielten zwar keine Energie, funktionierten jedoch.

»Überprüf den Dienstplan und stell fest, wer hier seit der letzten Inventur gearbeitet hat«, sagte Darryl. »Die betreffenden Personen sollen sich morgen um neun Uhr im Hauptbesprechungszimmer einfinden. In der Zwischenzeit laden wir so viele Phaser wie möglich auf. Hol Bosin-

ney aus dem Maschinenraum hierher. Ich will wissen, was die Entladungen und das Durchbrennen wichtiger Komponenten verursacht *hat! Es hat keinen Sinn, die Strahler an die Akkumulatoren anzuschließen, wenn sie sich anschließend wieder entladen.«*

»Äh, Commander ...«, sagte Yar zögernd.

Dare hob abrupt den Kopf, als sie ihn mit seiner Rangbezeichnung ansprach. Die Kamera zeigte ihn von vorn, und es war deutlich zu sehen, wie sich sein Gesicht in eine Fratze verwandelte.

Tasha stand hinter ihm, und daher blieb es ihr verborgen, daß Darryl eine Grimasse schnitt. »Sollten wir nicht zuerst dem Captain Meldung machen?«

Für einen Sekundenbruchteil richtete sich Darryls Ärger auf sie, doch er hatte schon vor vielen Jahren gelernt, sein überschäumendes Temperament zu bezähmen, und so erwiderte er fast sofort: »Ja, wir könnten es mit einem Sicherheitsrisiko zu tun haben. Erstatte Captain Jarvis Bericht. Ich setze mich mit dem Maschinenraum in Verbindung.«

Das Bild auf dem Schirm verblaßte.

Der Ankläger wandte sich wieder an Yar. »Ist es üblich, dem befehlshabenden Offizier des Raumschiffes von einem Sicherheitsrisiko zu berichten?«

»Selbstverständlich«, bestätigte Tasha. »Allerdings wußten wir noch nicht, daß es sich tatsächlich um ein Sicherheitsrisiko handelte. Es gibt nach wie vor keinen Beweis dafür, daß mehr als nur Zufall dahintersteckte.«

»Ich bitte Sie, Fähnrich Yar!« sagte der Ankläger. »Wir kennen die *Ursache:* einen falschen Unterbrecher, dessen Installation *nicht* im Logbuch verzeichnet wurde. Die Zeugenaussagen der Fachleute lassen nur einen Schluß zu: Die für ein niedriges elektrisches Niveau bestimmte Komponente, um die es hier geht, wurde mehrmals aktiv und mußte anschließend rejustiert werden, was im Verlauf von dreißig Tagen wiederholt zu Störungen in der Energieversorgung und anschließenden energetischen Schüben führte. Und genau das beeinträchtigte die Einsatzfähigkeit der Phaser. Es waren ungefähr fünfundzwanzig Tage nötig, um sicherzustellen, daß kein Akkumulator mehr funktionierte. Mr. Adin ordnete die Inventur in der Waffenkammer erst siebenundzwanzig Tage nach dem Verlassen von Starbase 36 an. Am achtundzwanzigsten Tag fanden Sie einige defekte Strahler, und das ganze Ausmaß der Schäden wurde noch einmal vierundzwanzig Stunden später entdeckt.«

»Woraufhin wir unverzüglich mit der Reparatur begannen«, erwiderte Yar.

»Die Sie jedoch nicht beenden konnten, weil die Orioner angriffen. Nun, Fähnrich, einige Ihrer Kameraden wiesen darauf hin, daß die Orioner die Leichen ihrer Gefallenen nach dem Kampf mitnahmen und nicht etwa in der *Starbound* zurückließen. Stimmt das?«

»Ich war bewußtlos«, sagte Tasha. »Als ich wieder zu mir kam, befanden sich keine toten Orioner an Bord.«

»Warum nicht?«

Yar fragte sich, worauf der Ankläger hinauswollte, zuckte mit den Achseln. »Keine Ahnung«.

»Wie viele Besatzungsmitglieder der *Starbound* wußten von der Dilithiumfracht?«

»Der Captain, der Erste Offizier und die Angehörigen der Sicherheitsabteilung.«

»Warum wurden *Sie* informiert, Fähnrich? Immerhin waren und sind Sie nur ein einfacher Kadett.«

»Abgesehen von Commander Adin gehörten ausschließlich Kadetten zur Sicherheitsabteilung. Um unseren Pflichten gerecht zu werden, mußten wir über die Dilithiumkristalle Bescheid wissen.«

»Mhm. Mr. Adin nutzte die Privilegien seines Rangs, um die Verantwortung mit Ihnen zu teilen, und angesichts der besonderen Situation erscheint das durchaus angemessen. Ich halte es jedoch für seltsam, daß er Ihnen eine andere wichtige Information vorenthielt, die er in Starbase 36 bekam. Fähnrich Yar, mit welchen Waffen würden

Sie eine Landegruppe ausstatten, die auf feindliche Orioner stoßen könnte?«

»Zumindest mit Phasern der Kategorie Zwei, Sir.«

»Warum nicht mit einfachen Strahlern?«

»Mit gewöhnlichen Handphasern kann man kaum etwas gegen orionische Männer ausrichten. Wenn man kein lebenswichtiges Organ trifft, wird der betreffende Gegner nur verletzt. Zwar lehrt man uns, gewaltsame Auseinandersetzungen zu vermeiden, aber manchmal bleibt einem nichts anderes übrig, als mit einer aggressiven Reaktion zu drohen. Orionern gegenüber stellen Phaser Zwei ein gutes Abschreckungsmittel dar. Bei einem Kampf riskieren sie den Tod, wenn die Waffen auf eine hohe energetische Emission justiert sind.«

»Die Orioner bekamen also einen beträchtlichen Vorteil, indem Ihre waffentechnische Ausrüstung auf normale Handphaser beschränkt blieb. Nun, sind alle Besatzungsmitglieder der *Starbound* so schlechte Schützen, daß kein lebenswichtiges Organ getroffen wurde?«

Yar erinnerte sich daran, mehrere Reptilienwesen erschossen zu haben, sah Strahlblitze, die sich in Schuppenstirnen bohrten. »Nein, Sir, ich glaube nicht.«

Der Ankläger lächelte zufrieden. »Ich vertraue Ihrer Einschätzung, Fähnrich. Bei der Information, die Mr. Adin für sich behielt, ging es um folgendes: Die Orioner haben einen neuen Individualpanzer entwickelt. Er ist leicht, so flexibel wie dickere Kleidung — und er absorbiert den größten Teil eines auf tödliche Emissionen justierten Handphasers. Selbst wenn man einen auf diese Weise geschützten Gegner im Bereich des Herzens trifft, verliert er nur für einige Sekunden das Bewußtsein. An anderen Stellen richtet der Strahl überhaupt nichts gegen den Feind aus. Die Vorrichtung gewährt sogar einen gewissen Schutz vor Phasern der Kategorie Zwei — aber die orionischen Angreifer konnten sicher sein, daß der Crew des Schulschiffes keine solchen Waffen zur Verfügung standen. Mit anderen Worten: Nach dem Kampf wurden keine toten Orioner gefunden, weil niemand von ihnen ums Leben kam.«

Yars verdutzter Blick wechselte mehrmals zwischen dem Ankläger und Dare hin und her. »Wollen Sie etwa behaupten, Commander Adin habe davon gewußt?« fragte sie.

»Er erfuhr in Starbase 36 davon. Aus welchem Grund hat er darauf verzichtet, das Sicherheitspersonal der *Starbound* in Kenntnis zu setzen?«

Darryl erweckte den Anschein, als habe man gerade einen Betäubungsstrahl auf ihn abgefeuert. Sein Anwalt musterte ihn mit einer Mischung aus ungläubigem Erstaunen, Abscheu und Ärger.

Tasha konnte die letzte Frage des Anklägers nicht beantworten, erwiderte statt dessen: »Sie meinen, unsere Lage war von Anfang an völlig aussichtslos? Wir hatten nicht die geringste Möglichkeit, etwas gegen die orionischen Eindringlinge zu unternehmen?«

»Oh, Sie haben sich mit großer Tapferkeit gewehrt, und es ist wirklich bemerkenswert, wie viele Gegner Sie außer Gefecht setzten. Die Aufzeichnungen beweisen, welche Zielsicherheit die Kadetten der Sicherheitsabteilung bei ihrem ersten Kampfeinsatz unter Beweis stellten. Doch die Orioner wurden nur betäubt. Sie trugen Helme und den neuen Körperpanzer, und unter solchen Bedingungen können die Reptilienwesen nur mit einem direkten Schuß ins Auge getötet werden, was außerordentlich schwierig sein dürfte.«

»Oh«, machte Yar.

Dare hatte Bescheid gewußt: Sie konnten die Orioner nicht töten, wohingegen diesen die Besatzung der *Starbound* hilflos ausgeliefert war.

»Wir hätten uns ergeben sollen!« platzte es aus Tasha heraus. Sie starrte Darryl an, der ihren Blick aus weit aufgerissenen Augen erwiderte. »Oh, Dare, warum? Warum hast du den Kampf zugelassen? Vielleicht wären die Orioner bereit gewesen, uns zu verschonen, wenn wir nicht zu den Waffen gegriffen, nicht versucht hätten, sie abzuwehren. Unser Verhalten ließ ihnen praktisch gar keine andere Wahl, als auf eigentlich wehrlose Männer und Frauen zu schießen.«

Adin schüttelte langsam den Kopf. »Nein«, sagte er. Der Verteidiger griff nach seinem Arm, aber er schüttelte die Hand des Anwalts ab. »Nein!« wiederholte er. »In Starbase 36 fand keine Sicherheitsbesprechung statt, die dazu diente, uns mit solchen Informationen vertraut zu machen. Zumindest erhielt ich keine entsprechende Nachricht. Wir brauchen nur in der Teilnehmerliste nachzusehen. Ich war *nicht* zugegen. Ich erfuhr *nichts* davon!«

Der Ankläger lächelte erneut, diesmal fast triumphierend, holte ein Speichermodul und schob es in den Abtaster. Die Besprechung diente zur Erörterung von Neuigkeiten, die strengen Geheimhaltungsklassifikationen unterlagen, und deshalb konnte im Gerichtssaal nicht die vollständige Aufzeichnung gezeigt werden. Für die Tagesordnung gab es jedoch keine Veröffentlichungsbeschränkungen: Sie erschien auf der Schirmfläche, und einige Punkte blieben hinter dunklen Balken verborgen. Ganz oben stand: »Neuer orionischer Individualpanzer«.

Kurz darauf fügte der Ankläger eine Teilnehmerliste hinzu, und der Abschnitt ›A‹ nannte den Namen Darryl Adin. »Es handelte sich um eine sehr wichtige Konferenz, und wer sie besuchte, wurde anhand von Stimmustern, Fingerabdrücken und Netzhautstruktur identifiziert. Wie Sie deutlich sehen können, nahm Darryl Adin daran teil.«

Von jenem Zeitpunkt an achtete Tasha kaum noch darauf, was im Verhandlungssaal geschah. Es bestand kein Zweifel mehr daran, wie das Urteil lauten würde — Dare war schuldig. Vermutlich hatte er die Kadetten nur deshalb in den Kampf geführt, um später ein Verteidigungsalibi vorzuweisen. *Ich nehme an, er hat seine Waffe auf Betäubung justiert,* dachte Yar bitter. *Er wollte es bestimmt nicht riskieren, einen seiner orionischen Verbündeten zu töten. Und ich habe ihn für einen Helden gehalten!*

Sie hatte ihm ihr Leben anvertraut, ihn geliebt ...

Dann und wann spürte Tasha Dares Blick — und als sie ihm begegnete, sah sie in kalt und vorwurfsvoll funkelnde Augen. Er flüsterte seinem Verteidiger etwas zu, der daraufhin den Kopf schüttelte und das Gericht um eine kurze Pause bat. Als die beiden Männer in den Saal zurückkehrten, hatte sich Darryls Gesicht in eine ausdruckslose Maske verwandelt, und sein Anwalt preßte die Lippen zusammen, wirkte geradezu grimmig.

Es gab nicht mehr die geringste Chance für Adin. Die gegen ihn sprechende Indizienlast war erdrückend.

Kurze Zeit später erfolgte das Urteil. Dare wurde einer Rehabilitierungskolonie zugewiesen, deren Ärzte und Counselors feststellen sollten, was einen pflichtbewußten Starfleet-Offizier zum Verräter gemacht hatte. Wenn sich der Prozeß umkehren ließ, konnte Darryl später in die freie Gesellschaft zurückkehren. Andernfalls blieb er für den Rest seines Lebens ein Gefangener.

Adin nahm Urteil und Begründung mit steinerner Miene hin, doch das Gleißen in seinen Augen verstärkte sich, brachte einen Zorn zum Ausdruck, den Tasha in dieser Intensität noch nie zuvor gesehen hatte.

Überraschenderweise setzte sich der Verteidiger am nächsten Abend mit ihr in Verbindung und meinte, Dare wolle mit ihr sprechen. »Sie sind nicht verpflichtet, ihn zu besuchen«, sagte der Anwalt. »Ich rate Ihnen sogar davon ab.«

»Nein«, erwiderte Yar. »Ich möchte zu ihm. Um ihn zu fragen, warum er uns alle verraten hat.«

Doch als sie die Arrestzelle betrat, war es Darryl, der eine solche Frage an sie richtete. »Warum, Tasha? Warum hast du mich hintergangen?«

»Was?« stieß sie verwirrt hervor.

Er trug nun wieder einen Häftlingsoverall, wirkte jedoch nicht klein und hilflos. Die Wut verlieh ihm neue Kraft. »Nur du kommst dafür in Frage«, fuhr er fort. »Wo befand ich mich, als die Nachricht von der anberaumten Sicherheitsbesprechung eintraf? Stand ich unter der

Dusche? Bin ich nach draußen gegangen, um eine Flasche Wein zu holen? Es handelte sich um eine Starfleet-Mitteilung, die nur einmal abgespielt werden konnte und sich dann selbständig löschte. Die Daten im Kom-Archiv des Hotels weisen nur darauf hin, daß eine solche Botschaft eintraf. Über den Inhalt gibt es keine Auskunft.«

»Ich hätte sie überhaupt nicht entgegennehmen können, Dare!«

»Wieso nicht? Du kennst meine ID-Nummer, und dein Tricorder enthielt sicher Stimmproben von mir. Was veranlaßte dich dazu? Neugier? Egoismus? Hast du mir nichts gesagt, weil wir Spaß miteinander hatten und du eine neuerliche Unterbrechung unseres Urlaubs verhindern wolltest?«

»Dare ...«, begann Tasha hilflos. Zwar suchte sie verzweifelt nach einer Möglichkeit, mit der sich beweisen ließ, daß jemand die Aufzeichnungen gefälscht hatte, aber sie konnte sich nicht daran erinnern, ob sie zum Zeitpunkt der Besprechung zusammen gewesen waren. Anders ausgedrückt: Sie sah sich außerstande, die Indizien in Frage zu stellen. »Dare, der Wahrheitsverifikator ...«

»Du weißt genau, wie man das blöde Ding austricksen kann!« entgegnete Darryl scharf. Er sprach leise, damit die Wächter nicht eingriffen, aber seine Stimme brachte deutlich den emotionalen Aufruhr in ihm zum Ausdruck. »Ich hab' es dir selbst gezeigt, verdammt. Himmel, bisher bin ich davon überzeugt gewesen, daß du mich liebst. All das, was ich dir beibrachte, was Starfleet dich lehrte ... Ich hätte es nie für möglich gehalten, daß du diese Kenntnisse gegen mich verwendest! Wir waren zusammen, als die Konferenz stattfand. Warum hast du das nicht gesagt? Fürchtest du, offiziell getadelt zu werden, weil du die Nachricht gelöscht hast, ohne mir Bescheid zu geben? Was ist ein Verweis gegen mein *Leben*?«

»Hältst du es wirklich für möglich, daß ich dich anlüge?« fragte Yar fassungslos.

Der Zorn verwandelte Adins Augen in zwei glühende

Kohlen. »Was hast du bekommen, Tasha? Auf welche Weise gelang es den Orionern, dich auf ihre Seite zu ziehen? Was ist für dich wichtiger als eine Zukunft bei Starfleet?«

Er schob das Kinn vor, bleckte die Zähne und schnitt eine neuerliche Grimasse. »Du verdammtes, gemeines Miststück! Du fällst nicht aus der Rolle, oder? Kein Wunder — vermutlich beobachtet man uns selbst hier. Du mußt die Unschuldige spielen, damit man dich nicht durchschaut.« Dares Blick übermittelte eine andere Botschaft: Er hielt es für möglich, daß sie sich zu einer Dummheit hinreißen ließ und ihn nicht auf die Sicherheitsbesprechung hinwies, aber eigentlich glaubte er nicht, daß sie fähig war, sich mit den Orionern gegen ihn und Starfleet zu verschwören.

Bedeutete das, ihn traf überhaupt keine Schuld? Oder klammerte er sich schlicht und einfach an *seiner* Rolle fest? Klagte er Tasha an, um sie von seiner eigenen Unschuld zu überzeugen?

Dare sah sich um, obgleich die Überwachungskameras so gut versteckt waren, daß man sie nicht bemerken konnte. Nach einigen Sekunden lachte er heiser und humorlos. Es klang fast wie ein Knurren. »Ich will ganz offen sein. Es macht ohnehin keinen Unterschied: Das Gericht hat enorme Ignoranz bewiesen, aber bestimmt ist es nicht so närrisch anzunehmen, daß ich mich brav wie ein Lamm dem Urteil füge. Starfleet weiß, daß ich ein Überlebenskämpfer bin; ich habe gelernt, das Schicksal herauszufordern und mich zu behaupten.«

Wieder lächelte er, eisig und drohend.

»Es gibt eine Lektion, die bisher noch nicht auf deinem Lehrplan stand und die Perspektive desjenigen betrifft, der einem anderen die Lebensgrundlage raubt. Du hast ähnliche Erfahrungen gemacht, aus der Sicht des Opfers. Das magische Wort heißt Verzweiflung, Tasha. Derzeit bin ich der freieste Mann in der ganzen Galaxis. Und weißt du warum?«

»Nein«, brachte Yar leise hervor, von Darryls Blick wie hypnotisiert.

»Weil man mir alles genommen hat, an das ich glaubte. Ich meine Starfleet und dich. Ich bin an keine Regeln mehr gebunden, habe jetzt nur noch mich selbst, mein Ich, meinen Willen, den niemand brechen wird. Ich werde keineswegs den Rest meines Lebens in einer Rehabilitierungskolonie verbringen. Rehabilitierung! Was in jenen Lagern geschieht, kann man nur als Gehirnwäsche bezeichnen, auch wenn dieser Ausdruck den zuständigen Behörden nicht gefällt. Die Patienten erwecken den Anschein, glücklich und zufrieden zu sein – weil man sie mit Drogen behandelt und ihnen gnadenlos ein neues Realitätsempfinden aufzwingt. Aus Menschen werden Marionetten.«

»Dare, du *weißt* doch, daß so etwas in der Föderation unmöglich ist!« entfuhr es Yar entsetzt. »Man wird dir helfen.« Sie verabscheute den Zorn in Adins Gesicht, fühlte den Schmerz, den seine Wut in ihr bewirkte. Sie haßte sein Verbrechen – und gleichzeitig liebte sie ihn. »Laß dich heilen, Dare. Damit du zu mir zurückkehren kannst.«

»Zurückkehren!« fauchte er und neigte den Kopf zur Seite. »O ja, du siehst mich wieder, Tasha. Ganz bestimmt. Ich werde fliehen, und anschließend mache ich mich auf die Suche nach dir, Lügnerin. Sei auf der Hut, Tasha: Eines Tages zahle ich dir alles heim.«

KAPITEL 6

Das *Déjà-vu*-Erlebnis lähmte Lieutenant Tasha Yar, als sie zu dem zornigen Gesicht des Mannes aufsah, in dessen Gewalt sie sich nun befand.

Darryl Adin hatte sein Versprechen gehalten, aus der Rehabilitierungskolonie zu fliehen; anschließend verschwand er spurlos. Sein Name stand noch immer in den Kriminalakten der Starfleet-Sicherheit; er wurde nach wie vor wegen Verrat und Mord gesucht.

Tasha erinnerte sich an seine letzten Worte: *Sei auf der Hut* ... Dares Prophezeiung ging in Erfüllung — sie sahen sich tatsächlich wieder. Was hatte er nun mit ihr vor?

Dutzende von Reminiszenzen strömten auf sie ein: verschiedene Begegnungen mit dem Mann, den sie liebte, an der Starfleet-Akademie, und früher noch, auf New Paris, als sie hilflos zu seinen Füßen lag, zu ihm emporstarrte und nicht wußte, ob sie dem fremden Mann vertrauen durfte ...

Wie damals beugte er sich zu ihr herab und stellte fest, ob sie Verletzungen erlitten hatte. Dann half er ihr auf.

Darryl sah anders aus, obwohl man ihn aufgrund seiner charakteristischen Züge sofort wiedererkannte. Er wirkte schlanker, hochgewachsener und noch eindrucksvoller. Die zusätzliche Größe stammte von Stiefeln mit dicken Sohlen, und er bot sich in einer archaischen Aufmachung dar: dunkle Hose, eine schwarze, klassische Jacke über einem grauen Hemd. Tasha entsann sich daran, daß die Grundmuster dieser Art Kleidung aus dem neunzehnten Jahrhundert stammten, und mehr als zweihundert Jahre lang benutzten einflußreiche Personen entsprechende Variationen. Die Sachen standen Adin recht gut.

Doch es gab noch andere, wichtigere Veränderungen.

Sein Haar war länger und zur Seite gekämmt, betonte somit die hohe Stirn. Dadurch erweckte er einen ernsteren Eindruck als damals mit seinem immer ein wenig zerzaust anmutenden Schopf, und außerdem betonte die Frisur vertikale Falten im Gesicht. Die Augen schienen dunkler und geheimnisvoller zu sein, lagen tiefer in den Höhlen und offenbarten einen seltsamen Glanz.

Die Lippen waren so geschwungen wie damals, doch die meiste Zeit über bildeten sie nun eine gerade Linie, lächelten nicht mehr so oft. Der Darryl Adin, den Yar vor Jahren gekannt hatte, zeichnete sich durch lebhafte Agilität aus, während dieser Mann eine Ruhe offenbarte, unter deren Oberfläche das Feuer eines Vulkans brannte. Man spürte sofort die Gefahr, die von ihm ausging.

»Du bist also noch immer bei Starfleet, Tasha«, sagte er schließlich.

»Und du lebst«, stellte sie fest. Eine bessere Antwort fiel ihr nicht ein.

»Ich bin ein Überlebenskünstler«, brummte er. »Was machst du hier?« Er führte sie zu einem Tisch mit mehr als zehn Stühlen. Tasha wandte kurz den Kopf – mit ihr befanden sich vier Personen im Zimmer.

»Empfangt ihr hier nicht die Nachrichtensendungen?«

»Das schon, aber sie taugen kaum etwas. Hat Starfleet dich und den Roboter geschickt, um uns das Handwerk zu legen?« Dare nahm Yar gegenüber Platz und musterte sie.

»Bist *du* der Kriegsherr, der gegen Nalavia opponiert?«

Adin lachte bitter. »Nein. Ich bin hier, um dem Volk von Treva zu helfen, sich von Nalavias Joch zu befreien.«

»Oh, ein Freiheitskämpfer«, kommentierte Tasha mit unüberhörbarer Ironie.

Darryl hob die Brauen, und ein zynisches Lächeln zuckte in seinen Mundwinkeln. »Eine durchaus zutreffende

Bezeichnung. Natürlich biete ich meine Dienste nicht umsonst an.«

»Du läßt dich bezahlen?«

»Ich bin Söldner, Tasha – der beste in der ganzen Galaxis. Man kennt mich unter dem Namen Adrian Dareau.«

»Der Silberne Paladin? Du?«

Sie hatte bereits von ihm gehört, seinen schon legendären Ruf auf vielen Planeten der Außenquadranten jedoch nie mit Darryl Adin in Verbindung gebracht. »Eigentlich wundert es mich, daß ich nicht schon früher daran dachte, aber niemand kennt Dareau – es gibt keine Bilder von ihm. Nun, du wirst also nicht nur von der Föderation gesucht, sondern auch von den Ferengi und Zertanianern. Angeblich haben es sogar die Romulaner auf dich abgesehen.«

»Ach, tatsächlich? Sdan, haben wir uns durch irgend etwas romulanischen Ärger zugezogen?«

Yar nutzte die Gelegenheit, ihren Blick auf die beiden anderen Männer zu richten, die sie recht unsanft hierher gebracht hatten. Wahrscheinlich die besten Leute Dares. Sie *mußten* gut sein, wenn es ihnen so leicht gefallen war, eine Frau zu überwältigen, die viele Kampftechniken beherrschte.

Sdan wies gewisse Ähnlichkeiten mit einem Vulkanier auf – sein Name und der Krampf in Tashas Nackenansatz stellten weitere Hinweise dar –, aber das schwarze Haar reichte ihm bis zu den Schultern herab, und er lächelte schief, als er antwortete: »Ich nehme an, es ging dabei um die kleine Episode mit den Omani. Die Romulaner waren nicht gerade entzückt, als sie sich der Föderation anschlossen.«

»In diesem Punkt brauchen wir uns bestimmt keine Sorgen zu machen«, sagte der dritte Mann, ein recht unscheinbarer Mensch. Er war mittelgroß und hager, hatte braunes, an einigen Stellen dünn werdendes Haar. Er trug khakifarbene Kleidung, in der er mit seiner Umgebung verschmolz. Das einzige auffällige Merkmal bestand darin, daß eine Brille auf seinem Nasenrücken ruhte: ein Rahmen mit Gläsern. Yar sah zum erstenmal einen Erwachsenen, der eine derartige Sehhilfe benutzte. Einige Kinder verwendeten Brillen, bis sie alt genug für die chemische Behandlung waren, die perfektes Augenlicht gewährleistete.

»Die Romulaner ergreifen nur selten die Initiative — sie ziehen es vor zu reagieren«, fuhr der Mann fort und nahm neben Tasha Platz. Als Yar durch die Linsen ah, fiel ihr noch etwas anderes auf: Die braunen Pupillen wirkten dunkler als Dares Augen, und in ihnen funkelte eine wache Intelligenz, die in einem krassen Gegensatz zum ersten Eindruck stand. »Wachsende Anspannung zwischen der Föderation und den Romulanern, vielleicht sogar ein kalter Krieg — und wir bekommen so viele Aufträge, daß wir überhaupt nicht mehr wissen, welchen wir zuerst annehmen sollen.«

»Bist du noch nicht reich genug, Poet?« fragte Dare. »Du wärst in der Lage, dir einen eigenen Planeten zu kaufen.«

»Geld, das man nicht ausgeben kann, macht niemanden reich«, verkündete Poet weise, zwinkerte und wandte sich an Tasha. »Andererseits, junge Dame: Wenn Sie Lust hätten, zur Gespielin eines reichen Mannes zu werden oder wenn Sie sich einen reichen Mann als Zeitvertreib wünschen ... Ich stehe Ihnen gern zur Verfügung.«

Poets wissender Blick deutete darauf hin, daß er ebenso viele ›Vergnügungstechniken‹ beherrschte wie Data, und seine Worte klangen keineswegs drohend. Doch Yar stand nicht der Sinn nach einem Flirt. »Ich bezweifle, ob Sie mich deshalb hierher verschleppt haben«, erwiderte sie schroff.

»Nein«, bestätigte Dare. »Wir brachten dich hierher, um dir zu zeigen, was *wirklich* auf Treva geschieht.«

»Warum?« fragte Tasha argwöhnisch.

»Weil dich Nalavia wohl kaum mit der Realität vertraut machen wird!« erwiderte Darryl verärgert. »Du hast die Nachrichtensendungen gesehen, oder?«

»Ja. Und ich stimme dir zu: Die Überfälle der ›Feinde

des Volkes‹ sind zu gut in Szene gesetzt. Die Präsidentin meint, sie habe Überwachungskameras installiert, um bei Angriffen der Terroristen sofort ihre Armee einsetzen zu können.«

»Aber die Soldaten treffen entweder zu spät ein oder schießen dauernd daneben, nicht wahr?« Diese Bemerkung stammte von Sdan, der hinter Dare stand und ihm den Rücken deckte. Yar musterte ihn erneut und rätselte über seine Abstammung nach. Er hatte die gewölbten Brauen und spitz zulaufende Ohren eines Vulkaniers, und seine blasse Haut ließ vermuten, daß in den Adern grünes Blut zirkulierte. Doch im Gegensatz zu den meisten Vulkaniern war er sehr muskulös, fast stämmig gebaut. Die Augen glänzten blau, ein eher seltenes vulkanisches Merkmal.

Kleidung und Gebaren bewiesen jedoch, daß er unmöglich auf Vulkan geboren sein konnte. Während er hinter Darryl stand, nahm er die typische militärische Ruhestellung ein: Er wirkte entspannt und gleichzeitig konzentriert, folgte aufmerksam dem Gespräch. Er lächelte häufiger und weniger zynisch als Dare, doch an seiner Gefährlichkeit bestand nicht der geringste Zweifel.

Die Kleidung entsprach der Zwanglosigkeit des zotteligen Haars: ein weites Hemd aus blauem, seidenartigem Material, die obersten Knöpfe geöffnet; eine schwarze Hose; hohe Stiefel, die vorn über die Kniescheiben hinwegreichten. Tasha überlegte, ob sie empfindliche Körperstellen schützen oder nur einen verwegenen Eindruck erwecken sollten. In einem Punkt ähnelte Sdan dem Darryl Adin, an den sich Yar von der Starfleet-Akademie her erinnerte: Er besaß Sex-Appeal.

Dare hielt sich jetzt in emotionaler Hinsicht zurück, schien Barrieren vor dem errichtet zu haben, was er einst mit Tasha geteilt hatte. Er saß mit geradem Rücken, beide Füße auf dem Boden, und als Yar ihn beobachtete, stellte sie plötzlich fest, daß sie seine Haltung nachahmte. Sie waren beide dazu entschlossen, ihre Objektivität nicht von der früheren Beziehung beeinträchtigen zu lassen.

»Legen Sie mir Ihren Standpunkt dar«, forderte sie Dares Begleiter auf.

»Es geht nicht um *uns*, sondern um die Trevaner«, entgegnete Poet. »Sie rebellieren gegen Nalavias Tyrannei.«

»Tyrannei?« wiederholte Tasha. »Sie ist die frei gewählte Präsidentin dieses Planeten.«

»Auch Hitler wurde gewählt«, warf Dare ein. »Ebenso Baravis der Unvergleichliche und Immea von Kaveran. Nalavia nutzte das neue demokratische System, um an die Macht zu gelangen — und jetzt zerstört sie es systematisch. In diesem Jahr sollte eigentlich eine neue Wahl stattfinden, aber die gegenwärtige Präsidentin verschob sie auf unbestimmte Zeit. Als Grund führte sie den ›planetaren Notstand‹ an. Wer sie durchschaut, leistet Widerstand, aber leider kontrolliert Nalavia die Streitkräfte.«

»Außerdem sind die meisten Leute mit ihr zufrieden«, sagte Poet. »Das Leben ist so gut wie nie zuvor, und die jungen Leute werden mit Brot und Spielen zufriedengestellt. Dafür sind sie bereit, auf einen Teil ihrer Freiheit zu verzichten.«

»Die übliche Geschichte«, murmelte Yar und nickte. »Aber was hat das mit Ihnen zu tun?«

»Wir gehören nicht zu Starfleet«, antwortete Dare. »Wir brauchen uns nicht an die Erste Direktive zu halten. Einige Trevaner versuchten, sich gegen Nalavia zur Wehr zu setzen, aber sie erlitten eine Niederlage. Wer in Gefangenschaft geriet, wurde öffentlich hingerichtet — ohne irgendein Gerichtsverfahren.«

Tasha biß kurz die Zähne zusammen, achtete jedoch das Dogma der Föderation. »Diese Welt entwickelt sich noch. Wenn wir unsere Maßstäbe anlegen, mag sie primitiv und sogar barbarisch erscheinen, aber dabei handelt es sich um die Traditionen der Trevaner. Wir können nur hoffen, daß sie schließlich zivilisierter werden. Bis dahin dürfen wir keinen Einfluß auf das hiesige Recht nehmen.«

»Gerade Nalavia stellt es in Frage«, sagte Poet. »Die

neue Verfassung bestimmt, daß jeder Angeklagte ein ordnungsgemäßes Verfahren erwarten darf, bevor er verurteilt und bestraft wird. Dieser Grundsatz galt viele Jahre lang. Die derzeitige Präsidentin setzte sich darüber hinweg, vereint in sich die Autorität von Ankläger, Richter und Henker.«

»In den Berichten, die Starfleet erhielt, fehlten entsprechende Hinweise«, erwiderte Yar.

»Ich nehme an, deshalb bist du hier«, brummte Dare und zeigte einmal mehr sein humorloses, eisiges Lächeln. »Ach *wir* wurden eingeladen – von der Opposition. Ist es nicht seltsam, daß sich Nalavia genug unter Druck gesetzt fühlt, um sich an Starfleet zu wenden?«

»Wenn die Lage wirklich so beschaffen ist, wie du sie schilderst, muß Nalavia auf unsere Hilfe verzichten«, sagte Tasha. »Private Bürger sind nicht an die Erste Direktive gebunden, aber die Föderationspolitik bestand und besteht darin, sich nie in die inneren Angelegenheiten von Welten zu mischen, die kein Mitglied des interstellaren Völkerbundes sind.«

»In dem Fall wird die Präsidentin großen Propagandanutzen aus der Weigerung Starfleet ziehen, ihrem ach so armen und bedrängten Volk in der Stunde der Not Unterstützung zu gewähren«, sagte Sdan. »Sie hat sich gut vorbereitet: Ganz gleich, welche Entscheidung im Oberkommando getroffen wird – die Vorteile sind auf ihrer Seite.«

»Wenn Nalavia tatsächlich das demokratische System unterminiert und sich zum diktatorischen Alleinherrscher aufschwingt ...« Yar überlegte kurz. »Irgendwann geht sie bestimmt zu weit, und dann erhebt sich das ganze Volk gegen sie.«

»Das halte ich für wenig wahrscheinlich«, widersprach Poet. »Nalavia ist viel zu klug, die Mehrheit gegen sich aufzubringen, solange nicht alle Hälse fest in ihrer Schlinge stecken.«

»Morgen früh lernst du Rikan kennen, den letzten trevanischen Kriegsherrn«, meinte Darryl. »Vielleicht bist du eher bereit, ihm zu glauben. Was deinen Aufenthalt betrifft: Es steht dir ein eigenes Zimmer zur Verfügung.« Er beugte sich vor. »Ich nehme deinen Insignienkommunikator.«

Oh, was bin ich doch für ein Idiot! fuhr es Tasha durch den Sinn.Nun, wahrscheinlich war es ganz gut so, daß sie bisher noch nicht versucht hatte, sich mit Data in Verbindung zu setzen. Vielleicht befand er sich nach wie vor in Nalavias Gesellschaft.

Sie hob die Hand, und eine Sekunde später traf sie zwei verschiedene Feststellungen: Das kleine Gerät steckte nicht mehr an ihrem Uniformpulli, und Dare wandte sich nicht etwa an sie, sondern an Poet. Sein Gefährte reichte ihm das winzige Instrument.

Der andere Mann mochte ein geschickter Dieb sein – er hatte Yar den Kommunikator abgenommen, ohne daß sie etwas davon bemerkte – aber Dare teilte seine Fähigkeiten nicht. Tasha handelte aus einem Reflex heraus, nahm ihm das Gerät ab und klopfte darauf.

Es summte leise, und sonst geschah nichts. Einen Augenblick später hatte sie das Gefühl, eine Stahlklammer schlösse sich um ihren Unterarm – Poet griff zu.

Der so unscheinbare Mann erwies sich als erstaunlich stark. »Wie unartig von Ihnen«, tadelte er, griff mit der anderen Hand nach dem Insignienkommunikator und warf ihn Dare zu.

Adin fing ihn auf, runzelte die Stirn und überlegte kurz, ob er den Sender aktivieren sollte. Schließlich entschied er sich dagegen und reichte ihn Sdan. »Es wurde kein Kontakt hergestellt, als Tasha das Ding aktivierte. Untersuch den Apparat gründlich, Sdan – mit der angebrachten Vorsicht. Vielleicht genügt dem Roboter ein einziges Signal, um uns anzupeilen.«

»Mr. Data ist ein Androide, kein Roboter«, sagte Yar. »Darüber hinaus steht er im Rang eines Starfleet-Offiziers. Ich erachte ihn als Bordkameraden und Freund.«

»Bei deinen früheren Freundschaften hast du einen besseren Geschmack bewiesen.«

»Wenigstens brauche ich mir keine Gedanken über Datas Loyalität zu machen!« gab Tasha scharf zurück – und bereute ihre Worte sofort. Ärger war ihr schlimmster Feind. Wenn sie sich hilflos in die Enge getrieben fühlte, neigte sie dazu, überstürzt zu handeln. Warum versuchte sie nicht den Anschein zu erwecken, sich zumindest teilweise zu fügen? Ihr Verhalten gab Dares Leuten Grund genug, sie besonders streng zu überwachen, und das verringerte ihre Fluchtchancen.

»Ich verstehe«, sagte Dare kühl. »Du hältst mich noch immer für schuldig. Und deine Pflicht als Starfleet-Offizier besteht darin, jeden flüchtigen Verbrecher zu verhaften, dem du während eines Einsatzes begegnest.« Sein Gesicht brachte den gleichen Hochmut zum Ausdruck, mit dem er das Urteil des Kriegsgerichts entgegengenommen hatte. Die Augen glänzten wie Eis. »Bring sie im blauen Zimmer unter, Poet«, fügte er hinzu. »Und verriegle die Tür.« Ruckartig stand er auf und ging fort.

Lieutenant Commander Data befand sich im Präsidentenpalast und nutzte alle in den Flirt-Dateien enthaltenen Informationen, um einen Rest von Distanz zu Nalavia zu wahren.

Er erlebte eine ebenso unvertraute wie unbehagliche Reaktion. Es ging nicht etwa um die gemeinsam mit Tasha getroffene Entscheidung, Nalavia mit verbaler Erotik Informationen abzuringen. Nein. Data stellte fest, daß es ihm immer mehr widerstrebte, mit der Präsidentin auf irgendeine Art und Weise intim zu werden. Noch nie zuvor hatte er eine solche Antipathie gespürt, und als er nach einer Weile durch den Korridor wanderte, analysierte er sein Empfinden.

Ganz offensichtlich war Nalavia durchaus bereit, seine sexuelle Leistungsfähigkeit zu testen. Aber aus welchem Grund hoffte er, daß es nicht dazu kam?

Sonderbar: Während der wenigen Monate an Bord der *Enterprise* schien er sich weitaus mehr verändert zu haben als in all den Jahren zuvor. Er hatte seinen Dienst auch in anderen Raumschiffen verrichtet, viele Welten gesehen und mehrere Gigabyte an Daten gespeichert. Aber während jener Missionen blieb er ein semiorganisches Instrument, ein wandelndes, autarkes Werkzeug, von dem manche seiner Arbeitskollegen glaubten, es ließe sich ganz nach Belieben verwenden. Je mehr er fühlte, von ihrer Gemeinschaft isoliert zu werden, desto mehr sehnte er sich danach, ein Mensch zu sein. In der *Enterprise* ließ er sich sogar dazu hinreißen, einen entsprechenden Wunsch zu formulieren.

Und niemand lachte ihn deswegen aus.

Selbst Will Riker, der gelegentlich kein sehr großes Verständnis für Datas Streben nach menschlichen Eigenschaften wie zum Beispiel Kreativität zeigte, blieb ernst, als sie sich zum erstenmal begegneten. Dennoch konnte er sich damals einen Scherz nicht verkneifen. Er sollte erst später erfahren, daß der Androide noch weitaus schlechter lachte als pfiff, schmunzelte und sagte: »Nett, Sie kennenzulernen ... Pinocchio.«

Data stellte eine Informationsverbindung zu den elektronischen Archiven des Schiffes her, um sich über die Bedeutung des letzten Wortes klarzuwerden. Kurze Zeit später fand er einen entsprechenden Hinweis. Zwar wußte er, daß Riker seine Worte humorvoll meinte, aber trotzdem verblüffte es den Androiden, mit dem Protagonisten einer Geschichte verglichen zu werden, die sich um die magische Kraft der Liebe drehte.

Liebe stellte nach wie vor ein Phänomen dar, das Data bisher nicht zu analysieren wagte — und doch fragte er sich manchmal, ob ein solches, ihm noch immer rätselhaftes Gefühl als Grund für seine plötzliche Reifung an Bord der *Enterprise* in Erwägung gezogen werden konnte. Picard gab ihm mehr Freiheit als alle anderen Kommandanten, und er wurde nicht einmal dann getadelt, wenn er sie zu persönlichen Zwecken nutzte — es sei denn, durch seine unbändige Neugier bestand die Gefahr einer Vernachlässigung der Dienstpflichten. Verlegenheit erfaßte ihn, als er daran dachte, wie oft so etwas geschehen war. Er sah sich einfach außerstande, der enormen Versuchung zu widerstehen, neue Erkenntnisse zu gewinnen.

Freiheit bedeutete auch Verantwortung. Es verwirrte Data, als er erfuhr, daß man ihm in der *Enterprise* nicht etwa einen Posten in der wissenschaftlichen Sektion zuwies und auch keine Ernennung zum wissenschaftlichen Offizier geplant war — der höchste Rang, den er jemals zu bekleiden hoffte. Statt dessen stand sein Name an dritter Stelle der Kommandofolge. Zunächst hielt er das für einen menschlichen Fehler und glaubte, jemand habe zusammen mit der betreffenden Akte eine falsche ID-Kennung gespeichert.

Doch es handelte sich keineswegs um einen Irrtum. Man nahm den Androiden nicht nur in die allgemeine Kommandohierarchie des Raumschiffes auf, die bisher auf rein organische Geschöpfe beschränkt geblieben war. Gelegentlich trat Captain Picard sogar den Befehl über die *Enterprise* an ihn ab, vertraute ihm ebenso wie seiner Nummer eins Riker.

Und niemand protestierte dagegen!

In einer Atmosphäre derartiger Toleranz fiel es Data nicht schwer, echte Freundschaften mit Personen zu schließen, die ihre Probleme mit ihm teilten, anstatt nur seine physische Kraft oder die Vorteile eines schnellen Datenzugriffs zu nutzen. Zu seinem Freunden gehörten Männer wie Geordi LaForge, der ihm Witze erzählte und ihn ermutigte, menschliche Aktivitäten auszuprobieren, die seine Neugier weckten.

Und Frauen wie Tasha Yar.

Als sie ihn zu Beginn der Reise verführte, freute er sich darüber, daß ihre Wahl auf ihn fiel — auch wenn sie unter dem Einfluß des stimulierenden Virus handelte. Ihre spätere Bemerkung ›Es ist nie geschehen‹ schmerzte, und für eine Weile verhinderte der Zwischenfall eine Weiterentwicklung ihrer Freundschaft, obgleich er ihre Beziehung während des Dienstes in keiner Weise beeinträchtigte. Seit einiger Zeit wußte Data, was es mit der Emotion Verschämtheit auf sich hatte, und dadurch wurde ihm klar, welche private Barriere sich zwischen ihm und Tasha auftürmte. Das Verständnis erleichterte es, Lücken in den emotionalen Schilden zu schaffen und zu einer neuen Harmonie zu finden.

Ihr letzter gemeinsamer Einsatz hatte auf Minos stattgefunden, jenem Planeten, dessen Bevölkerung den eigenen Waffen zum Opfer fiel. Während der abenteuerlichen Mission gerieten sie alle in große Gefahr, und die Bedrohung brachte Data und Yar erneut einander näher.

Tasha war die letzte Frau, die dem Androiden Gelegenheit gegeben hatte, seine sexuelle Funktion auszuüben. Er begriff nun, daß er sie mit Nalavia verglich – und genau aus diesem Grund lehnte er es ab, ein ähnliches Erlebnis mit der Präsidentin von Treva zu teilen. Tasha mochte damals nicht ganz zurechnungsfähig gewesen sein, aber wenigstens hatte sie einem ehrlichen Wunsch entsprochen und Spaß gehabt. Wohingegen Nalavias hauptsächliche Motivation aus dem Reiz des Neuen bestand. Sie sah keine Person in Data, keinen Mann, sondern nur ein Spielzeug, jemanden, der ein wenig Abwechslung in ihr von Luxus bestimmtes Leben bringen, ihr kurfristiges Vergnügen bereiten konnte.

Eigentlich eine bemerkenswerte Überlegung: Noch vor einem Jahr hätte er Nalavias gefühlsmäßige Abgestumpftheit entweder nicht erkannt oder keinen Gedanken daran verschwendet. Vor zwölf Monaten wäre es ihm vermutlich völlig gleich gewesen, ob sie sich gegenüber vollorganischen Männern anders verhielt als im Umgang mit Androiden.

Als sich Data seinem Quartier näherte, sah er kein Licht unter Yars Tür. Wahrscheinlich schlief sie längst. Er bedauerte es, daß Menschen solche Ruhephasen benötigten;

er hätte seine jüngsten Entdeckungen gern mit Tasha diskutiert.

Andererseits: Es war eine ideale Zeit, um Nalavias Computersystem anzuzapfen. Bis zur nächsten, für den kommenden Morgen geplanten Begegnung mit der Präsidentin – sie wollte ihren beiden Gästen die Stadt zeigen – gab es keine speziellen Aufgaben für ihn.

Data ging weiter, und der einige Meter entfernt postierte Wächter hob benommen den Kopf. Er runzelte die Stirn, streckte sich, stöhnte leise und rieb sich die rechte Schulter. Offenbar war der Mann im Sitzen eingeschlafen, woraufhin sich im Nackenansatz ein Krampf bildete. Vielleicht nickte er erneut ein und erleichterte es dem Androiden dadurch, die Unterkunft zu verlassen und das nächste Computerterminal zu suchen. »Gute Nacht«, sagte Data, als er an dem Soldaten vorbeischritt und die Tür öffnete.

Der Wächter starrte ihn an. »Schlafen Sie?« fragte er.

»Nein«, erwiderte Data mit automatischer Ehrlichkeit – und hätte sich unmittelbar darauf einen ›Tritt in den Hintern‹ geben können, wie eine menschliche Redewendung lautete. Er brauchte sich nicht unbedingt an die Wahrheit zu halten, verstand es zu lügen, wenn es eine bestimmte Situation erforderte. Es fiel ihm nur schwer, die ›bestimmte Situation‹ als solche zu erkennen. »Aber ich brauche ... neue Energie.« Sollte der Soldat ruhig glauben, er sei eine Zeitlang zu Desaktivität verurteilt.

»Ich hoffe nur, daß nicht alle Sicherungen rausfliegen, wenn Sie sich ans hiesige Stromnetz anschließen.«

Die Sache wird immer komplizierter, dachte der Androide.

»Nein«, gab er zur Antwort und erinnerte sich an einige Ratschläge, mit denen sich Tasha an die Mitglieder von Landegruppen wandte: Wenn Sie lügen müssen, so achten Sie darauf, daß alles einfach und übersichtlich bleibt. »Ich habe alles Notwendige mitgebracht.«

»Oh. In Ordnung. Gute Nacht.«

Data ließ sich seine Erleichterung nicht anmerken, als er das Zimmer betrat und die Tür schloß.

Um dem Wächter Zeit zu geben, sich wieder zu entspannen, wechselte er die Kleidung, wählte eine normale Uniform und löschte das Licht. Er konnte im Dunkeln sehen, wenn auch nicht auf so vielen Frequenzen wie Geordi. Die infrarote Strahlung genügte, um seine Umgebung in helles ›Licht‹ zu tauchen, und die Prozessoreinheiten des Androiden interpretierten alle Farbwechsel.

Nach einer Weile schritt er auf leisen Sohlen zur Tür und öffnete sie einen Spaltbreit. Der Soldat sah sofort auf. »Brauchen Sie irgend etwas, Sir?« fragte er.

»Nein, danke«, erwiderte Data. Der Wächter wirkte jetzt weder müde noch schläfrig. »Bitte sorgen Sie dafür, daß ich während der nächsten vier Komma sechs Stunden nicht gestört werde«, improvisierte er.

»Ja, Sir«, bestätigte der Mann. »Ich gebe später der Ablösung Bescheid.«

Data kehrte in sein Quartier zurück und suchte nach einem anderen Ausgang. Mit Hilfe des Tricorders hatte er bereits einige Alarmsensoren am Fenster bemerkt. Die Unterkunft bestand aus einem Vorzimmer, einem Schlafraum und dem Bad. Die einzige zusätzliche Tür gehörte zu einem Wandschrank mit massiver Rückwand, und unter den Teppichen verbargen sich keine Öffnungen.

Es heißt doch immer, in Palästen und Schlössern gäbe es viele Geheimgänge, dachte der Androide. *Nun, offenbar existieren sie nur in Romanen.*

Im Bad entdeckte er eine Dusche, die keinen Ultraschall zu Reinigungszwecken verwendete, sondern gewöhnliches Wasser. Das kleine Milchglasfenster war fest verschlossen und ebenfalls mit Sensoren abgesichert. Data fragte sich, ob man die winzigen Instrumente extra für Tasha und ihn installiert hatte — oder ob Nalavia häufiger ›Gäste‹ empfing, die auf den Gedanken kommen mochten, auszubrechen beziehungsweise umherzuschleichen. Er überlegte, ob er sie darauf ansprechen sollte, entschied sich aber sofort dagegen. Wahrscheinlich behauptete Nalavia, die Vorrichtungen dienten zum Schutz vor *Ein*brechern.

Data prüfte das Inventar und rief aus seinen internen Speichermodulen Informationen über Leitungssysteme ab. Angenommen, die trevanische Kultur verwendete Rohre, um das Trinkwasser zu transportieren, ohne daß die Gefahr von Verunreinigungen bestand — der Nachteil eines solchen Systems war die relative Häufigkeit von kleinen Lecks. Entweder wurden dem Wasser für die Gesundheit unbedenkliche Reinigungs- und Konservierungssubstanzen hinzugefügt, oder es mußten in mehr oder weniger regelmäßigen Abständen Reparaturen und Wartungsarbeiten stattfinden. Der Austausch defekter Rohre erforderte Zugangsschächte ...

Wie sich herausstellte, konnten die Bodenplatten im Bad aus ihren Verankerungen gelöst werden, und darunter kamen alle Zu- und Abflußleitungen zum Vorschein. Data kletterte in den kleinen Zwischenraum, der den Boden vom Rohrgewirr trennte, schob sich vorsichtig in Richtung des Bereiches, in dem Nalavia die beiden Starfleet-Repräsentanten empfangen hatte. Er vermutete dort das Kommunikations- und Informationszentrum.

Unterwegs lauschte er aufmerksam, um festzustellen, welche Räumlichkeiten er passierte. Zunächst führten die Leitungen alle paar Meter zu einem Bad, und aus der Veränderung dieses Musters schloß er, daß er den Unterkunftssektor verlassen hatte.

Schließlich hob er den Bodenrost in einem Waschraum, der zu drei kleinen Büros gehörte. Data fand keine Computerterminals, und die Korridortür war geschlossen. Es fehlten Alarmsensoren; offenbar unterlag diese Zimmerflucht keinen besonderen Sicherheitserfordernissen.

Data drehte den Knauf, und die Tür öffnete sich sofort. Er vergewisserte sich, daß sich niemand im Flur aufhielt, nahm einen schmalen Stift vom nahen Schreibtisch und steckte ihn zwischen Tür und Rahmen, so daß er später auf dem gleichen Weg zurückkehren konnte. Dann schlich er wachsam durch die leere Passage, alle Sinne angespannt.

Zwei Wächter standen vor dem Computerraum, und der Zugang verfügte über so viele Warnsensoren, daß Datas infrarote Wahrnehmung sie schon aus einer Entfernung von zwanzig Metern registrierte. Nun, er beabsichtigte ohnehin nicht, das Zimmer durch die Tür zu betreten.

Als er wußte, wo sich die zentrale Computeranlage befand, eilte er zu den Büros zurück, kletterte ins Rohrleitungssystem und rückte den Bodenrost zurecht. Dann kroch er leise weiter, bis er sich direkt unter dem Rechner befand: Das infrarote Spektrum zeigte die Abwärme als unübersehbaren hellen Fleck. Von dort aus folgte er den Rohren bis zum nächsten Bad und hoffte, daß eine direkte Verbindung zum Computerraum bestand.

Das war tatsächlich der Fall. Aber es saß jemand am Hauptterminal.

Data kannte viele Möglichkeiten, die junge Frau zu betäuben, ohne sie zu verletzen; doch um von einer Gebrauch zu machen, mußte er das Zimmer durchqueren, was ihm ganz und gar nicht behagte. Wenn sie sich umdrehte und ihn sah, spielte es überhaupt keine Rolle mehr, ob sie einen Alarm auslöste oder nicht – sie würde sich später deutlich an ihn erinnern und Nalavia Bericht erstatten.

Der Androide wich ins Badezimmer zurück und wartete dort fast eine Stunde lang, bis die Frau ihre Arbeit beendete, das Licht ausschaltete und ging. Wenige Sekunden später saß Data im Sessel, machte sich mit den Zugriffsroutinen des Computers vertraut, entschlüsselte die Sicherheitscodes und löschte alle Hinweise auf sein Eindringen in die fremde Rechenanlage.

Da er damit rechnen mußte, daß jederzeit ein anderer, an Schlaflosigkeit leidender Programmierer oder Operator auftauchte, beschränkte er seine Anwesenheit im EDV-Zimmer auf das notwendige Minimum. Er informierte sich über die Kom-Frequenzen des Modemanschlusses, wählte eine, die nur selten verwendet wurde, stellte seinen Tricorder darauf ein und beseitigte alle elektronischen Spuren im Computerspeicher.

Dann kehrte er zu seinem Quartier zurück. Rasch rückte er die Bodenplatten zurecht und wollte das Bad sofort verlassen, doch als er einen flüchtigen Blick in den Spiegel warf, erstarrte er förmlich. Nach einigen Sekunden schaltete er das Licht ein, rejustierte seine Augen auf das menschliche visuelle Spektrum — und sah, wie schmutzig er war.

Er besaß natürlich eine Ersatzuniform, aber er konnte seine gegenwärtige Kleidung nicht einfach im Schrank unterbringen oder einen Palastbediensteten bitten, sie zu waschen. Aus ihrem Zustand mußten sich unweigerlich einige für ihn sehr unangenehme Fragen ergeben. Zum Glück waren die neusten Starfleet-Uniformen so gut wie unzerstörbar und konnten mit den üblichen Methoden gereinigt werden, auch mit Wasser und Seife.

Data zog sich aus, trat unter die Dusche und wusch sich selbst sowie die Kleidung. Anschließend hängte er die Uniform im Bad auf, wo sie innerhalb von ein bis zwei Stunden trocknen würde.

Dann nahm er den Tricorder zur Hand und konzentrierte sich darauf, eine Verbindung zum Palastcomputer herzustellen. Er ließ besondere Vorsicht walten, achtete auf Paßwortschranken und andere Zugriffsbarrieren. Nalavia benutzte eine alte, längst überholte Rechenanlage mit begrenztem Speichervermögen. Der Androide konnte die Daten nicht mit der gewohnten Geschwindigkeit abrufen und mußte sich mit einer niedrigen Übertragungsrate begnügen. Während er die Informationen empfing, schaltete sich jemand anders in das System ein, um eine Kontrolle in Hinsicht auf die Sicherheitsmaßnahmen im Palast vorzunehmen. Daraufhin unterbrach Data seine elektronische Suche, damit der andere nicht aufgrund einer Verlangsamung der allgemeinen Zugriffsgeschwindigkeit Verdacht schöpfte.

Während er nach und nach Hunderte von Kilobyte in sich aufnahm, blieb ihm Zeit genug für eine erste Analyse der empfangenen Daten, und schon bald bemerkte er ein gewisses Muster. Die an Nalavias Streitkräfte übermittelten Anweisungen deuteten darauf hin, daß die in den Nachrichtensendungen gezeigten ›Terroristen‹ weder Rebellen noch Gefolgsleute eines Kriegsherrn waren: Die Truppen der Präsidentin standen hinter den Überfällen.

Nach der Abspeicherung aller wichtigen Informationen begann der Androide mit einer genaueren Signifikanzelaboration. Er rechnete damit, daß am Morgen ein Diener kam, um ihn zu ›wecken‹, und deshalb schlüpfte er unter die Bettdecke, um einen möglichst normalen Eindruck zu erwecken. Außerdem wurde er damit der Behauptung gerecht, er müsse seine Energie erneuern.

Nach einer Weile gelangte er zu einem bedeutsamen Schluß: Nalavia log in fast allen Punkten. Zwar verdankte sie ihre Macht freien Wahlen, aber sie war keineswegs die volkstreue und das Recht respektierende Präsidentin, als die sie sich gern darstellte. Ganz im Gegenteil: Sie schuf ein diktatorisches Regime, setzte die Verfassung außer Kraft und beanspruchte immer unverhohlener die Autorität einer Alleinherrscherin, die über Leichen ging, um ihre Stellung zu sichern. Data fragte sich verwundert, warum es nicht längst zu einem planetenweiten Aufstand gegen die Tyrannin gekommen war.

Als er damit begann, die erfaßten Informationen in eine Form zu bringen, die Tasha problemlos verstehen konnte, öffnete sich die Tür, und ein Bediensteter kam herein. »Präsidentin Nalavia erwartet Sie in einer halben Stunde im Empfangssaal, Sir.«

»Danke«, erwiderte der Androide automatisch.

Der Mann stellte ein Tablett mit mehreren Tellern ab und ging wieder. Data stand auf, schenkte den Nahrungsmitteln keine Beachtung – er hatte seine kulinarische Neugier am vergangenen Abend befriedigt –, verließ die Unterkunft und klopfte an Tashas Tür.

»Die junge Dame hat ihr Quartier bereits verlassen, Sir«, sagte der Wächter im Flur.

Data runzelte die Stirn. Wenn Yar so früh aufgestanden war – warum hatte sie ihm dann nicht wenigstens eine Nachricht zukommen lassen? Er klopfte auf seinen Insignienkommunikator, bekam jedoch keine Antwort. Eine seltsame Angelegenheit, fand der Androide. Tasha kannte seine Fähigkeiten; bestimmt begann sie nicht allein mit einer Suche nach den Antworten, die ihnen noch fehlten.

»Ich frage mich, ob sie an alles gedacht hat ...«, sagte Data wie beiläufig und betrat die zweite Unterkunft.

Es schien alles in bester Ordnung zu sein: das Bett glatt und ordentlich, die Toilettenartikel auf dem Frisiertisch.

Dennoch schöpfte er Verdacht, öffnete den Schrank und fand sowohl Tashas Morgenmantel als auch zwei normale Starfleet-Kombinationen.

Die Galauniform fehlte.

Warum trug Tasha sie auch an diesem Tag?

Oder lautete die Frage eher: Trug Yar sie noch immer? War sie am vergangenen Abend überhaupt in ihr Quartier zurückgekehrt? Data wußte inzwischen über Nalavias Verschlagenheit Bescheid, glaubte daher, die Präsidentin von Treva sei zu allem fähig.

Er besann sich auf seine zusätzlichen Wahrnehmungsfähigkeiten und setzte semiorganische Scanner ein, um das Vorzimmer zu überprüfen, den Schrank, das Bad, die Schlafkammer, die Kommode und alle übrigen Einrichtungsgegenstände. Es blieb ihm nicht genug Zeit, auch diese Informationen zu analysieren – zuerst einmal mußte er darauf achten, nicht den Argwohn Nalavias zu erwecken.

Data verließ die Unterkunft und wandte sich an den Wächter. »Sie hat all die Sachen mitgenommen, die sie braucht«, sagte er und ging in Richtung Empfangssaal.

Nalavia wartete dort bereits auf ihn – und von Tasha fehlte jede Spur.

Die Präsidentin offenbarte sich ihm in einer anderen Pseudouniform, und diesmal glänzte ihre Kleidung in einem kobaltblauen Ton. Sie begrüßte Data mit einem bezaubernden Lächeln. »Guten Morgen. Ich hoffe, Sie haben gut geruht. Wieviel Schlaf braucht ein so reizender Androide wie Sie? Bestimmt weniger als wir vollorganischen Geschöpfe, nehme ich an.«

»Nicht annähernd soviel«, bestätigte Data ausweichend.

»Oh, dadurch könnten gewisse Dinge sehr interessant werden.«

Data lehnte es ab, seine Flirt-Dateien zu öffnen. »Wo ist Lieutenant Yar?« fragte er geradeheraus.

»Sie stand schon kurz vor dem Morgengrauen auf, um einige landwirtschaftliche Betriebe zu besuchen. Sie erinnern sich bestimmt daran, daß Ihre Kollegin Interesse an den trevanischen Molkereiprodukten zeigte.«

Tasha hatte beim Abendessen ein sahneartiges Dessert gelobt, das aus der Milch eines trevanischen Tiers hergestellt wurde. Aber bot der gute Geschmack jener Spezialität Anlaß genug, sich eingehender mit der Agrarwirtschaft dieses Planeten zu befassen? Data kannte Yar und beantwortete seine stumme Frage mit einem klaren Nein. »Ja, Sie haben recht«, erwiderte er trotzdem. »Was ich sehe, höre und mit anderen Wahrnehmungsmöglichkeiten in Erfahrung bringe, bleibt für immer in meinem Gedächtnisspeicher.«

Für einen Sekundenbruchteil wirkte Nalavias Lächeln gezwungen, doch sie erholte sich sofort von ihrer Überraschung. »Ich sollte darauf achten, welche Worte ich an Sie richte. Andernfalls lasse ich mich vielleicht zu Versprechen hinreißen, die ich später nicht halten kann.«

Sie stellte den Androiden auf die Probe, und Data überlegte, ob er Nalavia darum bitten sollte, ihn zu Tasha zu bringen. Vielleicht war sie irgendwo gefangen – und die Präsidentin wußte aus den Starfleet-Unterlagen um Datas physische Kraft. Wenn sie ihn ebenfalls einkerkerte, würde sie dafür sorgen, daß es keine Fluchtmöglichkeit für ihn gab. Andererseits: Wenn Yar nur vorübergehend von ihm getrennt worden war, bewies Data, daß er

Verdacht geschöpft hatte, indem er sich nach ihr erkundigte.

Solange er nicht sicher sein konnte, daß Tasha wirklich Hilfe brauchte, mußte er frei bleiben und soviel wie möglich über Treva herausfinden.

»Gestern abend stellten Sie in Aussicht, uns die Stadt zu zeigen«, sagte er. »Selbst wenn sich Lieutenant Yar für eine andere Besichtigungstour entschieden hat — ich möchte auf Ihr Angebot zurückkommen.« *Vielleicht ergeben sich dabei Anhaltspunkte dafür, was auf dieser Welt geschieht.* Er lächelte betont freundlich und unschuldig, erinnerte sich daran, daß er ganzorganische Individuen mit komplexer emotionaler Sphäre zur Raserei bringen konnte, wenn er einen solchen Gesichtsausdruck zu lange zur Schau trug. Zu Anfang seiner bewußten Existenz hatte er Humanoiden nur auf diese Art und Weise begegnen können.

Nalavia blieb ruhig und gelassen. Sie benutzten ein Bodenfahrzeug mit breiten Fensterflächen, und fast eine Stunde lang ertrug die Präsidentin Datas kindlich-naive Neugier in Hinsicht auf die Stadt, stellte dabei eine bemerkenswerte Geduld unter Beweis. Schließlich aber hatte sie genug.

»Hören wir endlich mit dem Unsinn auf, Mr. Data. Gestern abend boten Sie sich mir als eine völlig andere Person dar. Warum spielen Sie heute morgen die wandelnde Maschine? Sie können weitaus interessanter und faszinierender sein.«

Der überraschendste Aspekt seiner Reaktion bestand in Zufriedenheit und Genugtuung darüber, daß Nalavia davon sprach, er ›spiele‹ eine Maschine. Ganz offensichtlich erachtete sie ihn als ein wahrhaftiges Individuum. Einige Sekunden später fiel Data ein, wer neben ihm saß. Wußte die Präsidentin von seinem Wunsch, wie ein Mensch zu sein? Hatte ihr Tasha davon erzählt?

»Es ist nicht völlig unangemessen, mich als ›wandelnde Maschine‹ zu bezeichnen«, entgegnete er in einem rationalen, logischen Tonfall. »Allerdings bin ich nur zum Teil mechanisch-elektronischer Natur und bestehe überwiegend aus organischen Komponenten.

»Lassen Sie den Quatsch«, sagte Nalavia gebieterisch.

Data blinzelte. »Ich soll den ... Quatsch ... lassen?«

»Sie brauchen auch nicht in die Rolle eines Vulkaniers zu schlüpfen. Gestern abend erwiesen Sie sich als außergewöhnlich charmant. Warum zeigen Sie mir heute morgen die kalte Schulter?«

Der Androide wußte, was diese Metapher bedeutete. *Warum ausgerechnet ich?* fuhr es ihm durch den Sinn. *Warum hat Captain Picard darauf verzichtet, Will Riker zu schicken? Er weiß, wie man mit schönen, klugen, mächtigen und sehr gefährlichen Frauen umgeht!*

Aber Commander Riker war viele Lichtjahre entfernt, und Data mußte allein zurechtkommen. *Wie verhielte er sich an meiner Stelle?* überlegte er. Das Problem bestand schlicht und einfach darin, daß er keine Ahnung hatte, was sich in Beatas Schlafzimmer auf Angel Eins und bei einigen anderen entsprechenden Gelegenheiten zugetragen hatte.

Moment mal. Eins wußte er: Will Riker gab den Frauen immer ein Geschenk, und meistens handelte es sich dabei um besonders hübsche und einzigartige Gegenstände.

»Ich bin ein wenig ... verlegen«, sagte er schließlich. »Sie sind eine sehr großzügige Gastgeberin, bewirten uns mit schmackhaften Speisen und stellen mir und meiner Kollegin luxuriöse Unterkünfte zur Verfügung. Ich ... ich bedaure es sehr, daß ich Ihnen nichts anbieten kann.«

Nalavia lächelte hinreißend. »Oh, dazu sind Sie durchaus in der Lage, Mr. Data – heute abend. Nachdem wir mit den Mitgliedern meines Kabinetts gesprochen haben.«

Aus reiner Verzweiflung rief der Androide Informationen aus seinen Flirt-Dateien ab. »Oh, aber ein solches Geschenk betrifft nicht nur Sie, sondern auch mich, verehrte Präsidentin. Ich möchte Ihnen etwas ganz Besonderes geben, das nur Sie allein erfreut und Ihrer Schönheit gerecht wird.«

»Ach, wie nett von Ihnen«, erwiderte Nalavia. »Doch in Hinsicht auf materielle Güter besitze ich alles, was man sich nur wünschen kann. Daher begnüge ich mich mit Ihrer guten Absicht.« Nach einer nachdenklichen Pause wechselte sie das Thema, und Data achtete darauf, sich seine profunde Erleichterung nicht anmerken zu lassen.

Nalavia seufzte leise, blickte aus dem Seitenfenster des Wagens und beobachtete die Stadt. »Es gibt ein Geschenk, mit dem Sie mich glücklich machen könnten: Berichten Sie Starfleet, wie dringend mein Volk Hilfe braucht.«

Da sie es auf diese Weise ausdrückte, fiel Data die Antwort nicht schwer. »Oh, ja, Präsidentin, dazu bin ich gern bereit.«

Data fühlte sich die ganze Zeit über beobachtet. Zwar war er imstande, sich mit zwei Dingen gleichzeitig zu beschäftigen, doch seine bewußte Aufmerksamkeit ließ sich nicht teilen. Während er mit Nalavia sprach und dabei versuchte, sich keine verbale Blöße zu geben, wies er seine Analyseprozessoren an, das im Verlauf der Nacht gesammelte Datenmaterial zu korrelieren, so daß er später eine unmittelbare Analyse vornehmen und über mögliche Konsequenzen nachdenken konnte.

Gegen Mittag kehrten sie zum Palast zurück und trafen dort einige Opfer der ›Terroristenüberfälle‹. Data brachte sein Mitgefühl für die Trevaner zum Ausdruck, deren Freunde und Familienangehörige bei den Anschlägen ums Leben gekommen waren – obgleich er inzwischen genau wußte, daß Nalavia die Verantwortung trug. Ihr Volk ahnte nichts.

Der Androide bekam zum erstenmal Gelegenheit, mit trevanischen Bürgern zu sprechen, die nicht zur Dienerschaft des Palastes gehörten; während ihres Aufenthalts in der Stadt waren sie ständig im Wagen gesessen. Er begegnete Sprechern eine Gruppe von Terroristenopfern und acht Personen, die entweder verletzt worden waren oder Verwandte zu Grabe getragen hatten. Data nahm überrascht zur Kenntnis, daß die betreffenden Trevaner weder Zorn noch seelischen Schmerz zeigten. Sie gaben sich traurig und niedergeschlagen, sprachen liebevoll von ihren verstorbenen Verwandten, aber es schien ihnen nichts daran zu liegen, irgendwelche Vorwürfe zu erheben oder Vergeltung zu verlangen. Der Androide bedauerte es zutiefst, nicht auf den Rat von Dr. Crusher oder Counselor Troi zurückgreifen zu können, denn er empfand die gefühlsmäßigen Reaktionen der Trevaner als anomal.

Nach der Mahlzeit unterhielt er sich mit einigen Gästen, und ihr Verhalten bestätigte seinen Argwohn: Mit sonderbar distanziertem Kummer berichteten sie von dem Grauen, das sie erlebt hatten – so als mangele es ihnen an echtem emotionalem Engagement. Mit den Gruppenrepräsentanten stand es kaum besser. Sie gaben sich mit der finanziellen Unterstützung durch die Regierung zufrieden und hofften, daß Nalavia weitere Tragödien verhinderte.

Data hatte sich auf das schwierige Problem vorbereitet, Nalavia die Bedeutung der Ersten Direktive zu erklären und darauf hinzuweisen, warum Starfleet nicht einfach eingreifen und die Stützpunkte der Rebellen vernichten konnte. Doch man richtete keine solchen Fragen an ihn. Nach der Begegnung mit den trevanischen Bürgern nutzte er die Gelegenheit zu einer weiteren persönlichen Unterredung mit der Präsidentin.

»Leiden jene Leute noch immer an einem Schock?« erkundigte er sich.

»O nein, Mr. Data. Sie gehören nur zur alten Bauernkaste. Wir gewähren ihnen eine gute Bildung und sorgen dafür, daß sie weitaus besser leben können als zur Zeit der Kriegsherrn; aber es wird noch einige Generationen dauern, bis sie sich von ihrem traditionellen Fatalismus befreien. In ihrer kindlichen Naivität brauchen sie unseren Schutz.«

Der Androide erweckte den Anschein, sich mit dieser Erklärung zufriedenzugeben, demonstrierte auch Interesse an dem Besuch einer nahen Schule, obwohl er es vorgezogen hätte, im Palast zu bleiben. Tasha war noch nicht zurückgekehrt, und das besorgte ihn. Was mochte der Grund für ihre fortgesetzte Abwesenheit sein? Eine längere Besichtigungstour? Ein von Nalavia inszenierter ›Unfall‹? Wartete sie irgendwo darauf, von Data befreit zu werden?

Wenigstens konferierte die Präsidentin am Nachmittag mit ihren Beratern. Data brauchte ihr gegenüber also nicht mehr ständig auf der Hut zu sein, konnte zumindest einen Teil seiner intellektuellen Kapazität den während der Nacht gewonnenen Informationen widmen.

Die trevanischen Kinder waren von ihm fasziniert, und schon nach kurzer Zeit überwanden sie ihre instinktive Furcht. Er verhielt sich auf die gleiche Art und Weise wie in den Ausbildungsinstituten des Solsystems, und schon nach kurzer Zeit merkte er, daß die Schüler völlig normal reagierten. Vielleicht hatte Nalavia recht. Vielleicht waren die Klassenunterschiede so tief in der trevanischen Gesellschaft verankert, daß nur Kinder die alten Traditionen vergessen und in echter Freiheit aufwachsen konnten.

Andererseits: Die Jungen und Mädchen erwiesen sich als recht lebhaft und lachten viel, aber nichts deutete auf Zorn, Verärgerung oder andere negative Empfindungen hin. Nur ein Zufall? Auch diese Frage ließ sich nicht beantworten – es fehlte eine zuverlässige Datenbasis.

Der Androide richtete seine Aufmerksamkeit auf die Informationen, die aus Nalavias Computer stammten. Die meisten davon betrafen eher banale Dinge: öffentliche Transportsysteme, Wetterdaten, Ernteberichte und Produktionsraten. Unter dem letzten Punkt fand er einige interessante Hinweise. Auf Treva wurden bemerkenswert viele Rauschmittel produziert, und nur wenige davon gelangten in den Export. Data erinnerte sich an die Sendungen, die sie noch an Bord des Shuttles empfangen hatten, an die Spots, in denen bewußtseinsverändernde Drogen in Form von Getränken, Tabletten und sogar Cremes angepriesen wurden.

Möglicherweise ließen sich die abgestumpften Emotionen der Trevaner darauf zurückführen. Die Kinder wirkten deshalb normal, weil sie solche Substanzen nicht benutzten. Data konzentrierte sich auf die Lehrerin der Klasse, die er besuchte, wechselte mit subtilem Geschick das Thema und fragte: »Weisen Sie Ihre Schüler auf die Gefahren des Drogenmißbrauchs hin?«

Die Lehrerin musterte ihn verwirrt. »Warum sollte so etwas notwendig sein? Rauschmittel bringen Freude in unser Leben, schenken uns wohlverdientes Vergnügen nach einem anstrengenden Arbeitstag.«

Sie zitierte aus einem Werbespot, ohne sich dessen bewußt zu sein.

Der Begleiter, den Nalavia Data zugewiesen hatte, bedankte sich hastig bei der Lehrerin und führte ihn in die nächste Klasse. Der Androide gab sich weiterhin freundlich, aufmerksam und zuvorkommend, während er gleichzeitig die gespeicherten Produktionslisten durchging und sie mit den Werbesendungen verglich. Dabei stieß er auf einen seltsamen Widerspruch: Die chemische Industrie nahm auf Treva eine Vorrangstellung ein, und die größte Herstellungsquote betraf eine Substanz namens Riatin – für die erstaunlicherweise überhaupt nicht geworben wurde. Data stellte fest, wer die Aktienmehrheit der entsprechenden Betriebe besaß: Nalavia und mehrere Mitglieder des Kabinetts.

Vielleicht trug das dem Endkunden angebotene Produkt eine andere Bezeichnung. Data setzte die Analyse fort und kam zu folgendem Ergebnis: Das Riatin wurde weder an die Bevölkerung verkauft noch exportiert. Der Name tauchte nur in den industriellen Indexdateien auf und fand nirgends sonst Erwähnung.

Datas Prozessoren zeichneten sich durch ein weitaus größeres Verarbeitungs- und Elaborationspotential aus als Nalavias Computer. Er begann mit einer neuerlichen Korrelation und entdeckte Querverweise in einigen Regierungsdateien: Das Riatin wurde als keimtötendes Mittel in der städtischen Wasserversorgung verwendet.

Was dem Androiden durchaus einleuchtend erschien. Trotzdem setzte er die Datenfilterung fort und hielt nach der chemischen Formel Ausschau. In den frei zugänglichen elektronischen Unterlagen der Regierung fehlten Angaben darüber, und auf Treva gab es offenbar keine mit einem Patentamt vergleichbare Einrichtung. In einem anderen Index fand Data weitere Anhaltspunkte: Danach erschien der Begriff ›Riatin‹ auch in einigen geheimen Dateien, die nur von Nalavia und wenigen Regierungsvertretern eingesehen werden durften.

Es fiel dem Androiden nicht weiter schwer, den Zugangscode zu ermitteln, und wenige Sekunden später rückte die Formel in den Fokus seines Bewußtseins. Sofort öffnete er seine internen Archive, um herauszufinden, wie eine solche Chemikalie auf den trevanischen Metabolismus wirkte. Das Ergebnis lautete: »Sie hat psychisch-emotionale Sensibilität gegenüber hypnotischen Anweisungen zur Folge und unterdrückt gleichzeitig negative Empfindungen. Die Substanz macht nicht süchtig, wird in der Psychotherapie eingesetzt und auch verwendet, um exzessiven Ärger oder tiefen Kummer zu lindern. Darüber hinaus erleichtert sie das Lernen im Schlaf. Kurzzeitige schädliche Nebenwirkungen können ausgeschlossen werden. Die Einnahme über einen längeren Zeitraum hinweg ist nicht empfehlenswert. Dabei bestünde die Gefahr einer emotionalen Verarmung, die in einer Beeinträchtigung der individuellen geistigen Unabhängigkeit resultiert. Durch den Mangel an emotionaler Stimulierung verlieren die betreffenden Personen ihre Selbständigkeit und neigen dazu, externen Ersatz zu suchen. Wenn eine Behandlung ausbleibt, entsteht die Tendenz, mit Drogen einen Gefühlsersatz zu suchen. Die Nebenwirkungen verschwinden, sobald das Riatin abgesetzt wird.«

Das war also des Rätsels Lösung: Die trevanischen Bürger verhielten sich passiv und gleichgültig, weil man ihnen die Emotionen raubte und sie mit Suggestion unter Kontrolle hielt.

Sie wandten sich Videounterhaltung und Drogen zu, um sich von ihrer Empfindungsleere abzulenken, und die Programme teilten ihnen mit, an was sie glauben sollten, selbst wenn die täglichen Botschaften in krassem Gegensatz zueinander standen.

Datas Entdeckung erforderte einen sofortigen Kontakt mit Tasha: Sie mußte unbedingt davon erfahren. Der Androide fragte sich, was mit Yar geschehen sein mochte. Hatte sie ebenfalls Drogen bekommen? Wäre es besser gewesen, auf einer Teilnahme an ihrer ›landwirtschaftlichen Besichtigungstour‹ zu bestehen?

Nein. Solange Nalavia glaubte, Data hatte keinen Verdacht geschöpft, blieb seine Freiheit uneingeschränkt. Aber falls Tasha auch beim Abendessen fehlte, *mußte* er reagieren. Mit anderen Worten: Er hatte nur noch einige Stunden Zeit, um festzustellen, wo Tasha festgehalten wurde – und um sie zu retten.

Der Androide ließ sich nichts anmerken und erklärte seinem Begleiter das Schulsystem der Föderation – bis sie schließlich zum Präsidentenpalast zurückkehrten. Dort entschuldigte er sich und meinte, er müsse die Kleidung wechseln. Er eilte in den Unterkunftsbereich und betrat sein Quartier, als er sich vergewissert hatte, daß Tasha noch immer nicht zugegen war.

Data begann unverzüglich damit, seinen Insignienkommunikator zu demontieren. Das Gerät schien völlig in Ordnung zu sein – und dennoch gelang es ihm nicht, eine Verbindung zu Yar herzustellen. Der Tricorder bestätigte von Störsignalen hervorgerufene Interferenzen.

In einer Stunde erwartete ihn Nalavia zum Abendessen, und dann fielen die Masken. Data hatte gar keine andere Wahl, als seinen Argwohn offen zu zeigen und sich mit entschiedener Beharrlichkeit nach Tashas Aufenthaltsort zu erkundigen. Ein Hauch von Verzweiflung regte sich in ihm, als er einen zweiten Datenkontakt zum Palastcomputer herstellte, obgleich mehrere Operatoren mit dem Rechner arbeiteten. Er hoffte inständig, daß niemand auf die Modemkommunikation aufmerksam wurde und er Gelegenheit fand, Yar zu lokalisieren.

An einem Terminal wurden Industriedaten abgefragt, während ein anderes dazu diente, militärische Einsatzorder zu übermitteln. Der Hauptanschluß war frei, als der Androide die Kom-Verbindung herstellte, doch nach einigen Minuten gab jemand ein Paßwort ein. Der Unbekannte verlangte einen gewissen Droo zu sprechen, und als der Betreffende antwortete, sagte er: »Sie ist außer sich, Droo. Wir müssen Yar so schnell wir möglich finden!«

»Ich habe Ihnen doch schon gesagt, daß sie sich nicht mehr im Bereich des Palastes aufhält«, lautete die Antwort. »Verdammt, sie ist spurlos verschwunden!«

»Zur Hölle mit Ihnen. Es kostet Sie den Kopf, wenn ...«

»Es geht um *Ihren* Kopf, Jokane«, warf Nalavia ein, die ihren privaten Anschluß benutzte. »Ich teile Sie hiermit dem gewöhnlichen Wachdienst zu. Droo, ich ermächtige Sie, bei der Suche die halbe Armee einzusetzen, wenn das erforderlich sein sollte. Ich kann den Androiden kaum mehr hinhalten. Wenn Sie die Frau nicht bis zum Sonnenuntergang zurückgebracht haben, werden Sie in ein Asteroidenbergwerk versetzt, klar? Ich brauche *beide* Geiseln, um mit Starfleet zu verhandeln!«

KAPITEL 7

Tasha Yar hatte eine umfassende Ausbildung in der Sicherheitssektion von Starfleet hinter sich, und daher wußte sie, auf welche Verhaltensweise es in ihrer Lage ankam. Als sie sicher sein konnte, daß niemand einen nächtlichen Angriff beabsichtigte, schlich sie zur Tür und stellte fest, daß sie verriegelt war und nicht von innen geöffnet werden konnte. Anschließend überprüfte sie das Zimmer und fand keinen anderen Ausgang. Sie mußte sich also gedulden.

Das Gebäude bestand aus Stein, und der Parkettboden stammte aus einer Zeit, als körperliche Arbeit sehr billig gewesen war. Ohne einen Tricorder sah sich Tasha außerstande, eventuelle Überwachungssensoren zu entdecken, aber wenn die Wände keine Hohlräume aufwiesen, gab es nirgends Platz für eine verborgene Installation. Versuchsweise klopfte sie an die Mauern – sie schienen massiv zu sein. Der hölzerne Türrahmen wirkte alt, und nirgendwo zeigten sich helle Flecken, die auf eine Veränderung hindeuteten.

Das Zimmer verfügte über keine Fenster und nur zwei Türen: Eine führte in den Korridor, die andere in ein schlichtes Bad. Dort hing ein kleiner, sauberer Spiegel über dem Waschbecken, der jedoch keine Möglichkeit bot, das Schlafzimmer zu beobachten. Also kam er ebensowenig für winzige Objektive und Kontrollinsen in Frage.

Das Bett bot sich ihr als ein hölzerner Rahmen dar, auf dem eine mit blauem Leinen bezogene Matratze lag. Yar nahm das Gestell auseinander, betastete die Matratze und rückte anschließend wieder alles zurecht, ohne irgendwelche Sensoren gefunden zu haben.

Warum sollte es überhaupt erforderlich sein, sie zu beobachten? Dare besaß ihren Insignienkommunikator, und das bedeutete, sie konnte sich nicht mit Data in Verbindung setzen. Bestimmt rechnete Darryl damit, daß sie ihr neues Quartier gründlich untersuchte — und in aller Ruhe bis zum nächsten Morgen wartete, wenn ihr klar wurde, daß ein Ausbruch nicht in Frage kam.

Zur Einrichtung gehörte kein Schrank, nur ein Wandbrett mit mehreren Haken. Daran hing ein hellblauer Morgenmantel, und auf dem Boden darunter standen zwei weiche Hausschuhe. Tasha beschloß, die Einladung anzunehmen. Ihre Galauniform trug sie schon seit vielen Stunden, und es erschien ihr unangemessen, auch noch in ihr zu schlafen.

Im Bad gab es nur ein schmales Regal mit Kamm, Haar- und Zahnbürste, Zahncreme, Seife, Handtüchern und eine Tube mit Shampoo. Den letzten Gegenstand erkannte sie sofort wieder: Es handelte sich um Dares Lieblingsshampoo, aus Kräutern von Rigel Sieben hergestellt. Selbst jetzt war es noch Teil seiner persönlichen Duftnote, begriff Yar, als sie daran schnupperte. Melancholische Wehmut vibrierte in ihr.

Nein, sie durfte es sich nicht erlauben, den Verlockungen des Gestern zu erliegen. Darryl Adin war ein Verräter und Mörder, und er gab offen zu, Söldner geworden zu sein. Er verdiente ebensowenig Vertrauen wie die Präsidentin Nalavia. Yar fürchtete, daß Data und sie es mit einer jener verzwickten Situationen zu tun hatten, in der sich keine klare Trennlinie zwischen Gut und Böse ziehen ließ.

Da sie nichts unternehmen konnte, um ihre Lage zu verbessern, verdrängte sie alle sorgenvollen Überlegungen und ging zu Bett.

Starfleet-Offiziere und andere Raumfahrer achteten darauf, sich nicht an einen bestimmten Aktivitäts- und Ruhezyklus zu gewöhnen, denn auf jedem Planeten, den sie besuchten, herrschten andere Zeiteinteilungen und Klimata. Tasha schlief fünf Stunden lang, stand auf und unterzog sich einigen Leibesübungen. Nach dem Duschen kleidete sie sich an und wartete.

Kurze Zeit später kam Poet und bot sich galant an, sie zum Frühstück zu begleiten. An diesem Morgen trug er keinen Tarnanzug, sondern eine beigefarbene Jacke, die einen guten Kontrast zu der dunklen Hose bildete. An seiner Taille bemerkte Yar einen breiten, schwarzen Gürtel. Er schien nicht bewaffnet zu sein, und in diesem Zusammenhang dachte Tasha daran, daß sie am vergangenen Abend nirgends irgendwelche Waffen gesehen hatte. Aber offenbar bevorzugten Dare und seine Gefährten recht *weite* Kleidung. Starfleet-Uniformen boten kaum Platz, um Strahler zu verstecken, ganz im Gegenteil zu den großzügig bemessenen Umhängen, Hemden und Jacken, unter denen man ein ganzes Arsenal verbergen konnte. Darryl Adin verstand sich mindestens ebensogut wie Tasha auf den Umgang mit Waffen aller Art, und zweifellos war seinen Leuten ein ähnliches Geschick zu eigen.

Yar fragte sich, ob sie jetzt einen Fluchtversuch wagen sollte. Sie wußte bereits, wie sehr der erste Eindruck von Poet täuschte. Gegen seine Körperkraft konnte sie nichts ausrichten, und er reagierte ausgesprochen schnell. Außerdem kannte sie sich nicht im ... Gebäude aus. Wie lautete die richtige Bezeichnung? Schloß? Sie richtete eine entsprechende Frage an Poet.

»Sie haben völlig recht: Es ist ein Schloß«, erwiderte der Mann. »Es gehört Rikan und dient als Stützpunkt im Kampf gegen Nalavia. Später wird Sie jemand herumführen.« Poet zögerte kurz, woraufhin Yar ebenfalls stehenblieb. Er musterte sie einige Sekunden lang; das Licht spiegelte sich in seinen Brillengläsern, und die glitzernden Reflexe überstrahlten den Glanz der dunklen Augen. Vielleicht trug er die Brille genau aus diesem Grund. »Sie sind diejenige, nicht wahr?« fragte er mißtrauisch.

»Diejenige?«

»Die Frau aus Dares Vergangenheit. Ich nehme an, deshalb interessiert er sich nur für hübsche Blondinen und läßt sie enttäuscht zurück – oder brummt mürrisch vor sich hin, wenn er am nächsten Tag auftaucht. Ein

Starfleet-Offizier! Ich wußte ja, daß er zum Masochismus neigt.«

Als Poet Yars Überraschung bemerkte, fügte er hinzu: »Oh, wir wissen natürlich, daß Dare zu Starfleet gehörte — und mit welcher Erbarmungslosigkeit er reingelegt wurde. Ich begreife einfach nicht, wie Sie ...« Er unterbrach sich, und sein Gesicht zeigte Abscheu. »Frauen mit großer Freude lachen, wenn sie Männer zu Narren machen.«

Also glaubt Dare noch immer, ich hätte ihn verraten.

Den Rest des Weges legten sie schweigend zurück.

Das Frühstück wurde im prächtigsten Zimmer serviert, das Tasha jemals gesehen hatte. Es gehörte zu den Räumen an der Peripherie des Gebäudes, und durch breite Fenster konnte man eine tiefe Schlucht beobachten, in der bunte Bäume wuchsen. Tapisserien hingen an den dicken Wänden, und in den Kaminen loderten wärmende Flammen. Am langen Tisch fanden mindestens zwanzig Personen Platz, doch derzeit saßen dort nur drei Gestalten. Yar erkannte eine von ihnen: Sdan.

Staunend betrachtete sie die kostbaren Wandbehänge, die verzierten Möbel, das alte und auf Hochglanz polierte Holz des Tisches, Teller und Tassen aus dünnem Porzellan, vergoldete Bestecke. Die Schönheit der Einrichtung verschlug Tasha die Sprache, harmonierte mit dem großartigen Anblick, den die Fensterfront bot. Sie stellte sich vor, in einer solchen Umgebung zu wohnen, in einem perfekten Gleichgewicht zwischen der Pracht der Natur und den erlesensten Arbeiten von Künstlern und Handwerkern. Eine Zeitlang strömten die Eindrücke ungefiltert auf sie ein und überwältigten ihr Denken und Empfinden, doch dann erinnerte sie sich an die Starfleet-Disziplin, rief sich selbst zur Ordnung und trat an den Tisch heran.

Ein Mann und eine Frau leisteten Sdan Gesellschaft. Die Frau erweckte den Eindruck, als stamme sie von der Erde oder einer terrestrischen Kolonie, hatte olivfarbene Haut und glattes schwarzes Haar, so kurz geschnitten wie das Tashas. Ein Kopftuch reichte ihr tief in die Stirn. Sie wirkte nicht besonders attraktiv, brachte jedoch Kraft und Autorität zum Ausdruck, selbst während sie aß und mit ihren Begleitern sprach. Ihr ärmelloses Hemd offenbarte muskulösere Arme als bei manchen Männern. Tasha kam sofort zu dem Schluß, daß sie zu Dares Söldnergruppe gehörte.

Die dritte Person am Tisch war mindestens so beeindruckend wie die Frau. Tasha wußte nicht genau, ob es sich um einen Menschen oder Trevaner handelte – die Unterscheidung fiel schwer. Er war sehr alt, hatte dichtes weißes Haar und eine ledrige Haut. Nach menschlichen Maßstäben mußte er weit über achtzig sein; dennoch saß er kerzengerade, und die klaren, nußfarbenen Augen blickten intelligent und wachsam. Er stand sofort auf, als sich Yar näherte, und im Gegensatz zu Poet erschien seine Galanterie völlig natürlich.

»Sie müssen Natasha Yar sein«, sagte er. »Ich bin Rikan. Willkommen in Kriegerruhe, Miss Yar.«

Ihr Übersetzungsmodul wählte den Ausdruck ›Miss‹, der seit fast hundert Jahren selbst in Starfleet überholt war. Offenbar hatte Rikan ein trevanisches Äquivalent verwendet. Einmal mehr bewies der automatische Translator seine Nützlichkeit: Er übersetzte auch die charakteristischen Eigenheiten einer fremden Sprache, berücksichtigte Rikans Ausdrucksweise, die vermutlich selbst bei Trevanern als archaisch galt.

»Es freut mich, Sie kennenzulernen, Sir«, erwiderte Tasha, blieb kurz vor dem Tisch stehen und nahm Haltung an. »Mir fällt jedoch auf, daß Sie mich als Gast begrüßen. In Wirklichkeit bin ich Ihre Gefangene.«

»Unsinn«, widersprach der Kriegsherr. »Ich erachte Sie als Gast in meinem Heim. Bitte setzten Sie sich. Die Diener bringen Ihnen gleich das Frühstück.«

Yar rührte sich nicht von der Stelle. »In meiner Heimat schließt man Gäste nicht in ihren Zimmern ein, Lord Rikan.«

Der alte Mann lächelte freundlich und zeigte dabei abgenutzte, aber gut gepflegte Zähne. »Dann möchten Sie bestimmt etwas essen, um Ihre Kräfte zu erneuern – falls Sie später entscheiden, einen Fluchtversuch zu unternehmen.«

Yar blickte in die klugen Augen und begriff, daß Rikan genau wußte, was ihr durch den Kopf ging. Sie gab auf und ließ sich von Poet den Stuhl zurechtrükken. Die Speisen dufteten appetitanregend und schmeckten noch weitaus besser. Wenn sie längere Zeit auf diesem Planeten blieb, sorgte die trevanische Küche vielleicht dafür, daß sie sich eine größere Uniform zulegen mußte.

Rikan stellte die andere Frau am Tisch als Barbara vor. »Barb«, sagte sie knapp. »Ich mag es nicht, Barbara genannt zu werden, und noch weniger gefällt es mir, wenn mich jemand mit Babs anspricht!«

Bei den letzten Worten warf sie Poet einen warnenden Blick zu.

»Was ist schon ein Name?« intonierte er. »Man nenne eine Rose anders – es ändert nichts an ihrem herrlichen Duft.«

Barb bleckte die Zähne. »*Diese* Rose hat Dornen!«

»Natasha ...«, begann Rikan.

Yar beschloß, Barbaras Beispiel zu folgen. »Tasha«, sagte sie. »Wahrscheinlich ein Kürzel für den Namen Natasha, der in meinen persönlichen Dokumenten steht. Aber die Frau, bei der ich aufwuchs, nannte mich immer nur Tasha.«

»Es hat keinen Zweck, ihn auf so etwas hinzuweisen, Tasha«, warf Barb ein. »Eigentlich ist es mir ein Rätsel, warum *ich* mir noch immer Mühe gebe, ihm solche Dinge zu erklären.«

Rikan ignorierte ihre Worte und fuhr fort: »Mein junger Freund Adrian ...«

Poet schnaufte. Er wußte anscheinend, daß Adin seinen Spitznamen Dare bevorzugte. Nun, wenn Dare nicht in der Lage war, Rikans Förmlichkeit ein Zugeständnis abzuringen, so mußten solche Versuche tatsächlich vergeblich bleiben.

»... glaubte nicht, daß Sie aus freiem Willen bereit sind, mir einen Besuch abzustatten – selbst wenn es uns möglich gewesen wäre, Ihnen trotz Nalavias Sicherheitsmaßnahmen eine Einladung zukommen zu lassen.«

»Er irrte sich«, erwiderte Yar fest. »Data und ich hätten der Bitte des angeblichen Terroristenführers, ein Gespräch mit uns zu führen, bestimmt entsprochen.«

»Data? Sie meinen den Androiden, nicht wahr?«

Rikan wußte also um den zweiten Starfleet-Repräsentanten auf Treva Bescheid. Bestimmt verfügte auch Dare über solchen Informationen – er verachtete nur alles, was in irgendeinem Zusammenhang mit der Raumflotte der Föderation stand. »Ja, Data ist Androide – und gleichzeitig eine vollkommen individuelle Person.«

»Ach? Ich würde ihn gern kennenlernen.«

»Wenn Sie mich hier längere Zeit festhalten, bekommen Sie sicher Gelegenheit dazu«, entgegnete Yar zuversichtlich.

Eine andere Stimme erklang hinter ihr. »Dein wandelnder Computer mag in der Lage sein, dich zu lokalisieren, aber er kann sich diesem Ort nicht einmal bis auf zehn Kilometer nähern, ohne von uns entdeckt zu werden.«

Yar drehte sich um und sah Darryl, der den Saal betrat und auf der anderen Seite des Tisches Platz nahm. »Da muß ich dir widersprechen«, sagte sie. »Data kommt hierher, wenn er zu dem Schluß gelangt, daß die Umstände eine derartige Entscheidung erfordern.« Sie brach ab, als noch jemand den Saal betrat, eine Frau, die auf Dare zuhielt und sich neben ihn setzte.

»Aurora«, wandte sich Darryl an seine Begleiterin, »ich möchte dir Lieutenant Tasha Yar vorstellen. Tasha, meine taktische Beraterin.«

Aurora war eine höchst eindrucksvolle Frau, die nur wenig älter zu sein schien als Tasha. Trotzdem kam sich Yar im Vergleich zu ihrer natürlichen Selbstsicherheit unbeholfen und mädchenhaft vor. Auf den zweiten Blick betrachtet war Aurora keineswegs schön, nicht einmal hübsch, aber sie besaß die angeborene Würde echten Adels.

Sie hatte dunkelbraunes Haar, und im durch die Fenster strahlenden Sonnenschein glühten mehrere Strähnen kupferrot. Einige Sommersprossen zeigten sich auf dem blassen Nasenrücken. Die Augen waren hellbraun und so unauslotbar tief wie die einer Vulkanierin. Ansonsten wirkte sie recht gewöhnlich: die Wangen ein wenig zu voll, das Kinn zu kantig. Man konnte Aurora weder als gertenschlank noch als drall bezeichnen — für ihre Figur fehlte ein geeigneter Ausdruck. Sie trug eine ihr ausgezeichnet stehende kirschrote Jacke über einer weißen Satinbluse, und eine schwarze Hose vervollständigte die Aufmachung. In ihrer Galauniform fühlte sich Tasha plötzlich ... ›schlampig‹, hätte Data vermutlich kommentiert. *Gerade* in ihrer Galauniform, die beim Frühstück völlig unangemessen war.

Aurora bedachte Yar mit einem anerkennenden Blick. »Ich bin sehr erfreut, Sie kennenzulernen, Tasha. Dare hat mir von Ihrem Kampfgeschick berichtet. Ich hoffe, wir können Sie dazu überreden, sich uns anzuschließen.«

Mit einer solchen Bemerkung hatte Tasha überhaupt nicht gerechnet. Sie runzelte die Stirn, sah erst Dare an und dann Rikan. »Ich soll mich *Ihnen* anschließen?«

»Ich kann mir vorstellen, was Nalavia Ihnen gesagt hat«, erwiderte der Kriegsherr. »Wir haben die Nachrichtensendungen ebenfalls gesehen. Unschuldige Männer und Frauen, die einfach niedergemetzelt wurden. Selbst kleine Kinder starben. Schrecklich! Und dafür gibt die Präsidentin mir und all denen die Schuld, die sich gegen ihre Tyrannei wehren.«

»Data und ich wissen bereits, daß die Anschläge sorgfältig in Szene gesetzt wurden. Zumindest zeigen die entsprechenden Bilder nur einen Teil der Wahrheit. Ähnlich ist es mit den Informationen über mich, den Androiden und Starfleet. Ich nehme an, Dare hat Sie darauf hingewiesen, daß die Raumflotte der Föderation in erster Linie friedlichen Zwecken dient.«

Tasha drehte den Kopf und musterte Darryl, der sich zurücklehnte und höhnisch grinste, als sie Starfleet erwähnte. Seine Kleidung an diesem Morgen ähnelte der, die er am vergangenen Abend getragen hatte – allerdings bestand das Hemd aus schwarzer Seide und wies silberne Streifen auf. An der Brusttasche einer etwas knapper geschnittenen Jacke glänzte ein metallenes Abzeichen. Der stilisierte Helm erinnerte Yar an die Wappen der mittelalterlichen Ritter auf der Erde.

Der Silberne Paladin.

Rikan beantwortete Tashas Frage. »Er hat mir versichert, daß Starfleet nicht auf die von mir gefürchtete Weise handeln wird. Anders ausgedrückt: Wir brauchen nicht damit zu rechnen, daß ein Raumschiff kommt und sowohl dieses Schloß als auch den Präsidentenpalast zerstört, damit anschließend die Föderation über diesen Planeten herrschen kann.«

»O nein! Sie wissen sicher, daß so etwas nicht nur gegen die Vorschriften von Starfleet verstieße, sondern auch gegen die Gesetze der Föderation!«

Der alte Mann nickte. »Unsere damaligen Ermittlungen bestätigen Ihre Worte. Ich gehörte zum Gesetzgebenden Rat, als Treva die Mitgliedschaft in der stellaren Völkergemeinschaft beantragte. Aber seit Nalavia an der Macht ist, stellt sie die vor Jahren gewonnenen Erkenntnisse immer wieder in Frage. Die von ihr vorgelegten Indizien deuten auf folgendes hin: Die Föderation verleibt sich neue Planeten ein, indem sie die betreffenden Welten zu Protektoraten erklärt und sie in Sicherheit wiegt; später kommt es zur Annektierung, und dann werden die lokalen Produkte und natürlichen Ressourcen besteuert. Wenn alle Rohstoffe abgebaut sind und die entsprechenden Völker nicht mehr genug produzieren können, um die Habgier der Föderation zu befriedigen, werden sie Elend und Hunger überlassen.«

Tasha riß entsetzt die Augen auf. »Dare ...«

»Ich habe ihm gesagt, daß Nalavia lügt«, brummte Adin. »Die Föderation hat gewiß ihre Fehler, aber bei ihnen geht es eher ums Gegenteil: Es herrscht Überfluß, und das allgemeine Wohlleben führt zu Schwäche. Niemand braucht mehr ums Überleben zu kämpfen, und ohne einen solchen Kampf gibt es keine Stärke.«

»Deine eigene Kraft beweist, wie haltlos ein solcher Vorwurf ist, Dare«, sagte Tasha.

»Nun«, warf Rikan ein, »solche Beschreibungen kommen dem Eindruck näher, den ich damals gewann, als ich die Föderation besuchte. Allerdings sah ich mich nur auf vier Planeten um und konnte daher kein vollständiges Bild gewinnen.«

Zum erstenmal ergriff Sdan das Wort. »Sie sagt die Wahrheit. Die Föderation ist eigentlich gar nicht übel — sie hat nur ihre Probleme mit Leuten, die sich in keine gewöhnliche Kategorie pressen lassen.«

»Was soll das heißen?« fragte Yar verwirrt. »Es gibt so viele verschiedene Welten und Kulturen ... Niemand kann derart ›anders‹ sein, daß er nirgends eine Heimat findet.«

Barb schnaubte abfällig.

Sdan lächelte bitter. »Versuchen Sie mal, eine Mischung aus Vulkanier, Mensch, Romulaner und Orioner zu sein — und für die Sturheit geben Sie noch 'n paar Gene einer aldebaranischen Maulschale hinzu. Wenn Sie dann auch noch das schwarze Schaf in der Familie sind, könnten Sie Anpassungsschwierigkeiten bekommen.«

Tasha nickte langsam. Jetzt wußte sie wenigstens, warum Sdan zwar wie ein Vulkanier aussah, sich jedoch völlig anders verhielt. »Haben Sie Föderationsgesetze gebrochen?«

»Nur die meiner Familie. Wissen Sie, ich haßte das Studium, konnte es einfach nicht ertragen, die ganze Zeit über in irgendeinem kleinen Zimmer eingesperrt zu sein und das Leben gegen einen Computer einzutauschen. Die anderen Angehörigen des Clans sind Mathematiker, Physiker,

Chemiker, Ärzte oder Forscher – doch ich komme mehr nach meinem Großvater. Er stammte von der Erde, war ein freier Händler, heiratete eine Orionerin und bewies in seinem Eheleben hingebungsvollen Kreuzungseifer.« Sdan lachte leise. »Eifer – daran mangelte es ihm bestimmt nicht. Er gab mir drei Brüder und fünf Schwestern, und allein der Große Vogel mag wissen, wie viele Vettern und Kusinen zur Familie gehören. Sie alle sind Gelehrte. Bis auf mich! Ich brauche das Abenteuer, sonst gehe ich ein.«

»Familiäre Geborgenheit kann sich auch in eine Hölle verwandeln«, warf Poet ein.

»Haben Sie an Starfleet gedacht?« fragte Yar.

»Zu viele Vorschriften«, erwiderte Sdan. »Eigentlich sind Vorschriften dazu da, damit man sich über sie hinwegsetzt, aber Starfleet sieht die Sache ein wenig anders.«

»Und so haben Sie sich Dare angeschlossen, um zusammen mit ihm die wichtigste aller Regeln zu brechen.« Bei diesen Worten sah Tasha den Mann an, den sie einst geliebt hatte.

Darryl schien völlig darauf konzentriert zu sein, eine Frucht zu schälen, doch nach einigen Sekunden legte er sie auf den Teller und begegnete Yars Blick. »Obgleich das eigentlich gar keine Rolle spielt. Ich habe mich immer an die Erste Direktive gehalten. Bevor wir tätig werden, warten wir eine ausdrückliche Aufforderung ab. Außerdem besuchen wir keine primitiven Welten, auf denen unsere Präsenz die Entwicklung der lokalen Kultur stören könnte.«

»Mit anderen Worten: Du arbeitest nur für die Leute, die dir genug Geld bieten«, sagte Tasha verächtlich.

Dares Zorn hatte sich auf sonderbare Weise verändert. Das Feuer der Wut loderte nun nicht mehr, sondern schwelte nur, konnte dadurch allerdings eine noch größere Hitze entfalten.

Adin schnitt nicht etwa die erwartete Grimasse – er lächelte. Doch seine Augen starrten kühl. »Das stimmt. Ich bekomme eine Menge Geld für meine Dienste – und ich habe jeden einzelnen Kredit verdient. Trotzdem bin ich nicht zu allem bereit, ganz gleich, was für ein Honorar man mir anbietet.« Das Lächeln wuchs in die Breite, wurde zu einem Grinsen. »Überleg mal, Tasha: Wer auf Treva könnte mir mehr zahlen? Rikan oder Nalavia?«

»Wer trat mit einem Angebot an dich heran?« konterte Tasha.

Dares Lachen klang fast so künstlich wie das des Androiden. »Rikan«, gab er zu.

Aurora räusperte sich. »Wir hätten uns an Nalavia wenden und ihr Gelegenheit geben können, uns einen noch lukrativeren Vorschlag zu machen. Es wäre auch möglich gewesen, Rikans Angebot abzulehnen, da uns noch einige andere vorliegen. Doch als wir uns mit der hiesigen Situation beschäftigten, fanden wir schnell heraus, daß Nalavia eine gnadenlose Tyrannin ist. Man muß ihr einen Strich durch die Rechnung machen, solange noch eine Möglichkeit dazu besteht.«

Rikan schüttelte kummervoll den Kopf. »Vielleicht haben wir schon zu lange gewartet. Ich weiß nicht, was mit den Bürgern von Treva geschehen ist. Die Landbevölkerung strebt nach wie vor nach Freiheit und Unabhängigkeit, aber die Bürger in den Städten sind dem Luxus erlegen. Sie denken nur noch an gutes Essen, weiche Betten, starkes Bier und Videounterhaltung.« Er runzelte die Stirn. »Nalavia hat billige Drogen auf den Markt gebracht, und die Mehrheit der Städter verbringt den größten Teil ihrer Freizeit im Rausch. Der Sport bleibt professionellen Athleten vorbehalten. Kaum jemand besucht die Wettkämpfe — es ist ja viel bequemer, sie am Bildschirm zu verfolgen. Natasha, zu diesen Veränderungen kam es im Verlauf der letzten drei Jahre, seit Nalavia die Macht übernahm. Sie hat erst die Bürgerrechte außer Kraft gesetzt und dann die nächsten Wahlen auf unbestimmte Zeit verschoben. Ich dachte, das Volk würde sich gegen sie erheben, aber nur die Leute auf dem Land prangern die diktatorische Politik der Präsidentin an. Alle anderen reagieren nicht, sind völlig gleichgültig. Darum habe ich um Hilfe gebeten.«

»Sie hätten sich auch an die Föderation wenden können«, sagte Yar.

»Ich repräsentiere nicht mehr die Regierung von Treva. Nach den letzten Wahlen verlor ich mein Mandat, ebenso wie einige andere Abgeordnete, die immer wieder auf die Gefährlichkeit von Nalavias Bestrebungen hinwiesen. Ich habe mehrmals versucht, mit Repräsentanten der Föderation Kontakt aufzunehmen, aber es werden mir ständig irgendwelche bürokratischen Hindernisse in den Weg gelegt. Manche Anträge verschwinden spurlos oder werden unter einem Vorwand abgelehnt. Als ich nach Hause zurückkehrte, warf man mir Einmischung in die Angelegenheiten der rechtmäßig gewählten Regierung vor, und daraufhin zog man meinen Paß ein.«

Eine Zeitlang herrschte Stille, und schließlich sagte Barb: »Rikan vergaß zu erwähnen, daß er zwei Monate in einem von Nalavias Gefängnissen verbracht hat. Wahrscheinlich wäre er dort gestorben, wenn ihm seine Freunde nicht zur Flucht verholfen hätten. Nun, ich kenne solche Orte — selbst Ratten leben besser. An jenem Tag befreiten wir mehrere politische Gefangene, und sie arbeiten jetzt alle mit uns zusammen.«

»Uns?« wiederholte Tasha. »Sie sind Trevanerin? Ich dachte, Sie gehörten zu Dares ... Gruppe.«

»Oh, Barb ist Mitglied meiner ... Bande.« Dare benutzte den Ausdruck, den Yar taktvoll vermieden hatte. »Sie entschied sich aus eigenem Antrieb zu dem Gefängniseinsatz, während wir uns Zeit ließen, um einige neue Aufträge zu prüfen. Gerade Barb kann Untätigkeit nicht ausstehen. Es ist mir völlig gleich, auf was sie sich einläßt — vorausgesetzt, sie bringt uns nicht in Schwierigkeiten und kehrt nach kurzer Zeit mit heiler Haut zurück. Sie legte uns Rikans Angebot vor — und einen Bericht über die Verhältnisse auf Treva. Ihre Empfehlung brachte uns hierher.«

Yar vertraute ihren Instinkten nicht mehr, soweit sie Darryl Adin betrafen, aber Rikan schien aufrichtig und ehrlich zu sein. Außerdem erinnerte sie sich nur zu deutlich an die Unterhaltungssendungen und Einblendungen, die für Rauschmittel warben. Eins stand fest: Nalavia verdiente eine gehörige Portion Argwohn.

»Ich beginne allmählich, dir zu glauben«, wandte sie sich an Dare. »Laß mich zum Präsidentenpalast zurückkehren. Ich vermute, er befindet sich ein ganzes Stück westlich von hier, nicht wahr? Gib mir meinen Insignienkommunikator: Damit setze ich mich mit Data in Verbindung und stelle fest, wie ich unbemerkt in mein Quartier gelangen kann. Oh, der schlafende Wächter ...«

»... schlief überhaupt nicht«, brummte Sdan. »Ich habe ihn mit einem Nervengriff außer Gefecht gesetzt.«

»Spielt keine Rolle. Ich behaupte einfach, der Soldat von heute morgen habe ein Nickerchen gemacht, als ich meine Unterkunft zu einem Dauerlauf verließ. Vielleicht kann mir jemand von Ihnen einen Trainingsanzug leihen — dadurch wird alles glaubwürdiger. Nun, während Data die Palastwachen ablenkt, kehre ich ins Quartier zurück. Ich bitte den Androiden darum, Nalavias Computer anzuzapfen — wenn das nicht bereits geschehen ist —, und auf diese Weise gewinnen wir einen umfassenden Eindruck von der allgemeinen Lage auf Treva. Wenn Sie mir eine Frequenz nennen, auf der wir mit Ihnen Kontakt aufnehmen können ...« Yar schob den Stuhl zurück und stand auf.

»Setz dich, Tasha«, sagte Dare ruhig.

»Aber es bleibt uns nur wenig Zeit ...«

»*Setz* dich. Du bleibst hier und wirst dich nicht mit dem Androiden in Verbindung setzen.«

»Es wäre ohnehin unmöglich«, fügte Sdan hinzu. »Mit Ihrem Insignienkommunikator ist soweit alles in Ordnung, aber Nalavia störte alle Starfleet-Frequenzen.«

»Data kann leicht feststellen, ob das stimmt. Unter diesen Umständen halte ich es für noch wichtiger, daß ich so schnell wie möglich zurückkehre ...«

»Du wirst weiterhin unser ... Gast sein«, sagte Darryl. »Ich bin hierhergekommen, um einen Auftrag zu erledigen, und ich will Treva nicht vorher verlassen, weil du Starfleet auf meinen gegenwärtigen Aufenthaltsort hinweist. Du bleibst hier, Tasha, bis du mir entweder glaubst und Rikan hilfst – oder bis ich hier alles geregelt habe, ohne deine Hilfe in Anspruch zu nehmen. Wenn ich mich von diesem Planeten absetze, möchte ich keine unangenehmen Überraschungen erleben.«

Lieutenant Commander Data veränderte die Justierung seines Insignienkommunikators, und erneut drang nur statisches Rauschen aus dem winzigen Lautsprecher. Inzwischen war er zwar ziemlich sicher, daß Nalavia die Starfleet-Frequenzen blockierte, aber es ließ sich nicht ganz ausschließen, daß die Störsignale von einem Ionensturm in der Nähe Trevas stammten.

Welche Erklärung auch zutreffen mochte: Er sah sich außerstande, einen Kom-Kontakt mit Tasha herzustellen. Darüber hinaus war es ihm auch unmöglich, das wesentlich leistungsfähigere Funkgerät des Shuttles zu benutzen, um die *Enterprise* zu benachrichtigen.

Nalavia betrachtete also Data und Tasha als Geiseln – und wußte nicht, wo sich Yar befand. Das verwunderte den Androiden: Er hatte angenommen, die Präsidentin habe Tasha irgendwo eingesperrt. Mit Hilfe seines Tricorders überwachte Data das Kommunikationszentrum des Palastes und hoffte, irgendwelche Hinweise auf Yar zu finden. Er hörte mehrere Stimmen, die eine Bestrafung durch Nalavia fürchteten, aber es fehlten Tasha betreffende Informationen.

Warum hatte sie das Anwesen verlassen, ohne den Androiden in Kenntnis zu setzen? Wo befand sie sich jetzt?

Data ging durch den Flur, bemerkte den Wächter und klopfte an Tashas Tür.

»Sie ist noch immer nicht zurück«, sagte der Mann.

»Seltsam«, erwiderte Data. »In einer Stunde werden wir von einigen Kabinettsmitgliedern zum Abendessen erwartet.«

»Vielleicht blieb ihr Wagen mit einer Panne liegen«, vermutete der Soldat.

Eine andere Schicht, ein anderer Wächter. Data hoffte, daß dieser Mann keinen Verdacht schöpfte, als er sagte: »Ich muß mir etwas von ihr ausleihen; Lieutenant Yar hätte bestimmt nichts dagegen.« Daraufhin betrat er die Unterkunft.

Er hielt vergeblich nach Tashas Tricorder Ausschau. Kein Wunder: Sicher war das Quartier gründlich von Nalavias Leuten durchsucht worden, während die Präsidentin die Aufmerksamkeit des Androiden auf sich zog. Wenn Yar in dem Gerät eine Nachricht hinterlassen hatte, so bestimmt in codierter Form. Doch ohne das Instrument konnte Data die Botschaft nicht entschlüsseln.

Er erinnerte sich an seinen kurzen morgendlichen Aufenthalt in dieser Zimmerflucht, bevor die Räume durchsucht wurden. Wenn es tatsächlich Spuren gab, so ließen sie sich jetzt kaum mehr entdecken. Data dachte an fortgerückte Möbel, die anschließend wieder zurechtgeschoben wurden, an langsam verblassende Infrarotechos auf dem Boden und an den Wänden.

Glücklicherweise verfügte er über eine genaue Aufzeichnung, die ihm die allgemeine Struktur von Tashas Zimmer kurz nach der Morgendämmerung zeigte. Er berücksichtigte die Worte, die er an den Wächter gerichtet hatte, nahm Yars Schuhreiniger und vergewisserte sich, daß der Soldat kurz den Kopf hob und ihn ansah, bevor er in seine eigene Unterkunft zurückkehrte. Data brauchte nur etwas Zeit, um eine neuerliche Analyse vorzunehmen; anschließend mußte er sofort handeln.

Rasch ging er die am Morgen gespeicherten Bilder durch, und zunächst fand er dabei nichts Ungewöhnliches. Doch einige Sekunden später ... Der Stuhl an der Wand nahm nicht den ursprünglichen Platz ein. Der Androide richtete seinen inneren Fokus auf den Teppich und sah die von Stuhlbeinen stammenden Abdrücke, entdeckte auch eine kleine, abgewetzte Stelle.

Ein Mensch hätte nun in die Hocke gehen und den Boden mit einem speziellen Instrument untersuchen müssen. Data hingegen schaltete einfach in einen anderen Verstärkungsmodus und holte jeden einzelnen Quadratzentimeter mit einem elektronischen Zoom heran. Es spielte dabei nicht einmal eine Rolle, aus welchem Winkel er die betreffenden Bereiche betrachtet hatte. Die leicht niedergepreßten Stellen im Gewebe des Teppichs stammten von drei verschiedenen Schuhen: Tashas Starfleet-Stiefeln, einem Paar, das von einem durchschnittlichen männlichen Humanoiden oder einer schweren Frau getragen wurde und überall im Zimmer Abdrücke hinterlassen hatte, sowie einem weiteren, das auf recht große Füße hindeutete. Der oder die dritte Unbekannte war offenbar eine ganze Zeitlang dicht neben der Tür stehengeblieben.

Direkt vor dem Zugang bemerkte Data die Spuren, die er selbst zurückgelassen hatte – inmitten eines Gewirrs, das einen Kampf vermuten ließ. Die dortigen Druckmuster deuteten nicht nur auf Schuhe und Stiefel hin, sondern auch auf einen zu Boden gesunkenen Körper.

Der Teppich stellte ein natürliches Speichermedium dar, aber Data wußte jetzt, worauf es zu achten galt, und daraufhin entdeckte er auch Hinweise an der Tür und den Wänden. Ganz offensichtlich hatte sich Tasha gegen zwei Gegner gewehrt, die in ihrem Zimmer auf sie warteten. Und der Wächter? Warum war er nicht aufmerksam geworden?

Gehörte er zur Verschwörung? Nein, unmöglich. Nalavia wußte nicht, wo sich Yar befand.

Hatte man ihn bestochen? Unwahrscheinlich. In einem solchen Fall mußte er Nalavias Zorn fürchten.

Es blieben nur zwei Erklärungen übrig: Entweder hatte er zu jenem Zeitpunkt nicht seinen üblichen Posten im Flur eingenommen oder er war bewußtlos gewesen.

Data rief sich seine Rückkehr am vergangenen Abend ins bewußte Gedächtnis zurück. Der Soldat schien gerade zu erwachen, rieb sich den Nacken ...

Die Wirkung gewöhnlicher Betäubungsdrogen ließ nicht abrupt nach, und ein Schlag auf den Kopf hätte erhebliche Schmerzen verursacht. Doch ein Krampf im Nackenansatz ...

Dafür kam nur ein vulkanischer Nervengriff in Frage. Data dachte an die Person, deren Schuhe die tieferen Abdrücke im Teppich hinterlassen hatten. Ein Vulkanier? Auf Treva, ohne die Erlaubnis der Föderation? Oder etwa ein ... Romulaner? Oh, nein, bitte nicht!

Der Androide rief sich zur Ordnung: Er durfte keine Zeit mit nutzlosen Spekulationen verschwenden. Tasha war vermutlich von einem Vulkanoiden und einem Menschen entführt worden. Sie standen nicht in Nalavias Diensten, was bedeutete, daß Data nicht hoffen durfte, Yar irgendwo auf dem Palastgelände zu finden. Vielleicht befand sie sich in der Stadt. Es kam ganz darauf an, wer sie verschleppt hatte.

Wer konnte Interesse an ihr haben? Nur die Feinde der Präsidentin, angeführt von Kriegsherr Rikan. Er wohnte in einer Festung östlich des Palastes. Data griff auf die Informationen zurück, die er aus dem Speicher von Nalavias Computer kopiert hatte und die Rikan betrafen. Die Entfernung erschien ihm zu groß, um Tasha zu Fuß zur Bastion zu bringen. Die Entführer brauchten ein Transportmittel, einen Wagen oder Gleiter.

Dem Androiden standen keine Fahrzeuge zur Verfügung. Abgesehen vom Shuttle, das in einem Hangar am Stadtrand stand.

Selbst wenn er sich in Hinsicht auf die Identität derjenigen irrte, die für Tashas Verschwinden verantwortlich waren: Er brauchte das Funkgerät des Shuttles, um der *Enterprise* von den jüngsten Ereignissen zu berichten. Ein

Abstecher zum Hangar hatte also in jedem Fall einen Sinn, selbst wenn ihm die von den Scannern automatisch aufgezeichneten Flugbewegungen keinen Gleiter zeigten, der zur fraglichen Zeit nach Osten flog.

All diese Überlegungen nahmen nicht einmal dreihundert Sekunden in Anspruch. In siebenundvierzig Minuten erwartete man Data zum Essen. Wenn er nicht erschien, würde Nalavia nach ihm schicken. Aber wenn das geschah, wollte der Androide bereits weit vom Präsidentenpalast entfernt sein, Tasha Yar ›dicht auf den Fersen‹.

Er griff nach Phaser und Tricorder, löste erneut die Bodenabdeckung im Bad, kletterte ins Leitungssystem und rückte die Fliesen sorgfältig zurecht — um durch nichts zu erkennen zu geben, auf welche Weise er sein Quartier verlassen hatte. Anschließend schob er sich an den Rohren vorbei, und im Küchenbereich fand er die erwartete Öffnung, durch die er nach draußen gelangen konnte. Es herrschte jene Art von grauem Zwielicht, die das visuelle Wahrnehmungsvermögen normaler vollorganischer Wesen reduzierte. Die Starfleet-Uniform bot eine gute Tarnung inmitten der braunen und grünen Farbtöne, die für Planeten der Klasse M typisch waren, aber selbst wenn er sein Gesicht mit Lehm beschmierte: Während vollständiger Dunkelheit oder bei hellem Tageslicht fielen seine blassen Züge sofort auf.

Data aktivierte die infrarote Erfassung und überquerte das Gelände. Er nutzte die Deckung von Zierpflanzen, mied offene Rasenflächen. Wenn man Starfleet-Maßstäbe anlegte, erschienen die Alarmvorrichtungen an der Peripherie des Anwesens eher primitiv. Der Androide beobachtete die beweglichen optischen Sensoren, und als sie weit genug zur Seite schwenkten, stürmte er los, sprang einfach über den berührungsempfindlichen Zaun hinweg und eilte in Richtung Landefeld.

Data konnte nicht viel schneller laufen als der schnellste Mensch — die Körperform zwang zu Kompromissen. Sein Vorteil lag in der semiorganischen Struktur, die nicht ermüdete und keine Ruhepausen benötigte. Die ganze Zeit über hielt er die Geschwindigkeit eines Sprinters, legte die Strecke bis zum Landefeld in einer kürzeren Zeit zurück als mit einem Bodenwagen, der dem Straßenverlauf folgen mußte. Data wich bewohnten Bereichen aus, orientierte sich anhand einer elektronischen Karte, die er ebenfalls aus dem Speicher von Nalavias Computer übernommen hatte. Sie versetzte ihn in die Lage, die kürzeste Route zu finden. Er hielt nur inne und duckte sich hinter dichtes Gebüsch, wenn er das Scheinwerferlicht bodengebundener Fahrzeuge bemerkte.

Am Landefeld beobachtete er mehrere Personen und stellte sich der unangenehmen Erkenntnis, daß ein schmutziger Androide mindestens ebenso auffällig war wie ein sauberer.

Er verbarg sich in den Schatten und setzte den Weg fort, verwendete dabei seine Scanner, um rechtzeitig eventuell installierte Warnsensoren zu entdecken. Offenbar vermißte man ihn noch nicht, denn sonst hätte Nalavia sicher eine scharfe Bewachung des Shuttles angeordnet. Aber es befand sich niemand in der Nähe des Hangars. Der Zugang war mit einem Schloß gesichert. Data konnte darauf verzichten, den Phaser einzusetzen; seine Körperkraft genügte, um den stählernen Riegel einfach zu zerbrechen.

Im Innern der großen Kammer erwartete ihn eine bittere Überraschung.

Vom Shuttle weit und breit keine Spur.

Data wünschte sich häufig, ein Mensch zu sein – vor allen Dingen dann, wenn er nach einem Ventil für Ärger und Enttäuschung suchte. Sein Lachen klang schon unecht genug, aber wenn er Kraftausdrücke benutzte, bewirkte er damit nur erheiterte und belustigte Reaktionen.

Er hätte es *wissen* müssen!

Nalavia erachtete die beiden Starfleet-Repräsentanten als Geiseln und wollte bestimmt nicht riskieren, daß sie mit dem Shuttle flohen. Sie hatte es rechtzeitig fortschaffen lassen, und es blieb Data nicht Zeit genug, danach zu suchen.

Der Androide dachte konzentriert nach. Sollte er sich dennoch bemühen, das kleine Raumschiff zu finden und die *Enterprise* von den Vorgängen auf Treva zu informieren? Oder war es wichtiger, Tasha zu retten? Er mußte davon ausgehen, daß seiner Kollegin Gefahr drohte. Mit anderen Worten: Seine vorrangige Pflicht bestand darin, sie zu befreien.

Aber von welchen Prämissen ging er in diesem Zusammenhang aus? Basierte sein Verhalten nur auf einer ›Ahnung?‹

Nein, es gründete sich auf logische Deduktion. Nalavia und Rikan waren Gegner. Wenn sich Tasha nicht in der Gewalt der Präsidentin befand, kam nur der Kriegsherr in Frage.

Data richtete seinen Blick auf die in der Nähe geparkten Gleiter und wählte ein kleines, besonders wendiges Exemplar. Es fiel ihm nicht weiter schwer, die verriegelte Luke zu öffnen; er stellte die von einem Codeschloß kontrollierte Energieversorgung her — er benutzte dabei einige ›Werkzeuge‹, die er in einem Ablagefach fand und für den Eigentümer vermutlich einen ganz anderen Zweck erfüllten — und schaltete den Bordcomputer ein. Innerhalb weniger Sekunden kannte er seine neue Identität, programmierte einen unverdächtigen Flugplan, holte die Starterlaubnis ein, zündete das Triebwerk und hob ab. Data folgte dem angegebenen Kurs, bis ihn die Sensoren des Kontrollturms nicht mehr erfassen konnten. Daraufhin drehte er nach Osten ab und beschleunigte.

Den einfachen Scannern des Gleiters entgingen die Alarmmodule am Rande von Rikans Territorium, aber der auf Breitbanderfassung justierte Tricorder wies sofort darauf hin. Es handelte sich um ein komplexes System, das weitaus moderner war als die in Nalavias Palast benutzten Anlagen, doch ›blinde‹ Stellen in unmittelbarer Nähe der

Projektoren ließen sich nie ganz verhindern. Nur wenige menschliche Piloten wären in der Lage gewesen, jene winzigen Nullzonen anzusteuern. Data verließ sich auf sein Geschick, passierte die entsprechenden Bereiche und flog das Ziel an.

Rikans Festung erhob sich am Rande einer tiefen Schlucht, die einen natürlichen Schutz darstellte. Der Androide veränderte die Einstellung des Tricorders, versuchte dann, eine Verbindung zum Kontrollcomputer des Landeplatzes herzustellen — und stellte verblüfft fest, daß überhaupt kein Flugleitzentrum existierte. Statt dessen zeigte ihm das infrarote Spektrum einige *Personen*, die sich dort aufhielten. Vielleicht waren sie beauftragt, alle Gleiter abzuwehren, die das äußere Verteidigungssystem durchdrangen; möglicherweise besaßen sie Lampen, um Piloten das Landemanöver zu erleichtern.

Datas Verwirrung nahm zu. Des Nachts konnten nicht ständig so gute Sichtverhältnisse herrschen, und ohne ein zuverlässiges Leitsystem mochte kaum jemand in der Lage sein, den winzigen Landeplatz anzufliegen. Gab es dort Sensoren, deren Präsenz sowohl den Instrumenten des Gleiters als auch dem Tricorder entging? Die Personen standen an der Brüstung und wanderten umher, bemerkten Datas Gefährt nicht. Die Entfernung war selbst für Vulkanier zu groß, um das leise Zischen der Antigravpolster zu hören, und außerdem hatte der Androide die Positionslichter noch vor der peripheren Warnbarriere ausgeschaltet.

Er wahrte eine sichere Distanz, beobachtete sowohl den großen Gebäudekomplex als auch das Gelände — und entdeckte die infrarote Struktur des Starfleet-Shuttles in einem hölzernen Schuppen. Eine weitere wichtige Information: Nicht etwa Nalavia hatte das kleine Raumschiff fortgebracht; Tashas Entführer steckten dahinter.

Und sie erweckten dadurch den Eindruck, als sei Yar mit dem Shuttle gestartet.

Vielleicht stimmte das sogar.

Nein. Data erinnerte sich an die Anzeichen, die auf einen Kampf in Tashas Unterkunft hindeuteten. Außerdem nahm sie ihre Pflichten als Offizier viel zu ernst, um auf eigene Faust aufzubrechen, ohne ihm eine Nachricht zu hinterlassen. Ganz im Gegenteil: Data erachtete das Shuttle als Beweis dafür, daß er keinen ›Phantomen nachjagte‹.

Die Personen auf dem Landefeld schienen sehr wachsam zu sein, und außerdem ortete Data mehrere recht gefährlich anmutende Flugabwehrwaffen in einem Seitenflügel des Gebäudes. Er wagte es nicht, sich Rikans Schloß aus der Nähe anzusehen, hielt es für besser, irgendwo zu landen und sich der Festung zu Fuß zu nähern.

Der Androide entschied sich zu einer Kletterpartie.

Er ging auf einer Lichtung im Wald nieder, steuerte den Gleiter so nahe wie möglich an die Bäume heran und verbarg ihn unter Zweigen und Ästen. Wenn Tasha und ihm die Benutzung des Shuttles verwehrt blieb, stand ihnen ein zweites Transportmittel zur Verfügung.

Zuerst aber mußte er Yar finden.

Eine steile Felswand reichte zu Rikans Schloß empor, und für Menschen wäre der Aufstieg sicher sehr schwierig gewesen. Data stieß jedoch auf keine besonderen Probleme. Ständig hielt er nach Überwachungsmechanismen Ausschau, doch kein infrarotes Glühen verriet Kameras, Lichtschranken oder Sensoren. Wahrscheinlich rechnete Rikan in erster Linie mit einem Angriff aus der Luft und glaubte sich auf der Schluchtseite seiner Bastion geschützt.

Schließlich erreichte der Androide das Plateau, blieb hinter einigen Bäumen stehen und beobachtete das Schloß. Als sich dort nichts rührte, ging er vorsichtig weiter, zog sicherheitshalber den Phaser, trat hinter der Deckung hervor ...

Und fühlte sich plötzlich von allen Seiten gepackt. Ein Netz schloß sich um Data, riß ihn ruckartig in die Höhe, während es überall um ihn herum schepperte und dröhnte.

Einige Mikrosekunden später begriff Data, daß das Netz aus natürlichen Fasern bestand und die gleiche Temperatur hatte wie der Boden. Es verbarg sich unter welken Blättern, und der Androide löste die Falle aus, als er darauftrat. An den Strängen befestigte Glocken läuteten fast ohrenbetäubend laut.

Datas Gewicht neigte die Bäume, an denen das Netz befestigt war, und er schwang langsam hin und her.

Er drehte sich auf den Rücken, zog die Arme an und versuchte, die Fasern zu zerreißen. Sie erwiesen sich als bemerkenswert zäh, konnten der Kraft des Androiden jedoch nicht widerstehen.

Das Netz gab nach, aber es entstand nur eine kleine Öffnung: Es würde viel zu lange dauern, sie ausreichend zu erweitern, um hindurchzukriechen. Data gelangte zu dem Schluß, daß ihm nichts anderes übrigblieb, als den Phaser einzusetzen.

Der Strahler ruhte auf seiner Brust, und das heftig zitternde Netz hinderte ihn daran, die Waffe zu ergreifen. Bei jeder Bewegung läuteten und klirrten die Glocken. Data setzte seine verzweifelten Befreiungsversuche fort, aber es dauerte nicht lange, bis er mehrere Personen bemerkte, die sich ihm rasch näherten.

Sechs Männer und Frauen umringten ihn, und ihre Ausrüstung bestand aus Phasern, Intervallern und ähnlichen Handwaffen. Einer der Unbekannten wirkte vulkanoid: Vermutlich handelte es sich um den Mann, der bei Tashas Entführung mitgewirkt hatte. »Überlaß den Strahler mir — und mach keine Mätzchen. Vielleicht erwischst du mich, aber anschließend erledigen dich meine Freunde. Ich weiß nicht, woraus du bestehst, aber ich bin ziemlich sicher, daß du keine *fünf* Entladungsblitze überstehen kannst.«

»Dazu bin ich tatsächlich nicht in der Lage«, gestand Data ein und blieb ruhig liegen, als der Mann nach seinem Phaser griff.

Es beschämte ihn zutiefst, daß er eine so primitive Falle übersehen hatte. Andererseits: Er war überhaupt nicht imstande gewesen, sie rechtzeitig zu entdecken. Vielleicht am hellichten Tag und mit dem Wissen, worauf es zu achten galt ...

Vier Personen richteten weiterhin ihre Waffen auf ihn, während zwei das Netz öffneten. Sie blieben zurück, um die Falle erneut vorzubereiten, und die anderen führten den Androiden zum Schloß. Sie gaben sich ruhig und gelassen, schienen vollkommen sicher zu sein, daß er allein gekommen war.

Diese Annahme fand eine Bestätigung, als sie das Gebäude betraten und eine der Frauen vor einem großen Bildschirm stehenblieb. Sie betätigte eine Taste, woraufhin sich die Projektionsfläche erhellte und Bilder von verschiedenen Detektoren übermittelte. Man hatte Data erwartet und damit gerechnet, daß er gewöhnlichen Überwachungsinstallationen auswich. Bei seiner letzten Mission war er mit einer teuflischen, lernfähigen Waffe konfrontiert worden, ohne ihr zum Opfer zu fallen. Er half sogar bei ihrer Zerstörung. Doch jetzt ließ er sich mit einem einfachen Netz überlisten!

Ironie – dieses menschliche Empfinden kannte der Androide nur zu gut.

Im Schloß geleitete man ihn durch einige Flure und Korridore, brachte ihn in eine Zimmerflucht, deren Fenster einen guten Blick auf die Schlucht gestatteten. In einem dieser Räume brannte ein Kaminfeuer. Drei Personen saßen davor, wirkten entspannt.

Zu ihnen gehörte Tasha Yar.

Sie erweckte keineswegs den Anschein einer Gefangenen, hatte auf einem bequemen Sofa Platz genommen, zog die Füße an und nippte an einem kleinen, verzierten Kelch. Sie trug ein langes, weites Gewand, dessen goldener Glanz an das Gelb ihres Uniformpullis erinnerte. Es war lange her, seit Data zum letztenmal ihre bloßen Beine gesehen hatte, und bei jener Gelegenheit ...

Tasha drehte sich um, als die Gruppe eintrat, riß überrascht die Augen auf. »Data! Ist alles in Ordnung mit Ihnen?«

»Ja, ich glaube schon«, erwiderte er und vermutete, daß ihre Besorgnis seinem äußeren Erscheinungsbild galt. »Ich bin nur ... von mir selbst enttäuscht. Meine Absicht bestand darin, Sie zu retten.«

»Nun, es stellt sich die Frage, ob ich gerettet werden muß oder nicht«, sagte Yar. »Lord Rikan«, wandte sie sich an den Greis, der auf der anderen Seite des Kamins saß, »das ist mein Kollege Lieutenant Commander Data.«

Der Mann stand auf, erwies sich trotz seines Alters als außerordentlich imposant. »Es freut mich sehr, Sie kennenzulernen, Mr. Data. Ich hoffe, wir bekommen Gelegenheit zu interessanten Diskussionen. Ich bin noch nie zuvor einem Androiden begegnet.«

Data sah den stummen Hinweis in Tashas Augen und erwiderte höflich: »Es ist mir eine Ehre, Lord Rikan.«

Yar drehte sich um und deutete auf den Mann, der hinter ihr stand und am Kaminsims lehnte. Sein Gesicht blieb im Schatten verborgen. »Und das ist Adrian Dareau, auch bekannt als ...«

Data fokussierte seinen Blick auf die Gestalt und aktivierte seinen internen Restlichtverstärker, der es ihm erlaubte, auch im Halbdunkel alle Einzelheiten zu erkennen. Er wußte sofort, um wen es sich handelte, kannte das Foto aus einer noch immer nicht geschlossenen Kriminalakte, betrachtete die Züge eines Mannes, der zu einem Verräter und Mörder geworden war.

Er ignorierte die vier Waffen, die noch immer auf ihn zielten, trat einen Schritt vor und unterbrach Tasha.

»... auch bekannt als der frühere Starfleet-Commander Darryl Adin, meistgesuchter Verbrecher in der Föderation«, schloß er.

Data mußte seine Pflicht als Offizier wahrnehmen, ganz gleich, wie sinnlos sie unter den gegenwärtigen Umständen erschien. »Als autorisierter Repräsentant von Starfleet stelle ich Sie hiermit unter Arrest. Die Anklage lautet: unrechtmäßige Flucht nach einem ordentlichen Gerichtsverfahren, das Sie wegen zweiundzwanzigfachen Mordes,

Verrat und Verschwörung gegen die Vereinte Föderation der Planeten verurteilt.«

»Data!« platzte es aus Tasha heraus.

Aber der Androide achtete überhaupt nicht auf sie. Seine Aufmerksamkeit galt einzig und allein dem gefährlichen Mann vor ihm.

Einige Sekunden lang starrte ihn Darryl Adin verblüfft an, und dann zuckte es in seinen Mundwinkeln. Die Augen blitzten amüsiert, als er Data von Kopf bis Fuß musterte und zu kichern begann. Schließlich konnte er sich nicht mehr beherrschen, neigte den Kopf zurück und lachte schallend.

KAPITEL 8

Tasha Yar wußte nicht, welche Entscheidungen Data während ihrer Gefangenschaft traf, aber eins war ihr klar: Ganz gleich, wie Nalavia ihre Abwesenheit erklärte — bestimmt schöpfte der Androide irgendwann Verdacht. Tasha beschloß, erst nach einer sorgfältigen Einschätzung ihrer Situation zu handeln.

Sie brachte das peinlichste Frühstück ihres Lebens hinter sich, und anschließend bot Rikan ihr an, sie durchs Schloß zu führen. Er zeigte ihr einen prächtigen Raum nach dem anderen und erklärte, wie sich Treva seit seiner Geburt verändert hatte. »Wir stellten Kontakte zu anderen Welten her, und wenn wir uns für neue medizinische Errungenschaften, moderne Technologie und andere Dinge interessierten, mußten wir für ihren Erwerb Gegenleistungen erbringen. Damals ahnten wir nicht, welchen Einfluß der Handelsaustausch mit fremden Zivilisationen auf unsere Lebensweise haben würde.«

Er beschrieb ein Muster, das Yar aus ihren historischen und soziologischen Studien kannte und sich unzählige Male in der Galaxis wiederholt hatte. Manche Regierungen teilten die Klugheit des trevanischen Kriegsherrn-Rates und wiesen darauf hin, wie gefährlich es sei, Außenweltwaren mit den natürlichen Ressourcen des Planeten zu bezahlen. Die einzige Alternative hieß Industrialisierung.

Aber wenn das technische Niveau einer Kultur stieg, mußte auch eine bessere Bildung der arbeitenden Bevölkerung sichergestellt werden, denn sonst gab es niemanden, der die Maschinen reparieren und neue entwickeln konnte. Die Verbesserung des allgemeinen Wissensstandards führte zu Unzufriedenheit und dem Verlangen nach einer gleichmäßigen Verteilung des gemeinsam geschaffenen Reichtums.

Sobald das Volk ökonomische Macht errang, folgten Ansprüche auf maßgebliche Beteiligung an der Gesetzgebung. Bei den Regierungsformen kam es zu einem raschen Wandel: Tyranneien, Monarchien, Oligarchien, bis hin zu den verschiedenen Formen demokratischer Strukturen. »Die herrschenden Familien auf Treva, zu denen auch ich gehörte, stellten erstaunt fest, daß ihr Leben keineswegs schlechter wurde«, sagte Rikan. »Zumindest nicht für diejenigen, die sich der Notwendigkeit beugten. Mein Vater regierte nicht mehr, weil er von Geburt an dazu bestimmt war. Man wählte ihn zum Abgeordneten, und als er starb, trat ich seine Nachfolge an. Das traf auch auf die anderen großen Familien zu. Es wurde nicht mehr mit dem Schwert entschieden, sondern mit freien Abstimmungen — doch die Macht an sich blieb.«

Der Greis starrte kummervoll ins Leere, als er fortfuhr: »Nun, es gab einige Kriegsherrn, die sich nicht von den alten Traditionen trennen wollten. Sie offenbarten jenes Verhalten, das Nalavia mir vorwirft: Sie stellten Heere zusammen und versuchten, ihren Standpunkt mit Gewalt durchzusetzen.« Er seufzte. »Mein Vater sagte einmal: ›Man kann nicht gegen die Zukunft gewinnen.‹ Er mußte erleben, wie einige seiner besten Freunde zu erbitterten Feinden wurden. Sie hielten ihn für einen Feigling und Verräter, aber sie irrten sich.«

Sie standen am Balkongeländer und blickten auf die Schlucht herab, eine natürliche Barriere, die das Schloß auf der einen Seite schützte. »Sie irrten sich«, wiederholte Rikan, doch Tasha hörte einen seltsamen Klang in seiner Stimme.

»Zweifeln Sie daran?« fragte sie.

»Die Kriegsherrn behaupteten damals, man könne dem Volk nicht trauen, weil es schwach, träge und dumm sei. Sie starben im Kampf, wie wahre Männer — und sie verfluchten meinen Vater, weil sie glaubten, er habe sich gegen sie gewandt.« Rikan preßte kurz die Lippen zusammen. »Wir waren vier. Vier Kriegsherrn, die in die Zukunft sahen und der Kraft des Volkes vertrauten. Jetzt bin nur ich übrig.«

Bei diesen Worten fiel Yar etwas ein. »Drei Mitglieder des Gesetzgebenden Rates wurden ermordet ...«

Rikan nickte. »Ja, die anderen Kriegsherrn. Nalavia lenkte den Verdacht auf mich, obwohl sie natürlich keine Beweise vorlegen konnte. Ich bin der letzte — und ich habe keine Kinder. Wenn ich sterbe, gibt es keine Lords mehr auf Treva. Und ich bin alt genug geworden, um nun zu beobachten, daß sich die alte Prophezeiung bewahrheitet: Das Volk hat Nalavia zur Präsidentin gewählt — und es *reagiert* nicht, während sie die ganze Macht an sich reißt! Solange die Bürger ihren Lebensunterhalt sichergestellt sehen, solange es Videounterhaltung und billige Drogen gibt, ist ihnen die Zukunft völlig gleich. Sie sind schwach, träge und dumm.«

»Warum setzen Sie dann den Kampf fort?« erkundigte sich Yar.

»Manchmal frage ich mich das selbst«, entgegnete Rikan. »Ohne eine Antwort zu finden. Aber wenn ich an die Landbevölkerung denke, die hart arbeitet, sich ihren Sinn für Recht und Unrecht bewahrt hat und gut lebt, sage ich mir: Nein, diese Leute wird Nalavia nicht zu ihren Sklaven machen! Das werde ich verhindern — solange ich lebe und die Möglichkeit habe, sie bei ihrem Freiheitskampf zu unterstützen.«

»Und deshalb baten Sie Dare um Hilfe.«

»Er genießt einen guten Ruf. Von seiner Gruppe heißt es, sei sei so tüchtig wie eine ganze Armee.«

O ja — wer eine Sicherheitsausbildung bei Starfleet hinter sich hatte, verdiente es, als kompetent bezeichnet zu werden.

»Wurde er Ihren Erwartungen gerecht?«

»Ja. Seine Leute zeigten uns, wie man sich wirkungsvoll

zur Wehr setzt. Und als dann die sogenannten Terroristenüberfälle begannen, machte man mich dafür verantwortlich. Woraufhin sich viele ehemalige Freunde von mir abwandten.« Rikan richtete den Blick seiner nußbraunen und in dem alten, faltigen Gesicht so verblüffend jung wirkenden Augen auf Yar. »Die Anschläge sind weder von mir noch von Adrian angeordnet worden, Natasha. Wir glauben, Nalavia steckt hinter ihnen. Wahrscheinlich will sie auf diese Weise den Zorn des Volkes auf uns richten. Leider können wir nicht nachweisen, daß sie die Schuld trägt.«

»Wenn Sie recht haben, müßte Data eigentlich in der Lage sein, einen entsprechenden Beweis zu finden.«

»Data? Der Androide wäre tatsächlich dazu imstande?«

Tasha berichtete von den besonderen Fähigkeiten ihres Freundes und Kollegen. Sie empfand es als sehr angenehm, mit Rikan zu sprechen. Was Dare betraf ... Er hatte sich so sehr verändert, daß seine Nähe ihr Unbehagen bereitete. Den ganzen Morgen über ging er ihr aus dem Weg, und als sich Yar mit dem Schloß vertraut gemacht hatte, begann sie damit, ihre Flucht zu planen.

Eine Zeitlang gesellte sich ihnen Poet hinzu, wurde später von Barb abgelöst. Tasha gelangte zu einer wichtigen Erkenntnis: Darryl mußte nun davon ausgehen, daß sie sich im Gebäudekomplex auskannte, und deshalb wollte er sie nicht mehr mit dem alten Mann alleinlassen. Verdammt! Adin war sich natürlich darüber klar, daß Yar gar keine andere Wahl blieb, als zumindest zu versuchen, aus dem Schloß zu entkommen. Für sein Alter schien Rikan sehr kräftig zu sein, aber bestimmt fiel es ihr nicht schwer, ihn zu überwältigen. Seltsam: Während Tasha mit ihm sprach, kam ihr nie in den Sinn, Rikan niederzuschlagen — obwohl sie nun begriff, daß eine gute Chance ungenutzt verstrichen war.

Sie beschloß, die nächste wahrzunehmen, selbst wenn es notwendig werden sollte, gegen den Kriegsherrn vorzugehen. Die Ausbildung zum Sicherheitsoffizier von Starfleet gab ihr die Möglichkeit, jemanden außer Gefecht zu setzen, ohne ernsthafte Verletzungen zu verursachen.

Die Hose von Tashas Galauniform wies einige Taschen auf, die unter der langen Jacke verborgen blieben; sie dienten dazu, bei offiziellen Anlässen einen Kamm oder eine Kreditkarte aufzunehmen. Während Poet in der Nähe weilte, riskierte sie es nicht, nach irgendwelchen Gegenständen zu greifen, aber weder Barb noch Rikan bemerkten, daß sie eine kleine Statue einsteckte. Sie war recht schwer, und es fehlten scharfe Kanten, die tiefe Wunden hinterlassen mochten — ein ideales Schlagwerkzeug.

Trotzdem: Wenn Tasha aus dem Schloß fliehen wollte, mußte sie warten, bis ihr nur eine Person Gesellschaft leistete.

Kurz vor Mittag ließen Rikan und Barb die junge Frau in Dares Obhut zurück. Er führte Yar in das Zimmer, in dem sie sich am vergangenen Abend begegnet waren. Der Tisch nahm noch immer den gleichen Platz ein, und das auf Hochglanz polierte Holz schimmerte regelrecht. Tasha ließ ihren Blick über die Wandschränke gleiten und beobachtete einige glatte Flächen. Bildschirme? In einem so alten Gebäude wirkten sie fehl am Platz.

»Dies ist unser Strategiezimmer«, sagte Dare. »Ich wünschte, ich könnte dir genug Vertrauen schenken, um dir alles zu zeigen, Tasha, aber die Vorsicht rät mir davon ab.«

»*Du* kannst *mir* nicht vertrauen?« erwiderte sie spöttisch.

»Sieh dich nur an!«

Ärger vibrierte in Darryls Stimme, aber er beherrschte sich sofort wieder und fuhr ruhig fort: »Du bist noch jung — und trotzdem schon Erster Sicherheitsoffizier eines Raumschiffes der Galaxis-Klasse. Es wundert mich, daß eine Beförderung zum Lieutenant Commander bisher ausgeblieben ist.«

»Dazu bin ich noch nicht lange genug im Dienst«, antwortete Yar automatisch.

Dare lachte bitter. »Du hast Erfolg, bist auf Draht. Ich wußte, daß du es schnell zu etwas bringen würdest.«

»Du hast mich dazu ermutigt«, erinnerte ihn Tasha.

»Ja, das habe ich, nicht wahr? Und in welche Lage brachte mich das? Als es hart auf hart ging, hast du dich nicht für mich entschieden, sondern für deine Karriere.«

»Dare!« zischte Yar.

»Gib dich jetzt bloß nicht empört«, sagte Adin. »Nun zumindest kann man von dir erwarten, konsequent zu sein. Tasha Yar denkt immer in erster Linie an ihre berufliche Laufbahn. Dafür opfert sie sogar jemanden, den sie angeblich liebt.«

Die junge Frau wandte sich ab. »Du glaubst noch immer, ich hätte dich verraten.«

»Und du gehst nach wie vor von der Annahme aus, daß ich nicht von hinten auf dich schieße und auch darauf verzichte, dir ein Messer in den Rücken zu stoßen«, brummte Darryl, trat an Yar heran und schloß die Hände um ihren Nacken. »Man wirft mir vor, mich gegen Starfleet und die Föderation verschworen zu haben. Wie kannst du sicher sein, daß dir ein solcher Mann nicht einfach den Hals umdreht?«

Tasha kannte fünf oder sechs Methoden, um sich aus Dares Griff zu befreien, aber sie blieb ruhig stehen. Erinnerungen verdrängten ihre Verteidigungsreflexe. Sie entsann sich daran, was es ihr einst bedeutet hatte, von diesem Mann berührt zu werden, und sie nahm einen vertrauten Duft wahr, als er sich vorbeugte und ihrem Blick begegnete.

»Du weißt genau, daß ich bei der Gerichtsverhandlung nur die reine Wahrheit gesagt habe«, sagte Tasha leise.

Einige Sekunden später ließ Dare die Hände sinken und wich zur Seite. »Ja, ich glaube, du bist wirklich überzeugt«, murmelte er. »Und dadurch werde ich noch mehr zu einem Narren.«

»Ich meine es ernst«, fügte Yar hinzu und drehte den Kopf. Darryl stand kaum zwei Meter entfernt und kehrte ihr den Rücken zu.

Dies ist meine Chance, dachte Tasha. Trotzdem zögerte sie, befürchtete eine Falle. Bestimmt hätte Dare sie eingeholt, noch bevor sie die Tür erreichte.

Sie schob sich ein wenig näher an ihn heran, hoffte inständig, daß er sich nicht umdrehte, als sie die Statuette hervorholte und die Hand so darum schloß, daß sich nurmehr die stumpfe Seite zeigte. »Ich habe dich geliebt, aber gleichzeitig mußte ich eine höhere Verantwortung wahrnehmen. Du selbst hast oft betont, wie wichtig es sei, sich nicht von Gefühlen leiten zu lassen. Ich verschwendete keinen Gedanken an meinen beruflichen Erfolg, dachte nur an die Pflicht Starfleet gegenüber.«

Als sich Dare umwandte, stand Tasha so dicht vor ihm daß sich die Hand mit der kleinen Statue außerhalb seines Blickfeldes befand.

Tasha sah ihm direkt in die Augen, als sie fortfuhr: »Früher waren Darryl Adin und Starfleet Synonyme für mich. Als du zum Verräter wurdest ... Was hast du da von mir erwartet? Daß ich alle meine Prinzipien und Grundsätze über Bord werfe und mich dir anschließe? Oder daß ich wie eine romantisch-verklärte Operettenheldin vor Gram vergehen und aus Liebeskummer sterben würde?«

Bei den letzten Worten holte sie aus. Yars Fragen hatten Dare abgelenkt, und vielleicht rechnete er nicht mit einem solchen Angriff. Tasha fürchtete eine blitzschnelle Reaktion des Mannes, aber sie blieb aus.

Sie schlug zu, stark genug, um ihm das Bewußtsein zu rauben, aber nicht mit solcher Wucht, daß er eine ernsthafte Verletzung davontrug.

Noch bevor Dare zu Boden sank, wirbelte sie um die eigene Achse und stürmte fort.

Sie kehrte durch den Korridor in die Richtung zurück, aus der sie gekommen waren, nahm jedoch nicht die Treppe, die zum Balkon emporführte. Statt dessen hastete Tasha durch einen Flur, der sich bis zum rückwärtigen Bereich des Schlosses erstreckte. Die Schlucht vor dem Gebäude stellte ein unüberwindliches Hindernis dar, wenn man nicht die notwendige Bergsteigerausrüstung besaß.

Das Läuten von Alarmglocken blieb aus, und sie hörte auch nirgends Schritte.

Sie stellte ihr Glück nicht in Frage, lief an den Küchen vorbei, aus denen ein appetitanregender Duft in die Korridore wehte, rannte anschließend eine Rampe hoch, die sich in engen Kurven nach oben wand und offenbar dazu diente, schwere Proviantkarren nach unten zu rollen. Yar glaubte, auf dem richtigen Weg zu sein: Am Ende der Rampe mußte sich ein Zugang zum Schloß befinden.

Keuchend blieb sie vor einer dicken, auf der Innenseite verriegelten Doppeltür stehen. Tasha wünschte sich Datas Kraft, als sie an dem schweren Holm zerrte, ihn mit der Schulter aus der eisernen Verankerung hebelte. Vorsichtig öffnete sie einen Flügel, zwinkerte im hellen Sonnenschein und sah sich um.

Ihr Blick reichte über einen leeren Hof.

Noch immer kein Alarm. Verdammt, irgend etwas ging nicht mit rechten Dingen zu! Sie verstand ihren Job: Dare konnte höchstens dreißig Sekunden lang bewußtlos gewesen sein, und vielleicht folgte darauf eine Minute der Benommenheit. Inzwischen hätte längst die Suche nach ihr beginnen müssen.

Tasha spielte mit dem Gedanken, zurückzukehren und nachzusehen, wie es um Dare stand. Wenn er mit dem Kopf auf den Boden geprallt war ...

Nein. An erster Stelle kam ihre Pflicht. Starfleet hatte sie nicht nach Treva geschickt, um sich von Verbrechern gefangennehmen zu lassen! Vermutlich machte sich Data bereits Sorgen um sie, und vielleicht fahndeten Nalavias Streitkräfte nach ihr.

Yar verbarg sich in den Schatten, als sie über den Hof schlich. Der erste Eindruck täuschte nicht: Weit und breit war niemand zu sehen.

Sie schauderte unwillkürlich, als sich der Argwohn in ihr verdichtete.

Zögernd setzte sie einen Fuß vor den anderen, rechnete jeden Augenblick damit, daß irgendeine Falle zuschnappte, hoffte nur, daß ihr trotzdem die Flucht gelang.

Sie huschte von einem Nebengebäude zum anderen, bis sie eins erreichte, vor dem sie Radspuren im Boden sah. Stammten sie von einem Wagen? Oder deuteten sie auf einen Gleiter hin? Bestimmt löste sie Alarm aus, wenn sie versuchte, ein Fahrzeug zu stehlen; möglicherweise genügte es schon, die breite Tür zu öffnen. Ihr einziger Verbündeter hieß Schnelligkeit.

Das Schloß bereitete Tasha keine Probleme; jeder Starfleet-Kadett hätte es innerhalb weniger Sekunden knacken können. Sie sprang durch die Öffnung, blickte sich um und ...

... sah einen Bodenwagen, einen Gleiter – und das Shuttle, mit dem Data und sie Treva angeflogen hatten!

Wenn Dare einen Plan entwickelte, berücksichtigte er alle Einzelheiten. Seine Leute entführten nicht nur Yar, sondern nahmen auch gleich das Shuttle mit.

Tasha verdrängte diese Gedanken, entriegelte die Zugangsluke mit ihrem ID-Code und stieg ein. Licht flammte auf.

»Warum hast du so lange gebraucht, Tasha?«

Darryl Adin saß im Pilotensessel.

Yar verfluchte sich und war viel zu wütend, um eine Antwort zu geben. Stumm ließ sie sich auf den Copilotensitz sinken, drehte ihn herum und rang um ihre Fassung.

Das einst so freundliche Lächeln Darryls diente jetzt nur noch dazu, Ironie und Zynismus zum Ausdruck zu bringen. »Du kannst es nicht mehr mit mir aufnehmen, Tasha.«

»Was?«

»Du hast vergessen, wie es ist, wenn man sich auf niemanden verlassen darf, wenn überall Gefahren lauern und man ständig auf der Hut sein muß.«

»Dare ...«

»Du brauchst dich nicht zu entschuldigen.«

»So etwas liegt mir fern. Es ist meine Pflicht, von hier zu fliehen.«

»Ich weiß. Genau aus diesem Grund mußte ich dir zeigen, daß so etwas unmöglich ist.«

»Du hast alles gut vorbereitet, nicht wahr?« zischte Yar.

Dare neigte kurz den Kopf, faßte ihre Worte offenbar als Kompliment auf. »Ich muß zugeben, daß du mich überrascht hast — in diesem Augenblick hatte ich nicht mit einem Angriff gerechnet. Die Sache war für einen späteren Zeitpunkt vorgesehen. Niemand wußte von der Statue, die du genommen hast ... Glücklicherweise sind keine dauerhaften Schäden zurückgeblieben.« Wieder lächelte er humorlos. »Vielleicht bedauerst du das jetzt.«

»Wenn ich damals so dumm gewesen wäre zu versuchen, einen entflohenen Verbrecher allein dingfest zu machen, hättest du mir sicher einen Verweis erteilt«, erwiderte Yar.

Dare bekam keine Gelegenheit, darauf zu antworten. Ein leises Summen ertönte, und er berührte kurz das Paladinabzeichen an seiner Jacke. Tasha begriff, daß es sich um einen Insignienkommunikator handelte. Poets Stimme drang aus dem winzigen Lautsprecher. »Dare? Ist alles in Ordnung mir dir? Hast du sie gefunden?«

»Genau dort, wo ich sie erwartete. Es ist alles unter Kontrolle. Du kannst die Suche abblasen.«

Yar biß die Zähne zusammen. »Da du mich gerade zu einer Närrin gemacht hast — was sehen deine Pläne für mich vor?«

»Ich möchte, daß du dich ein wenig in Geduld faßt, die Wahrheit erfährst und sie Starfleet berichtest. Was sich übrigens mit dem Subraum-Funkgerät des Shuttles nicht bewerkstelligen läßt. Sdan hat den ganzen Morgen über versucht, Nalavias Störsignale herauszufiltern; wenn er das nicht schafft, ist niemand dazu in der Lage.«

»Ich brauche nur zu starten und mich weit genug vom

Planeten zu entfernen, um eine Nachricht zu senden«, sagte Tasha.

»Und anschließend setzt du den Flug fort«, brummte Darryl. »Wodurch du mich zwingst, unverrichteter Dinge von Treva zu verschwinden, bevor eine Starfleet-Sicherheitsgruppe eintrifft und mich schnappt. Nein, Tasha, das Shuttle ist und bleibt tabu für dich.«

»Du verlangst von mir, Data im Stich zu lassen.«

»Eine recht teure Maschine, aber nicht unersetzlich.«

Yar seufzte. »Wie ich dir schon sagte: Er ist keine Maschine, sondern ein Freund und Kollege, ebenso unentbehrlich wie jedes Mitglied einer Landegruppe. Und er läßt sich *nicht* ersetzen. Wenn wir jemals die technischen Mittel entwickeln, um Androiden wie Data zu schaffen, hat jedes Exemplar eine einzigartige Persönlichkeit, die auf individuellen Lebenserfahrungen basiert. In dieser Hinsicht unterscheidet er sich nicht von einem Menschen, Dare. Ganz im Gegenteil: Data ist sogar viel menschlicher als viele mir bekannte Leute aus Fleisch und Blut.«

Tasha sah sorgfältig kontrollierten Zorn in Adins Augen, als er erwiderte: »Vollorganische Wesen sind zu einigen Dingen imstande, die das Leistungsvermögen von Maschinen übersteigen.« Er beugte sich vor, griff nach Yars Oberarmen, zog sie heran und gab ihr einen Kuß.

Es war keine Geste der Zärtlichkeit, eher eine Demonstration von Macht. Tasha setzte sich nicht zur Wehr, blieb kühl und ohne jede Reaktion. Als Dare sie wieder losließ, wischte sie sich den Mund ab und sagte: »An deiner Stelle wäre ich da nicht so sicher.«

Er musterte sie erstaunt, zeigte dabei einen Gesichtsausdruck, den Yar auch von Data kannte. Dann formten Darryls Lippen ein höhnisches Grinsen. »Ich hätte es besser wissen sollen!« stieß er verächtlich hervor. »Vermutlich ist kein *Mann* mehr gut genug für dich.«

»Data würde sich niemals dazu hinreißen lassen, mich gegen meinen Willen zu küssen. Wenn ich mich recht entsinne, hat mich ein anderer Darryl Adin vor solchen Dingen geschützt.«

Dare erbleichte plötzlich. »Es ... es tut mir leid«, hauchte er. Für einige Sekunden verwandelte er sich in den Mann zurück, der er einmal gewesen war, und es bestürzte ihn, als er sich der eigenen Veränderungen bewußt wurde. Doch Adrian Dareau konnte sich keine solchen Schwächen leisten, setzte wieder die Maske des Söldners auf. »Trotzdem darf ich dir nicht erlauben, das Shuttle zu benutzen.«

»Warum begleitest du mich nicht? Um sicher zu sein, daß ich nach Treva zurückkehre.«

»Nein, ausgeschlossen. Wenn Nalavia unsere Absichten errät, würde sie wohl kaum zögern, ihre Abwehrwaffen gegen das kleine Raumschiff einzusetzen. Es wäre schon gefährlich genug, das Shuttle als einen Gleiter zu verwenden. In der Umlaufbahn genügten einige Raketen, um uns den Garaus zu machen.«

»Mag sein«, gab Yar zu. »Warum hast du mich nicht sofort darauf hingewiesen?«

»Es könnte möglich sein, mit einem Alarmstart zu entkommen, doch im Orbit wärst du ein viel zu deutliches Ziel.«

»Wie soll ich dann eine Nachricht senden? Wenn Data und ich *keinen* Bericht erstatten, veranlaßt Starfleet in wenigen Tagen eine Untersuchung. Dann kommt ein zweites Shuttle, vielleicht sogar ein großes Einsatzschiff. Andererseits: Wenn Captain Picard sicher ist, daß wir hier gut zurechtkommen, verzichtet er bestimmt darauf, die Kavallerie zu schicken.«

»Also geht es in erster Linie darum, Zeit zu gewinnen.« Dare nickte langsam. »Ganz gleich, was auch geschieht: Irgendwann landet ein Erkundungsteam auf Treva. Ich kann nur hoffen, daß ich bis dahin meinen Auftrag erledigt und mich abgesetzt habe. Na schön, Tasha. Wenn du imstande bist, die Koordinaten der *Enterprise* festzustellen und dabei die Zeitverzögerung zu berücksichtigen, senden wir die Botschaft auf Frequenzen, die üblicherweise nicht von Starfleet benutzt werden. Nalavias Kommunikationskanäle sind offen.«

»Es ist eine sehr komplizierte Berechnung«, sagte Yar. »Wir sollten sie Data überlassen.«

»Wende dich an Sdan.«

»Ich soll ihm geheime Informationen über die Route eines Raumschiffs anvertrauen? Ich bitte dich, Dare!«

Er lächelte. »Ich bin gut — aber *so* gut nun auch wieder nicht. Selbst der Silberne Paladin ist nicht in der Lage, ein Schiff der Galaxis-Klasse zu übernehmen. Immerhin gehören nur neun Personen zu meiner Gruppe, und uns stehen vier kleine Kreuzer zur Verfügung, die selbst an einem guten Tag kaum mehr schaffen als Warp drei Komma sieben.«

Aber es könnte dir gelingen, die Kampfbrücke unter Kontrolle zu bringen und anschließend das Diskussegment abzukoppeln, dachte Tasha — obwohl sie bezweifelte, daß Dare etwas so Tollkühnes in Erwägung zog. Anschließend mußte er damit rechnen, von allen Schiffen Starfleets verfolgt zu werden. Außerdem: Wenn seine Angaben stimmten ... »Neun Personen? Größer ist deine Gruppe nicht?« Aufgrund der vielen Gerüchte über Adrian Dareaus Leistungen hatte sie angenommen, er befehlige eine Streitmacht aus mehreren hundert Söldnern.

»Wenn die lokale Bevölkerung keine Bereitschaft zeigt, selbst für ihre Freiheit zu kämpfen, lehne ich den Auftrag ab«, erklärte Dare. »Ich biete nur Planung, Logistik, Sachverstand und moderne Technologie an.«

»Hat außer dir noch jemand eine Starfleet-Ausbildung hinter sich?«

»Ja, Barb — aber sie verließ die Akademie nach zwei Jahren, weil sie eine Kämpferin ist, keine Studentin. Sie hat mich ins Geschäft gebracht, war zufällig in einer Bar auf Nornius Beta, als mich zwei Typen aufs Korn nahmen und glaubten, leichtes Spiel mit mir zu haben. Ich wickelte sie um die Lampenstangen, und daraufhin bat mich Barb, ihr bei der Rettung eines Entführungsopfers zu helfen. Ich hatte nichts Besseres zu tun ... Den Rest kennst du.«

»Dare, bisher habe ich praktisch nur Gutes über den Silbernen Paladin gehört. Wenn mir bekannt gewesen wäre, daß du dich hinter dieser Bezeichnung verbirgst, hätte ich mich eingehender mit ihm beschäftigt ...«

»Um ihn festzunehmen?«

»Ich bin Starfleet-Offizier, kein Kopfgeldjäger. Es liegt mir nichts daran, flüchtige Verbrecher zu verfolgen.« Tasha sah Darryl direkt in die Augen. »Wenn Sdan die aktuellen Koordinaten der *Enterprise* bestimmen kann – würdest du mir dann erlauben, Captain Picard eine Nachricht zu schicken?«

»Ja. Vorausgesetzt, du überläßt es mir, den Wortlaut der Botschaft zu bestimmen.«

»Du fürchtest erneut, von mir verraten zu werden.«

»Wenn du eine Gelegenheit dazu bekommst, wäre es deine Pflicht, Picard auf mich hinzuweisen.«

Er kennt mich zu gut, dachte Tasha. *Vielleicht sogar besser als damals.* »In Ordnung. Ich gebe dir den Flugplan. Du warst lange genug in Starfleet, um zu wissen, daß ein Raumschiff nur selten länger als einige Tage dem angegebenen Kurs folgt. Vielleicht erreicht unsere Meldung nie ihr Ziel.«

»Du mußt es trotzdem versuchen«, sagte Darryl. »In Ordnung. Du bekommst meine Erlaubnis – unter zwei Bedingungen.«

»Erstens: Ich erwähne dich nicht«, warf Yar ein. »Und zweitens?«

»Versprich mir, daß du nicht erneut zu fliehen versuchst.«

»Dare ...«

»Nalavia kann den Androiden nicht viel länger hinhalten. Sobald er weiß, daß du verschwunden bist, beginnt er mit der Suche nach dir. Und wenn er hierherkommt ...«

»Er *wird* hierherkommen.«

»... halten wir ihn nicht auf.«

»Du hoffst auf eine zweite Geisel«, überlegte Tasha laut. »Aber Data läßt sich nicht so leicht schnappen. Er verfügt über interne Sensoren — es dürfte also kaum genügen, ihm den Tricorder wegzunehmen.«

»Das sind nützliche Informationen«, stellte Dare fest. »Danke. Und jetzt ... Gib mir dein Ehrenwort. Ich versichere dir, Tasha: Wenn wir dich nicht davon überzeugen können, daß Nalavia eine Tyrannin ist und Rikan nur das Wohl Trevas im Sinn hat, lassen wir dich gehen.«

»Starfleet hat keine Möglichkeit zu entscheiden, wer das Recht auf Treva repräsentiert. Die Erste Direktive ...«

»... spielt keine Rolle mehr, seit Nalavia um Hilfe bat. Starfleet kann sich jedoch weigern, die gegenwärtige Präsidentin zu unterstützen.«

»Und in dem Fall würde sich Rikan früher oder später durchsetzen. Immerhin stehst du ihm zur Seite.«

»Ja«, bestätigte Dare, und diesmal klang seine Stimme weder spöttisch noch zynisch. »Rikan ist alt, aber er verkörpert die Zukunft dieses Planeten. Vielleicht habe ich wirklich kein Recht, Trevas Innenpolitik mit meinen Maßstäben zu beurteilen, aber denk daran: Nalavia verlangt von Starfleet, aktiv in die hiesige Entwicklung einzugreifen, und in diesem Zusammenhang verwendet sie dich als eine Art Instrument. Bitte bleib lange genug hier, um Rikans Absichten mit denen der sogenannten Präsidentin zu vergleichen.«

Dare schien es ehrlich zu meinen, und Tasha vergaß fast die Verbrechen, die man ihm zur Last legte. Als seine Gefangene konnte sie ihn nicht verhaften. Wenn sie floh, leugnete sie die Pflicht, ihn unter Arrest zu stellen. Andererseits: Je länger sie bei ihm blieb, desto größer wurde die Wahrscheinlichkeit, daß sie ihn irgendwann festnehmen mußte.

Diese Vorstellung bereitete ihr zunehmendes Unbehagen. Wenn sie einen Blick hinter die Maske des Söldners warf, die Darryl Adin nun trug, erkannte sie jenen Mann, den sie einst geliebt hatte — und dann wuchs ihre Furcht vor der Pflicht, die auf sie wartete.

Wenn sie ihm ihr Wort gab, blieb ihr gar nichts anderes übrig, als sich daran zu halten. Wenn nicht, zwang sie ihn dazu, sie erneut einzusperren. Er war bereit, ihr die Möglichkeit zu geben, sich mit einer Nachricht an die *Enterprise* zu wenden, und ihre Verantwortung ...

»Ich verspreche dir, keinen neuerlichen Fluchtversuch zu unternehmen«, sagte Tasha und verdrängte den Kummer in einen entfernten Winkel ihres Selbst.

Dare lächelte — ein sanftes, zufriedenes, sogar erfreutes Lächeln, das seine Züge glättete und die frühere Attraktivität zurückbrachte. Er holte Yars Insignienkommunikator hervor. »Die Starfleet-Frequenzen sind nach wie vor gestört, aber wenn du dich entscheidest, mit uns zusammenzuarbeiten, justieren wir das Gerät auf unsere Kom-Kanäle. Ich schlage vor, wir gehen jetzt zu Sdan und geben ihm alle notwendigen Daten, damit er die Position der *Enterprise* berechnen kann.«

Sdan befand sich im Strategiezimmer, und als er einen der Schränke öffnete, kam ein Computer zum Vorschein, der weitaus leistungsfähiger und moderner war als die Anlage in Nalavias Palast. Er wies weder Tasten noch Schalter auf, reagierte auf Berührungen und Stimmen.

Der Vulkanoide mochte von sich behaupten, kein Gelehrter zu sein, aber er kannte sich bestens mit der komplexen Raum-Zeit-Mathematik aus, analysierte den Kurs und verglich ihn mit der Übertragungsgeschwindigkeit der Subraum-Signale. Routinemäßig überwachte die *Enterprise* alle Starfleet-Frequenzen, und der Bordcomputer ignorierte die anderen Kom-Kanäle, solange er nicht auf ein ungewöhnliches Muster stieß, zum Beispiel auf eine gebündelte Signalfolge.

Dare überließ Sdan seinen Berechnungen und machte Yar mit den Einrichtungen des Strategiezimmers vertraut. Der Raum war mit elektronischen Komponenten geradezu vollgestopft, und zu den technischen Wunderwerken gehörte auch ein grafisches Display, das sowohl alle Bereiche des Anwesens als auch die Personen zeigte, die sich im Schloß befanden. »Du konntest mich die ganze Zeit über beobachten, ohne dieses Zimmer zu verlassen.«

»Das stimmt nur zum Teil«, erwiderte Dare. »Sdan behielt die Schirme im Auge, während Barb dir folgte und Poet die Schlucht kontrollierte. Ich nahm den kürzesten Weg zum Shuttle — von dem du nichts wußtest.« Er deutete auf die schematische Karte: Vom oberen Geschoß aus führte ein kleinerer Korridor direkt zum Hof. Tasha erinnerte sich an ihre Fluchtroute, die an den Küchen vorbeiführte und fast doppelt so lang zu sein schien. Kein Wunder, daß Dare im Shuttle gesessen hatte, obwohl er rund eine Minute nach ihr aufgebrochen war.

Plötzlich fiel ihr etwas ein. »Himmel, habe ich dich verletzt?«

»Nein. Ich nehme an, das wolltest du vermeiden, nicht wahr? Nun, ganz offensichtlich weißt du, wie man zuschlagen muß, ohne ernste Wunden zu verursachen. Ich verlor das Bewußtsein, aber Sdan brachte mich wieder auf die Beine, und dadurch konnte ich das Shuttle eher erreichen.«

»Hast du ein Aufputschmittel genommen? Nach einem Schlag an den Kopf? Dare ...«

»Nein, nur eine schmerzstillende Arznei. Mach dir keine Sorgen, Tasha. In meinem Beruf gewöhnt man sich an so etwas.«

Zusammen mit Rikan nahmen sie ein frühes Mittagessen ein, und anschließend brachte Aurora Yar ins Strategiezimmer zurück. Sie zeigte ihr dort Nalavias Aktivitäten, die Stellungen ihrer Streitkräfte, informierte sie auch über Bewaffnung und Aufmarschpläne der Armee.

Sdan saß wieder an seiner Konsole, veränderte Wahrscheinlichkeitsrechnungen und fluchte leise, als sie nicht zu den erhofften Ergebnissen führten.

Die beiden Frauen arbeiteten an einem der größeren Bildschirme. Tasha beobachtete Aurora fasziniert, bewunderte ihr Geschick und versuchte zu vergessen, daß sie offenbar ihren Platz an Dares Seite eingenommen hatte. *Es ist nicht mehr mein Platz,* dachte sie. *Ich habe ihn vor einigen Jahren aufgegeben.* Sie stellte sich die strategischen Planungen als ein Spiel ganz besonderer Art vor und regte bestimmte Positionen für die Truppen an, die Rikan zusammenstellen konnte. Das Ziel bestand in der Übernahme von Nalavias Palast.

»Wir müssen die Dame schlagen, um zu gewinnen«, sagte Aurora.

»Ja«, bestätigte Yar. »Nalavia scheint alle Macht für sich zu beanspruchen. Dadurch wird sie zu einer besonders gefährlichen Tyrannin — und gibt sich gleichzeitig eine Blöße.«

»Sie haben recht«, antwortete Aurora. »Das Volk hat kein unmittelbares Interesse an ihrer Herrschaft, nur an den Dingen, die es mit der Präsidentin assoziiert. Mit dem Gesetzgebenden Rat sieht es ein wenig anders aus.«

»Ihm gehören die Personen an, die alle wichtigen Entscheidungen treffen.« Tasha nickte langsam. »Es ist eine uralte Taktik, aber sie funktioniert immer wieder. Die Abgeordneten stimmen so ab, wie es Nalavia von ihnen verlangt, und als Gegenleistung bekommen sie Reichtum und Privilegien.«

»Solche Leute fühlen sich niemandem verpflichtet«, fügte Aurora hinzu. »Wir haben uns überlegt, den Rat irgendwie zu infiltrieren, Mißtrauen gegenüber der gegenwärtigen Präsidentin zu wecken oder einigen Abgeordneten einzureden, sie könnten selbst Anspruch auf Nalavias Amt erheben.«

»Keine schlechte Idee«, kommentierte Yar. »Aber wie sollte ein solcher Plan in die Tat umgesetzt werden?«

»In dieser Hinsicht stellt uns eine geschlossene Gesellschaft vor nicht unbeträchtliche Probleme. Ich habe mich zunächst als vermögende freie Händlerin ausgegeben und versucht, mit einigen einflußreichen Trevanern anzubändeln. Unglücklicherweise kennt sich Nalavia in der Verführungskunst noch weitaus besser aus als ich. Sie erließ sofort einige neue Bestimmungen, die es mir unmöglich machten, auf diesem Planeten nennenswerte Gewinne zu erzielen. Und damit kein Zweifel an meiner Tarnidentität aufkam, mußte ich ins All zurückkehren.«

Yar runzelte die Stirn. »Dare ließ ohne weiteres zu, daß Sie ...«

»Oh, es war nicht sehr gefährlich. Leider weigert er sich, ein Mittel einzusetzen, mit dem sich bestimmt ein Erfolg erzielen ließe.«

»Was meinen Sie damit?« fragte Tasha.

»Er hätte es selbst versuchen sollen. Er kann unglaublich sexy sein, wenn er ...« Aurora unterbrach sich. »Nun, das wissen Sie natürlich«, fuhr sie nach kurzem Zögern fort. »Er ist nicht bereit, diese Fähigkeiten zu nutzen – obwohl er sich sonst immer so zynisch gibt.«

»Aurora«, sagte Yar langsam, »haben Sie ihm etwa vorgeschlagen, er ...«

»Ja. Ich regte an, er solle heimlich auf Treva landen, Nalavia und die beiden mächtigsten Frauen im Gesetzgebenden Rat um den Finger wickeln und anschließend die ganze Sache auffliegen lassen – aus sicherer Entfernung. Die Präsidentin hat ein ziemlich aufbrausendes Temperament, und ihr verletzter weiblicher Stolz hätte hier für enormen Wirbel gesorgt. Teile und herrsche – was die Betten von Nalavias Verbündeten betrifft. Und in diesem Zusammenhang müßte es heißen: Wenn drei sich streiten, freut sich der vierte. Wir hätten die Tyrannin auf diese Weise der Lächerlichkeit preisgeben können, aber Dare ... Nun, Sie kennen ihn ja.«

Stimmt das? Kenne ich ihn wirklich? Yar starrte Aurora groß an. »Ich verstehe das nicht. Wie konnten Sie einen solchen Vorschlag machen, obwohl Sie und Dare ...«

»Dare und ich?« Aurora lachte. »O nein, Tasha. Der launische, grüblerische Typ reizt mich nicht! Ich mag Dare als Freund und Kameraden, aber seine Vorstellungen von romantischer Liebe sind viel zu ernst für mich. Vielleicht entscheide ich mich eines Tages für Poet — er versteht es wenigstens, mich zum Lachen zu bringen.«

»Oh«, murmelte Yar und versuchte, sich ihre Überraschung nicht anmerken zu lassen. Wenn sie an den damaligen Darryl Adin dachte, verbanden sich ihre Erinnerungen mit Freude, Glück und ständiger Heiterkeit.

Schließlich wandte sich Sdan an sie. »Falls die *Enterprise* weiterhin dem Kurs folgt, den Sie uns nannten, müßte sie eine Nachricht von uns empfangen können, wenn wir sie in genau siebenunddreißig Minuten senden. Ihr Ziel ist Brentis IV, nicht wahr? Wie lange bleibt sie in der Umlaufbahn des Planeten?«

»Mindestens einen Tag.«

»Dann schlage ich vor, wir zeichnen die Botschaft auf und senden sie in Abständen von jeweils zwei Stunden.«

»Nalavia hört bestimmt mit«, sagte Aurora.

»Ohne meinen Tricorder kann ich die Mitteilung nicht verschlüsseln«, gab Yar zu bedenken.

»Spielt keine Rolle«, brummte Sdan. »Ob die Nachricht codiert ist oder nicht: Subraumsignale, die von diesem Ort ausgehen, weisen deutlich genug auf Ihre Anwesenheit hin.«

»Trotzdem: Wenn es mir gelingt, den Bericht irgendwie zu chiffrieren, hat Nalavia keine Ahnung, worum es darin geht.« Tasha dachte einige Sekunden lang nach und glaubte, eine Möglichkeit gefunden zu haben. »Sdan, sind Sie in der Lage, die Nachricht in einen Binärcode zu übertragen?«

»Nun, sicher. Aber er ließe sich selbst mit Hilfe eines primitiven Computers entschlüsseln.«

»Vorausgesetzt, man weiß, worum es sich handelt. Ich bin sicher, daß Captain Picard und Commander Riker eine solche Verschlüsselungsmethode sofort erkennen; sie hatten kürzlich Gelegenheit, sich den Klang solcher Signale einzuprägen.«

»In Ordnung«, sagte Sdan. »Vielleicht schlagen wir Na

lavia damit wirklich ein Schnippchen. Wollen wir hoffen, daß ihre Codierexperten eine Weile brauchen, um das Rätsel zu lösen.«

Tasha formulierte ihre Nachricht:

»Auf Treva eingetroffen. Nalavias Angaben unzuverlässig. Die üblichen Subraumfrequenzen sind blockiert. Situationsbewertung noch nicht abgeschlossen. Weitere Berichte folgen. Yar.«

»Wollen Sie nicht um Hilfe bitten?« fragte Aurora.

»Starfleet-Offiziere fordern nur dann den Einsatz eines Raumschiffes an, wenn ihnen keine andere Wahl bleibt«, entgegnete Tasha. »Wahrscheinlich sind Data und ich imstande, hier alles zu regeln und anschließend wie geplant zur *Enterprise* zurückzukehren.«

»Mit dieser Einstellung beweisen Sie einen bemerkenswerten Optimismus«, kommentierte Aurora. Aber Yar sah das Verständnis in ihren Augen und begriff, daß sie selbst tief in ihrem Innern hoffte, auf Dares Verhaftung verzichten zu können. Sie wußte, daß sie damit ihre Pflicht leugnete, und diese Erkenntnis erfüllte sie mit einer eigentümlichen Mischung aus Scham und Ärger.

Vor dem Abendessen begab sich Aurora in ihr Quartier und lieh Tasha einige Sachen aus ihrer Garderobe. Sie hatte sich die Angewohnheit der Männer zu eigen gemacht und bevorzugte weite Kleidung. Sie war größer als Yar, und deshalb boten die Blusen, Hosen und Gewänder mehr als genug Platz. Nachdem sie den Stoff hier und dort ein wenig raffte und auch einen Gürtel hinzufügte, wirkte Tasha nicht mehr wie ein Kind im Kleid seiner Mutter. Ein Blick in den Spiegel bestätigte ihre erstaunliche Metamorphose: Aus dem strengen Sicherheitsoffizier Starfleets wurde eine verblüffend weibliche Tasha Yar.

Doch als sie mit ihrem geborgten goldenen Gewand den Speisesaal betrat und die Anerkennung in Dares Zügen sah, entstand eine gefährliche Wärme in ihr. *Ich darf meine Objektivität nicht von Gefühlen beeinträchtigen lassen,* erinnerte sie sich. *Ich bin nach wie vor Darryl Adins Gefangene, obwohl ich ihm versprochen habe, keinen Fluchtversuch zu unternehmen.*

Das Essen schmeckte ausgezeichnet, und die Gespräche erwiesen sich als sehr interessant. Nach der Mahlzeit zogen sich Dare, Yar und Rikan in einen Salon zurück.

Unmittelbar darauf heulte der Alarm.

Darryl schaltete seinen Insignienkommunikator ein. »Was ist geschehen?«

»Ein Gleiter nähert sich und sendet nicht das vereinbarte Signal«, erklang Barbs scharfe Stimme. »Der Pilot durchdrang die äußeren Verteidigungsschranken, ohne daß die Sensoren reagierten.«

»Data«, sagte Tasha sofort. »Ich bin ganz sicher.«

Dare lächelte hintergründig. »Es ist der Androide«, antwortete er. »Desaktiviere alle Überwachungsvorrichtungen und geh nach dem Plan vor, den wir heute nachmittag besprochen haben.«

»In Ordnung.«

»Was hast du vor?« fragte Yar, als Dare ins Kaminfeuer starrte. Er wirkte völlig ruhig und gelassen.

»Dein Androide verläßt sich auf elektronische Spielzeuge. Also empfangen wir ihn mit einer Überraschung, die nichts mit moderner Technik zu tun hat.«

Es blieb Tasha keine andere Wahl, als sich zu gedulden. Sie wußte, daß Data nicht mit physischen Fallen rechnete. Reichten Körperkraft und Reaktionsschnelligkeit des Androiden aus, um ihn zu schützen?

Wie sich kurze Zeit später herausstellte, verstanden Dares Leute ihr Handwerk zu gut: Nach einer halben Stunde führten sie Data ins Zimmer. Yar versuchte, die allgemeine Anspannung zu lindern, indem sie ihrem Kollegen die Anwesenden vorstellte, aber Data bewies eine geradezu absurde Naivität, indem er vortrat und versuchte, Darryl Adin zu verhaften.

Tasha beobachtete erst den recht mitgenommen aussehenden Androiden, richtete ihren Blick dann auf Dares schattenhafte Gestalt. Es brannten nur wenige Lampen in dem großen Zimmer, und das meiste Licht stammte von den im Kamin flackernden Flammen. Data hatte sich Lehm ins Gesicht geschmiert, aber trotzdem fielen die blassen Wangen auf. Yar bemerkte die Verwirrung in seinen Zügen.

Sie mußte sich umdrehen, um Darryl anzusehen, und zuerst hörte sie ein leises, krampfartiges Schnaufen von ihm. Als sie ihre Aufmerksamkeit auf seine Silhouette fixierte, konnte er sich nicht länger zurückhalten und lachte schallend – es klang fast befreiend. Es dauerte eine Weile, bis er sich wieder unter Kontrolle brachte. Dare trat auf den Androiden zu, ging neugierig um ihn herum und musterte ihn von Kopf bis Fuß.

Rikan tastete nach der Armlehne seines Sessels, und daraufhin wurde es heller im Zimmer.

Tasha widerstand der Versuchung, an Datas Seite zu springen und ihm ihre Hilfe anzubieten – es herrschte bereits große Spannung im Zimmer. Data war daran gewöhnt, von Leuten, die ihn nicht kannten, als ein interessantes *Ding* behandelt zu werden, und deshalb blieb er ruhig stehen, während Dares Blick auf ihm ruhte. Sdan, Barb und zwei von Rikans Männern hielten weiterhin ihre Waffen auf ihn gerichtet, doch er beachtete sie überhaupt nicht.

Darryl blieb vor dem Androiden stehen und starrte ihm ins Gesicht. Data erwiderte seinen Blick, nahm sich ein Beispiel an Yar und wartete. Tasha wunderte sich, daß sie so ruhig blieb. Vielleicht lag es an den vielen Aufregungen des vergangenen Tages; möglicherweise hatte sich ihr Vorrat an Adrenalin erschöpft.

»War das Mut oder einfach nur programmiertes Handeln?« fragte Dare schließlich. Seine Worte galten jedoch nicht Data, sondern Yar.

»Tollkühnheit«, erwiderte sie. »So etwas fällt eigentlich in meinen Zuständigkeitsbereich, Data. Wie oft muß ich Sie noch daran erinnern, daß Sie nicht unzerstörbar sind?« »Nicht *unbesiegbar*«, antwortete der Androide und schien wirklich zerknirscht zu sein. »Ich bin gekommen, um Sie zu retten, aber wie Sie selbst sehen ...« Er neigte den Kopf zur Seite – sein Äquivalent eines Schulterzukkens – und lächelte verlegen.

Dare blinzelte überrascht. »Du ... Sie *sind* mehr als nur eine Maschine.«

»Ja, Sir. Ein beträchtlicher Teil meines Körpers ist organischer Natur.«

»Nein, das meine ich nicht. Tasha, du hast mir gesagt, dein Kollege besitze eine individuelle Persönlichkeit. Ich habe allerdings nicht erwartet, daß er auch einen Sinn für Humor hat.«

Yar sah, wie sich Datas Pupillen weiteten. Dare konnte nicht ahnen, was eine solche Bemerkung – sie stammte noch dazu von einem Fremden! – für den Androiden bedeutete.

Darryl wandte sich erneut dem Gefangenen zu. »Wenn Sie mir Ihr Wort als Starfleet-Offizier geben, daß Sie nicht fliehen und auch darauf verzichten, mich ... festzunehmen, schicke ich die Bewaffneten fort. Meine Leute haben Besseres zu tun, als Sie die ganze Nacht über zu bewachen.«

»Tasha?« fragte Data.

»Ich habe ihm versprochen, im Schloß zu bleiben – bis ich die Lage auf Treva besser beurteilen kann. Wir kennen Nalavias Perspektive und konnten auch Informationen aus erster Hand sammeln, aber unser Bild ist noch unvollständig. Wir sollten auch Rikans Standpunkt kennenlernen, bevor wir irgendwelche Entscheidungen treffen.«

»Nun gut«, sagte Data und sah Adin an. »Unter diesen Bedingungen bin ich bereit, Ihnen mein Wort zu geben. Ich werde nicht fliehen, solange wir noch Ermittlungen anstellen.«

Er ließ eine mögliche Verhaftung Darryls unerwähnt und mußte natürlich rechnen, daß seine Zuhörer davon Kenntnis nahmen. Tasha beschloß, den Androiden später darauf hinzuweisen, daß sie sich in diesem Punkt ebenfalls an kein Versprechen gebunden fühlte.

Wie dumm von Data, sich auf den nach wie vor gültigen Haftbefehl gegen Dare zu berufen, während ihn vier Waffen bedrohten.

Dumm?

Nein. Vermutlich ging es dem Androiden dabei um Rikan. Der Kriegsherr wußte nun, wen er um Hilfe im Kampf gegen Nalavia gebeten hatte. Andererseits: Treva befand sich am Rand des stellaren Territoriums der Föderation, und in diesen Quadranten genoß der Silberne Paladin einen ausgezeichneten Ruf. Spielte es für jemanden wie Rikan eine Rolle, welche Vorwürfe Starfleet gegen Darryl Adin erhob? Ihm kam es in erster Linie darauf an, die Herrschaft einer gnadenlosen Tyrannin zu brechen und seine Heimat zu befreien, und als Adrian Dareau hatte Dare bewiesen, wozu er fähig war.

Dennoch: Ganz offensichtlich hielt es Data für angebracht, daß Rikan von den Taten erfuhr, die man Darryl zur Last legte. Eine solche Verhaltensweise erforderte zumindest gewisses Vertrauen, was darauf hindeutete, daß Data irgendwelche wichtigen Erkenntnisse gewonnen hatte. Eine höchst interessante Schlußfolgerung ...

»Na schön«, sagte Dare. »Ich gebe mich damit zufrieden und akzeptiere Ihre Bedingungen. Möchten Sie sich zu uns setzen? Oder wäre es Ihnen lieber, zuerst die Kleidung zu wechseln?«

Im helleren Licht wirkte der Androide noch weitaus verheerender: Gesicht und Uniform völlig verdreckt, Holzsplitter und Blätter im Haar. Yar versuchte sich vorzustellen, welchen Weg er genommen hatte, um das Schloß zu erreichen.

Data sah an sich herab, betrachtete dann die sauber glänzenden Möbel. »Ich glaube, ich sollte mich umziehen. Und anschließend ... Es gibt eine Menge zu erzählen.«

»Geben Sie diesem Mann eine Unterkunft, Trell«, wies Rikan einen seiner Bediensteten an. »Und statten Sie ihn mit allen Dingen aus, die er braucht.« Und an Datas Adresse gerichtet: »Bitte kommen Sie so schnell wie möglich zurück. Wir gehen gerade unsere bisherigen Informationen durch und überlegen, wie wir beweisen können, daß Nalavia Ihnen nicht die Wahrheit sagte.«

»Das wissen wir bereits«, erwiderte der Androide. »Wir müssen einige sehr wichtige Angelegenheiten besprechen, Tasha. Ich beeile mich.«

Yar blieb auf dem Sofa sitzen, und ohne ihre Uniform fühlte sie sich plötzlich nackt. Data hatte die ganze Zeit über seine Pflicht wahrgenommen, während sie ...

Warum sollte sie sich schuldig fühlen? Eigentlich war es überhaupt nicht nötig, sich irgendwelche Vorwürfe zu machen: Sie hatte eine Nachricht an die *Enterprise* geschickt – und sich in eine Position gebracht, die es ihnen erlaubte, mehr über Rikans Pläne zu erfahren. Keine schlechte Arbeit für einen Tag.

Kurz darauf trat Data ein. Er trug seine eigenen – gereinigten – Stiefel, eine etwas zu weite Hose und ein bequemes Hemd, an der Taille mit einem Gürtel zusammengebunden. Er erweckte ganz den Anschein, als sei er wieder in eine andere Rolle geschlüpft: Es fehlten nur Halstuch, Augenklappe und ein goldener Ohrring.

Glücklicherweise gehörte Telepathie nicht zu Datas programmierten Fähigkeiten. Er setzte sich und nahm ein Glas Wein von Rikan entgegen, der den Androiden sofort als vollwertige Person akzeptierte. Der Kriegsherr zeigte damit echtes *Noblesse oblige*, setzte eine Tradition fort, die auf vielen anderen Welten der Galaxis in Vergessenheit geraten war.

Data konnte ebensowenig über seinen Schatten springen wie Rikan. Er nippte an dem Wein und gab sofort einen Kommentar ab. »Ein ausgezeichneter Jahrgang, in Holzfässern gelagert und ...«

»Data!« unterbrach ihn Yar. »Sie wiesen eben darauf hin, daß Sie wichtige Informationen für uns haben.«

»Ja«, bestätigte er und stellte das Glas ab.

Bevor er mit seinem Bericht beginnen konnte, warf Rikan ein: »Einen Augenblick, Mr. Data. Leider weiß ich nicht, was Sie benötigen. Möchten Sie etwas essen? Brauchen Sie bestimmte Nährstoffe?«

»Nein, vielen Dank, Sir. Ich habe heute bereits genug Kalorien aufgenommen. Und Lieutenant Yar hat recht: Ich sollte jetzt meine Erkenntnisse mit Ihnen teilen.« Er runzelte die Stirn. »Können wir hier offen sprechen, Tasha?«

»Diese Leute wollen Nalavias Macht brechen, aber sie behaupten, nicht für die Terroristenanschläge verantwortlich zu sein.«

»Das kann ich bestätigen«, sagte der Androide. »Ich habe alle Daten aus Nalavias Computer kopiert, auch die militärischen Dateien. Die Angriffe wurden von Angehörigen ihrer Streitkräfte durchgeführt und dienten dazu, Rikan in Mißkredit zu bringen.«

Dare riß die Augen auf – und einige Sekunden später lächelte er. »Mr. Data, wir haben uns unter recht unglücklichen Umständen kennengelernt, aber ich bin sicher, daß wir schon bald gute Freunde werden. Was haben Sie sonst noch herausgefunden?«

»Eine ganze Menge. Einen Punkt halte ich angesichts der aktuellen Umstände für besonders bedeutungsvoll: Nalavia bezeichnete Lieutenant Yar und mich nicht etwa als Gäste, sondern benutzte den Ausdruck ›Geiseln‹. Sie reagierte ziemlich nervös auf Tashas Verschwinden, und inzwischen dürfte sie wissen, daß auch ich nicht mehr in ihrem Palast bin.«

»Geiseln«, murmelte Yar. »Jetzt verstehe ich ihren Plan: Sie wollte uns dazu bringen, Starfleet gegenüber als ihre Fürsprecher zu fungieren – oder uns bedrohen, um auf diese Weise ihren Forderungen Nachdruck zu verleihen.«

»Womit sie sicher keinen Erfolg erzielt hätte«, sagte Data.

»Aber das weiß sie nicht«, meinte Dare. »Aus trevanischer Sicht ist die Föderation weit entfernt und stellt kaum eine Gefahr dar.«

Zwischendurch: [redacted] „Brauchen Sie bestimmte Nährstoffe?“ Rikan ist schon sehr sachlich... [redacted] Aber vielleicht kann er sich auch gar nicht vorstellen, daß eine kleine Mahlzeit für zwischendurch Lust bereiten kann. Wir empfinden menschlicher, denn wir kennen den Appetit auf etwas Warmes – beispielsweise auf etwas wie die... [redacted]

»In der Tat«, erwiderte Data mit einer Mischung aus Skepsis und Neugier. »Halten Sie auch Nalavia für ungefährlich?«

»Nein«, antwortete Darryl sofort.

»Sie hat enorm viel geleistet«, sagte Rikan. »Das muß man ihr zugestehen. Aber ihre hauptsächlichen Bemühungen laufen darauf hinaus, ihre eigene Macht abzusichern. Das Volk von Treva kommt erst an zweiter Stelle.«

»Wie sichert sie ihre Herrschaft?« erkundigte sich der Androide.

»Sie sät Gleichgültigkeit und Apathie«, entgegnete Rikan. »Es ist mir ein Rätsel, wie sie das anstellt. Zumindest *einigen* Leuten müßte klarwerden, welche Absichten Nalavia verfolgt. Doch der Widerstand beschränkt sich nur aufs Land, spart die Städte aus.«

»Ich nehme an, das Trinkwasser der bäuerlichen Bevölkerung wird nicht mit chemischen Substanzen angereichert, oder?«

»Nein. Es stammt zum größten Teil aus natürlichen Quellen oder Brunnen.« Der Kriegsherr musterte Data. »Vermuten Sie, daß Nalavia die städtische Wasserversorgung benutzt, um Drogen zu verteilen?«

»Es ist keine Vermutung, sondern eine Tatsache.«

Dünne Furchen bildeten sich in Dares Stirn. »Die dortigen Bürger verhalten sich eigentlich ganz normal. Sicher, in ihrer Freizeit verwenden sie Rauschmittel, doch nichts deutet auf eine Verringerung der Produktion oder häufigere Arbeitsunfälle hin. Und bei einer Drogenabhängigkeit, die weite Teile der Bevölkerung betrifft, müßten sich zwangsläufig solche Folgen ergeben.«

»Sie gehen von falschen Vorstellungen aus«, sagte Data. »Nalavia setzt eine Substanz ein, die das Bewußtsein für hypnotische Suggestionen öffnet. Mit Hilfe der Videosendungen werden die betreffenden Trevaner ... programmiert. Darüber hinaus unterdrückt die Chemikalie negative Emotionen, läßt das geistige und körperliche Leistungsvermögen jedoch völlig unbeeinträchtigt. Tatsächlich sind die Behandelten bei der Arbeit noch tüchtiger, denn sie werden nicht von Zorn, Furcht oder Kummer abgelenkt.«

»Oder Liebe«, fügte Yar leise hinzu. Data bedachte sie mit einem kurzen Blick und runzelte andeutungsweise die Stirn – deutliches Zeichen dafür, daß er ihren Kommentar abspeicherte, um ihn später zu analysieren.

»Der Verkauf von Rauschmitteln unterliegt keinen Beschränkungen, wird jedoch von der Regierung überwacht. Offenbar werden die Drogen als Ersatzerlebnis für unterdrückte Gefühle benutzt.«

»Ja«, sagte Tasha. »Wenn das Leben ohne jede Freude ist, erliegt man leicht der Versuchung, im Pseudoglück von Drogen Zuflucht zu suchen.«

Rikan straffte die Schultern, hielt den Rücken kerzengerade. »Wie gehen wir dagegen vor?« fragte er. »Wie machen wir Nalavia einen Strich durch die Rechnung? Mr. Data, Sie haben das Geheimnis der Präsidentin enthüllt, und dafür danke ich Ihnen von ganzem Herzen. Aber wie legen wir ihr das Handwerk?«

Dare lächelte grimmig. »Wir brauchen Nalavias Emo-Blocker nur durch eine völlig harmlose Substanz zu ersetzten. Sobald die Bürger aus ihrem emotionalen Schlummer erwachen und begreifen, was mit ihnen geschehen ist ...«

Der Androide blickte ins Leere und nickte langsam, als er eine Datenkorrelation vornahm. »In einem solchen Fall werden die unterdrückten Gefühle schlagartig freigesetzt. Alle neutralisierten Empfindungen kehren in den Bewußtseinsfokus der Trevaner zurück, wodurch es praktisch über Nacht zu erheblichen Unruhen kommen muß.«

»Und genau zu jenem Zeitpunkt greifen wir an«, sagte Rikan fest.

KAPITEL 9

Lieutenant Commander Data war von Rikan und seinem Schloß fasziniert. Es handelte sich um ein uraltes Gebäude, doch die Ausstattung verzichtete nicht auf modernste Technik. Sie diente unter anderem dazu, den Komfort zu erhöhen, erfüllte aber auch Verteidigungszwecke. Das computerisierte Überwachungssystem hatte man erst vor kurzer Zeit installiert: Es gehörte zu den Angeboten der Söldnergruppe unter dem Befehl von Darryl Adin – alias Adrian Dareau, alias Silberner Paladin.

Die Verwirrung gehörte zu Datas häufigsten Erfahrungen im Umgang mit Menschen. Er empfand es als sonderbar, einerseits ein Gefangener zu sein und andererseits wie ein Kollege und sogar Freund behandelt zu werden. Er hatte Zugang zu allen geheimen Dateien im Bordcomputer der *Enterprise* – abgesehen von denjenigen, die nur von Tasha und den Angehörigen ihrer Sicherheitsabteilung eingesehen werden durften –, und daher wußte er über Darryl Adin Bescheid. Besser gesagt: Er kannte die Fakten. Seltsamerweise standen sie im Gegensatz zum Wesen und Charakter des Mannes.

Wer fähig war, die Föderation zu verraten, sich mit den Orionern zu verschwören und Dutzende von Starfleet-Kadetten zu opfern, verdiente es, als kaltblütiger Verbrecher bezeichnet zu werden, doch auf Adin schien eine entsprechende Beschreibung nicht zuzutreffen. Data mußte sich eingestehen, daß sein Wissen über Aussehen und Verhaltensweise von ›kaltblütigen Verbrechern‹ sehr begrenzt war. Er hatte sich mit historischen Kriminellen beschäftigt, unter ihnen Jack the Ripper und Al Capone, sah sich jedoch außerstande, irgendwelche Parallelen zu erkennen.

Dennoch genügten Datas psychologische Kenntnisse,

um eine Einschätzung vorzunehmen. Zwischen den Aktivitäten des Silbernen Paladin und eines typischen Gesetzesbrechers gab es krasse Unterschiede. Zwar ließ sich Darryl Adin für seine Dienste bezahlen, aber sein Gebaren ähnelte eher den Unternehmungen des legendären Robin Hood; ein zu Unrecht verurteilter Mann, so berichtete die Sage. Und Adin hatte man ebenfalls des Verrats bezichtigt.

Es existierte noch eine andere Möglichkeit: Vielleicht gab ein ansonsten ehrlicher und standhafter Adin in einem Augenblick der Schwäche den Verlockungen des Reichtums nach. Die während des Gerichtsverfahrens gesammelten Informationen deuteten darauf hin, daß er geglaubt hatte, der arrangierte Überfall durch die Orioner bringe kein Besatzungsmitglied der *Starbound* in Gefahr. Wenn das stimmte, lag seinem gegenwärtigen Verhalten vielleicht jene Mischung aus Schuldbewußtsein und Habgier zugrunde, die man als Motiv für seine Verschwörung gegen Starfleet und die Föderation anführte.

An der Stichhaltigkeit der Beweise konnte kein Zweifel bestehen.

Datas Spekulationen durften nicht den geringsten Einfluß auf seine Entscheidungen haben. Adin galt nach wie vor als gesuchter Verbrecher, und die Pflicht des Androiden bestand darin, ihn zu verhaften – wenn sich ihm eine Gelegenheit dazu bot.

Wenn keine mit Phasern bewaffneten Freunde Dares zugegen waren.

Tasha hielt ihn nicht für naiv, weil er unmittelbar nach seiner Ankunft im Schloß versucht hatte, Darryl Adin zu verhaften. Sie zeigte sich zunächst überrascht, begriff dann aber, welche Absicht er verfolgte: Es ging ihm darum, Rikan auf den persönlichen Hintergrund jenes Mannes hinzuweisen, dessen Hilfe er beanspruchte. Das erhoffte Ergebnis blieb aus. Vielleicht wußte der Kriegsherr schon Bescheid – oder Adrian Dareaus Reputation war wichtiger für ihn.

Data machte sich Sorgen um Tasha Yar. Sie nahm

ihre Verantwortung als Starfleet-Offizier sehr ernst, erachtete es als ihre wichtigste Pflicht, die *Enterprise* und ihre Besatzung zu schützen. Manchmal übertrieb sie ihren Diensteifer ein wenig, aber das war immer noch besser als Nachlässigkeit. Trotzdem hatte sie versprochen, nicht zu fliehen.

Und auch ich habe mein Wort gegeben, dachte Data und erinnerte sich: Adins Männer drangen in Nalavias Palast ein, um Tasha zu entführen, brachten sie mit dem Shuttle fort. Sie erwiesen sich als tüchtig und kompetent, und bestimmt hätten sie eine ausbruchssichere Zelle für den Androiden gefunden — oder ihn auf irgendeine andere, ebenso wirksame Weise an der Flucht gehindert. Der Vulkanoide namens Sdan äußerte den Wunsch, Data zu ›untersuchen‹ — vermutlich wollte er ihn demontieren, um festzustellen, wie er funktionierte. Die Schlußfolgerung lag auf der Hand: Eingeschränkte Freiheit war besser, als irgendwo eingesperrt zu sein oder außer Funktion gesetzt zu werden.

Außerdem opponierten diese Leute gegen Nalavia, und Data zweifelte nicht daran, daß Rikan und Adin das kleinere Übel darstellten. Es erstaunte ihn allerdings, daß Tasha eine solche Entscheidung traf, bevor die Resultate einer sorgfältigen Situationsanalyse vorlagen.

Data beschloß, zunächst an den Plänen mitzuwirken, bei denen es um die Neutralisierung von Nalavias Emo-Blockern ging. Als sich Sdan zu der Erkenntnis durchrang, daß der Androide kein interessantes, mechanisch-elektronisches Spielzeug war, sondern ein Individuum, eine *Person,* arbeitete er bereitwillig mit ihm zusammen. Er nahm die Informationen aus Datas internen Speichermodulen entgegen und gab sie in den leistungsfähigen Computer des Strategiezimmers.

»Es wundert mich, warum Nalavia einen alten und längst überholten Rechner benutzt«, sagte Data.

»Für ihre Zwecke genügt er völlig«, antwortete Sdan. »Hinzu kommt: Er stammt aus trevanischer Produktion und kann daher ohne großen Aufwand repariert werden.« Er deutete auf den Computer vor ihnen. »Es wäre ihr ohnehin nicht möglich, sich solch ein prächtiges Ding auf legalem Wege zu besorgen. Dieses System wurde erst vor wenigen Monaten entwickelt und steht einzig und allein Föderationswelten zur Verfügung. Es wird nicht einmal an verbündete Planeten ausgeliefert.«

»Woher haben Sie es dann?« erkundigte sich Data. »Oder sollte ich besser auf eine solche Frage verzichten?«

»Mit den eigenen Händen gebaut!« entgegnete Sdan stolz. »Poet und ich gelten in der Föderation als völlig unbescholtene Bürger. Nun, das ist auch bei Barb und Pris der Fall, aber sie interessieren sich nur für Waffen und solche Dinge. Poet und ich besuchen die technischen Ausstellungen und Messen, und als wir diesen Computer sahen, beschlossen wir einfach, ihn nachzubauen.« Er strahlte. »Hier steht das Ergebnis unserer Bemühungen.«

»In der Föderation ist es verboten, als geheim eingestufte Technik zu kopieren«, sagte Data.

»Mag sein. Aber Treva gehört nicht zur Föderation, oder?«

»Sie könnten viel Geld verdienen, wenn Sie solche Geräte an die Ferengi oder Orioner verkaufen ...«

»Jetzt hör mir mal gut zu, du wandelnder Prozessor!« zischte Sdan und vergaß das förmliche Sie. »Wenn es uns nur ums Geld ginge, könnten wir es einfach stehlen. Das wäre wesentlich einfacher und auch sicherer. Verdammt, ist dir noch immer nicht klar, daß wir kein Verbrecherhaufen sind?«

»Aber wenn Sie sich tatsächlich zu einem Verkauf solcher Computer entschlössen«, fuhr Data ungerührt fort, »stünden sie nicht mehr allein Ihnen zur Verfügung, und dadurch verlören Sie Ihren ... Kunden gegenüber erheblich an Reiz.«

Sdan lächelte. »Ins Schwarze getroffen.« Sein Ärger

verflog. »Wissen Sie, Data, Sie haben wirklich was auf dem Kasten. Wenn Sie längere Zeit bei uns bleiben, bitten wir Sie vielleicht darum, sich uns anzuschließen.«

»Ich kann mir denken, warum Sie solchen Wert auf meine Gesellschaft legen. Bestimmt hoffen Sie, irgendwann einen Vorwand zu finden, um mich zu demontieren.«

Sdan musterte den Androiden von Kopf bis Fuß und nickte ernst. »Das ist eine Möglichkeit, die ich nicht ausschließen möchte.«

Tasha verbrachte eine zweite Nacht im ›blauen Zimmer‹, doch diesmal war die Tür nicht verriegelt. Am Morgen wählte sie eine bequeme Kombination aus Hose und Hemd, begab sich ins Frühstückszimmer und begegnete dort der gleichen Zwanglosigkeit wie am Vortag. Die Männer und Frauen kamen und gingen, wann es ihnen gefiel, brachen meistens sofort wieder auf, wenn sie ihre Mahlzeit eingenommen hatten. Nur Rikan blieb die ganze Zeit über am Tisch sitzen.

Tasha gesellte sich der wachsenden Gruppe hinzu, die vor den Bildschirmen im Strategiezimmer saß, und nach einer Weile traf auch der Kriegsherr ein. Data, Dare, Sdan, Poet, Barb und Aurora kannte sie bereits, und nun lernte sich auch noch einige andere Personen kennen: Tuuk und Gerva, zwei durch eine eheähnliche Partnerschaft verbundene Tellariten; Jevsithian Drominiger, einen grokarianischen Seher; und Pris Shenkley, eine menschliche Frau, die ebenso komplexe wie wirkungsvolle Waffensysteme konstruierte. Damit war Darryl Adins ›Bande‹ komplett.

Jevsithian fiel sofort auf. Er entsprach etwa Yars Größe und war uralt; in seinem Gesicht zeigten sich so viele Falten und Runzeln, daß Tasha zunächst nicht wußte, welchem Volk er angehörte. Ein grauer Kapuzenmantel bedeckte seine Gestalt, und die achtfingrigen Hände — deutlicher Hinweis auf seine Herkunft — wirkten wie Spinnen an den Ärmeln.

Yar hatte schon von Grokarianern gehört, war jedoch

noch nie einem begegnet. Einige von ihnen besaßen die Gabe der Prophetie, und in diesem Zusammenhang fielen ihr die Starfleet-Unterlagen über Spezies mit sogenannten Psi-Kräften ein. Die Dokumente erwähnten die »unbestimmbare Fähigkeit, verschiedene Ereignis-Wahrscheinlichkeiten im Raum-Zeit-Kontinuum intuitiv zu erfassen«.

Jevsithian wandte sich ihr zu, und seine Augen blieben fast im Schatten unter der Kapuze verborgen. »Sie sind diejenige, mit der die Veränderung begann.«

»Wie bitte?« Unbehagen entstand in Yar, als sie in die schwarzen Pupillen starrte.

»Ihre Präsenz verschmilzt alle möglichen Zukunftsstrukturen. Der Silberne Paladin wird gewinnen und doch verlieren. Der strahlende Ritter der Dunkelheit wandelt sich zur Legende.«

»He, fang nicht schon wieder mit dem Unheilsgerede an!« protestierte Sdan.

»Unheil ist Verhängnis, Verhängnis bedeutet Schicksal — und die Schicksale aller lebenden Geschöpfe sind miteinander verbunden«, erwiderte Jevsithian. Er wandte sich von den anderen ab, nahm auf einem Stuhl in der Ecke des Zimmers Platz und schien sich nicht für die Pläne der Gruppe zu interessieren. *Vielleicht weiß er schon, was wir vorhaben,* dachte Yar.

»Tasha.« Datas Stimme unterbrach ihre Überlegungen. »Wir müssen etwas besprechen.«

»Hm? Was denn?« Yar folgte dem Androiden, als er von den Leuten am Computer fortwich.

»Wieviel Hilfe sollen wir Rikan und den anderen gewähren? Ist es überhaupt richtig, sie zu unterstützen?«

Sie hätte wissen müssen, daß Data keine Entscheidung traf, ohne vorher gründlich über alle Aspekte nachzudenken. Tasha spürte, wie ein flaues Gefühl in ihrer Magengrube entstand. »Priamos IV«, sagte sie.

»Ja.«

Sie starrte Data groß an. »Mußten auch *Sie* sich dem Test stellen? Wie konnte man Sie täuschen, obwohl Sie in der Lage sind, die Wände des Holodecks zu sehen – ganz gleich, wie es programmiert ist?«

»Fähigen Computerexperten fällt es nicht weiter schwer, meine Wahrnehmung zu manipulieren; aber wenn Sie erlauben, möchte ich darauf verzichten, Ihnen entsprechende Einzelheiten zu erklären. Tatsache ist, daß wir es hier mit einem ähnlichen Paradoxon zu tun haben. Wir wissen, daß Nalavia mit allen Mitteln an der Macht bleiben will; sie schreckt nicht einmal davor zurück, den Widerstandswillen ihres Volkes mit Drogen zu betäuben. Aber wir befinden uns hier nicht auf einem Planeten der Föderation. Wir sind keineswegs dazu verpflichtet, den trevanischen Bürgern bei ihrem Freiheitskampf zu helfen.«

»Die Frage lautet, ob wir ihnen helfen *dürfen* oder nicht«, entgegnete Tasha. »Angenommen, wir legen die Hände in den Schoß. Dann übt Nalavia weiterhin ihre diktatorische Alleinherrschaft aus – bis es Rikan und Dare gelingt, sie aus dem Präsidentenpalast zu vertreiben. *Ohne* unsere Hilfe.«

»Ohne *meine* Hilfe«, sagte Data. »Ich habe den Inhalt von Nalavias Computer in meine Speichermodule kopiert – Informationen, die Darryl Adin in die Lage versetzen, den Emo-Blocker aus der städtischen Wasserversorgung zu entfernen.«

»Wodurch das Volk von Treva die Möglichkeit bekommt, selbst zu entscheiden, ob es Nalavia stürzen will oder nicht«, warf Tasha ein. »Wird das nicht dem Geist der Ersten Direktive gerecht? Derzeit sind nur wenige Bürger dieses Planeten imstande, ihre Situation zu beurteilen.«

»Unsere Aufgabe besteht vor allen Dingen darin, uns an den Buchstaben des Gesetzes zu halten«, erwiderte Data. »Wir haben keine Ahnung, welche Konsequenzen unser Eingreifen für die trevanische Kultur nach sich ziehen könnte.«

»Das stimmt. Aber wir wissen genau, was geschehen wird, wenn wir *nicht* intervenieren. Dann baut Nalavia ihre Macht weiter aus. Sie berichteten uns von den langfristigen Wirkungen des Riatin. Data, gestern abend waren Sie bereit, Rikan und Dare zu helfen. Warum jetzt der Zweifel?«

»Man erinnerte mich daran, was geschieht, wenn das Riatin plötzlich abgesetzt wird. Das Resultat heißt Krieg.«

Yar entsann sich an Rikans Worte: *Genau zu jenem Zeitpunkt greifen wir an.*

»Krieg oder drogeninduzierte Apathie«, murmelte sie. »Die Entscheidung fällt so schwer wie auf Priamos IV. Trotzdem, Data ... Als Trevanerin würde ich sofort eine Wahl treffen. Sie können sich nicht vorstellen, wie es ist, ein von Drogen bestimmtes Leben zu führen, in dem das einzige Glück von irgendwelchen Chemikalien stammt ...«

»Ihre Mutter?« fragte der Androide leise.

»Und ich selbst.«

»Was?« entfuhr es Data verblüfft.

»Ich erinnere mich nur noch an den Schmerz«, hauchte Tasha. »Ich wurde als Freudenstaubsüchtige geboren — ein frühes Erbe meiner Mutter. Als ich ein Säugling war, gab sie mir das Zeug, um mich ruhigzustellen, doch später konnte sie es sich nicht leisten, die täglichen Dosen für uns beide zu bezahlen, und so bekam ich nichts mehr. Die Entzugsschmerzen ...« Sie brach ab.

»Tasha, ich wußte nicht ...«

»Ich habe es niemandem erzählt. Nicht einmal Dare ahnt etwas davon. Die alte Frau, die sich meiner annahm, nachdem mich meine Mutter endgültig im Stich ließ ... Sie hielt die Droge von mir fern, bis ich alt genug war, um zu begreifen, daß selbst auf New Paris ein klarer, wacher Verstand irgendwelchen Pseudofreuden vorzuziehen ist. Sie sagten, Riatin hinterließe keine Entzugserscheinungen, und deshalb meine ich: Befreien wir das Bewußtsein der unterjochten Trevaner.Sollen die Bürger dieser Welt für sich selbst denken und entscheiden, was es in bezug auf Nalavia zu unternehmen gilt.«

Data musterte Yar einige Sekunden lang, und schließlich nickte er. »Einverstanden. Ich gebe Rikan und Adin alle Informationen, die sie brauchen. Der Kriegsherr ist Trevaner und hat somit das Recht zu entscheiden, wozu meine Auskünfte verwendet werden sollen.«

Der Androide berichtete Dare, wie das Riatin hergestellt und verteilt wurde. »Es wäre am einfachsten, die Droge dort auszutauschen, wo man sie kurz vor der Verteilung lagert«, fügte er hinzu. »Das Gebäude wird nicht bewacht — wer hätte schon Interesse daran, eine neutrale Substanz zu stehlen, die dem Wasser beigemischt wird, um Verunreinigungen vorzubeugen? Mit einem Transporter könnten wir das Riatin innerhalb kurzer Zeit durch ein wirkungsloses Präparat, ein Placebo ersetzen — nur eine Stunde Arbeit für alle wichtigen Städte.«

»Leider steht uns kein Transporter zur Verfügung«, sagte Darryl und legte Data wie beiläufig die Hand auf die Schulter, als er sich zum Bildschirm vorbeugte. Yar beobachtete, wie der Androide auf die Hand herabstarrte. An Bord der *Enterprise* berührte ihn nur Geordi auf diese Weise und machte damit deutlich, daß er ihn für eine Person wie jede andere hielt. Es zuckte in Tashas Mundwinkeln, als sie begriff, daß sich Dares Einstellung Data gegenüber seit dem vergangenen Abend grundlegend geändert hatte. Wahrscheinlich sah er ihn überhaupt nicht mehr als ›Maschine‹.

»Und wenn wir uns die Lastwagen vornehmen, die das Riatin zu den Mischanlagen bringen?« schlug Darryl vor.

»Ausgezeichnete Idee!« rief Barb.

»Eine gute Möglichkeit — wenn es uns nur darum geht, das Zeug verschwinden zu lassen«, sagte Aurora. »Aber wir wollen es durch eine andere Substanz ersetzen. Die üblichen Lieferanten sind sicher bekannt und werden wahrscheinlich vermißt, noch bevor das Placebo ins Leitungssystem gelangt.«

»Hmm«, machte Dare. »Ich dachte daran, *schnell* zuzuschlagen und den Nachschub für alle großen Städte in nur einer Nacht zu unterbrechen.«

»Warum nicht?« Barb begeisterte sich für den Vorschlag. »Wichtig ist nur, daß kein Riatin mehr aus den Wasserhähnen fließt.«

Poet seufzte. »Oh, wer fragt danach, ob der Feind durch Strategie oder Kühnheit besiegt wurde?«

»Ich zum Beispiel!« erwiderte Barb hitzig. »Wenn wir hier noch länger tatenlos herumhocken, schlaffen wir alle ab.«

»Besonnenheit hat so manchem Krieger das Leben gerettet«, sagte Poet.

»Verdammt!« fluchte Barb. »Du redest wie ein Feigling. Wenn ich dich nicht im Kampf erlebt hätte, hielte ich dich für eine ängstliche Memme!«

Data unterbrach den Streit. »Sobald das Riatin vermißt wird, weiß Nalavia, wer es gestohlen hat. Wenn sie es ersetzen, findet das Placebo vielleicht keine sofortige Verwendung. Außerdem muß sichergestellt sein, daß die Wirkung der Droge in allen Städten gleichzeitig nachläßt. Andernfalls überprüft Nalavia sowohl die Wasserversorgung als auch die gelagerten Chemikalien — und kann unverzüglich Gegenmaßnahmen ergreifen.«

»Sie haben recht«, bestätigte Dare. »Der Plan funktioniert nur, wenn der Rummel losgeht, bevor die Präsidentin Verdacht schöpft.«

»Und wir müssen bereit sein, die entstehenden Unruhen zu unserem Vorteil zu nutzen«, sagte Aurora. »Einige örtlich begrenzte Aufstände bringen uns nicht weiter. Nalavia schickt einfach ihre Armee, um sie niederzuschlagen und neues Riatin herbeizuschaffen. Wenn die Städter ihre emotionale Apathie überwinden, müssen sie sofort von den Machtgelüsten der Präsidentin erfahren.«

»Um die Nachricht möglichst schnell zu verbreiten, brauchen wir die Kontrolle über einige Video- und Radiosender«, sagte Sdan.

»Und das Volk wird uns glauben«, warf Aurora ein. »Es *spürt* die Wahrheit.«

»Warum zerstören Sie nicht einfach die Fabrikationsanlagen, die zur Riatin-Produktion dienen?« fragte Yar. »Nalavia würde natürlich sofort Bescheid wissen, aber sie könnte nicht genug von der Droge herstellen, um das emotionale Erwachen der städtischen Bevölkerung zu verhindern.«

»Das ist ein Plan, der mir gefällt!« erklärte Barb und strahlte.

»In den Betrieben arbeiten viele Trevaner«, sagte Rikan. »Die meisten von ihnen sind bestimmt davon überzeugt, daß sie eine harmlose Chemikalie produzieren. Gibt es eine Möglichkeit, die Anlagen zu zerstören, ohne daß unschuldige Personen zu Schaden kommen?«

»Das bezweifle ich«, antwortete Dare.

»Selbst wenn sich so etwas bewerkstelligen ließe — wir sollten Nalavias Reaktionen berücksichtigen«, überlegte Aurora laut. »Sie würde sicher nicht warten, bis die Aufstände beginnen. Wenn sie eine Gefahr für ihre Herrschaft sieht, erklärt sie sofort den Ausnahmezustand.«

»Wir müssen sie überraschen«, pflichtete ihr Rikan bei. »Ich bin nach wie vor dafür, das Riatin durch ein Placebo zu ersetzen — falls ein solches Unternehmen durchführbar ist.«

»Unmögliches erledigen wir sofort, Wunder etwas später«, behauptete Dare. »Data, Sie haben uns bereits die Transportwege von den Herstellungsbetrieben zu den Mischanlagen genannt. Verfügen Sie über weitere Informationen?«

Yar beobachtete, wie der Androide ein bestätigendes Nicken andeutete. »Ich kenne die Zeitpläne und weiß auch, wann und wo die Fahrer abgelöst werden. Darüber hinaus konnte ich in Erfahrung bringen, wo die Lastwagen anhalten, um neuen Treibstoff aufzunehmen.« Er starrte ins Leere, als er sein internes Indexverzeichnis konsultierte. »Allerdings gibt es da einen Faktor, der selbst den Transportleitern unbekannt sein dürfte: Nalavia läßt die Fahrzeuge von Einheiten der Armee überwachen. Was alles noch komplizierter macht, fürwahr!«

Fürwahr? Yar lächelte unwillkürlich: Data ahmte die Sprechweise des alten, würdevollen Kriegsherrn nach.

»Was meinen Sie damit?« erkundigte sich Dare.

»Die Lastwagen sind mit winzigen Signalgebern ausgestattet, und dadurch läßt sich jederzeit feststellen, ob sich die Fahrer an Route und Zeitplan halten. Wo parallel verlaufende Straßen fehlen, folgt die Eskorte in einem gewissen Abstand – oder es werden Gleiter eingesetzt. Das Muster variiert ein wenig ...« Data runzelte einige Sekunden lang die Stirn. »Oh, jetzt verstehe ich den Grund. Der Weg führt durchs offene Land: Den dort wohnenden und nicht von der Droge betroffenen Trevanern könnte es seltsam erscheinen, daß Militäreinheiten Transporter begleiten, die angeblich keine besonders wichtige Fracht geladen haben. Deshalb ändert sich die Eskortierungsmethode häufig. Es werden verschiedene Fahrzeuge eingesetzt und in unregelmäßigen Abständen gegen andere ausgetauscht. Nalavia hofft, daß dadurch niemand eine Verbindung zwischen dem Transport und den Armeekolonnen herstellt.«

»Bisher ist diese Taktik erfolgreich gewesen«, sagte Aurora. »Wir erhielten keine entsprechenden Meldungen. Aber jetzt wissen wir Bescheid ...«

»Ich bin über die Zeitpläne der nächsten vier Tage informiert«, stellte Data fest. »Weitere Angaben fehlten in Nalavias Computer.«

Dare lächelte, und diesmal brachten seine Züge nicht die geringste Ironie zum Ausdruck. »Das genügt uns völlig. Nennen Sie uns alle Einzelheiten – den Rest erledigen wir. Bestimmt finden wir eine Möglichkeit, das Riatin auszutauschen. Mr. Data, hätten Sie Lust, Starfleet zu verlassen und Abenteuer am Rande der Galaxis zu erleben?«

Tasha wußte, daß Darryls Frage scherzhaft gemeint war, aber der Androide erwiderte ernst: »Ich fürchte, dazu habe ich nicht die geringste ... Lust.«

Einer von Datas Vorteilen bestand darin, daß er über verschiedene Dinge gleichzeitig nachdenken konnte, während sich die Peripherieprozessoren mit der Analyse anderer Probleme befaßten. Während der nächsten Stunden mußte er sich der unangenehmen Erkenntnis stellen, daß daraus auch Nachteile erwuchsen.

Tasha schien ganz darauf konzentriert zu sein, bei der Befreiung des trevanischen Volkes von der Suggestionsdroge mitzuwirken. Offenbar vergaß Yar, daß sie noch immer Gefangene waren, obgleich man ihnen nun vertraute. Data blieb sich der wahren Identität des Silbernen Paladin bewußt, und dadurch kam es zu einem inneren Konflikt: Darryl Adin galt als gefährlicher Verbrecher — aber er wurde ihm immer sympathischer ...

Dare stellte den Fokus für die Gruppe dar, hielt sie zusammen; eine ähnliche Funktion erfüllte Jean-Luc Picard für die Besatzung der *Enterprise*. Aber Adins Rolle war weitaus schwieriger. Seine ›Crew‹ bestand nur aus wenigen Personen, doch zwischen ihnen gab es noch größere wesensmäßige Unterschiede als in der Gemeinschaft, der sich Data zugehörig fühlte. Darryls Gefährten besaßen kein gemeinsames Ideal wie Starfleet, und dennoch hielten sie zusammen. Während des ersten Tages im Schloß erlebte der Androide häufige verbale Auseinandersetzungen — trotzdem strebten Aurora, Sdan und die anderen ein gemeinsames Ziel an.

Hinzu kam noch etwas anderes: Adins Verhaltensweise ließ keinen Zweifel daran, daß er Data als vollwertige Person erachtete. Bisher hatte ihn nur Geordi LaForge mit einer derart ungezwungenen Selbstverständlichkeit akzeptiert.

Nein, das stimmte nicht ganz. Auch der Kriegsherr begegnete ihm ohne die geringsten Vorbehalte. Allerdings bekam Data an jenem ersten Tag kaum Gelegenheit, mit Rikan zu sprechen: Mehrere Stunden lang beanspruchte Adin die Aufmerksamkeit des alten Lords.

Am späten Nachmittag standen alle Einzelheiten des Einsatzplans fest. Sdan und Poet brachen mit einigen Anhängern Rikans auf, um sich Fahrzeuge von Transportunternehmen im Territorium des Kriegsherrn zu leihen. Barb und die beiden Tellariten verließen das Schloß mit einer ›Einkaufsliste‹, um Behälter, Farbe und Schablonen zu besorgen. Jevsithian hatte sich zurückgezogen, um zu meditieren. Andere Personen, deren Namen Data nicht kannte, kamen und gingen, um notwendige Vorbereitungen zu treffen.

Aurora und die Waffenexpertin Pris Shenkley gesellten sich dem Androiden am Computer hinzu, um noch einmal die einzelnen Punkte des Plans durchzugehen. Während sie die Strategie prüften, bemerkte Data, daß sich Adin und Tasha schon nach kurzer Zeit abwandten und das Zimmer verließen.

Er sah sie beim Abendessen wieder, seiner ersten Mahlzeit seit dem Empfang in Nalavias Palast. Inzwischen benötigte er neue organische Kalorien, gab seiner Neugier nach und probierte verschiedene Speisen. Die kulinarischen Angebote Rikans konnten es durchaus mit denen der Präsidentin aufnehmen. Wenn Data nicht mit anderen Dingen abgelenkt gewesen wäre, hätte er sich ganz darauf konzentriert, die vielen verschiedenen Ingredienzien und ihre Auswirkungen auf das breite Aromaspektrum zu analysieren.

Statt dessen hörte er den Gesprächen zu, bei denen es um die bevorstehenden politischen Umwälzungen auf Treva ging — und er beobachtete Tasha und Adin.

Yar trug erneut ein weites, goldenes Gewand, während Aurora scharlachrote und Pris hellblaue Kleidung gewählt hatte. Rikan zeigte sich in einer reich bestickten Jacke, unter der Data ein spitzenbesetztes weißes Hemd sah. Darryl kam in einer schwarzen Hose, und an der hellen Jacke darüber glänzte das Abzeichen des Silbernen Paladin. Während sich die anderen ›zum Essen umzogen‹, erwog der Androide, seine inzwischen gereinigte Uniform anzuziehen.

Doch als er sich an die Kleidung erinnerte, die er am vergangenen Abend gesehen hatte, entschied er sich für die von Trell stammenden Sachen: eine graugrüne Kombination aus Jacke und Hose, dazu ein Hemd, dessen Farbe der Tönung seiner Augen entsprach. »Sie sehen hinreißend aus«, sagte Tasha, als sie ihn in dieser Aufmachung sah, obgleich Data seine Galauniform vorgezogen hätte. Er fragte sich, ob Tashas plötzliche Vorliebe für Kleider und Gewänder ein weiteres Indiz war, das Argwohn verdiente.

Nach dem Essen versammelte sich die kleine Gruppe in Rikans Salon. Pris Shenkley nahm neben Data Platz und unterhielt sich mit ihm.

»Warum sind Sie nicht für die Föderation tätig?« fragte er sie.

»Weil man mir die Kontrolle über meine Arbeit nähme«, antwortete Pris. »Es stimmt schon: Die Föderation scheut Gewalt und beschränkt sich in erster Linie darauf, Verteidigungssysteme zu entwickeln. Aber ich ziehe es vor, meine Fähigkeiten dort zu nutzen, wo ich maßgeblichen Einfluß auf den Einsatz der von mir konstruierten Waffen ausüben kann.«

Data berichtete ihr von Minos und der autarken, lernfähigen Waffe, die ihre Schöpfer vernichtet hatte.

»Ja«, sagte Pris. »Genau diese Mentalität fürchte ich. Es ist ganz einfach, immer bessere Waffen zu bauen, und wenn man einer solchen Versuchung nachgibt, kommt es irgendwann zur Katastrophe. Was Dare betrifft ... Ich stelle ihm nur das zur Verfügung, was er für eine bestimmte Mission braucht. Ich entwickle keine Maschinen, die nach ihrer Fertigstellung die Gefahr einer Apokalypse heraufbeschwören.«

»Beabsichtigen Sie, einen unmittelbaren technischen Beitrag zu dem Plan zu leisten, der den Riatin-Austausch vorsieht?«

»Nein. Meine Kameraden sind bereits mit allen notwendigen Dingen ausgestattet. Wie dem auch sei: Ich bin für die Verteidigungsanlagen von Rikans Schloß verantwortlich.«

Data neigte den Kopf zur Seite. »Haben Sie auch das Netz geschaffen, dem ich zum Opfer fiel?«

Rote Verlegenheitsflecken bildeten sich auf Pris' Wangen. »Nicht in dem Sinne. Ich schlug so etwas vor und wies darauf hin, daß Sie vermutlich nicht mit einer derart ... primitiven Falle rechneten. Eigentlich dient das Netz dazu, Quogharts zu fangen, recht große trevanische Tiere. Ich dachte, die Stränge seien fest genug, um Ihrer Körperkraft zu widerstehen.« Sie lächelte. »Aber ich habe Sie unterschätzt. Es gelang Ihnen, einige Fasern zu zerreißen, und wenn wir nicht schnell genug zur Stelle gewesen wären ...«

Sie verzichtete darauf, den Satz zu beenden, wollte Data offenbar nicht an seinen Status als Gefangener erinnern. Zögernd griff sie nach seinen Händen und betrachtete sie eingehend. »Sie sind so stark – und gleichzeitig bemerkenswert sanft. Wissen Sie eigentlich, wie attraktiv Sie dadurch wirken?«

Der Androide fühlte sich versucht, mit einem klaren Ja zu antworten; praktisch alle Frauen, mit denen er intim gewesen war, hatten solche Bemerkungen an ihn gerichtet. Als er sich daran erinnerte, öffnete er sicherheitshalber seine Flirt-Dateien. »Das gehört zu meinem ... Wesen.«

»Hmm.« Pris blickte auf seine Handfläche herab. »Ihre Fingerkuppen sind nicht etwa glatt, sondern weisen die für Menschen üblichen Linienmuster auf.«

»Ja. Sie wurden individuell gestaltet, gehören einzig und allein mir.«

»So sollte es auch sein«, sagte Pris leise. »Sie sind im wahrsten Sinne des Wortes einzigartig.«

Es überraschte Data, daß die Waffenexpertin mit ihm flirtete, aber glücklicherweise brauchte er nur auf einige der Dateien zurückzugreifen, die Informationen über verbale Erotik enthielten. Ganz offensichtlich meinte es Pris nicht besonders ernst; immerhin kannten sie sich erst seit einem Tag.

Außerdem stellte Data fest, daß er sich in dieser Hinsicht selbst Grenzen setzte. Diese Erkenntnis verwunderte ihn ein wenig, und er dachte darüber nach. Er wußte genau, warum ihm nichts daran gelegen hatte, engere persönliche Beziehungen zu Nalavia herzustellen, weshalb es ihm wichtig erschienen war, Distanz zu ihr zu wahren. Jene Frau war durch und durch verdorben. Aber in den Verbrecherarchiven der Föderation gab es keine Einträge, die auf den Namen Pris Shenkley lauteten; sie hatte sich nichts zuschulden kommen lassen. Aus welchem Grund widerstrebte es ihm, bei ihr seine sexuellen Funktionen wahrzunehmen, wenn sie Wert darauf legte? So etwas wie Scham spielte in diesem Zusammenhang sicher keine Rolle, und seiner Gesprächspartnerin fehlte die hinterhältige Durchtriebenheit Nalavias.

Während Data über diese Dinge nachdachte, richtete sich sein Blick auf Darryl Adin, der neben Tasha auf dem Sofa saß. Inzwischen schien Yar den weitaus größten Teil ihrer Zeit mit Adin zu verbringen. Der Silberne Paladin versuchte offenbar, jene Gefühle in Tasha zu erwecken, die sie ihm einst entgegengebracht hatte. Wollte er Objektivität und Verantwortungsbewußtsein des Sicherheitsoffiziers mit Erinnerungen an eine längst überholte Vergangenheit erschüttern?

Adin beugte sich näher an Yar heran, und als Data sein Richtmikrofon einschaltete, hörte er die Worte: »Gehen wir nach draußen auf den Balkon.« Sie entschuldigten sich bei Rikan und traten in die vom Mondschein erhellte Nacht. Der Androide sah sie durch die gläserne Tür und beobachtete, wie sie sich an die Balustrade lehnten und über die dunkle Schlucht blickten. Adin schlang den Arm um Tashas Schulter, und sie schmiegte sich an ihn.

Während der Androide den Silbernen Paladin und seine Begleiterin im Auge behielt, rief er gleichzeitig weitere Daten aus seinen Flirt-Dateien ab – bis Pris schließlich schmunzelte. »Sie verstehen sich ausgezeichnet auf diese Art der Konversation! Wo haben Sie das gelernt?«

Data stellte den Ursprung der betreffenden Informationen fest. »Es handelt sich um die moderne Adaption einer Technik, die in den Werken von Jane Austen beschrieben wird«, gab er aufrichtig Auskunft.

Pris lachte laut. »Nun, sie ist wirklich bezaubernd. Wenn ich morgen nicht so früh aufstehen müßte, wäre ich geneigt, Sie um eine Demonstration Ihrer sonstigen Eigenschaften zu bitten. Aber es eilt sicher nicht. Wahrscheinlich bleiben Sie noch eine Weile bei uns. Ich hoffe, wir bekommen Gelegenheit, uns besser kennenzulernen.«

»Das würde mich sehr freuen«, erwiderte Data, ohne auf Pris Shenkleys unausgesprochene Frage einzugehen.

Einige Anwesende standen auf und verließen den Salon, allem Anschein nach aus Rücksicht auf Rikan. Der alte Kriegsherr wirkte steif und ein wenig verkrampft, als er versuchte, möglichst gerade zu sitzen.

Data sah zum Balkon und hielt vergeblich nach Tasha und Adin Ausschau. Es konnte nicht mehr lange dauern, bis er mit Rikan allein war ...

Der Androide fragte sich, auf welche Weise er die Nacht verbringen sollte. Im Schloß gab es keinen Bibliothekscomputer, und er erinnerte sich nicht daran, irgendwo ein wissenschaftliches Laboratorium gesehen zu haben, in dem er seine Neugier befriedigen konnte.

Er beschloß, die nächsten Stunden im Strategiezimmer zu verbringen. Dort hielt sich bestimmt jemand auf, und vielleicht erlaubte man ihm, die Leistungsfähigkeit des ebenso modernen wie faszinierenden Computers zu testen.

Aber als er sich von dem alten Mann verabschiedete, fragte Rikan: »Schlafen Sie, Mr. Data?«

»Nein, Sir.«

»Wären Sie bereit, mir einen Gefallen zu erweisen?«

»Selbstverständlich.«

»Seit meiner Jugend sind viele Jahrzehnte vergangen. Ich nehme an, Sie altern nicht so wie gewöhnliche Personen, was eigentlich bedauerlich ist. Es hat auch seine Vorteile: Greise können sich Launenhaftigkeit leisten.« Rikan lächelte und musterte den Androiden aus klaren, noch immer völlig ungetrübten Augen. »Wie alt sind Sie, Mr. Data?«

»Sechsundzwanzig Standardjahre der Föderation, Sir.«

Die Pupillen des Kriegsherrn weiteten sich. »So jung! Sie stehen also gerade erst am Anfang Ihres Lebens. Aber bestimmt haben Sie viele Welten besucht und in sechsundzwanzig Jahren mehr erlebt als ich in weit über achtzig.«

»Das könnte durchaus stimmen, Sir. Immerhin wurde ich als Erwachsener ... geschaffen. Andererseits weiß ich leider nicht, wie es ist, ein Kind zu sein.«

»Schade«, sagte Rikan. »Die Kindheit gilt als glücklichste Lebensphase — obwohl es bedauerliche Ausnahmen gibt. Aber ich schweife ab. Nun, was den Gefallen angeht, um den ich Sie bitten möchte ... Wären Sie bereit, in mein Zimmer zu kommen, nachdem mich Trell zu Bett gebracht hat? Mein Leib ist zwar müde, aber das Alter beraubt mich der nächtlichen Ruhe. Ich kann nur wenige Stunden schlafen — und die meiste Zeit über liege ich wach. Würden Sie mir Gesellschaft leisten?«

»Gern, Sir.«

Als Trell später an Data herantrat und ihm mitteilte, Rikan erwarte ihn in seinem Zimmer, machte er sich sofort auf den Weg und dachte dabei an die Hinweise des Dieners. »Bitte bleiben Sie nicht zu lange. Der Lord braucht Ruhe, denn er steht selbst dann früh auf, wenn er nur wenige Stunden geschlafen hat.«

Rikan lag in einem großen, breiten Bett, wirkte kleiner und gebrechlicher als in seiner förmlichen Kleidung. Er lehnte mit dem Rücken an einigen Kissen. »Möchten Sie noch etwas Wein?« fragte er und schenkte sich ein Glas ein.

»Nein, danke, Sir. Alkohol bleibt ohne Wirkung auf meinen Metabolismus. Ich habe unten im Saal nur etwas getrunken, um meinen bisherigen Geschmackserfahrungen neue hinzuzufügen.«

Der Kriegsherr lächelte. »Sie verbringen Ihr ganzes Leben damit, Daten zu sammeln?«

»Dazu wurde ich konstruiert.«

»Aber Ihre Fähigkeiten beschränken sich nicht nur darauf«, sagte Rikan. »Eben sprachen Sie von *Erfahrungen*. Ich sehe deutlich, daß Sie Gefühle haben, sich um Ihre Kollegin Natasha Sorgen machen. Ich nehme an, dabei geht es um die Pflicht der Organisation gegenüber, der Sie beide angehören.«

»Sie sind ein sehr guter Beobachter«, kommentierte Data.

»Ich habe Ihnen viele Jahrzehnte der Erfahrung voraus. Es erstaunt mich, daß Sie erst seit sechsundzwanzig Jahren ... leben.«

»Der Zeitraum, den ich Ihnen nannte, betrifft mein bewußtes Ich.«

»Nicht den organischen Teil Ihres Körpers?«

»Nein. Er ist zwar lebendig, braucht Nährstoffe und erneuert sich selbst, aber er befand sich in Stasis, bevor man mein Bewußtsein weckte.«

»Ich verstehe«, murmelte Rikan. »Höchst interessant. Entsinnen Sie sich an Ihr Erwachen? Oder sind Sie wie eine vollorganische Person, die sich nicht an ihre Geburt erinnern kann?«

Geburt. »Hier wurden Sie also geboren«, hatte Tasha gesagt, als sie seinen Ursprungsort sah.

»Jenes Ereignis gehört zu meinen ersten Reminiszenzen. Mein Bewußtsein war damals nicht *leer*. Die internen Speicher enthielten Sprachprogramme, viele elementare Daten und alle Informationen, die vierhundert Kolonisten auf meinem Heimatplaneten sammelten.«

»Ich frage mich, ob ein solcher Existenzschock größer ist als ein normales Geburtstrauma«, sinnierte Rikan. »Vermutlich gibt es keine Antwort darauf: Niemand teilt beide Erlebnisse.«

»Nein, Sir«, bestätigte Data automatisch – und begriff dann, worauf der Kriegsherr hinauswollte. »Die derzeitige Technologie läßt so etwas nicht zu. Und wenn es jemals möglich werden sollte, das menschliche Bewußtsein in den

Körper eines Androiden zu transferieren ... Ich bezweifle, ob sich die entsprechende Ichsphäre an die neue Existenzform gewöhnen könnte.«

Rikan musterte ihn. »Fühlen Sie sich weniger menschlich, Data?«

»Ich ... *unterscheide* mich von Menschen. Ich bin stärker und schneller als jeder vollorganische Humanoide. Mir stehen weitaus mehr Informationen zur Verfügung, und ich kann sie wesentlich besser verarbeiten. Gleichzeitig bin ich in der Lage, zu lernen und zu reifen, und dieser Prozeß betrifft nicht nur eine Erweiterung der bereits erfaßten Datenmenge.«

»In der Tat.« Rikan schmunzelte kurz.

»Es wäre mir nie eingefallen, mit dem von Adrian installierten Computer zu reden. Sie sind zweifellos eine Person, Data.«

»Ja. Dennoch bedaure ich es manchmal, kein Mensch zu sein. Sie sind ein gutes Beispiel: Ich weiß zwar, daß ich im Laufe der Zeit weitere Erfahrungen machen und dadurch einen Reifeprozeß erfahren werde, doch ich frage mich, ob ich jemals zu Weisheit gelangen kann.«

Das Lächeln des Kriegsherrn wuchs in die Breite. »Ach, Data, begreifen Sie denn nicht, daß Sie sich Ihre Frage gerade selbst beantwortet haben?«

Der Androide runzelte die Stirn. »Sir?« erwiderte er verwirrt.

»Schon gut«, sagte Rikan. »Früher oder später wird es Ihnen gelingen, mit diesem Dilemma fertig zu werden — um dann andere zu entdecken. Ist Ihr Körper einem Alterungsprozeß unterworfen?«

»Offenbar nicht, Sir. Allerdings existiere ich noch nicht lange genug, um die wahrscheinliche Dauer meiner Funktionsfähigkeit zu berechnen. Tasha weist mich immer wieder darauf hin, ich sei nicht unzerstörbar, aber solange keine wichtigen Komponenten irreparabel geschädigt werden, beträgt meine voraussichtliche Lebenserwartung — wenn Sie mir diesen Ausdruck gestatten — mehrere Jahrhunderte. Diese Ansicht vertreten zumindest einige Wissenschaftler Starfleets.«

»Nun, Ihnen bleiben die physischen Demütigungen des Greisenalters erspart, aber ein langes Leben wartet mit anderen Grausamkeiten auf, und einige davon sind weitaus schlimmer als Schwäche und Gebrechlichkeit. Wer in einer Welt der Gefahren überlebt, wird nicht nur geschätzt, sondern auch um sein Glück beneidet, aber viele Leute übersehen dabei, welches gräßliche Schicksal solche Personen erwartet.«

»Wie meinen Sie das?« erkundigte sich Data.

Rikan starrte an dem Androiden vorbei ins Leere. »Ich hatte Frau und Tochter, an denen ich sehr hing. Ich hatte gute Freunde und Gefährten, die meine Erfahrungen mit mir teilten. Inzwischen sind sie alle tot – auch diejenigen, die weitaus jünger waren als ich. Meine Familie existiert nicht mehr. Die Männer, mit denen ich aufwuchs – sie wurden vor vielen Jahren begraben. Nur ich bin übrig. Allein.«

Der Blick des Kriegsherrn richtete sich wieder auf Data. »Wußten Ihre Konstrukteure, wozu sie Sie verurteilten, als sie Ihnen Intelligenz und Gefühl verliehen? Es gibt nichts Schrecklicheres, als all diejenigen zu überleben, die man liebt.«

»Ich weiß nicht, ob ich zu Liebe fähig bin.«

»Oh, Data, ich habe Sie erst gestern kennengelernt, und doch bin ich völlig sicher, daß Sie dazu imstande sind.«

»Ich kann keinen Nachwuchs zeugen«, sagte der Androide. »Und deshalb bezweifle ich, ob ...«

Rikan lachte. »Sie haben gerade bewiesen, wie jung – und menschlich! – Sie sind. Für die Jugend ist es völlig typisch, den Geschlechtstrieb mit Liebe zu verwechseln. Nein, nein, ich meine jene Art von Liebe, die man seinen Freunden und Kameraden gegenüber empfindet. Solche Gefühle bringen Sie deutlich genug zum Ausdruck.« Der Kriegsherr wurde wieder ernst. »Derartige Liebe kann immense Freude schenken – oder tiefen Kummer bereiten.«

»Ich verstehe«, sagte Data.

Rikan schüttelte andeutungsweise den Kopf. »Nein, das verstehen Sie nicht, aber bestimmt wird Ihnen die Bedeutung meiner Worte irgendwann klar — vielleicht sogar früher, als Sie glauben. Data, Sie wurden als das geschaffen, was Adrian einen ›Überlebenden‹ nennt. Er ist selbst einer — das behauptet jedenfalls Jevsithian. Ich weiß nicht, ob Schicksal oder Willensstärke dahintersteckt, aber darauf kommt es auch gar nicht an.« Der Kriegsherr zögerte kurz. »Haben Sie die Prophezeiung des Sehers gehört?«

»Prophezeiungen können mit wissenschaftlichen Methoden nicht verifiziert werden«, sagte Data.

»Aber vielleicht bewahrheitet sie sich trotzdem. Wie interpretieren Sie die Worte des Grokarianers?«

»Zu gewinnen und doch zu verlieren? Vermutlich ist ein Sieg im Kampf gemeint — auf den dann der Tod folgt.«

»Möglich«, murmelte Rikan. »Auch vollorganische Personen sind zu logischen Überlegungen fähig, Data. Als Sie Adrian sahen, versuchten Sie sofort, ihn zu verhaften. Ich bin sicher, Sie sind weiterhin entschlossen, diese Pflicht wahrzunehmen. Und die Anklagen, die Sie gegen ihn erhoben ... Mord, Verschwörung und Verrat werden vermutlich mit dem Tod bestraft.«

»In der Föderation gibt es keine Todesstrafe«, widersprach der Androide.

Rikan schloß die Augen und schauderte. »Das habe ich befürchtet. Die einzige Alternative lautet lebenslängliche Haft.«

»Es ist vorgesehen, Darryl Adin in einer Rehabilitierungskolonie unterzubringen, bis seine psychologische Anomalie geheilt werden kann.«

»Namen und Bezeichnungen sind austauschbar. Sie kennen Adrian nicht so gut wie ich. Der Tod wäre für ihn nicht annähernd so schlimm wie ein Verlust seiner Freiheit. Ich glaube, das meinte Jevsithian. Wenn der Seher recht hat, wird es uns gelingen, Treva zu befreien, worüber ich mich sehr freue. Aber Adrian läuft Gefahr, einen hohen Preis für unseren Sieg zu bezahlen.«

Der Kriegsherr hob die Lider, und in seinen klaren Augen glänzte eine stumme Frage.

»Richten Sie keine solche Bitte an mich, Lord Rikan«, sagte Data. »Ganz gleich, was Darryl Adin in den vergangenen Jahren geleistet hat — er verriet alle Ideale, an die er angeblich glaubte. Wenn ich nicht die Gelegenheit nutze, ihn unter Arrest zu stellen und den Behörden der Föderation zu übergeben, mache ich mich ebenso schuldig wie er.«

Tasha verbrachte die nächsten beiden Tage mit Darryl Adin, und während sie den Riatin-Austausch planten, erwachte ihre alte Kameradschaft. Datas Angaben über Fahrwege und Zeitpläne ermöglichten eine gute Vorbereitung des Unternehmens. Als die Transporter hielten und ihre Fahrer ausstiegen, um eine Mahlzeit einzunehmen, rollten ähnlich beschaffene Fahrzeuge heran und schirmten die Laster vor den mißtrauischen Blicken der Militäreskorte ab. Innerhalb weniger Minuten wurde die Ladung durch identische Behälter ersetzt, die jedoch keine Emo-Blocker, sondern ein völlig wirkungsloses Placebo enthielten. Einige Trevaner aus Rikans Anhängerschaft lenkten die Fahrer ab, während die Container von einer Ladefläche zur anderen wechselten. Sdan, Poet, Aurora und Pris stellten die technischen Hilfsmittel zur Verfügung, mit denen die Sensoren der Transporter manipuliert werden konnten. Information, Ausrüstung, Geschick und Erfahrung machten alles zu einem ›Kinderspiel‹, wie Data meinte.

Am Abend des zweiten Tages war der Plan ohne irgendeinen Zwischenfall durchgeführt, und die Gruppe kehrte ins Schloß zurück. Es herrschte eine prächtige Stimmung.

Yar und Data hatten natürlich nicht die Erlaubnis bekommen, an der Operation teilzunehmen. Als Tasha auf Dare wartete, rang sie sich zu einer Entscheidung durch. Bestimmt wollte Darryl unmittelbar nach dem erfolgreichen Abschluß seiner Mission von Treva verschwinden; zwar konnte sie nicht einfach tatenlos zusehen, wie er sich absetzte, aber sie beschloß, erst dann zu handeln, wenn er zu fliehen versuchte. Yar hoffte inständig, daß er in dieser Hinsicht ebenso großen Einfallsreichtum bewies wie bei der Netzfalle, die Data überraschte.

Der Androide war stiller als sonst, sprach nicht einmal dann mit ihr, wenn sich außer ihnen kaum jemand im Strategiezimmer befand. *Er mißtraut mir,* dachte Tasha. *Hält er es wirklich für möglich, daß ich Dare zur Flucht verhelfe?* Aber sie widerstand der Versuchung, eine direkte Frage an ihn zu richten. Solange Data darüber nachdachte, ob sie sich weiterhin an ihre Pflichten gebunden fühlte, unternahm er nichts gegen Dare.

Nach dem Abendessen versammelten sich alle in Rikans Salon, um zu feiern. Es fiel Dare und Yar leicht, das Zimmer unbemerkt zu verlassen. Eine Zeitlang blieben sie auf dem Balkon stehen, gingen dann weiter und suchten das Musikzimmer des Kriegsherrn auf, in dem die gleiche ruhige, würdevolle Atmosphäre herrschte wie in den anderen Räumen des Schlosses. Uralte Möbel harmonierten mit moderner Technologie: Wenn man die Tasten eines kleinen, emaillierten Instruments auf dem Tisch berührte, erklangen elektronisch modulierte Töne.

Dare programmierte eine leise, sanfte Melodie, setzte sich zu Tasha und plauderte mit ihr. Schließlich sagte er: »Ich möchte, daß du mitkommst.«

»Was?« Yar sah ihn verblüfft an und fürchtete, daß er sie aufforderte, mit ihm zu fliehen.

»Wir schlagen in drei Tagen zu, wenn die Wirkung des Riatin nachläßt und die Unruhen in den Städten beginnen. Was hältst du davon, mich zu begleiten?«

»Unmöglich!« platzte es aus Tasha heraus. »Die Erste Direktive ...«

»Diese Welt hat Starfleet um Hilfe gebeten! Du handelst also nicht auf eigene Faust.«

»Man rief uns hierher, damit wir gegen *dich* kämpfen.«

»Nalavia hat dich und Data belogen. Sie unterdrückt ihr Volk. Die trevanischen Bürger werden sich gegen die Präsidentin wenden, sobald sie wieder klar denken können. Wenn wir hierbleiben und alles am Bildschirm verfolgen ... Wärst du bereit, mit mir zu kommen, sobald die Aufstände gegen Nalavia beginnen?«

»Eine Person mehr oder weniger macht doch überhaupt keinen Unterschied, Dare.«

Er legte ihr die Hand auf die Schulter, sah ihr tief in die Augen. »Für mich schon«, sagte er leise – und küßte sie, diesmal ganz zärtlich und behutsam.

Tasha blieb nicht länger kühl und reagierte. Fast verzweifelt schlang sie die Arme um Dare und schmiegte sich an ihn.

»Es kann nicht von Dauer sein«, hauchte sie.

»Ich weiß«, erwiderte Darryl und strich ihr übers Haar. »Ich kenne dich, Tasha. Es wäre sicher sinnlos, dich zu bitten, dein Leben bei Starfleet aufzugeben und zu einer Abenteurerin zu werden. Ich verspreche, dir keine solche Frage zu stellen. Aber ich möchte etwas anderes von dir wissen. Bist du noch immer davon überzeugt, ich sei schuldig? Fühlst du dich nach wie vor von mir verraten?«

»Nein«, antwortete Yar. »Eigentlich habe ich nie daran geglaubt. Ich weiß nicht, woher all die Beweise gegen dich stammten, aber in einem Punkt war ich mir die ganze Zeit über völlig sicher: Der Mann, den ich liebe, konnte keine solche Schuld auf sich geladen haben.«

Sie spürte, wie sich Dare entspannte. Er küßte sie erneut, ebenso sanft wie zuvor. »Vielleicht sehen wir uns nie wieder«, murmelte er.

»Ja. Aber laß uns jetzt nicht daran denken. Uns bleiben noch drei Tage, Dare. Und drei Nächte.«

Er lächelte – auf die wundervolle Art und Weise, an die sie sich so gern erinnerte –, stand auf und reichte ihr die Hand. Tasha griff danach, entschlossen, das Hier und Jetzt zu genießen, alle Gedanken ans Morgen zu verdrängen.

Während sich Tasha Yar ihrem zeitlich begrenzten Glück hingab, sah sich Lieutenant Commander Data mit fast schmerzlicher Verwirrung konfrontiert. Nach dem Gespräch mit Lord Rikan dachte er über die Gefühle nach, die die der alte Mann in ihm zu erkennen glaubte. Gründete sich seine Sorge über Tashas Verhalten auf jene edle Form von kameradschaftlicher Liebe, zu der ihn Rikan für fähig hielt? Oder betrat er bei seinem Versuch, das menschliche Empfinden zu verstehen, das metaphorische Glatteis der Eifersucht?

Data kannte natürlich die üblichen Definitionen dieser Gefühle, aber solche Erklärungen halfen nur bei theoretischen Überlegungen, nicht in der Praxis. Zum zweitenmal zog sich Yar mit Adin zurück, und als sie am nächsten Morgen zum Frühstück kamen, wirkten sie beide ein wenig zu entspannt und zufrieden.

Während der nächsten Stunden schwieg Data, weil er sich seiner eigenen Motivationen nicht ganz sicher sein konnte. Außerdem weilte Tasha fast immer an Adins Seite, und was er Yar zu sagen hatte, war nur für ihre Ohren bestimmt. Als die Anwesenden gingen, um sich fürs Abendessen umzuziehen, nutzte der Androide die gute Gelegenheit und trat an seine Kollegin heran. »Kann ich Sie sprechen, Tasha?«

»Natürlich. Begleiten Sie mich in mein Zimmer.«

Als sie den Raum betraten, schloß Yar sofort die Tür und streifte ihre leichte Jacke ab.

Einen entsetzlichen Augenblick lang befürchtete Data, sie wolle vor ihm die Kleidung wechseln und ihm damit mitteilen: »Du bist ja nur eine Maschine, vor der man sich nicht zu schämen braucht.« Aber sie zog sich nicht aus, nahm statt dessen auf der Bettkante Platz und bot ihm den Stuhl an. »Ich kann mir schon denken, worum es Ihnen geht, Data. Sie brauchen sich keine Sorgen zu machen. Die Pflicht Starfleet gegenüber kommt immer an erster Stelle; in diesem Zusammenhang spielen meine Gefühle für Dare keine Rolle.«

»Das beruhigt mich«, sagte Data, dankbar dafür, daß ihm Tasha eine entsprechende Frage erspart hatte. »Nun, Sie beabsichtigen, auf die ersten Aufstände gegen Nalavia zu warten. Haben Sie schon darüber nachgedacht, was geschehen wird, wenn alles vorbei ist und wieder Frieden herrscht?«

Yar seufzte. »Data, es liegt mir fern, zu desertieren und mich der Gruppe des Silbernen Paladin anzuschließen«, sagte sie betont rational.

»Eine solche Möglichkeit habe ich in meinen Überlegungen überhaupt nicht berücksichtigt«, entgegnete der Androide. »Ich meine Ihre unmittelbare Pflicht, sobald wir einen Kontakt mit Starfleet hergestellt haben.«

Tasha lachte leise. »Wenn Sie glauben, Dare festnehmen zu können – gehen Sie ruhig zu ihm und stellen Sie ihn unter Arrest.«

Data runzelte die Stirn. »Soll das heißen, Sie wollen keinen solchen Versuch unternehmen?«

»Nein. Ich will auf folgendes hinaus: Mit ziemlicher Sicherheit bekommt keiner von uns eine Chance, ihn zu verhaften. Ich bezweifle, daß Dare lange genug auf Treva bleibt.«

»Und wenn das doch der Fall ist?« beharrte Data.

»Das halte ich für ausgeschlossen«, sagte Yar fest und stand auf.

Der Androide wußte, was ihr Verhalten bedeutete: Tasha wollte, daß er ihr Zimmer verließ. Er erhob sich ebenfalls. »Es geht mir nicht um Ihre Meinung, Lieutenant. Ich möchte wissen, ob ich mich auf Sie verlassen kann. Würden Sie die Gelegenheit wahrnehmen, Darryl Adin festzunehmen und ihn den Föderationsbehörden zu übergeben?«

In Yars Augen blitzte es, und sie schob das Kinn vor. »Kehren Sie jetzt den Vorgesetzten heraus ... *Commander*?«

»Ist das nötig ... Tasha?«

Einige Sekunden lang blieb sie steif und gerade stehen und starrte ihn herausfordernd an. Dann zitterten ihre

Lippen, und eine Träne rann ihr über die Wange. »Eigentlich sollte es gar nicht nötig sein, mich so etwas zu fragen, Data. Ja, verdammt: Wenn sich eine solche Gelegenheit ergibt, werde ich meiner Pflicht genügen. Aber ich bin ganz sicher, daß es nicht dazu kommt — bestimmt hat sich Dare viel zu gut vorbereitet.«

Diese Auskunft stellte Data zufrieden. Er kehrte in den Korridor zurück, blickte auf die geschlossene Tür und dachte nach. Tashas Wort genügte ihm völlig, und doch blieb ein Rest von Unruhe in ihm. Es dauerte eine Weile, bis er den Grund dafür verstand: Er fühlte sich schuldig, weil er die Verhaftung des Mannes anstrebte, den Tasha liebte.

Der nächste Tag verstrich mit wichtigen Diskussionen und Erörterungen: Wie sollten die Radio- und Videosender unter Kontrolle gebracht werden, damit die Trevaner nach ihrem emotionalen Erwachen die Wahrheit über Nalavia erfuhren? Welche Gegenmaßnahmen waren angebracht, wenn die Präsidentin das Kriegsrecht verhängte?

Am späten Nachmittag tauschte Yar das von Pris stammende goldene Gewand gegen ein blau und lavendelfarben gemustertes, durchscheinendes Kleid ein. Rikans abendliche Empfänge stellten einen herrlichen Kontrast zur High-Tech-Arbeit des Tages dar, fand Tasha, bürstete ihre blonden Strähnen und betrachtete sich im Spiegel. Derzeit trug Dare sein Haar länger als sie, doch er hatte ihre Frisur immer gemocht. Tasha achtete immer darauf, daß ihr blonder Schopf möglichst kurz blieb, so daß kein Gegner danach greifen konnte, und Darryl Adin verzichtete darauf, für Männer typische Bemerkungen in der Art von ›Wie du wohl aussähest, wenn ...‹ an sie zu richten. In dieser Hinsicht teilte nur Data sein Taktgefühl, wenn auch aus anderen Gründen.

Armer Data. Er machte sich wirklich Sorgen und befürchtete, sie könne wegen Dare ihr Leben ruinieren. Oh, er führte sie in Versuchung, aber tief in ihrem Innern wußte Tasha, daß sie niemals bereit gewesen wäre, Starfleet zu vergessen.

Wenn es doch nur eine Möglichkeit gegeben hätte, seine Unschuld zu beweisen! Vergebliche Hoffnungen ... Yar erinnerte sich so deutlich an die Kriegsgerichtsverhandlung, als habe sie erst gestern stattgefunden. Es sprachen einfach zu viele unwiderlegbare Beweise gegen Dare – und nach den inzwischen vergangenen Jahren mußte es noch weitaus schwieriger sein als damals, die Wahrheit zu finden.

Tasha hielt sich an den Grundsatz, den sie schon während ihrer Ausbildung verinnerlicht hatte: Plane für morgen und lebe heute. Nach dem Abendessen konnte sie sich erneut mit Dare zurückziehen und einige Stunden unbeschwerter Liebe genießen.

Yar warf einen neuerlichen Blick in den Spiegel und nickte zufrieden. Natürlich mangelte es ihr an Objektivität: Sie *fühlte* sich attraktiv, ganz gleich, mit welchen Einstellungen ihr das restliche Universum begegnete. Sie brauchte jetzt nur noch das ungewohnte Kleid überzustreifen und ...

»Alarm! Alarm! Gleiter nähern sich! Alle Gefechtsstationen besetzen!«

Yar hörte, wie die Lautsprecherstimme durch alle Flure und Korridore des Schlosses hallte, ließ den blauen und lavendelfarbenen Stoff fallen und griff statt dessen nach einer schlichten Hemd-Hose-Kombination. Zwanzig Sekunden später verließ sie ihr Zimmer, stürmte los – und begriff erst dann, daß es gar keine Gefechtsstation für sie gab.

Einige Meter entfernt trat Data durch eine Tür; er trug wieder seine Starfleet-Uniform. »Zum Strategiezimmer«, sagte er. Seite an Seite liefen sie die Treppe hinunter und begegneten einem bestens organisierten Chaos.

Zuvor geschlossene Schränke standen nun weit offen. Poet und Pris verteilten beeindruckend wirkende Waffen an Rikans Bedienstete. Sdan saß an der Computerkonsole, und der Monitor zeigte eine schematische Darstellung des Schloßgeländes.

Zwei Energiefelder glühten matt: Das eine umhüllte die Festung, und das andere war einige Kilometer entfernt.

»Schilde?« fragte Yar erstaunt. Es konnte sich unmöglich um Deflektoren handeln, wie sie von Raumschiffen verwendet wurden — es sei denn, ein irgendwo installierter Materie-Antimaterie-Wandler lieferte die nötige Energie.

»Nur der innere«, sagte Sdan. »Der Außenschirm ist eine statische Störbarriere, der alle Flugkontrollsysteme ausfallen läßt. Ein guter Pilot kann das Problem lösen, indem er die manuelle Steuerung übernimmt, aber eins steht fest: Jetzt spielen alle Bordcomputer verrückt. Unsere Gegner müssen auf die automatische Zielerfassung ihrer Waffen verzichten.«

»Das Schloß wird tatsächlich von einem Schild geschützt?«

Pris gab den letzten Strahler fort und trat näher. »Ja«, bestätigte sie. »Aber leider nur von einem schwachen. Die Betriebsenergie stammt von Batterien, und angesichts der Waffen, die Nalavias Kampfgleiter gegen uns einsetzen können, reicht sie ungefähr für eine halbe Stunde.« Sie gab Yar und Data jeweils ein schweres Phasergewehr. »Wenn die äußere Verteidigungsbarriere ihren Zweck erfüllt, brauchen Sie nicht einzugreifen. Aber wenn sie versagt und einige Gleiter bis hierher vorstoßen, sollten Sie besser darauf vorbereitet sein, Ihr Leben so teuer wie möglich zu verkaufen!«

KAPITEL 10

Lieutenant Commander Data begriff sofort, daß Pris Shenkley recht hatte. »Wozu brauchen Sie uns?« fragte er.

»Helfen Sie Dare oben an den Zinnen«, antwortete die Waffenexpertin und deutete auf die Gewehre. »Mit diesen Dingern holen Sie sogar einen Kampfgleiter vom Himmel – vorausgesetzt, er erwischt Sie nicht vorher.«

»Wirkt sich das statische Störfeld überall aus?« fragte Tasha.

»Ja. Unser eigener Computer ist natürlich abgeschirmt. Den Flugabwehrstellungen müßte es eigentlich gelingen, die meisten feindlichen Einheiten abzu...«

»Pris!« rief Sdan.

Alle wandten sich dem Bildschirm zu. Das Darstellungsfeld zeigte ein längliches, stabförmiges Objekt, das die äußere Verteidigungsbarriere durchdrang und sich mit hoher Geschwindigkeit dem Schloß näherte. »Raketenangriff!« entfuhr es Pris. »Abwehr einleiten!«

»Abwehr ist eingeleitet«, erwiderte Sdan. In der Schlucht gleißte es auf, und ein Strahlblitz traf das heranrasende Geschoß. Einen Sekundenbruchteil später verschmolzen die projizierten Konturen in weißem Schimmern, und die Druckwelle der Explosion ließ die Mauern der Bastion erzittern.

»Nalavia geht aufs Ganze«, sagte Poet leise. »Und damit wirft sie alle unsere Pläne über den Haufen ...«

»Haben Sie nicht mit einem Angriff gerechnet?« fragte Data.

»Doch, das schon«, erwiderte Pris. »Aber wenn sie Raketen verwendet ... Es bedeutet, daß sie den Tod aller Personen im Schloß einkalkuliert hat. Und dazu gehören auch die beiden Angehörigen des von Starfleet entsandten Ermittlungsteams.«

Aurora gesellte sich ihnen hinzu. »Raketen! Nalavia muß völlig den Verstand verloren haben. Mit welcher Strategie geht man gegen eine Wahnsinnige vor?«

»Aber Sie *haben* eine Möglichkeit, den Angriffen zu begegnen«, sagte Tasha.

»Oh, sicher, wir sind auf einen regelrechten Krieg vorbereitet«, entgegnete Aurora. »Doch wir erwarteten keine solche Offensive, solange Sie sich hier bei uns befinden. Wir glaubten, Nalavia lege Wert darauf, Sie lebend zurückzubekommen. Ganz offensichtlich ist es ihr völlig gleich, ob Sie sterben oder nicht.«

»Meine Nachricht an die *Enterprise*«, überlegte Yar laut. »Dare meinte, durch eine Anpeilung der Signale ließe sich unser Aufenthaltsort bestimmen. Die Botschaft wurde mehrmals gesendet, in Abständen von jeweils zwei Stunden, und daraufhin nahm Nalavia vermutlich an, wir hätten uns auf Ihre Seite geschlagen.« Tashas Finger schlossen sich so fest um ihre Waffe, daß die Knöchel weiß hervortraten. »Verdammt! Es wäre besser gewesen, die Mitteilung nur einmal zu senden, um nicht den Argwohn der Präsidentin zu wecken.«

»Es hat jetzt keinen Sinn mehr, sich um solche Dinge Gedanken zu machen«, sagte Sdan. »Wenn die ersten Strukturlücken im Schild entstehen, bekommen wir es mit der ganzen Streitmacht Nalavias zu tun.«

»Hat sie sich mit Ihnen in Verbindung gesetzt, um Sie zur Kapitulation aufzufordern?« warf Data ein.

Sdan prüfte die Kommunikationskonsole. »Nein.« Und dann: »He, einen Augenblick. Die Starfleet-Frequenzen werden nicht mehr gestört. Wahrscheinlich steht Nalavia nur begrenzte Sendeenergie zur Verfügung. Es dürfte ihr schwer genug fallen, *unsere* Störsignale zu überlagern, um den Truppen Befehle zu übermitteln.«

Tasha reagierte sofort. Mit einem Satz war sie an Sdans Seite und justierte die Kom-Anlage auf die bei Starfleet gebräuchliche Notfrequenz. Der Vulkanoide hinderte sie nicht daran.

»Hier spricht Lieutenant Tasha Yar auf Treva. Ich rufe alle Raumschiffe, die mich empfangen können. Lieutenant Commander Data und ich werden angegriffen. Die Koordinaten folgen. Notfall-Priorität. Ich wiederhole: Eine von Starfleet ausgeschickte Ermittlungsgruppe wird angegriffen. Ich bitte alle Raumschiffe um Hilfe, die diese Sendung empfangen!«

Eine Antwort blieb aus. Kein Wunder: Es konnte wenige Minuten oder auch viele Stunden dauern, bis die Botschaft das nächste Starfleet-Schiff erreichte.

Weitere Explosionen donnerten, als heranjagende Raketen im Strahlfeuer der Abwehrbatterien zerplatzten. Kurze Zeit später flammte der Schirm auf: Ein Geschoß traf den Schild, und das Schutzfeld brach zusammen.

»Wir sollten die Wehrgänge aufsuchen«, sagte Data. »Bestimmt braucht man dort unsere Hilfe.«

»Außerdem können wir nicht mehr damit rechnen, einen Kontakt zur Starfleet herzustellen«, fügte Tasha hinzu. Statisches Rauschen drang aus den Lautsprechern — Nalavia blockierte erneut alle Kom-Kanäle.

Adin, Barb und die beiden Tellariten standen bereits an der Brustwehr und waren mit den gleichen Waffen ausgerüstet wie auch Data und Yar. Der erste Gleiter raste heran, und Energiebündel zuckten aus den Abstrahlprojektoren der Bordkanonen.

Die Flugabwehrstellungen eröffneten das Feuer, und jähes, tödliches Flackern erhellte das Zwielicht. Einige feindliche Maschinen wurden getroffen und stürzten ab.

Doch eine kam durch. Adin visierte sie an und drückte ab; geisterhaftes Glühen tastete nach dem Ziel, und der Gleiter stürzte brennend in die Schlucht.

Weitere Kampfeinheiten durchdrangen die periphere Verteidigungsbarriere; die Angriffswellen folgten dicht aufeinander ... Strahlblitze in der Schlucht verrieten die Position der Flugabwehrgeschütze, und der Feind nahm sie sofort unter Beschuß, kam den Schloß immer näher.

Tasha und ihre fünf Begleiter lagen bäuchlings auf dem Wehrgang, von den massiven Zinnen abgeschirmt. Sie hofften, alle Schweber abschießen zu können, die sich über der Festung zeigten.

Ein von mehreren Gleitern eskortierter Truppentransporter näherte sich, und Ergblitze kochten über uralten Granit. In der einen Flanke öffnete sich eine breite Luke, aus der Soldaten auf die unteren Wehrgänge sprangen.

»Der Gegner ist uns zahlenmäßig weit überlegen«, sagte Data, während er zielte und feuerte, zielte und feuerte. Zwei feindliche Soldaten fielen.

»Aber wenn die Wirkung der Emo-Blocker nachläßt und in den Städten der Aufstand beginnt, wird Nalavia eine ziemliche Überraschung erleben!« erwiderte Barb und schoß ebenfalls. Drei andere Gestalten sanken zu Boden.

Adin klopfte auf sein Abzeichen. »Rückzug! Verschanzen Sie sich im Schloß, bis ...«

»Dare!« rief Barb.

Er rollte sich gerade noch rechtzeitig genug herum und zielte auf einen leisen Antigravschweber, der sich ihren Stellungen näherte, während sie von dem Truppentransporter abgelenkt waren. Er sauste über sie hinweg, und Flammen leckten aus seinen Projektoren.

Sechs Phasergewehre entluden sich, und ihre Strahlbahnen vereinten sich an dem dunklen Schatten. Funken stoben, aber die Entfernung zum Gleiter schrumpfte weiterhin.

»Weg von hier!« rief Barb.

Sie hatten die Flugkontrollsysteme des Antigravfliegers zerstört.

Durch die transparente Kanzel sah Data das entsetzte Gesicht des Piloten, als der Schweber an den Zinnen zu zerschellen drohte.

Die beiden Tellariten stürmten zur schmalen Treppe. Data griff nach Tasha, die ihre Reflexe unterdrückte und keinen Widerstand leistete, sich von ihrem Kollegen einfach über die Schulter werfen ließ. Der Androide setzte sich sofort in Bewegung und lief ebenfalls zu den nach unten führenden Stufen.

Dort setzte er Yar ab, drehte sich um und sah, wie Adin seine Waffe fallen ließ, die Arme um Barbs Taille schlang und sie zur Seite riß. Ein Strahlblitz raste dicht an ihr vorbei, verfehlte sie nur knapp: Der Bugkanonier des Gleiters feuerte noch immer, schien überhaupt nicht zu begreifen, daß ihn nor noch wenige Sekunden vom Tod trennten.

Aber Data vernahm nicht nur das Zischen und Knistern freigesetzter Energie ...

Er wirbelte um die eigene Achse und zielte auf einen anderen Schweber, der die drei auf dem Wehrgang verbliebenen Personen unter Beschuß nahm.

Der Androide warf sich zur Seite, sprang auf Adin und Barb zu, stieß sie zu Boden. Eine halbe Sekunde später fauchten tödliche Flammen über sie hinweg.

Data prallte mit seinem ganzen Gewicht auf Adin und preßte ihm dadurch die Luft aus den Lungen – aber es blieb ihm keine Zeit, um Rücksicht zu nehmen. Als Darryl stürzte, verlor Barb ebenfalls das Gleichgewicht und fiel. Sie rollte sich ab, hob das Gewehr ...

Genau in diesem Augenblick stieß der Antigravschweber an die Zinnen.

Die ganze Welt schien zu explodieren. Data zerrte den benommenen Adin zur Treppe, wandte sich dann zu Barb um ...

Die Druckwelle schleuderte sie ihm in die Arme, und die Metallsplitter des auseinanderplatzenden Gleiters zerfetzten ihren Leib.

Unter dem Gewicht der Trümmer gab ein Teil des Wehrgangs nach.

Data drehte den Kopf und sah, wie sich Adin in die Höhe stemmte. Yar kletterte durch den schmalen Treppenzugang und half ihm.

»Zurück, Tasha!« rief der Androide, ließ Barbs Leiche

fallen, griff nach Darryls Arm und zog ihn in Richtung der Stufen. Yar stützte den Silbernen Paladin, als sie durch das enge Treppenhaus nach unten flohen. Das Krachen und Donnern der Explosion folgte ihnen.

Um sie herum erzitterte alles. Staub wallte, und Mörtelbrocken fielen auf sie herab. Die beiden Menschen keuchten und husteten, als sie schließlich den steinernen Korridor erreichten, in dem Tuuk und Gerva auf sie warteten. »Wo ist Barb?« fragte einer der beiden Tellariten.

»Tot«, sagte Tasha. »Wir müssen uns beeilen — das Dach stürzt ein!«

Das Rückzugssignal hallte durch die Flure des Schlosses, während Yar und ihre Begleiter den Weg fortsetzten. Sie fanden weitere Treppen, und unten erwarteten sie fünf Soldaten aus Nalavias Streitmacht. Nur die Tellariten trugen Waffen, aber sie brauchten keine Hilfe. Ihre Phasergewehre waren dazu konstruiert, gegen schwere Kampfgleiter zum Einsatz gebracht zu werden, und einfache Körperpanzer stellten nicht den geringsten Schutz dar. Die Strahlen durchschlugen stählerne Brustplatten, brannten sich durch die Körper, zerstörten einen hölzernen Tisch hinter den Soldaten und hinterließen ein großes Loch in der Wand. Glücklicherweise wurden keine tragenden Teile des Zimmers beschädigt.

Data und Tasha folgten den Tellariten, denn sie wußten nicht, wo sich die übrigen Verteidiger versammelten. Darryl Adin schwieg die ganze Zeit über, ließ sich stumm von Yar führen. Der Androide bildete den Abschluß.

Im Strategiezimmer wandte sich Dare sofort dem Bildschirm zu und trat neben Aurora, die eine schematische Darstellung betrachtete. »Wie ist die Lage?« fragte er.

Pris kam aus der anderen Richtung und erbleichte, als sie Data sah. »Sie sind verletzt!«

Er starrte an sich herab und bemerkte große rote Flekken auf dem grünen und goldenen Tuch seiner Uniform. »Nein«, sagte er und erinnerte sich daran, daß in Adins Gruppe eine ebensolche Kameradschaft herrschte wie bei der Besatzung der *Enterprise*. »Tut mir leid ... Es ist Barbs Blut. Sie starb oben auf dem Wehrgang.«

Adin drehte sich um. »Und auch ich wäre ums Leben gekommen, wenn Data nicht rechtzeitig gehandelt hätte.« Er zögerte kurz und fügte dann hinzu: »Barb fiel im Kampf, und das entsprach ihrem Wunsch. Wir sollten jetzt dafür sorgen, daß sie sich nicht umsonst opferte. Wo ist Rikan?«

»Hier«, erklang die Stimme des Kriegsherrn. Wie die anderen hatte er sich gerade zum Abendessen umziehen wollen, als der Angriff begann. Er trug ein elegantes spitzenbesetztes Hemd und eine perfekt sitzende Hose, aber es fehlte eine Jacke. An der einen Schulter war das Hemd zerrissen, und dunkles Rot verunzierte das reine Weiß. Auf Rikans linker Wange zeigte sich ein langer Striemen. Aber wie bei Data handelte es sich nicht um eigenes Blut. Das hinter den Gürtel geschobene und nur unvollkommen gesäuberte Messer wies deutlich genug darauf hin, woher die scharlachfarbenen Spritzer stammten.

»Jevsithian?« fragte Adin.

»Ich bin hier.« Der Seher saß in einer Ecke und ließ sich nicht von der allgemeinen Aufregung anstecken.

»Poet?«

»Ein wenig mitgenommen, aber ansonsten in guter Verfassung.« Er saß an einem Tisch und putzte die Brille, während jemand eine Platzwunde an seiner Stirn behandelte.

Nachdem Adin festgestellt hatte, daß die Gruppe bis auf Barb vollständig war, bat er Rikan, die Einsatzfähigkeit seiner eigenen Leute zu überprüfen. Anschließend sah er wieder auf den Bildschirm.

»Da kommen sie!« entfuhr es Sdan plötzlich.

Alle Anwesenden traten an den Monitor heran. Die schematische Darstellung schrumpfte ein wenig und berücksichtigte dadurch auch das Gelände vor dem Schloß.

Die Landbevölkerung griff aus drei Richtungen an. Hunderte von trevanischen Bürgern kamen zu Fuß oder benutzten Bodenfahrzeuge und sogar Gleiter. Es mochten einfache Bauern sein, aber sie verwendeten keineswegs Heugabeln und Rebmesser. Die von den Scannern ermittelten Daten deuteten auf Phaser, Intervaller und andere Strahler hin.

»Woher haben die Leute solche Waffen?« fragte Tasha verblüfft.

»Die Frage müßte eigentlich lauten: Wo haben sie sie bisher versteckt?« erwiderte Rikan. »Nalavia versuchte, ihr Volk zu entwaffnen, aber die bäuerliche Bevölkerung weigerte sich, auf alle Möglichkeiten der Verteidigung zu verzichten. Um das Arsenal vor den Truppen der Präsidentin zu verbergen, wurde es demontiert, und die einzelnen Komponenten versteckte man anschließend in gewöhnlichen landwirtschaftlichen Geräten. Deshalb greifen die Bürger erst jetzt in den Kampf ein: Sie brauchten eine Weile, um ihre Waffen wieder zusammenzusetzen.«

»Deine Idee, Dare?« erkundigte sich Yar.

»Nein«, antwortete Adin. »Ich habe diesen Auftrag nur übernommen, weil das trevanische Volk bereit ist, selbst um seine Freiheit zu kämpfen. Es braucht nur jemanden, der ihm mit Logistik und Sachverstand zur Seite steht.«

»Und in dieser Hinsicht können wir derzeit keine große Hilfe gewähren«, murmelte Aurora. Data vernahm Ärger und Enttäuschung in ihrer Stimme.

»Aber wir sind durchaus in der Lage, den Bürgern eine zentrale Figur zu geben, einen Fokus für ihre Entschlossenheit.« Rikan wandte sich der Tür zu.

»Wohin wollen Sie?« fragte Adin. »Sie bezahlen uns, damit wir Sie schützen.«

Der Kriegsherr kehrte zurück, blieb dicht vor Darryl stehen und blickte ruhig auf ihn herab. »Nein, das stimmt nicht. Ich bezahle Sie, damit Sie uns helfen, Nalavias Macht zu brechen.« Rikan mochte alt sein, aber er hatte nichts von seiner Erhabenheit verloren. »Ein trevanischer Lord versteckt sich nicht, während andere für ihn in den Kampf ziehen.«

»Aber wenn es Nalavia gelingt, Sie zu töten – wer sammelt dann die Kräfte der Opposition?« gab Adin zu bedenken.

»Ein Feigling gewiß nicht«, entgegnete der Lord würdevoll.

»Rikan hat recht«, warf Jevsithian ein. »Er ist der letzte Kriegsherr, und sein Wappen wird Trevas Freiheit symbolisieren.«

»Was soll das heißen?« fragte der Bedienstete namens Trell. »Daß mein Herr den Sieg erringt? Oder steht ihm ein Tod als Märtyrer bevor?«

»Ich sehe, was ich sehe«, erwiderte der Grokarianer schlicht. »Rikans Wappen als Zeichen der Freiheit, direkt neben dem Emblem des Silbernen Paladin.«

Rikan legte Trell die Hand auf die Schulter. »Mein Volk braucht mich. Wenn ich sterbe, so geht mein Schicksal in Erfüllung. Als junger Mann stritt ich oft auf dem Schlachtfeld, doch in den letzten Jahren nur noch in der Politik. Dies ist mein letzter Kampf – ich spüre es ganz deutlich.«

Während sich Rikan bewaffnete, berichtete Sdan: »Die Gleiter der trevanischen Bürger verwickeln Nalavias Einheiten in ein Gefecht, und die Bodentruppen des Kriegsherrn lenken ihre Infanterie ab. Die Truppen entfernen sich von der Festung und geben uns damit Gelegenheit, das Schloß wieder unter unsere Kontrolle zu bringen.«

Sie verloren keine Zeit. Adins Gruppe, Data, Tasha und Rikans Leute verließen das Strategiezimmer, durchstreiften die Bastion und schlugen Nalavias Soldaten zurück. Irgend jemand hatte Yars Insignienkommunikator auf die von Darryl benutzten Frequenzen eingestellt. Der Androide rejustierte sein eigenes Gerät, so daß er zusätzliche Informationen über die Schlacht bekam.

Aurora nahm Sdans Platz an der Kommunikationskonsole ein, und der Vulkanoide gesellte sich den anderen hinzu, unterstützte sie in ihrem Bemühen, alle Feinde aus dem Schloß zu vertreiben. Selbst mit dem Einsatz der Sicherheitsdetektoren kamen sie nur langsam voran: Nach dem Ausschwärmen mußte erst festgestellt werden, auf *wen* die Lebensindikatoren reagierten; andernfalls liefen sie Gefahr, auf die eigenen Kameraden zu schießen.

Aber schließlich gelang es, das Schloß zurückzuerobern. Der explodierende Antigravschweber hatte einen Turm und den größten Teil des oberen Stockwerks zerstört, doch der Rest des Gebäudes stand noch immer, als der Morgen dämmerte.

Insgesamt dreiundvierzig gegnerischen Soldaten war es gelungen, in die Bastion vorzudringen. Sechzehn von ihnen kamen ums Leben – einen tötete Rikan mit seinem Messer –, und die anderen wurden in Zellen eingesperrt. Data sah in diesem Zusammenhang seinen früheren Verdacht bestätigt: Es handelte sich um Kammern, deren Wände aus massivem Fels bestanden und sich mit Kraftfeldern abschirmen ließen. Nicht einmal ihm wäre es gelungen, aus einem solchen Kerker zu fliehen.

Adins Gruppe hatte ›nur‹ einen Verlust zu beklagen: Barb. Doch sieben von Rikans Anhängern fielen bei der Verteidigung des Schlosses, und einige andere waren zu schwer verletzt, um den Kampf fortzusetzen.

Die übrigen versammelten sich auf dem Hof, als der Tag die Nacht verdrängte und Rikan letzte Vorbereitungen dafür traf, in die Schlacht zu ziehen.

Der Kriegsherr wirkte eindrucksvoller als jemals zuvor, trug eine leichte Rüstung, deren Helm sein Wappen aufwies. Die Trevaner jubelten, als er in den Gleiter stieg, der ebenfalls mit dem Wappen seiner Familie geschmückt war. Es konnte kein Zweifel daran bestehen, wer den nur leicht gepanzerten Schweber flog – weder für Rikans Leute noch für die Truppen Nalavias.

Der Kampf fand inzwischen auf der anderen Seite der Schlucht statt, und die mit modernen Waffen ausgerüsteten trevanischen Bauern offenbarten eine bemerkenswerte Mischung aus Mut und Entschlossenheit, als sie die Soldaten zum Rückzug zwangen.

Dennoch blieb die Situation sehr ernst, und Data fragte sich, wie Adin und der alte Lord auf einen Sieg hoffen konnten. Nalavia hatte jederzeit die Möglichkeit, frische Truppen zu schicken und eine neuerliche Offensive zu beginnen.

Zu Darryls Arsenal schienen keine Waffen zu gehören, mit denen sich ganze Städte vernichten ließen. Normalerweise rechnete der Androide nicht damit, daß ein solches Zerstörungspotential Privatpersonen zur Verfügung stand, doch wahrscheinlich waren es nur moralische Skrupel, die Adin und seine Gefährten daran hinderten, entsprechende Höllenmaschinen zu bauen.

Daraus folgte, daß sie Nalavias Streitmacht unterlegen blieben. Sie mußten diesen Nachteil mit Umsicht, strategischem Geschick und der Verzweiflung wettmachen, mit der die ländliche Bevölkerung um ihre Freiheit rang.

Als Rikan startete, nahmen Darryl und Poet einen kleinen, wendigen Kampfgleiter. Die Tellariten kletterten in einen zweiten, Sdan und Pris in einen dritten, und auf diese Weise entstand ein Einsatzgeschwader. Data drehte sich um und musterte Tasha, die den Schwebern fast wehmütig nachsah.

Natürlich: Zwar hielt sie sich an die Starfleet-Doktrin, die besagte, daß man bereits eine Niederlage hinnahm, wenn man sich auf einen Kampf einließ — aber sie konnte es nicht ertragen, die Hände in den Schoß zu legen und sich auf die Rolle eines Beobachters zu beschränken. Data richtete seine Aufmerksamkeit auf die Schlacht. »Es gibt noch andere Schweber«, sagte er.

»Wie wär's mit unserem Shuttle?« erwiderte Yar.

»Es ist nicht für den Kampf konstruiert«, wandte Data ein. Dem kleinen Raumschiff fehlten Strahlprojektoren, und da es für Reisen durchs All bestimmt war, ließen sich nicht die Luken öffnen, um konventionelle Waffensysteme zum Einsatz zu bringen.

Plötzlich fiel dem Androiden etwas ein. »Ich habe einen Gleiter gestohlen, um hierher zu gelangen. Vermutlich steht er noch immer dort, wo ich ihn zurückließ.«

Tasha starrte ihn verblüfft an. »Sie haben einen Gleiter *gestohlen*?«

»Ich mußte eine recht weite Strecke zurücklegen, und zu Fuß hätte es zu lange gedauert«, entgegnete Data offen. Wieder machte er eine seltsame Erfahrung: Häufig brachten seine ehrlichen und ernsten Antworten Menschen zum Lachen.

Tasha gab ihm jedoch keine Gelegenheit, über das Phänomen des Humors nachzudenken. »Ich schlage vor, wir brechen sofort auf!« Aber erstaunlicherweise lief sie nicht etwa zur Straße, sondern kehrte ins Schloß zurück.

»Wohin ...«, begann Data.

»Wir brauchen Waffen!«

Die leichten Handphaser, mit denen sie die Soldaten in der Festung überwältigt hatten, eigneten sich nicht für einen Luftkampf.

Die schweren Strahlgewehre befanden sich im Strategiezimmer und waren inzwischen wieder aufgeladen worden. Tasha und Data griffen danach und steckten auch zusätzliche Erg-Kapseln ein. Niemand hielt sie auf, als sie das Schloß verließen und über die Straße eilten.

Der Androide wäre zweifellos in der Lage gewesen, an der Schluchtwand herabzuklettern, aber Tasha teilte seine besonderen Fähigkeiten nicht, was sie zu einem weiten Umweg zwang. Es dauerte fast zwei Stunden, bis sie den versteckten Gleiter erreichten, damit starteten und in eine Schlacht flogen, die immer neue Opfer verlangte.

Tasha Yar überließ es Data, den Schweber zu steuern. Sie vertraute darauf, daß die Sensoren des Androiden rechtzeitig Bäume, Hügelkuppen und andere Gleiter bemerkten, so daß sie solchen Hindernissen ausweichen konnten. Sie rasten unter einer feindlichen Maschine hinweg und zielten auf die Triebwerksmodule.

Tasha feuerte, und als das linke Triebwerk funkenstiebend auseinanderplatzte, kippte der gegnerische Flieger zur Seite und trudelte.

»Den hat's erwischt!« rief sie. Data reagierte sofort, betätigte das Höhenruder und gab Schub. Rasch entfernten sie sich von dem abstürzenden Schweber.

Wenige Sekunden später sausten sie an einem langsamen Truppentransporter vorbei und näherten sich einem schnellen, wendigen Kampfgleiter. Es gelang Data, die Fluglage stabil zu halten, und damit gab er seiner Begleiterin die Möglichkeit, das Ziel anzuvisieren. Phaserenergie entlud sich, kochte durch die transparente Bugkanzel und tötete sowohl den Piloten als auch seinen Kanonier.

Das Trägheitsmoment preßte Tasha tief in ihren Sitz, als Data abdrehte und erneut beschleunigte. »So ist es richtig!« entfuhr es ihr. Rote Flecken der Aufregung glühten auf ihren Wangen. »Himmel, Sie sind als Kampfpilot geboren.«

»Das bezweifle ich«, erwiderte der Androide ernst. »Von ›geboren‹ kann ohnehin nicht die Rede sein. Meine Konstrukteure statteten mich mit vielen Programmen aus, aber sie verzichteten darauf, mir Informationen über die Taktik des Luftkampfs ›in die Wiege zu legen‹.«

»Trotzdem: Sie steuern dieses Ding, als hätten Sie von Kindesbeinen an damit geübt.«

»Von ›Kindesbeinen‹ an?« erwiderte der Androide skeptisch. »Ist alles in Ordnung mit Ihnen, Tasha? Sie erwekken den Eindruck, als ...«

Yar verzog kurz das Gesicht. »Ist schon gut, Data. Schwamm drüber.« Ruckartig beugte sie sich vor. »Sehen Sie nur, dort drüben! Das ist Rikans Maschine. Drehen Sie nach Steuerbord ab. Wir nehmen uns die Gleiter vor, die den Kriegsherrn angreifen!«

»Tasha ...«, begann Data.

»Seien Sie unbesorgt. Es geht mir prächtig.« Erneut deutete sie nach draußen. »Der große Schweber mit den Raketenkatapulten ...«

»Bitte zielen Sie auf die Triebwerke oder Steuerungskomponenten«, sagte der Androide. »Es ist nicht nötig, jemanden umzubringen ...«

»Verdammt, Data — Nalavias Soldaten haben keine solchen Hemmungen; sie schießen auf *uns*!« erwiderte Yar scharf und ärgerte sich über den mangelnden Enthusiasmus des Androiden. Ihrer Meinung nach waren sie schon viel zu lange untätig, und der Angriff auf das Schloß bedeutete, daß sie sich nur verteidigten. Starfleet behauptete, es komme einer Niederlage gleich, Waffen einzusetzen und zu kämpfen, aber Tasha war davon überzeugt, daß sie sich keine Vorwürfe zu machen brauchte. Immerhin hatten sie wenigstens *versucht*, alle Entscheidungen über die Zukunft dieses Planeten allein den trevanischen Bürgern zu überlassen. Unglücklicherweise schickte Nalavia ihre Truppen, bevor die Wirkung des Riatin nachließ und die Städter aus ihrer emotionalen Apathie erwachten.

Der große Gleiter richtete eine Rakete auf Rikans Schweber. Wenn das Geschoß traf, blieb dem Kriegsherrn nicht die geringste Chance.

Zwei von Dares Maschinen näherten sich ihm, um die feindliche Einheit abzufangen. Yar konnte nicht feststellen, ob der Silberne Paladin einen der beiden Flieger steuerte.

Data änderte den Kurs, und Tasha kommentierte das im wahrsten Sinne des Wortes übermenschliche Manövriergeschick des Androiden mit einem triumphierenden Schrei. Er lenkte den zivilen Gleiter so virtuos, als handele es sich um einen Kampfschweber.

Es gab kein automatisches Ausgleichsystem für die Andruckkräfte. Tasha wurde in den Sicherheitsgurten hin und her gerissen, als der Gleiter steil aufstieg und sich jäh zur Seite wandte. Der Adrenalinspiegel in ihrem Blut erhöhte sich, schuf eine Begeisterung, die sie selbst erstaunte. Einmal mehr legte sie mit dem schweren Phasergewehr an, schoß auf den Flieger, der Rikan angriff.

Der Kriegsherr und Dares Leute feuerten ebenfalls, und ihre gewagten Manöver hinderten die Kanoniere in den feindlichen Maschinen daran, das Ziel zu erfassen. Der Pilot des alten Lords verstand sein Handwerk, nahm dauernde Kurswechsel vor, um nicht von den Suchköpfen der Raketen angepeilt zu werden.

Das Funkgerät war die ganze Zeit über eingeschaltet, doch zunächst achtete Yar gar nicht auf die Anweisungen, die ständig übermittelt wurden. Schließlich übertönte eine Stimme alle anderen: »Sie ziehen sich zurück!«

Wer zog sich zurück?

Tasha verdrängte diesen Gedanken, als es dicht vor ihnen aufblitzte. Eine Explosion krachte, und Flammen leckten über die Bugkanzel, die wie durch ein Wunder standhielt.

Data riß den Steuerknüppel nach links, und im Stahl der Außenhülle knirschte und knisterte es, als der kleine Gleiter kippte. Ein torpedoförmiges Geschoß raste dicht an ihnen vorbei.

Es knackte im Lautsprecher des Funkgeräts. »Die Bodentruppen setzen sich ab!«

»Nalavias Soldaten ergreifen die Flucht!«

Yars Aufmerksamkeit galt in erster Linie dem zweiten schwer gepanzerten Schweber, der nun eine enge Schleife flog und einen neuen Angriff begann. Ganz offensichtlich wollte der Pilot erst Data und Tasha außer Gefecht setzen, bevor er sich den Kriegsherrn vornahm.

»Achtung, Rikan!« Dares Stimme.

Data drückte den Steuerknüppel nach vorn, und einige Sekunden später fing er den trudelnden Gleiter ab, gab Schub, hielt genau auf die feindlichen Einheiten zu ...

»Unser Flugkontrollsystem ist beschädigt«, stellte der Androide fest.

Im gleichen Augenblick beobachtete Tasha, wie einer der beiden großen Kampfgleiter eine weitere Rakete abfeuerte. Das Geschoß jagte über sie hinweg – und traf Rikans Schweber.

Yar und Data sahen deutlich, wie der Pilot auszuweichen versuchte – zu spät. Der silbrig schimmernde Sprengkopf zuckte wie ein massiver Blitz herab und explodierte an den Triebwerken.

Die enorme Druckwelle hinterließ ein gezacktes Loch im Rumpf, und der Bug des Fliegers mit dem Wappen des Kriegsherrn neigte sich nach unten.

»Rikan ist getroffen!« donnerte Poets Stimme aus dem Empfänger.

Innerhalb weniger Sekunden entstand ein wildes Durcheinander. Nalavias Einheiten versuchten, Rikan den Todesstoß zu versetzen, während sich Dare und die übrigen Verteidiger alle Mühe gaben, die manövrierunfähige Maschine abzuschirmen.

»Tasha ...«, sagte Data laut genug, um den Kampflärm zu übertönen. Trotz der allgemeinen Anspannung klang er gelassen und sachlich. »Die Explosion der Rakete hat weitere Schäden verursacht. Nach meiner Berechnung dauert es höchstens zwei Minuten, bis die wichtigsten Bordsysteme ausfallen.«

»Folgen Sie Rikan nach unten!« wies Yar den Androiden an und aktivierte den Bordsender. »Hier spricht Tasha Yar. Data und ich landen und schützen den Kriegsherrn. Unser Gleiter ist beschädigt.«

»Tasha?« fragte Dare besorgt.

»Es ist soweit alles in Ordnung. Wir sind nicht verletzt.«

Data versuchte, ihren Schweber unter Kontrolle zu halten, und irgendwie gelang es ihm, den abstürzenden Flieger des alten Lords nicht aus den Augen zu verlieren. Tasha starrte durch den transparenten Bugschild und beobachtete, wie Rikans Maschine auf den Boden prallte, mehrere Bäume unter sich zermalmte und schließlich liegenblieb. Der Androide hielt genau auf die entsprechende Stelle zu und sorgte dafür, daß der Gleiter auf Kurs blieb. Die Triebwerke stotterten und setzten mehrmals aus, doch ihr Umkehrschub ermöglichte eine einigermaßen weiche Landung.

Sofort befreiten sich Data und Tasha von ihren Gurten, griffen nach den Waffen, stiegen aus und liefen zum nahen Wrack.

Einer von Nalavias Gleitern raste mit feuernden Bordkanonen heran.

Yar und Data ließen sich fallen und schossen. Zwei Energiebündel tasteten gen Himmel, trafen den dunklen Schatten, brannten sich durch dicken Stahl ... Mit einem schier ohrenbetäubenden Krachen detonierte der Schweber, und es regnete glühende Metallsplitter.

Data schützte Tasha mit seinem Leib.

Ein Trümmerstück bohrte sich ihm in den Rücken und preßte ihn mit seinem vollen Gewicht auf Yar. Der Androide bewegte sich so flink, daß Tasha häufig vergaß, wie schwer er war, aber jetzt ... Sie glaubte schon, das Knacken ihrer Rippen zu hören, als sich Data zur Seite warf, das stählerne Fragment packte und es fortwarf.

Seine Uniform brannte.

»Rollen Sie sich ab!« rief Yar aus einem Reflex heraus.

Data zögerte nicht, kam der Aufforderung sofort nach – wahrscheinlich spürte er die Hitze. Feuchtes Gras erstickte die Flammen.

Tasha berührte ihn. Die Kleidung war an mehreren Stellen verkohlt.

»Meine Haut hat keinen Schaden erlitten«, versicherte Data.

»Vermutlich haben Sie nichts dagegen, wenn ich das später überprüfe, oder?«

»Nein. Aber zuerst müssen wir zu Rikan.«

Über ihnen ging der Luftkampf weiter. Yar achtete nicht darauf, ließ sich von Data über die Reste zerfetzter Bäume hinweghelfen. Der Androide, Worf, Vulkanier, mit denen sie zusammengearbeitet hatte – sie alle waren so viel kräftiger als sie, daß es Tasha für absurd hielt, auf ihre Hilfe zu verzichten. Doch ihren menschlichen Kollegen begegnete sie in dieser Hinsicht mit instinktiver Ablehnung; unter gewöhnlichen Umständen zog sie es vor, allein zurechtzukommen.

Als sie den abgestürzten Gleiter erreichten, krochen zwei Männer daraus hervor. Keiner von ihnen war der Kriegsherr.

»Wo ist Rikan?« fragte Yar.

»Er liegt noch immer dort drin«, antwortete einer der beiden Verteidiger. »Er ist verletzt, wird jedoch mit dem Leben davonkommen. Trell kümmert sich um ihn.«

»Ich sehe nach dem Rechten«, sagte Tasha.

Das Wrack lag auf der Seite, und dadurch blieb eine Luke unzugänglich, während sich die andere oben befand. Yar schob sich über eine glatte, aerodynamisch geformte Außenhülle und kletterte in die Kabine.

Es glühten noch immer einige Lichter, aber die Kontrollkonsole besaß nur noch Schrottwert.

Der alte Lord ruhte an der Seitenwand, die nun den Boden darstellte. Trell beugte sich über ihn.

»Rikan?« fragte Yar. »Sind Sie schwer verwundet?«

Trell hatte ihm bereits den Helm abgenommen und löste nun auch die Rüstungsteile.

Der Kriegsherr war blaß, lächelte jedoch. »Natasha. Machen Sie sich keine Sorgen. Es ist nur ein gebrochenes Bein, und an solche Dinge muß sich ein Krieger gewöhnen. Knochen wachsen wieder zusammen.«

Trell schnitt Rikans Hosenbein auf, und Yar sah kein Blut. Trotzdem: Es mochte recht schwierig werden, den Lord nach draußen zu bringen.

Tasha vernahm laute Stimmen, und einige Sekunden später bemerkte sie einen weiteren Gleiter.

Sie drehte sich um und klopfte auf ihren Insignienkommunikator. »Data?«

»Ein kleiner Schweber. Ich bezweifle, daß er zurückkehrt. Mit unseren Waffen fiele es uns nicht weiter schwer, ihn vom Himmel zu holen. Aber vielleicht greifen andere Flieger an.«

»Wir müssen Rikan in Sicherheit bringen«, sagte Tasha. »Hier bietet er ein zu leichtes Ziel.«

»Ich helfe Ihnen.«

Data stellte einmal mehr seine Geschicklichkeit unter Beweis, als er ins Wrack kletterte. In der Kabine begriff er sofort, mit welchem Problem sie es zu tun hatten. »Ich kann Sie nach draußen tragen, Sir«, wandte er sich an Rikan. »Aber dadurch besteht die Gefahr, daß der Knochen splittert. Es scheint sich um einen glatten Bruch zu handeln, und ich bin auf alle gängigen Erste-Hilfe-Techniken programmiert. Ich wäre in der Lage, das Bein auszurichten, doch leider verfüge ich nicht über ein Betäubungsmittel, um Ihnen ...«

»Ich bin bereit, die Schmerzen zu ertragen. Beginnen Sie, Data. Und schnüren Sie anschließend die Beinschienen der Rüstung fest.«

Trell und Tasha hielten die Schultern des alten Lords. Es gab nicht die geringste Möglichkeit, die Pein zu lindern, aber wenigstens konnte Data den gebrochenen Knochen mit einem kurzen Griff in die richtige Position bringen. Rikan stöhnte, und ihm brach der kalte Schweiß aus, aber kurz darauf hatte er es überstanden und atmete wieder gleichmäßig. An dem verletzten Bein zeigte sich keine Vorwölbung mehr. »Gute Arbeit, Data«, lobte Yar.

Trell und der Androide legten die Rüstung an und banden die Schienen mit einigen Stoffetzen fest.

Rikan war ein ganzes Stück größer als Data, und als der Androide den Verletzten aus der Kabine trug, baumelten die Beine des alten Lords hin und her. Trell und Tasha stützten sie, halfen Data dabei, den Kriegsherrn vorsichtig in Richtung Luke zu schieben.

Yars Insignienkommunikator summte leise, und sie schaltete das kleine Gerät ein. »Wie sieht's bei euch aus?« fragte Adin.

»Rikan ist verletzt«, antwortete Tasha. »Wir versuchen, ihn nach draußen zu bringen.«

»Ich schicke euch einen der größeren Gleiter. Seid auf der Hut.«

Yar ließ den Kom-Kanal geöffnet und hörte zornige Stimmen, als sich Nalavias Schweber näherten, um Rikan endgültig den Garaus zu machen. Die trevanischen Verteidiger reagierten unverzüglich, um ihren Anführer vor dem Tod zu bewahren, und über dem Wrack kam es zu einer erbitterten Schlacht.

»Ich klettere nach oben und ziehe Rikan durch die Luke«, schlug Data vor. »Können Sie ihn lange genug halten?«

Trell nickte. Zusammen mit Tasha stützte er den Kriegsherrn, während sich der Androide durch den Zugang schob und auf der glatten Außenhülle balancierte. Er griff unter Rikans Achseln, zog ihn vorsichtig hoch und ließ ihn auf den Stahl sinken. Anschließend reichte er Tasha die Hand, und kurze Zeit später hatte auch Trell die Kabine verlassen.

Ein weiterer Gleiter sauste heran. Data half Rikan dabei, hinter das aufgeschwungene Schott zu kriechen, und Tasha sprang zu Boden, griff nach den Waffen und warf dem Androiden ein Phasergewehr zu. Sie schoß auf den Schweber, doch gleichzeitig eröffnete der Bordkanonier das Feuer: Ein zischender Energiestrahl kochte über den Boden, hielt genau auf das Wrack zu.

Eine von Adins kleinen Maschinen nahm die Verfolgung auf, und mehrere Ergblitze trafen das Heck des Angreifers. Der größere Flieger hinterließ eine dichte Rauchfahne, raste jedoch weiter.

Tasha sprang auf den abgestürzten Gleiter des Kriegsherrn und duckte sich hinter eine geborstene Metallplatte, während sich Data den Kolben des Gewehrs an die Schulter preßte, das Ziel anvisierte und den Auslöser betätigte. Er traf mit der für ihn typischen Sicherheit, aber der Schweber setzte seinen Flug fort: Sein Bewegungsmoment trug ihn übers Wrack.

»Geh in Deckung, Tasha!« tönte Dares Stimme aus den Lautsprechern der beiden Insignienkommunikatoren. Aber Yar dachte gar nicht daran, von der Seite des verletzten Lords zu weichen. Zusammen mit Data blieb sie zwischen dem heranrasenden Flieger und Rikan. Trell nahm ebenfalls eine Waffe und gesellte sich ihnen hinzu.

Das Schott schützte sie einige Sekunden lang. Energetisches Feuer brannte über den Stahl, fraß sich jedoch nicht hindurch. Dann war der Gleiter über sie hinweg. Der Heckkanonier sah sie, zielte, feuerte ...

Trell brach zusammen, stieß Tasha gegen Data.

Ein überraschter Schrei entrang sich Yars Kehle, als sie plötzlich den Halt verlor. Der Androide hielt sie fest, bevor sie von der Außenhülle des Wracks fallen konnte.

Der feindliche Gleiter flog weiter, und der Pilot versuchte vergeblich, den Kurs zu kontrollieren. Nach einigen Dutzend Metern prallte die Maschine an einen Baum und explodierte.

»Tasha?« erklang erneut Dares Stimme. »Ich bin gleich bei dir.«

Adin landete auf der schmalen Schneise, die Rikans Schweber im Wald geschaffen hatte. »Mit mir ist alles in Ordnung«, erwiderte Yar, als der kleine Schweber niederging. »Aber Trell ...«

Data sah keine weiteren Angreifer, drehte sich um und beobachtete Trell, der auf dem Kriegsherrn lag. Rikan tastete nach dem Puls seines Bediensteten, doch der verbrannte, völlig verkohlte Rücken des Mannes deutete darauf hin, daß es keine Hoffnung mehr für ihn gab. Behutsam schob Data die Leiche beiseite.

Der alte Lord blickte zu ihm hoch. In den Augen schimmerten keine Tränen, aber seine Stimme klang brüchig und heiser, als er sagte: »Zwanzig Jahre stand Trell in meinen Diensten, und vor ihm war mir sein Vater ein treuer Gefährte. Gute Männer, treu, aufrichtig und tapfer. Jetzt habe ich sie beide überlebt.«

Adin und Poet kletterten aufs Wrack. Diesmal verzichtete Poet auf einen blumigen Kommentar – vielleicht begriff er, daß der Tod alle klugen Sprüche zu banaler Bedeutungslosigkeit verurteilte.

»Dare!« meldete sich Sdan.

»Wir haben hier alles unter Kontrolle, brauchen aber einen Gleiter, um den verletzten Kriegsherrn in Sicherheit zu bringen.«

»Einer von Rikans Schwebern ist unterwegs, aber der Wald eignet sich nicht gerade als Landeplatz.«

»Der Pilot soll's trotzdem versuchen.«

Kurz darauf kam ein großer Flieger in Sicht; er wurde von einigen kleineren Gleitern eskortiert. Nach mehreren vergeblichen Landeanflügen ging er schließlich nieder. Data, Adin und Poet trugen Rikan, als sie den beschwerlichen Weg über gesplitterte Bäume begannen und darauf achteten, daß das verletzte Bein nirgends anstieß.

Tasha und die beiden anderen Männer begleiteten sie, hielten ihre Waffen bereit und beobachteten den Himmel, aber ...

»Was ist denn los?« fragte Yar argwöhnisch. »Warum werden wir nicht mehr angegriffen?«

Adin klopfte auf seinen Kommunikator. »Gerva, Tuuk. Lagebericht! Wo bleiben Nalavias Truppen?«

Als er diese Worte formulierte, sahen sie mehrere Schweber, die mit hoher Geschwindigkeit in Richtung Hauptstadt flogen.

»Sie wurden zurückbeordert«, antwortete Gerva. »Erst die Soldaten und jetzt auch die Gleiter.«

»Dare!« platzte es aufgeregt aus Tasha heraus. »Das kann nur bedeuten, daß sich die Präsidentin mit neuen Problemen konfrontiert sieht. Unser Plan hat funktioniert. Die Wirkung der Emo-Blocker läßt nach, und in den Städten kommt es zu ersten Unruhen.«

Adin lächelte. »Vielleicht hast du recht. Wir erringen den Sieg, Rikan!«

Der Kriegsherr erwiderte das Lächeln. »Davon träume ich seit Jahren. Bitte bringen Sie mich jetzt nach Hause ...«

»Commander Data! Lieutenant Yar!«

Eine andere Stimme klang aus den Lautsprechern ihrer Kommunikatoren, einerseits vertraut und andererseits völlig unerwartet. Sie gehörte Jean-Luc Picard.

»Wir sind wohlauf, Captain«, sagte Data. »Wo befinden Sie sich?«

»Im Standardorbit. Bereiten Sie sich darauf vor, an Bord gebeamt zu werden.«

»Wir haben einen verletzten trevanischen Lord bei uns«, warf Tasha ein. »Er ist nicht in Lebensgefahr, aber in der Krankenstation könnte er weitaus besser behandelt werden.«

»Ich verlasse mich auf Ihre Einschätzung der Situation, Lieutenant ...« Picard übergab die Kontrolle dem Transporterraum.

»Transferfokus auf drei Personen«, sagte Tasha. »Die Koordinaten ...«

»*Vier* Personen«, berichtigte Data.

Yar musterte ihn verwirrt – und wurde plötzlich so blaß, daß der Androide befürchtete, sie könnte das Bewußtsein verlieren.

Aber Tasha Yar fiel nicht in Ohnmacht. »O mein Gott«, murmelte sie und sah Adin an, der ihrem Blick mit steinerner Miene begegnete.

»Wie viele Personen sollen an Bord gebeamt werden?« fragte der Operator im Transporterraum. »Drei oder vier?«

»Einen Augenblick«, sagte Data. Er beobachtete Tasha, die weiterhin Adin anstarrte – und er wartete. Yar war Erster Sicherheitsoffizier der *Enterprise*, und sie kannte ihre Pflicht. Ihr mußte auch klar sein, daß der Androide eingreifen würde, wenn sie ihre Verantwortung leugnete. Wie mochte sie sich entscheiden?

Tasha schluckte krampfhaft, hob langsam ihr Phasergewehr und richtete es auf Adin.

Poet wollte nach seiner Waffe greifen, aber Darryl winkte ab.

Ruhig erwiderte er Yars Blick. Data behauptete nicht von sich, die menschliche Fähigkeit der Intuition zu teilen, aber er war ziemlich sicher, daß Adin von Tasha erwartete, sie würde ihn gehen lasen.

Sie preßte die Lippen zusammen, und in ihren Wangen mahlten die Muskeln, als sie einen Schritt vortrat. »Darryl Adin«, sagte sie rauh, »in meiner Eigenschaft als Sicherheitsoffizier Starfleets verhafte ich Sie wegen Verschwörung, Mord und Flucht nach einer rechtmäßigen Kriegsgerichtsverhandlung.«

KAPITEL 11

Tasha Yar war viel zu benommen, um das Schicksal zu verfluchen, als sie ihre Waffe auf den Mann richtete, den sie liebte. Das Prickeln des Transferfeldes erfaßte sie, und eine nicht meßbare Zeitspanne später materialisierten sie in der gleichen Haltung an Bord der *Enterprise*.

Dr. Crusher traf gerade ein und blieb wie angewurzelt stehen.

Yar rührte sich nicht von der Stelle, und Dares Gesicht war völlig ausdruckslos, als sie sagte: »Sicherheitsabteilung, ich brauche sofort eine Einsatzgruppe im Transporterraum. Ein gefährlicher Verbrecher muß unter Arrest gestellt werden.«

Dr. Crusher wandte sich an die Krankenpfleger, die ihr gefolgt waren. »Kümmern Sie sich um den Patienten.« Die Männer und Frauen traten vorsichtig an Tasha und ihrem Gefangenen vorbei, legten Rikan auf eine Antigravbahre. Aus den Augenwinkeln sah Tasha, wie sich Data herabbeugte, um dem medizinischen Personal zu helfen. Beverly Crusher riß die Augen auf, als sie das Blut auf der Brust des Androiden sah.

»Es ist alles in Ordnung mit mir, Doktor«, versicherte ihr Data.

»Lassen Sie mich das beurteilen. Ich beordere Sie hiermit in die Krankenstation.«

Sie brachen sofort auf. Das Schott hatte sich gerade hinter ihnen geschlossen, als es schon wieder aufglitt. Worf und Lieutenant Carl Anderson von der Sicherheitssektion eilten herbei. Yar ließ Dare nicht aus den Augen und zielte weiterhin mit dem Strahlgewehr auf ihn. »Das ist Darryl Adin, ein flüchtiger Krimineller, der wegen Mord und Verrat verurteilt wurde. Er ist sehr gefährlich.«

»Wir werden schon mit ihm fertig«, erklang Worfs volltönende Stimme. Anderson und er zogen ihre Phaser, und vor dem großen Klingonen wirkte Dare plötzlich klein und hilflos.

»Bringen Sie ihn in die Arrestzelle!« befahl Yar. Dann erinnerte sie sich an einen Fehler, der ihr bei abtrünnigen Klingonen unterlaufen war. »Wahrscheinlich trägt er verborgene Waffen bei sich. Und noch etwas: Er hat eine Sicherheits-Ausbildung an der Starfleet-Akademie genossen.«

Was bedeutete, daß er praktisch jeden beliebigen Gegenstand als Waffe einsetzen konnte.

Zum erstenmal reagierte Darryl: Seine Lippen zitterten und deuteten ein spöttisches Lächeln an. Er verwandelte sich nun wieder in den verbitterten, zynischen Söldner, den Tasha vor einigen Tagen auf Treva kennengelernt hatte.

Als Worf und Anderson den Gefangenen aus dem Transporterraum führten, spürte Yar, wie ihre Knie weich wurden. Am liebsten hätte sie sich auf die Kante der Transferplattform gesetzt und geweint.

Aber ein solches Verhalten gebührte keinem Sicherheitsoffizier. Sie straffte die Schultern, hob den Kopf und machte sich auf den Weg zur Brücke, um dem Captain Bericht zu erstatten.

Unmittelbar nach der Untersuchung entließ man Lieutenant Commander Data aus der Krankenstation. In der sauberen, keimfreien Umgebung wurde ihm nur zu deutlich bewußt, welchen verheerenden Anblick er bot. Einige Sekunden unter der Ultraschalldusche befreiten ihn und seine Uniform von allem Schmutz, doch der Brandfleck auf dem Rücken blieb. Er überlegte, ob er sich in seiner Kabine umziehen sollte, hielt es jedoch für wichtiger, Captain Picard Meldung zu machen.

Tasha hatte die gleiche Entscheidung getroffen. Sie saß dem Kommandanten und Riker im Bereitschaftsraum gegenüber und trug noch immer die zivile Kleidung, in der sie an Bord gekommen war.

Ein gewisses Unbehagen entstand in Data, und er fragte sich, ob Yar wütend auf ihn sein mochte. Ihr Verhalten deutete nicht darauf hin, daß sie einen persönlichen Groll gegen ihn hegte. Ihren Wangen fehlte es noch immer an Farbe, und außerdem wirkte sie ein wenig steif. Data hatte schon mehrere Menschen in diesem Stadium beobachtet. Es deutete darauf hin, daß sie von Krankheiten, Verletzungen oder einem Schock geschwächt waren, gleichzeitig jedoch an der Entschlossenheit festhielten, dem inneren Schmerz nicht nachzugeben.

Die Umstände hatten sie dazu gezwungen, jenen Mann zu verhaften, den sie liebte, und der Androide wußte nicht genau, welche emotionalen Konsequenzen daraus für Tasha folgten. Dennoch gab ihm ihr Gebaren einen wichtigen Hinweis auf das Rätsel des allgemeinen menschlichen Verhaltens.

Data hätte gern auf eine solche Information verzichtet.

Er bewunderte Yar dafür, daß sie weiterhin auf ihre Pflicht konzentriert blieb, aber gleichzeitig fürchtete er, daß sie sich zu einer unlogischen Reaktion hinreißen ließ und ihm die Schuld für ihre seelische Qual gab.

Data erweiterte Tashas Bericht mit zusätzlichen Angaben. Als sie auf die früh am Morgen begonnene Schlacht und das unerwartete Eintreffen der *Enterprise* zu sprechen kamen, schloß er: »Wir nahmen an, Nalavia zog ihre Truppen zurück, weil sie die Soldaten brauchte, um die Lage in den großen Städten unter Kontrolle zu halten. Wir vermuteten, durch die Neutralisierung der Emo-Blocker sei es zu ersten Aufständen gekommen.«

»Damit haben Sie wahrscheinlich recht«, sagte Riker. »Auf dem Planeten scheint derzeit ein Bürgerkrieg stattzufinden. Nun, Sie wurden nicht nach Treva geschickt, um einen Krieg zu beginnen. Ihre Aufgabe bestand vielmehr darin, militärische Auseinandersetzungen zu verhindern.«

Tasha schwieg. Data dachte einige Sekunden lang nach,

bevor er antwortete: »Die angeblich rechtmäßige Regierung Trevas bat Starfleet um Hilfe. Während unserer Ermittlungen stellten wir jedoch fest, daß Nalavia die Verfassung außer Kraft gesetzt hat und ihre Macht mit terroristischen Methoden sichert. Die Beweise dafür fand ich im Computer der Präsidentin.«

»Und darauf beschlossen Sie, sich dem Widerstand gegen Nalavia anzuschließen und aktiv in das Geschehen einzugreifen«, sagte Picard.

Data setzte zu einem Einwand an, überlegte es sich dann aber anders. Sie *hatten* zu den Waffen gegriffen, als Nalavias Streitmacht die Bastion des Kriegsherrn angriff – das ließ sich nicht bestreiten. »Ja, Sir«, antwortete er schlicht.

»Lieutenant Yar?« fragte der Captain.

»Ja, Sir. Nalavia wollte uns als Geiseln benutzen, um Starfleet zu zwingen, Rikans Festung zu zerstören.«

»Sie muß doch gewußt haben, daß wir niemals zu einer solchen Intervention bereit gewesen wären«, erwiderte Picard.

Tasha sah Data an, richtete ihren Blick dann wieder auf den Captain. »Angenommen, ihr Plan hätte funktioniert, Sir. Angenommen, Dare – Adin – hätte mich nicht entführt und Data wäre nicht aus dem Palast entkommen. Angenommen, wir säßen jetzt in irgendeinem Kerker und die Präsidentin richtete ein Ultimatum an Sie.«

»Wir würden mit allen Mitteln versuchen, Sie zu befreien«, sagte Riker sofort.

»Mit *allen*?« fragte Yar.

»Glauben Sie etwa, wir ließen Sie einfach so im ...«, begann der Erste Offizier.

»Einen Augenblick«, unterbrach ihn Picard. »Worauf wollen Sie hinaus, Lieutenant?«

»Ich glaube, Nalavia wollte sich nicht mit einem Planeten begnügen. Immerhin ist Treva nur dünn besiedelt und stellt kaum einen nennenswerten Wirtschaftsfaktor dar. Vermutlich beabsichtigte sie, hier am Rande der Föderation immer größeren Einfluß zu gewinnen, indem sie uns als Heuchler darstellt, Starfleet in Verruf bringt und dadurch andere Welten daran hindert, eine Mitgliedschaft in der Föderation anzustreben.«

Data verstand, was Tasha meinte. »Die Präsidentin traf sorgfältige Vorbereitungen, um in jedem Fall zu gewinnen. Der Einsatz eines Raumschiffes, um Rikans Opposition zu brechen, oder ein Angriff auf Nalavia, um uns zu befreien — beides ließe sich als eine Verletzung der Ersten Direktive interpretieren.«

»Aber sie rechnete nicht damit, daß Data ihren Computer anzapfen und fliehen konnte«, fügte Yar hinzu. »Und es muß sie ziemlich überrascht haben, daß es ihren Feinden gelang, mich zu entführen.«

»Andernfalls hätte es weitaus länger gedauert, bis ich Verdacht schöpfte«, pflichtete ihr Data bei. »Da ich glaubte, Nalavia habe Tasha irgendwo eingesperrt, fühlte ich mich verpflichtet, etwas zu unternehmen. Ich mußte davon ausgehen, daß ihr Gefahr drohte.«

»All das wird im Abschlußbericht erwähnt«, sagte Picard. »Sie haben sich an die Vorschriften gehalten — bis Sie an dem Kampf gegen die Regierungstruppen teilnahmen.«

»Wir mußten uns verteidigen, Captain«, erklärte Yar.

»In der Tat«, bestätigte der Androide. »Nalavia griff Rikan an, weil sie wußte, daß wir uns in seinem Schloß aufhielten.«

»Hm«, machte Picard und rieb sich das Kinn. »Es klingt alles recht einleuchtend, aber was führen wir als Beweis an? Ein Teil des trevanischen Rätsels ist nach wie vor ungelöst. Und solange wir nicht alle Hintergründe kennen, bleiben wir in der Umlaufbahn.«

»Wieso kamen Sie überhaupt hierher?« fragte Tasha. »Wir sendeten ein Notsignal, rechneten jedoch nicht damit, daß es ausgerechnet von der *Enterprise* empfangen wurde.«

Riker lachte. »Als wir Ihre frühere Nachricht erhielten, die Sie uns auf einer recht ungewöhnlichen Frequenz übermittelten, wußten wir zunächst nicht, was wir davon halten sollten.«

»Wesley glaubte, es handele sich um einen Code, aber er sah sich außerstande, ihn zu dechiffrieren«, sagte Picard. »Worf nahm an, mit der Botschaft wolle uns jemand mitteilen, Ihnen drohe nicht die geringste Gefahr – obwohl genau das Gegenteil zutraf. Und Deanna ... Sie hatte schlicht und einfach ein schlechtes Gefühl.« Der Captain zuckte mit den Schultern. »In gewisser Weise spielte es also keine Rolle mehr, was ich von der Sache hielt. Und wie sich herausstellte, war es richtig, mich auf den Argwohn meiner Brückencrew zu verlassen.«

»Was haben Sie jetzt vor, Sir?« erkundigte sich Tasha.

Picard sah den Androiden an. »Data, ich möchte, daß Sie alle Meldungen über die Aktivitäten in diesem Sektor durchgehen. Was die Zeitspanne betrifft ... Wie lange ist Nalavia schon an der Macht?«

»Seit fünf trevanischen Jahren, Sir.«

»Nun gut. Beginnen Sie mit den Berichten, die Starfleet einige Jahre vor ihrer Wahl zur Präsidentin erreichten. Halten Sie nach ungewöhnlichen Dingen Ausschau.«

»Nach ... ungewöhnlichen Dingen?«

Picard seufzte. »Ich weiß nicht genau, wonach es zu suchen gilt, Data. Vielleicht finden Sie ein seltsames Muster von Ereignissen, oder irgend etwas anderes, das nicht unseren Erwartungen entspricht. Es ist nur so eine Ahnung. Sie sind zu ebenso schnellen wie umfangreichen Datenkorrelationen in der Lage; möglicherweise entdecken Sie etwas.«

In neuerlicher Verwirrung über die Gefühle der Menschen zog sich Data in sein Quartier zurück, nahm dort am Computerterminal Platz und begann mit der Arbeit. Er brauchte eine Stunde, um zu Ergebnissen zu gelangen.

Als er sich mit dem Captain in Verbindung setzte, um ihm die Resultate zu schildern, sagte Picard: »Kommen Sie in mein Bereitschaftszimmer.«

Riker war ebenfalls zugegen, und kurze Zeit später traf

Tasha ein. Seit ihrer Rückkehr von Treva hatte sie nicht mit dem Androiden gesprochen, und selbst jetzt richtete sie keinen Gruß an ihn. Sie trug wieder ihre Uniform und wirkte gefaßt, wenn auch noch immer ein wenig blaß.

Sie nahmen am Tisch Platz, und Picard beugte sich vor. »Ich höre, Mr. Data.«

»Ich habe tatsächlich etwas entdeckt. Während der vergangenen zehn Jahre gab es bei den Ereignissen in diesem Raumsektor immer wieder Hinweise auf Orioner.«

Tasha Yars Pupillen weiteten sich. »Auf Orioner? Wieso?«

»Das weiß ich nicht«, erwiderte der Androide. »Es fanden wiederholt finanzielle Transaktionen in orionischer Währung statt. Orionische Handelsschiffe flogen Welten in nahen Sonnensystemen an. Orionische Kommunikations- und Datenverarbeitungstechnik wurde auf mehreren Planeten erworben. Dies ist das ›seltsame Muster‹, von dem Sie sprachen, Captain. Erstaunlicherweise gibt es einen wichtigen Punkt, der unseren Erwartungen widerspricht: Trotz der recht regen orionischen Aktivität deutet nichts auf Sklavenhandel hin.«

»Interessant«, bemerkte Picard. »So etwas hätte sofort die Föderation auf den Plan gerufen. Nur ein Zufall?«

»Da bin ich überfragt, Sir. Nun, im Zentrum der orionischen Handelstätigkeit befindet sich Treva — aber allem Anschein nach haben die Orioner dort weder Waffen noch Gleiter verkauft.«

Riker runzelte die Stirn. »Wie wir Ihrem Bericht entnehmen konnten, scheint es Nalavia völlig gleich zu sein, mit wem sie Geschäfte abschließt. Warum folgt sie nicht dem Beispiel der anderen Welten, die Handelsbeziehungen zu den Orionern unterhalten?«

»Captain!« entfuhr es Tasha. »Wissen Sie noch, weshalb Sie ausgerechnet Data und mich nach Treva schickten? Einen Androiden und eine Frau?«

Ein dünnes Lächeln umspielte Picards Lippen. »Sie haben mich also durchschaut.«

»Ich verstehe kein Wort«, brummte Riker ein wenig verärgert.

»Der Captain schickte zwei Starfleet-Repräsentanten, die immun gegen Nalavias erotische Ausstrahlungskraft sind«, erklärte Data.

Der Erste Offizier schmunzelte. »Oh, natürlich. Sehr schlau von Ihnen, Captain.«

»Was hat Nalavias erotische ...« Picard unterbrach sich plötzlich, als ihm ein Licht aufging. »Tasha, halten Sie die Präsidentin für eine Orionerin?«

Data runzelte die Stirn und griff auf die aus dem Palastcomputer kopierten Informationen zurück. »In Nalavias persönlichen Dateien ist als Geburtsort Treva angegeben. Angeblich kam sie in einem bäuerlichen Anwesen am Rande des besiedelten Territoriums zur Welt. Vor neun Jahren wählte man sie in den Gesetzgebenden Rat, wo sie rasch zu Popularität gelangte. Vier Jahre nach ihrem ersten Mandat wurde sie Präsidentin.«

»Könnten jene Dateien gefälscht sein?« fragte Picard.

Der Androide dachte kurz nach. »Aufgrund der in meinen internen Speichermodulen enthaltenen Daten kann ich keine solche Feststellung treffen. Es wäre jedoch möglich, mit Hilfe des Bordcomputers erneut eine Verbindung zum EDV-Komplex im Palast herzustellen. Die Modemfrequenz ist mir bekannt, und außerdem habe ich ein geheimes Paßwort hinterlassen – um Informationen abfragen zu können, ohne dazu den Computerraum betreten zu müssen.« Als er den verblüfften Blick des Captains bemerkte, fügte er hinzu. »Es bestand die Gefahr, bei der Datenabfrage von jemandem überrascht zu werden.«

»Sie sprachen eben von Datenzugriff und dergleichen«, entgegnete Picard. »Bisher hatte ich keine Ahnung, daß Sie durch den Palast geschlichen sind.«

»Ein durchaus angemessener Ausdruck, Captain«, sagte Data. »›Umherschleichen, herumschnüffeln, heimlich ausspähen‹ — solche Begriffe sind geeignet, meine Verhaltensweise im Regierungsgebäude zu beschreiben. Höchst faszinierend. Bisher bin ich immer von der Annahme ausgegangen, ich sei nicht in der Lage, ein derartiges menschliches Gebaren nachzuahmen; doch wie sich auf Treva herausstellte, kann ich in diesem Zusammenhang ein nicht unbeträchtliches Geschick entfalten.«

»Aber wenn Sie bereits alle Informationen kennen, die in Nalavias Computer enthalten sind ...«, meinte Riker. »Wozu dann ein neuer Datenkontakt?«

»Ich habe eine *Kopie* des Inhalts, aber daraus geht nicht hervor, ob bestimmte Bits und Bytes verändert wurden. Der Rechner, den die Präsidentin verwendet, ist mehr als neun Jahre alt und benutzt ein längst überholtes System der Datenablage. Es handelt sich um einen physischen, keinen virtuellen Speicher, und deshalb bleiben die Originaldaten selbst dann wenigstens teilweise erhalten, wenn sie überschrieben werden. Falls die Angaben über Nalavias persönlichen Hintergrund falsch sind, so finde ich entsprechende Hinweise.«

»Mr. Data, Sie hatten Gelegenheit, Nalavia eingehend zu beobachten«, sagte Picard. »Könnte sie eine Orionerin sein?«

»Ja, Sir«, antwortete der Androide sofort. »Es besteht kein Zweifel mehr daran, daß in diesem Sektor Orioner aktiv sind; sie vermeiden es, die Aufmerksamkeit der Föderation zu erwecken, indem sie auf Sklavenhandel verzichten. Ich halte es für wahrscheinlich, daß Nalavia nicht von Treva stammt. Wir kennen viele Beispiele dafür, daß Orioner ihr äußeres Erscheinungsbild mit Hilfe plastischer Chirurgie verändert haben, um in anderen Kulturen nicht erkannt zu werden und den stellaren Völkerbund zu infiltrieren. Nalavia versucht, Treva daran zu hindern, sich der Föderation anzuschließen, während sich die Orioner bemühen, in diesem Sektor ›Fuß zu fassen‹, um eine menschliche Redensart zu benutzen. Es gibt also ereignistypische Parallelen, die eigentlich nur einen Schluß zulassen: Nalavia ist Orionerin – was sowohl ihre besondere Attraktivität als auch die seltsamen Augen erklärt. Ihre grüne Haut behandelte sie wahrscheinlich mit speziellen Pigmenten, damit sie eine hellere Tönung gewann, und die schimmernden blauen Augen einer Orionerin hätten sicher Verdacht erregt. Doch durch die Färbung wirken sie unnatürlich.«

»Ja«, sagte Tasha. »Data hat recht. Ich bin sicher, daß Nalavia eine Orionerin ist.«

»Sie wollte verhindern, daß die Föderation oder irgend jemand auf Treva ihr Geheimnis lüftet«, fuhr der Androide fort. »Deshalb machte sie keine Geschäfte mit den orionischen Händlern und nutzte nicht einmal die Gelegenheit, den Computer in ihrem Palast – ein altes Ferengi-Modell – gegen einen neuen auszutauschen.«

»Wenn das stimmt ...« Picard räusperte sich. »In einem solchen Fall sieht die Sache ganz anders aus. Wir können eingreifen, um einen Planeten, der die Mitgliedschaft im Völkerbund beantragte, vor den Feinden der Föderation zu schützen! Mr. Data, beschaffen Sie mir einen hieb- und stichfesten Beweis. Benutzen Sie das Terminal in diesem Zimmer. Es geht darum, einen Krieg zu beenden!«

»Ja, Sir«, erwiderte Data und nahm an der Konsole des Captains Platz, als die anderen das Bereitschaftszimmer verließen.

Tasha blieb in der Tür stehen, drehte sich um und kehrte zurück. »Data?« fragte sie leise.

Der Androide sah auf.

»Ich hätte schon längst mit Ihnen sprechen sollen. Ich ... ich möchte Ihnen danken.«

»Sie wollen mir danken? Wofür?«

»Weil Sie mich zwangen, Dare zu verhaften. Sie hatten recht. Es war meine Pflicht und nicht etwa Ihre, ihn festzunehmen – obwohl Sie sicher bereit gewesen wären, ihn unter Arrest zu stellen, wenn ich mich nicht dazu durchgerungen hätte. Ich möchte Ihnen danken, weil Sie mich davor bewahrten, zu einer Närrin zu werden.«

»Gern geschehen«, erwiderte Data automatisch und schüttelte dann den Kopf. »Nein, das klingt völlig falsch. Ich bedauere es, Ihnen emotionalen Schmerz zugefügt zu haben. Nie wieder möchte ich jemanden auf diese Weise quälen, Tasha – aber es freut mich, daß Sie mich verstehen. Mir blieb gar keine andere Wahl.«

»Ja, ich weiß«, sagte Yar und ging.

Data stellte eine Verbindung zum Palastcomputer her und fand die gefälschten Einträge innerhalb weniger Minuten. Die Änderung von Geburtseinträgen bedeutete, daß die gesamte Datei anschließend neu organisiert werden mußte. Das Hinzufügen eines Namens in die elektronischen Schul- und Universitätslisten erforderte eine neue alphabetische Sortierung, die im physischen Speicher nicht ohne Spuren blieb. Als der Androide Duplikate der ursprünglichen Dateien vorlegen und ihre nachträgliche Manipulierung nachweisen konnte, gab Starfleet Command die Genehmigung für eine offizielle Intervention. Anschließend fiel es nicht weiter schwer, auf Treva Ordnung zu schaffen.

Zuerst konnten die Bürger kaum glauben, daß sie eine Außenweltlerin zur Präsidentin gewählt hatten, aber mit ihrem wiedererwachten Intellekt begriffen sie bald, daß Nalavia nur fähig gewesen war, ›ihr‹ Volk mit derartiger Grausamkeit zu unterdrücken, weil sie nicht von Treva stammte. Sie ergab sich Starfleet, als eine aufgebrachte Menge den Palast stürmte, und in der Krankenstation der *Enterprise* wurde ihre orionische Identität bestätigt.

Als sich die Lage auf dem Planeten beruhigte, verlangten viele Trevaner, Rikan solle als Präsident eine neue Regierung zusammenstellen. Man regte sogar an, ihn zum König zu krönen. Aber der Kriegsherr lehnte ab, bestand darauf, freie Wahlen anzuberaumen. Als er die *Enterprise* verließ, strotzte er vor Gesundheit und Glück, und Data zweifelte nicht daran, daß man ihn tatsächlich zum Präsidenten wählen würde. Vermutlich bestand eine seiner ersten Entscheidungen darin, Treva zu einem gleichberechtigten Mitglied der Föderation zu machen.

Zusammen mit Tasha beamte sich der Androide zu Rikans Schloß, wo der alte Lord den Jubel seines Volkes entgegennahm und anschließend über die Medien sich an alle Trevaner wandte. Er hielt eine nur kurze Rede, die er mit folgenden Worten beendete: »Ohne Hilfe wäre es mir unmöglich gewesen, den Sieg über Nalavia zu erringen. Treva verdankt seine Freiheit nicht nur Starfleet, sondern auch jenem Mann, der sich Silberner Paladin nennt. Auf diesem Planeten wird man ihn für immer in Ehren halten.«

Data hörte, wie Tasha leise seufzte. Sie versteifte sich und kämpfte offenbar gegen ihre Tränen an. Adins Gefährten standen auf der einen Seite des Platzes und warfen ihr vorwurfsvolle Blicke zu. Nach dem Gespräch mit den vielen Journalisten wollte Rikan Data und Yar zu Poet und den anderen führen, aber sie wandten sich ab und gingen fort.

»Eigentlich habe ich mit einem solchen Verhalten gerechnet«, sagte Tasha. »Ich darf nicht von ihnen erwarten, mir zu verzeihen. Himmel, ich komme mir selbst wie eine Verräterin vor.«

»Ich kann mir kaum vorstellen, daß Adrian all die Verbrechen begangen hat, die man ihm zur Last legt«, meinte Rikan.

»Oh, ich bin sicher, er ist völlig unschuldig«, bestätigte Tasha. »Aber leider gibt es nicht die geringste Möglichkeit, das zu beweisen.«

»Nicht einmal mit Hilfe Ihrer so klugen und fähigen Freunde?« fragte der alte Lord und musterte Data.

Der Androide setzte zu einem Einwand an, überlegte es sich jedoch anders und schwieg. Es war besser, auf eine Antwort zu verzichten, denn er glaubte sich nicht in der Lage, Darryl Adin auf irgendeine Weise zu helfen.

Die Logik wies ihn darauf hin, daß man bei der Kriegsgerichtsverhandlung eindeutig die Schuld des früheren Starfleet-Offiziers festgestellt hatte, und daher konnte es eigentlich überhaupt keinen Zweifel an der Rechtmäßigkeit des Urteils geben. Und doch ... Ein tief in Data verwurzelter emotionaler Aspekt seines Wesens hielt ihn für unschuldig.

Betroffen verabschiedeten sie sich von Rikan und kehrten zur *Enterprise* zurück.

Data begab sich wieder auf die Brücke. Sein Dienst bestand aus reiner Routine, und das gab ihm ausreichend Gelegenheit, eingehend über die beiden Gefangenen im Arrestbereich nachzudenken. Sie flogen nun Starbase 68 an, wo Nalavia und Darryl Adin offiziell Starfleet überantwortet werden sollten.

Wahrscheinlich brachte man die frühere Präsidentin von Treva an einem Ort unter, der nicht nur allen Sicherheitserfordernissen gerecht wurde, sondern auch ein gehöriges Maß an Luxus bot. Sie diente als Geisel ganz besonderer Art – bis die Orioner für ihre Freiheit die Rückkehr einiger versklavter Föderationsbürger anboten. Data fragte sich, welche Strafe sie bei ihrem Volk erwartete; immerhin hatte sie in ihrer Mission versagt. Er hoffte inständig, daß sie nicht einfach so davonkam.

Diese Überlegungen überraschten ihn. Strebte er nach Vergeltung? Erst Eifersucht und nun Rache? Was geschah mit ihm? Bisher blieben bei seinem Wunsch, ein Mensch zu sein, solche Empfindungen unberücksichtigt. Im Gegensatz zu Zorn, der gewissen Personen die Kraft gab, ihr Leben zu ändern, hatten diese Gefühle nur einen negativen Wert. Er beschloß, sie aus seinem Programm zu löschen.

Aber ... dazu war er gar nicht fähig.

Sie standen mit zu vielen Erinnerungsfragmenten in Verbindung. Um die Eifersucht auf Tashas Liebe zu Darryl Adin aus den internen Speichern zu tilgen, mußte er sich zumindest teilweise von Respekt und Freundschaft ihr gegenüber trennen. Hinzu kamen die Reminiszenzen an einige konkrete Fakten während ihres Einsatzes auf Treva. Wenn er diese Elemente aus der bewußten Erfahrungswelt verbannte, stellte er seinen eigenen Reifeprozeß in Frage. Ähnlich verhielt es sich mit der Antipathie in bezug auf Nalavia.

Es blieb Data nichts anderes übrig, als sich das Verhalten der Menschen zu eigen zu machen: Er mußte die Erinnerungen behalten und gleichzeitig aber darauf achten, nicht ihren emotionalen Verlockungen nachzugeben. Es kam darauf an, sie als Teil seiner Erlebnisse zu akzeptieren, Schlüsse aus ihnen zu ziehen und zu *lernen*.

Zu lernen, mit solchen Gefühlen fertig zu werden, sie nicht als Belastung zu empfinden. Data sah einmal mehr die Bedeutung von Rationalität und Logik bestätigt.

Doch Logik verlangte auch, die Bedeutung von Emotionen hinzunehmen und sie in den allgemeinen Prozeß der Erkenntnisgewinnung zu integrieren.

Plötzlich begriff der Androide, daß er einen bestimmten Sektor seines Programmierungskomplexes abschirmte, seit Rikan vorgeschlagen hatte, er solle versuchen, Adins Unschuld zu beweisen. Er wußte noch immer nicht, ob sich so etwas bewerkstelligen ließ, aber selbst eine geringe Möglichkeit verdiente es, berücksichtigt zu werden. Mit anderen Worten: Er mußte einen entsprechenden Versuch wagen.

Es blieb Data ein Rätsel, warum er in diesem Zusammenhang eine Chance sah. Vielleicht ging es dabei um jene geheimnisvolle Fähigkeit, die Menschen als ›Intuition‹ bezeichneten. Er kannte die Unterlagen des Kriegsgerichtsverfahrens: Sie stellten eine logische Kette dar, in der es nicht die geringsten Lücken gab. Andererseits basierten die Beweise der Anklage auf Computeraufzeichnungen, die zumindest theoretisch manipuliert werden konnten.

Als Androide sollte er eigentlich nicht imstande sein, jene menschliche Eigenschaft zu teilen, die Captain Picard mit dem Ausdruck ›Ahnungen‹ umschrieb. Trotzdem sah sich Data mit einem verwirrenden Widerspruch konfrontiert: Einerseits stand Adins Schuld mit hinreichender Sicherheit fest, doch andererseits war er weiterhin davon überzeugt, daß Darryl keine Verbrechen begangen hatte.

Er rief Informationen über intuitives Verstehen ab. Gemeinhin definierte man diesen Vorgang als eine Fähigkeit des organischen Verstandes, ein assoziatives Muster aus unzusammenhängenden Fakten zu bilden, wobei sich einige Daten dem bewußten Erinnerungsvermögen entzogen.

Der Androide erinnerte sich an *alles*, konnte daher gar nicht auf vage und undeutliche Informationsschatten reagieren.

Dennoch: Data glaubte, gewisse Parallelen zu seinen Erwartungs-, Meinungs- und Psychologieprogrammen zu erkennen. Er begann mit einer umfassenden Korrelation der Daten, auf die sich seine Meinung gründete, Darryl Adin sei unschuldig. Das grundlegende Gebaren des Mannes. Seine Aktivitäten als Silberner Paladin. Seine Leistungen in Starfleet vor dem *Starbound*-Zwischenfall ...

Bei der letzten Mission vor dem Flug des Schulschiffes *Starbound* brachte Darryl Adin als stellvertretender Sicherheitsoffizier der U.S.S. *Seeker* den Orionern auf Conquiidor eine schwere Niederlage bei. Man beförderte ihn daraufhin zum Commander und schickte ihn zur Starfleet-Akademie, wo er an einem Auffrischungskurs teilnahm. Anschließend standen ihm Posten an Bord größerer Raumschiffe in Aussicht.

Als die *Starbound* den Auftrag erhielt, Dilithium zu transportieren ... Wie konnten die Orioner eine Gelegenheit ungenutzt lassen, die kostbaren Kristalle zu rauben und sich gleichzeitig an dem Mann rächen, der ihre Eroberungspläne vereitelt hatte? Die Anklage machte deutlich, daß die Orioner die einzigartige Chance wahrnahmen: Sie entwickelten einen Plan, der Adins angebliche Habgier berücksichtigte, manövrierten ihn in eine Situation, in der ihm gar nichts anderes übrigblieb, als sich mit ihnen zu verschwören. Und anschließend ließen sie ihn einfach fallen, ›lieferten ihn ans Messer‹, wie sich Menschen ausdrückten.

Aber wenn Adins Wesen gar keine solche Schwäche aufwies? Wenn die scheinbare Verbindung zu den Orionern überhaupt nicht existierte? In einem solchen Fall brach das Beweisgebäude der Anklage zusammen.

Wenn Darryl Adin tatsächlich unschuldig war, mußte er auf der Stelle aus der Haft entlassen werden.

Data dachte auch an die möglichen Folgen: Vielleicht entschied sich Tasha Yar, die *Enterprise* zu verlassen und Dare zu begleiten.

Aber solche Dinge spielten keine Rolle. Es kam in erster Linie auf Gerechtigkeit an.

Nach dem Dienst begab sich Data unverzüglich in sein Quartier und beauftragte den Bordcomputer, eine direkte Verbindung zu den Rechneranlagen der Starbase 36 herzustellen.

»Für die Dateien, denen Ihr Interesse gilt, ist ein unmittelbarer Kontakt nicht nötig«, antwortete ihm eine weiblich klingende Sprachprozessorstimme. »Diesbezügliche Informationen sind auch hier zugänglich.«

»Ich brauche Zugriff auf die Speicher, in denen die ursprünglichen Daten abgelegt waren«, sagte der Androide.

»Das führt zu einer starken Beanspruchung der Kommunikationskanäle«, gab der Computer zu bedenken.

»Ich bestehe trotzdem darauf«, erwiderte Data fest.

Kurz darauf wurden seine Annahmen bestätigt: Der Hauptcomputer von Starbase 36 verfügte über einen modernen unbegrenzten virtuellen Speicher. Ermittlungen, wie er sie in bezug auf Nalavias Computer angestellt hatte, mußten in diesem Fall ohne Ergebnis bleiben, denn es gab keinen physischen Speicher, der wenigstens Spuren gelöschter Daten enthielt.

Andererseits war Datas Gehirn eine außerordentlich hochentwickelte Adaptation des gleichen Konzepts, und er erinnerte sich an alle Erfahrungen. Selbst die Anweisung ›Es ist nie geschehen‹ zwang ihn nicht zum Vergessen. Er fügte einfach einen internen Befehl hinzu, der ihn daran hinderte, auf der Grundlage dieser Informationen zu handeln. Ähnliche Beschränkungen gliederte er all jenen Daten an, die Geheimhaltungsklassifikationen unterlagen. Auf diese Weise lief er nicht Gefahr, bei normalen Datenabfragen entsprechende Angaben zu machen oder auch nur darauf hinzuweisen, daß er über solche Kenntnisse verfügte.

Data hatte häufig Computer mit unbegrenzten virtuellen Speichern benutzt, sich jedoch nie gefragt, was mit gelöschten Daten geschah. Verschwanden sie wirklich aus den elektronischen Archiven, oder wurden sie einfach nur unzugänglich? Angeblich gab es keine Möglichkeit, erneut auf sie zurückzugreifen.

Wenigstens nicht für Menschen.

Angenommen, er konnte sein Bewußtsein mit den Speichereinheiten des Hauptcomputers von Starbase 36 verbinden und dann mit einer gründlichen Datensuche beginnen? Ein faszinierender Gedanke! Ob er dabei sein Ziel erreichte oder nicht – es handelte sich in jedem Fall um ein einzigartiges Erlebnis ...

... das auch nicht unbeträchtliche Gefahren heraufbeschwor. Er zweifelte kaum daran, daß er imstande war, einen mentalen Kontakt herzustellen. Doch hatte er die Möglichkeit, ihn später wieder zu unterbrechen? War sein persönliches Bewußtsein stark und differenziert genug, um sich dem außerordentlich komplexen Computer-›Selbst‹ gegenüber zu behaupten und die eigene Identität zu wahren?

Es gab nur eine Möglichkeit, eine Antwort auf diese Frage zu finden. Vorsichtig tastete sich Datas Ich in den Kom-Kanal und versuchte, nicht den Körper zu vergessen, der nach wie vor am Terminal saß, während der Geist eine viele Lichtjahre breite Kluft überwand ...

Der Starbase-Computer besaß keine eigene Persönlichkeit und nahm Datas Eindringen mit maschinentypischer Gleichgültigkeit hin. Der Androide stellte schon nach kurzer Zeit fest, daß er eine individuelle Ordnung in das Datenchaos bringen konnte. Er brauchte nur an die Sternzeiten zu denken, auf die es ihm ankam, und einen Sekundenbruchteil später standen ihm alle Angaben zur Verfügung: Kom-Gespräche, Hotelregistrierungen und so weiter. Die Informationen bestätigten die Beweislast der Anklage.

Aber waren die Daten in irgendeiner Art und Weise verändert worden?

Als Data eine solche Frage formulierte, spürte er etwas. Was den Prozeß der Informationsverarbeitung anging, wies das Prozessorenkonglomerat des Computers Ähnlichkeiten mit seinem eigenen Gehirn auf. Der Androide nahm vertraute Muster wahr, die mit jenen besonderen Daten in Zusammenhang standen. Strukturen der Furcht ...

Furcht?

Der Starbase-Computer kannte keine Furcht. Das Empfinden stammte von Data — eine emotionale Erinnerung an seine Vergangenheit.

Priamos IV!

Die schrecklichste Konsequenz seiner Entscheidung, das Studium an der Starfleet-Akademie mit einer Promotion abzuschließen. Alle Kadetten mußten sich dem Test unterziehen, aber um die Illusion für einen Androiden glaubhaft zu machen, blieb den Prüfern nichts anderes übrig, als seine Wahrnehmung zu manipulieren.

Bei Data verzichteten sie auf Holodeck-Projektionen, und es gab auch niemanden, der bei dem Psychodrama als substantieller Protagonist auftrat. Statt dessen ließ der Androide zu, daß die besten Computerexperten Starfleets sein Realitätsempfinden blockierten und sein Bewußtsein um das Priamos-Szenario erweiterten. Die deutlichsten Erinnerungen bezogen sich nicht etwa auf den Test an sich, obwohl Umgebung und Situationsmuster überaus echt wirkten. Nein, den eigentlichen Schrecken spürte er vor und nach der Prüfung — als er die volle Kontrolle über sein Denken und Empfinden verlor und sie später zurückbekam.

Er brauchte viele Tage, um die falschen und wahren Erinnerungen voneinander zu trennen, die in seinem Bewußtsein den gleichen Platz einnahmen. Data war nicht dazu konstruiert, mit einem solchen Paradoxon fertig zu werden, und der Widerspruch führte zu einem enormen inneren Konflikt. Er *wußte*, warum er sich an zwei völlig verschiedene Erlebniswelten entsann: Einerseits lag er in einem Starfleet-Laboratorium, während Techniker darauf achteten, daß es in seinem bioelektronischen Selbst zu keinen Fehlfunktionen kam, und andererseits rang er auf Priamos IV mit den Geboten der Ersten Direktive. Doch das Wissen allein genügte nicht, um wieder zu innerem Frieden zu finden.

Da er sich an die Priamos-IV-Erfahrungen erinnern sollte, versah er die Reminiszenzen an seinen tatsächlichen Zustand zum Testzeitpunkt mit einer datentechnischen Zugriffsbarriere, woraufhin ihn der Gegensatz zwischen echtem und irrealem Erleben nicht länger belastete. Aber die Informationen blieben in seinem Gedächtnis und konnten jederzeit abgerufen werden, wenn er den Beschränkungsbefehl annullierte.

Im Computer von Starbase 36 stieß der Androide auf ein ähnliches Phänomen: Zwei sich widersprechende Datenkomplexe nahmen die gleichen Raum-Zeit-Koordinaten ein. Der eine stand Abfragen zur Verfügung, und der andere war mit einer Schutzanweisung abgeschirmt. Da dem Rechner ein Eigenbewußtsein fehlte, ›empfand‹ er solche absurden Gegensätzlichkeiten nicht als störend. Er hatte den Blockierbefehl selbst in seinem Speicher abgelegt, als der Operator am Terminal die betreffenden Informationen ›löschte‹, doch er konnte ihn nicht rückgängig machen.

Der Androide versuchte mit verschiedenen Methoden, den Datenschild zu durchdringen, aber der entsprechende Programmierer hatte alle Möglichkeiten berücksichtigt. Vollorganische Operatoren waren sicher nicht imstande, die angeblich aus dem Speicher entfernten Bytes zurückzugewinnen, aber Data zeichnete sich durch ein weitaus größeres Elaborationspotential aus und kam zu dem Schluß, daß er ein unmittelbares mentales Interface zum virtuellen Speicher schaffen mußte.

Er zögerte nicht, verschmolz sein Bewußtsein mit dem Datenchaos des Computers und suchte nach verborgenen Dateien. Das Paradoxon weckte neuerliche Furcht, aber er verdrängte dieses Empfinden, drang weiter vor ...

Die Barriere hielt stand, identifizierte ihn als externen Faktor, verglich ihn mit jemandem, der ein Terminal benutzte. Gelöschte Informationen blieben ihm unzugänglich.

Es sei denn, er überzeugte den Computer davon, ein Teil von ihm zu sein.

Data hatte um Tashas willen mit der Suche begonnen, doch jetzt war seine Neugier geweckt. Er *wußte*, daß jemand den Speicher manipuliert hatte. Wenn es ihm gelang, sein Bewußtsein zu wahren, sollte er eigentlich imstande sein, die versteckten Dateien zu öffnen, sie zu kopieren und als eigenständige Entität in seinen Körper zurückzukehren. Der Androide konzentrierte sich, reduzierte den psychischen Kontakt mit seinem Leib an Bord der *Enterprise* auf ein notwendiges Minimum und wurde eins mit dem Rechner von Starbase 36.

Sofort geriet er in einen Datenstrudel, der an seinem Denken zerrte, Überlegungen zerfaserte und zerfranste, Gefühle fortriß ...

Es strömten nicht nur die Bytes auf ihn ein, nach denen er suchte, sondern alle im virtuellen Speicher enthaltenen Informationen. Er sah sich außerstande, irgendwelche Prioritäten zu setzen oder Unterscheidungen zu treffen: Ein Datenorkan wirbelte ihn fort, zerrte an seinen Erinnerungen, heulte durch eine destabil werdende Bewußtseinssphäre, deren Identität zu splittern begann. Data ertrank in Paradoxa und versuchte, das Chaos zu ordnen, in dem er sich zu verlieren drohte. Verzweifelt kämpfte er gegen den Sog an, der ihn in eine Zone absoluten Vergessens zerrte ...

Tasha Yar spürte, wie ihre Knie weich wurden, als sie sich der Arrestzelle näherte. Einige Meter davor blieb sie kurz stehen, wischte verstohlen eine Träne fort und holte tief Luft. Seit der Verhaftung hatte sie Darryl Adin nicht mehr gesehen, und nun trat sie ihm wieder gegenüber.

Er trug einen gelben Standard-Overall. Vor dem Zellenzugang glühte ein Kraftfeld, und zwei bewaffnete Wächter standen in der Nähe.

Der Erg-Schild stellte keine akustische Barriere dar. Dare hob den Kopf, als er Tashas Schritte hörte, stand langsam auf und beobachtete sie mit ausdrucksloser Miene.

Yar hatte ein Kleiderbündel mitgebracht, sah Darryl an und sagte: »Sie können gehen, Wächter.«

»Wenn Sie privat mit ihm sprechen möchten ...«, erwiderte Anderson unsicher. »Wir warten dort drüben.«

»Ich sagte, Sie können gehen«, wiederholte Tasha fest. Die beiden Uniformierten wechselten einen kurzen Blick, drehten sich um und schritten fort.

Yar wartete, bis sie in einem Seitenkorridor verschwanden, bevor sie eine Taste betätigte und das Kraftfeld ausschaltete.

Dare starrte sie noch immer wortlos an, rührte sich nicht von der Stelle.

Tasha betrat das kleine Zimmer und reichte Adin das Kleiderbündel. Dazu gehörte auch die schwarze Jakke mit dem Abzeichen des Silbernen Paladin. »Du bist frei, Dare«, sagte sie. »Hier, du kannst dich jetzt mit deinen Freunden in Verbindung setzen. Bestimmt folgen sie der *Enterprise* – obgleich ihre Schiffe nicht annähernd so schnell sind.«

»Tasha«, brachte Adin nach einigen Sekunden hervor. Seine Stimme klang rauh und heiser. »Was hat das zu bedeuten?«

Tränen strömten ihr über die Wangen. »Begreifst du denn nicht? Du bist frei. Man hat alle Anklagen gegen dich fallengelassen.«

Darryl schnappte verblüfft nach Luft. »Was?«

»Du hattest recht! Wie sich herausstellte, bist du völlig unschuldig. Mit dem Angriff auf das Schulschiff verfolgten die Orioner zwei Ziele: Sie wollten das Dilithium erbeuten und dich in Mißkredit bringen. Sie manipulierten die Daten im Zentralcomputer von Starbase 36. Du bist gar nicht zu der Sicherheitskonferenz eingeladen worden, obgleich dein Name auf der Teilnehmerliste stand. Der virtuelle Speicher enthielt die Beweise dafür, daß man dich zu Unrecht verurteilte. Data hat sie gefunden.«

»Data!«

»Ja«, entgegnete Tasha. »Nur er war dazu in der Lage. Kein Mensch ist imstande, sich geistig mit einem modernen Computer zu verbinden und längst gelöschte Daten zugänglich zu machen. Der Androide hat Nalavias Rechner angezapft, um die Identität der Präsidentin zu verifizieren, und anschließend kam er auf die Idee, das auch beim EDV-Komplex der Starbase zu versuchen.«

»Nalavia ist also eine orionische Agentin?« fragte Darryl.

»Ja. Und diese Erkenntnis weckte Datas Argwohn. Zuerst die Orioner, die du auf Conquiidor besiegt hast, dann in Starbase 36 deine angebliche Verschwörung mit ihnen. Wir wußten alle, daß so etwas überhaupt keinen Sinn ergibt, aber nur Data konnte es beweisen. Indem er sich großen Gefahren aussetzte!«

»Wie meinst du das?« fragte Adin scharf.

»Geordi — Lieutenant LaForge — fand ihn bewußtlos. Nun, Data fällt nicht einfach so in Ohnmacht. Niemand von uns weiß, wie er es anstellte, aber es gelang ihm, einen psychischen Kontakt zum Computer der Starbase herzustellen und dort die veränderten Datenkomplexe zu entdecken. Er riskierte dabei, für immer von seinem Körper getrennt zu bleiben.«

»Ist alles in Ordnung mit ihm?« erkundigte sich Adin besorgt.

»Ja. Geordi ermöglichte ihm irgendwie die Rückkehr. Der Androide und er sind gute Freunde.«

»Ich glaube, Mr. Data hat viele gute Freunde, und ich schließe mich dabei nicht aus. Wie dem auch sei: Wie wird Starfleet auf die neuen Informationen reagieren? Glaubst du wirklich, daß man mich freispricht?«

»Das ist bereits geschehen!« verkündete Tasha triumphierend. »Niemand stellt Datas Auskünfte in Frage. Außerdem wurden die Angaben inzwischen bestätigt. Captain Picard übermittelte Starfleet Command einen entsprechenden Bericht, worauf hin man eine neuerliche Ermittlung auf Starbase 36 anordnete. Dabei ging den Untersuchungsbeamten ein gegnerischer Agent ins Netz. Er leitete einen Club, der sich bei vielen Starfleet-Angehörigen großer Beliebtheit erfreute.«

»Ein Orioner?« fragte Dare.

»Ja. Er änderte sein Aussehen, um wie ein Mensch zu wirken, und als Zivilist brauchte er sich keinen medizinischen Tests zu unterziehen. Aber als die Ermittlungen auf alle Personen in der Starbase ausgedehnt wurden, verriet er sich, indem er unterzutauchen versuchte.«

»Ein Wirt«, sinnierte Dare. »Bestimmt brachte er von den betrunkenen Raumfahrern in seinem Lokal viele interessante Dinge in Erfahrung. Aber genügt das, Tasha? Selbst wenn man mir jetzt weder Mord noch Verschwörung zur Last legt — es bleibt die Tatsache, daß ich aus der Haft floh.«

»Angesichts der besonderen Umstände verzichtet Starfleet Command auf ein neuerliches Verfahren. Immerhin hast du bei deiner Flucht niemanden getötet oder verwundet.« Yar lächelte. »Man könnte dir nur vorwerfen, den Stolz einiger erfahrener Sicherheitsoffiziere verletzt zu haben.«

»Ich war mindestens ebenso erfahren, und ich kämpfte um mein Leben. Tasha, es fällt mir schwer zu glauben, daß ich eine ganz neue Chance bekomme. Zwar kann jetzt bewiesen werden, daß ich mir in der Starbase überhaupt nichts zuschulden kommen ließ – aber was ist mit der Sabotage an Bord des Schulschiffes? Ich weiß, daß ich nicht dafür verantwortlich bin. Woraus sich die Frage ergibt: Wer steckte dahinter?«

»Vermutlich Nichols«, sagte Yar.

»Der Chefingenieur? Aber warum? Er sollte einige Monate später ehrenhaft aus dem Dienst entlassen werden.« Adin schüttelte fassungslos den Kopf. »Weshalb manipulierte er die Phaser?«

»Die Nachforschungen ergaben, daß Nichols abgesehen von seiner Pension kein Einkommen hatte und auch nicht wußte, was er mit seinem Lebensabend anfangen sollte. Er zog sich in den Ruhestand zurück, weil er gar nicht mehr fähig war, den Anforderungen seines Berufes zu genügen. Mit solchen ›Empfehlungen‹ konnte er wohl kaum darauf hoffen, in irgendeinem Privatunternehmen Arbeit zu finden. Nun, ich kenne keine Einzelheiten und weiß nur, daß Data Kom-Kontakte zwischen Nichols und den Orionern feststellte. Bestimmt ahnte er gar nicht, daß ihn die Reptilienwesen nur als Werkzeug benutzten, um dir eine Falle zu stellen. Vermutlich nahm er an, sie hätten es nur auf die Dilithiumkristalle abgesehen. Er ... er benutzte den Computer von Starbase 36, um gewisse Geschäfte vorzubereiten, die weitaus mehr Geld erforderten, als ihm zur Verfügung stand.«

Darryl nickte. »Als Chefingenieur hatte Nichols Zugang zu allen Sektionen der *Starbound*. Es fiel ihm also nicht weiter schwer, den richtigen Stromkreisunterbrecher gegen einen falschen auszutauschen.« Er dachte kurz nach. »Seltsam: Ich bin nicht einmal wütend auf ihn. Die Orioner nahmen seine Hilfe in Anspruch, und anschließend töteten sie ihn. Er war nur ein alter Narr, der verzweifelte, weil er in seinem Beruf nicht mehr zurechtkam.«

Yar lächelte, erleichtert darüber, daß Dare ruhig blieb und keineswegs nach Rache strebte. »Wenigstens ist jetzt alles vorbei.«

»Noch nicht ganz«, wandte Dare ein. »Ich könnte es kaum ertragen, mich einer Anhörung zu stellen ...«

»Das brauchst du auch gar nicht«, sagte Tasha. »Captain Picard hat gute Freunde in der Admiralität. Starfleet Command bildete einen Untersuchungsausschuß, der bereits eine Entscheidung traf. Sie wurde uns vor fünf Minuten mitgeteilt. Du bist ein freier Mann, Dare. Und noch etwas ...« Sie öffnete das Kleiderbündel und zeigte ihm einen Uniformpulli. »Starfleet ist bereit, dich wieder in die Sicherheitssektion aufzunehmen, als Commander.«

Adin tastete nach dem grünen, goldenen und schwarzen Stoff der Uniform. Einige Sekunden lang zögerte er, und dann griff er nach den Sachen, warf sie auf die Koje. Er umarmte Yar, drückte sie fest an sich und murmelte in ihr Haar: »Danke! Himmel, ich danke dir, Tasha!« Er küßte sie, doch gleich darauf lösten sich ihre Lippen wieder voneinander. »Warum sagst du mir erst jetzt, daß in meinem Fall neue Untersuchungen liefen?«

»Weil ich bis vor kurzer Zeit überhaupt nichts davon ahnte. Data sprach nur mit Picard, und der Captain setzte sich mit Starfleet Command in Verbindung.« Tasha seufzte. »Sie wußten nicht, ob die neuen Informationen genügten, um dich vollständig zu entlasten, entschieden deshalb, keine Hoffnungen in mir zu wecken. Als der orionische Spion in Starbase 36 verhaftet wurde ... Er behauptete, dein Kontaktmann zu sein. Sein Wort stand gegen Datas Angaben, aber schließlich glaubte man dem Androiden. Du hast es überstanden, Dare.«

»Mit deiner Hilfe«, erwiderte Adin. Er offenbarte sein strahlendstes Lächeln. »Und natürlich mit der Datas. Wie soll ich einem Androiden danken, der mir eine völlig neue Zukunft schenkte?«

»Ein freundliches Wort dürfte genügen«, sagte Yar. Sie trat an die Koje heran, suchte in der Kleidung und griff nach dem silbernen Insignienkommunikator. »Du solltest deinen Gefährten Bescheid geben, bevor sie sich zu irgendeiner Dummheit hinreißen lassen. Sie folgen uns, seit wir Treva verließen. Wir haben ihre Schiffe mit den Sensoren beobachtet, bis die Entfernung zu groß wurde. Bestimmt wissen sie, daß wir zur Starbase 68 unterwegs sind. Teil ihnen mit, daß wir dort nur Nalavia absetzen. Poet, Pris und eine übrigen Leute dürften wohl kaum daran interessiert sein, wegen *ihr* ein Starfleet-Gefängnis zu stürmen.«

Darryl grinste. »Glaubst du im Ernst, meine Freunde seien bereit, mich aus einer Rehabilitierungskolonie der Föderation zu befreien?«

»Ob ich es glaube? Meine Güte, ich bin sogar völlig *sicher*. Und ich wäre nicht einmal überrascht, wenn sie einen Erfolg erzielten. Glücklicherweise können sie jetzt auf derart gewagte Unternehmen verzichten.«

Tasha verließ Darryl, damit er sich umziehen und einen Kontakt zu Poet und den anderen herstellen konnte. »Ich finde die Brücke auch allein«, behauptete er, und daran zweifelte Yar nicht.

Eine Anzeige ihrer Konsole wies auf Kom-Signale hin, die aus dem Arrestbereich stammten, und wenige Minuten später traf Darryl ein. Aber er trug nicht etwa die Uniform, die sie ihm gebracht hatte, sondern zivile Kleidung. Er bedankte sich bei Picard und Data, fragte dann: »Wäre es möglich, daß ich in einem ungesicherten Bereich der Starbase 68 warten kann? Meine Leute holen mich dort ab.«

Der Captain runzelte die Stirn. »Nun, wenn Sie unbedingt möchten. Aber Tasha hat Ihnen doch bestimmt mitgeteilt ...«

»Daß Starfleet bereit ist, mich wieder aufzunehmen. Ja, sie wies mich darauf hin, und ich freue mich über das Angebot. Allerdings hat sich inzwischen meine Einstellung gegenüber Vorschriften und Regeln geändert.« Er wandte sich Yar zu, die sich an der Brüstung des oberen Decks festhielt und versuchte, ihre Enttäuschung zu verbergen.

»Wenn du Zeit hast ... Wir müssen einige Dinge besprechen.«

»Gehen Sie nur«, sagte Picard. Als Tasha und Darryl zur Tür des Turbolifts schritten, fügte er hinzu: »Mr. Adin, mir liegt nichts daran, meinen Ersten Sicherheitsoffizier zu verlieren.«

Dare lächelte hintergründig, und in seinen Augen funkelte es humorvoll. »Ich glaube, eine solche Entscheidung liegt allein bei Tasha.«

In ihrem Quartier erfuhr Yar, daß Picard Darryls Absichten erraten hatte. »Es war immer unser Wunsch, auch während der Arbeit zusammen zu sein«, sagte Dare. »Ich weiß natürlich, daß du deine reguläre Dienstzeit an Bord dieses Raumschiffes beenden mußt. Aber im Anschluß daran ...« Er legte Tasha die Hände auf die Schulter, sah ihr in die Augen und schüttelte lächelnd den Kopf. »Ich bin schon glücklich darüber, daß wir jetzt in Kontakt bleiben können! Ich halte dich über meine Missionen auf dem laufenden, und es ist bestimmt nicht schwer, von den neuesten Einsätzen der *Enterprise* zu erfahren. Solche Nachrichten machen schnell die Runde.«

»Hast du ständig über mich Bescheid gewußt?«

»Nun, nicht immer, aber als du zur *Enterprise* versetzt wurdest, war es ganz leicht, Informationen über dich einzuholen. Tasha, die Vorstellung, daß uns viele Lichtjahre trennen, gefällt mir nicht. Ich möchte dich an meiner Seite.«

»Dann nimm das Angebot Starfleets an. Das Oberkommando hat gerade zugegeben, daß dir Unrecht geschah, Dare: Bestimmt bekämst du jeden Posten, den du dir wünschst. Wir könnten zusammen sein, an Bord der *Enterprise*.«

»Aber hier bist du Erster Sicherheitsoffizier, Schatz. Ich liebe dich, Tasha, aber ich bin nicht bereit, Befehle von dir entgegenzunehmen.«

»Was ich durchaus verstehe — immerhin wäre dein Rang höher als meiner«, erwiderte Yar. »Es gibt jedoch noch eine andere Möglichkeit. Ich könnte zu deinen Gunsten ...«

»Sag es nicht, Tasha. Denk nicht einmal daran! So etwas ist völlig ausgeschlossen. Du hast zu lange und zu hart gearbeitet, um deine jetzige Stellung zu erreichen. Nein, Schatz, wenn wir zusammenarbeiten, so nur als Gleichrangige — und das ist in Starfleet nicht möglich. Schließ dich mir an und erfahre, was es bedeutet, alle Vorschriften zu vergessen und nur noch an das eigene Gewissen gebunden zu sein.«

»Dare, ich ...«

»Nein, gib mir keine Antwort«, sagte Darryl, hob den Zeigefinger und berührte Yars Lippen. »Laß dir Zeit mit der Entscheidung. Glaub mir, ich weiß, wie wichtig Starfleet für dich ist. Aber ich bin auch sicher, daß du irgendwann darüber hinauswächst. Ich warte auf dich, Liebling. Denk daran: Wir sind Überlebende.« Er küßte sie erneut, und Tasha schmiegte sich an ihn.

Er hatte recht: Sie brauchte sich nicht sofort zu entscheiden, hatte auch gar keine Möglichkeit dazu. Es dauerte noch einige Jahre, bis ihr gegenwärtiger Dienstkontrakt zur Erneuerung anstand, und Dare wußte, daß sie keine vorzeitige Entlassung beantragen würde. Andererseits: Er war jetzt ein freier Mann, und das bedeutete, sie konnten sich wiedersehen, so oft es die Umstände erlaubten.

Und eines Tages, vielleicht ...

KAPITEL 12

Die *Enterprise* war in einer Routinemission unterwegs. Nichts deutete darauf hin, daß dem Androiden Data einer der schwierigsten Tage seines Lebens bevorstand.

Er nahm seinen üblichen Posten ein. Worf stand auf dem oberen Deck, meldete keine fremden Raumschiffe in Sensorreichweite und sprach mit Tasha über einen geplanten sportlichen Wettstreit, bei dem es um Nahkampfgeschick ging. Data bemerkte Tashas Freude, als sie erfuhr, daß der Klingone auf sie setzte.

Yar schien recht zufrieden zu sein, obwohl Darryl Adin das von Starfleet unterbreitete Angebot abgelehnt hatte. Data war stolz darauf, daß die Beweise für Adins Unschuld von ihm stammten: Inzwischen konnte kein Zweifel mehr daran bestehen, daß Tashas Beziehung zu dem Mann, den sie liebte, in keiner Weise ihre Freundschaft mit ihm selbst, Worf und Deanna und all den anderen beeinträchtigte.

Er erinnerte sich an das Gespräch mit Rikan. Wie sich herausstellte, behielt der alte Lord recht: Data hatte tatsächlich zwei verschiedene Formen der ... Liebe miteinander verwechselt. Es fiel ihm noch immer nicht leicht, dieses Wort zu benutzen, denn selbst Menschen schienen keine exakte Definition zu kennen und benutzten es in einem manchmal recht verwirrenden Kontext. Wahrscheinlich verdankte Data solche Probleme dem Umstand, daß zumindest einige seiner Programme von Menschen stammten. Dennoch gelangte er zu einem wichtigen Schluß: Die Freundschaftsbande, die er an Bord der *Enterprise* geknüpft hatte, wurden noch fester, wenn er sie auf weitere Personen ausdehnte.

Data verdrängte diese Überlegungen, als sich der Einsatz plötzlich nicht mehr auf reine Routine beschränkte.

Deanna Trois Shuttle stürzte auf Vagra II ab; Riker, Tasha, Dr. Crusher und der Androide beamten sich auf den Planeten, um die Counselor und ihren Piloten zu retten. Doch ein seltsames Wesen namens Armus hinderte die Landegruppe daran, das Shuttle zu erreichen.

Zunächst schöpfte niemand Verdacht. Zwar war die Besatzung der *Enterprise* mit exotischen Lebensformen vertraut, aber eine sprechende Teerpfütze nahm niemand ernst. Tasha achtete überhaupt nicht darauf und trat einfach dran vorbei, besorgt über ihre Freundin Deanna, die sich noch immer in dem kleinen, abgestürzten Raumschiff befand.

Wie sehr sie Armus unterschätzten!

Als das Etwas Yar angriff, setzten Data und Riker ihre Phaser ein, während Dr. Crusher zur reglosen Tasha eilte. Die beiden Männer stellten sich verblüfft der Erkenntnis, daß die Strahlen ihrer Waffen überhaupt keine Wirkung zeigten; sie bemerkten nicht, daß Tasha schwer verletzt war und starb ...

»Sie ist tot«, teilte Dr. Crusher dem Captain mit. Data hörte keine Überraschung, sondern völlige Fassungslosigkeit in ihrer Stimme, und Rikers Gesicht brachte ein ähnliches Empfinden zum Ausdruck.

Sie kehrten an Bord zurück, und dort vertraute Crusher die Leiche Data an. Er hielt sich an die Standard-Prozedur für solche Fälle, trug Tasha in die Krankenstation, legte sie auf die Behandlungsliege und machte sich anschließend auf den Weg zur Brücke, um Picard Bericht zu erstatten.

Aber er traf den Captain im Korridor vor den Medo-Kammern. »Wie geht es ihr?«

»Ich weiß es nicht«, erwiderte Data. »Dr. Crusher kann sie bestimmt wiederbeleben.« Es handelte sich nicht etwa um eine Lüge, die menschliche Gefühle schonte. Vielmehr nahm der Androide an, bei Yar sei es aufgrund eines starken Elektroschocks zum Herzstillstand gekommen. Wenn das stimmte, war ihr Zustand alles andere als besorgniserregend.

»Kommen Sie, Data«, sagte Picard. Als der Androide verwundert die Brauen hob, fügte er hinzu: »Wir können hier zwar nichts ausrichten, aber ich habe keine Lust, auf der Brücke zu warten, bis sich Dr. Crusher meldet.«

Daraufhin folgte Data dem Captain in die Krankenstation. Und begriff dabei, daß auch er aus erster Hand erfahren wollte, wie es um Yar stand.

Der Androide wartete neben Riker und fühlte sich hilflos. Als ein Versuch nach dem anderen fehlschlug, Tasha ins Leben zurückzuholen, gesellte sich ihnen Picard hinzu. Er wußte ebenso wie die anderen, daß die Bordärztin erst dann aufgab, wenn nicht mehr die geringste Hoffnung bestand. Data musterte die Anwesenden nacheinander und beobachtete die ungläubige Skepsis in ihren Mienen: Sie weigerten sich, den Tod einer Gefährtin hinzunehmen. Bis Dr. Crusher schließlich verkündete: »Sie ist unwiderruflich tot.«

»Tot?« wiederholte Picard, als könne er es noch immer nicht fassen. Er forderte die Ärztin zu einer Erklärung auf, und ihre Stimme klang heiser, als sie Yars Zustand schilderte. Tränen glitzerten in ihren Augen.

Data gab keinen Ton von sich. Er kannte den menschlichen Kummer — und in seinem Innern herrschte ein emotionaler Aufruhr, wie er ihn in diesem Ausmaß noch nie zuvor erlebt hatte. Er schwieg auch weiterhin — bis Picard eine Besprechung anberaumte.

Der Androide blieb stumm, während alle Menschen gleichzeitig das Wort ergriffen. Er kam sich in ihrer Mitte fremd vor, wie ein Eindringling. Nach einer Weile klopfte der Captain auf den Tisch und sagte: »Lieutenant Yars Tod bestürzt uns alle, aber wir müssen irgendwie damit zurechtkommen. Wir dürfen unseren Gefühlen nicht nachgeben, solange sich die Shuttlecrew noch immer auf dem Planeten befindet und großen Gefahren ausgesetzt ist. Haben Sie verstanden?«

Einige Sekunden lang herrschte völlige Stille im Zimmer. Und als Picard um Vorschläge bat, schöpfte Data neuen Mut, denn die Offiziere nahmen sich ein Beispiel an ihrem Captain: Sie drängten alles andere beiseite und konzentrierten sich allein darauf, Deanna Troi und ihren Piloten sicher zur *Enterprise* zurückzubringen. Der Androide war ebensowenig eine Maschine wie sie: Riker und seine Kollegen begriffen, daß die Trauer um die Tote warten mußte, bis es ihnen gelungen war, die Lebenden zu retten.

Nach ihrer Rückkehr auf den Planeten sammelte Data seine ersten Erfahrungen mit Sadismus. Armus bot sich ihnen in dieser Hinsicht als pathologischer Fall dar; aber das Wesen verfügte nicht nur über große Macht, sondern hatte auch Geiseln in seiner Gewalt, und deshalb kamen keine klinischen Lösungen in Frage.

Außerdem schien es von Data fasziniert zu sein. Es setzte seine Fähigkeiten grausam gegen Dr. Crusher, Geordi und Riker ein, und jedesmal folterte es auch den Androiden. Schließlich kam der Captain – und fand eine Möglichkeit, den Spieß umzudrehen.

»Ich möchte zu den Leuten im Shuttle«, sagte er.

»Unterhalte mich ...«, erwiderte Armus.

Aber Picard schüttelte den Kopf und murmelte eine negative Antwort.

Von jenem Zeitpunkt an wußten Data und Dr. Crusher, wie man mit Armus fertig werden konnte. Das Geschöpf mochte in der Lage sein, physische Kontrolle auszuüben, aber die Gefühle entzogen sich seinem direkten Einfluß.

Nach der ersten Konfrontation mit dem Captain wußte das Wesen offenbar, daß es seinen Meister gefunden hatte. Es testete Data und Dr. Crusher, ignorierte Geordi und ließ Riker frei, erlaubte ihnen, sich zur *Enterprise* zurückzubeamen. Dann nahm es sich Picard vor, und ein psychischer Zweikampf begann.

Als der Captain später, während der abschließenden Einsatzbesprechung, Bericht erstattete, stieß Data auf einige Punkte, die er nicht verstand. »Offenbar haben Sie Armus mit der Waffe geschlagen, die den Sieg über uns sicherstellen sollte: Sie kontrollierten das Wesen, indem Sie es wütend stimmten. Sie stellten in Aussicht, ihm dabei zu helfen, den Planeten zu verlassen – und dann weigerten Sie sich, ihm irgendeine Art von Unterstützung zu gewähren. Der Zorn schwächte es so sehr, daß wir Sie und die Insassen des Shuttles an Bord beamen konnten.«

»In der Tat, Data«, sagte Picard.

Der Androide runzelte die Stirn. »Seltsam. Wenn wir es als falsch erachten, daß Armus unsere Empfindungen zu manipulieren versuchte ...«

»Data!« entfuhr es Geordi.

Gleichzeitig beugte sich Dr. Crusher verärgert vor. »Sie können dem Captain wohl kaum vorwerfen ...«

»Lassen Sie ihn sprechen!«, warf Picard ein. Und als wieder Ruhe einkehrte: »Fahren Sie fort, Mr. Data.«

»Ich stelle nicht etwa den Umstand in Frage, daß Sie Armus auf dem Planeten zurückgelassen haben«, sagte der Androide. »Es geht mir vielmehr um die Methode. Das Verhalten an sich hat keinen moralischen Wert. Um nur ein Beispiel zu nennen: Wir alle haben unsere Phaser abgefeuert, um zu verletzen oder zu töten. Wenn man aus Notwehr handelt oder einen Gefährten verteidigt, ist so etwas durchaus gerechtfertigt.«

Als Data eine Pause einlegte und nach den richtigen Worten suchte, kam ihm Picard zuvor. »Vermutlich möchten Sie wissen, ob meiner Verhaltensweise Rachsucht zugrunde lag, der gleiche Sadismus, mit dem uns Armus entsetzte.«

Data spürte die empörten Blicke der anderen Offiziere auf sich ruhen. Er hätte die Frage ein wenig anders formuliert, aber im Prinzip traf sie den Kern der Sache. »Ja, Sir«, gestand er ein.

Picard lächelte schief. »Darauf kann ich Ihnen keine Antwort geben.«

»Was?« platzte es aus Riker heraus. »Sir, wir alle wissen, daß Sie niemals ...«

»Nein, Nummer Eins«, sagte Picard ruhig. »Sie können es nicht wissen, weil ich mir selbst nicht darüber klar bin. Die größte Gefahr des Bösen besteht darin, daß es ansteckend wirkt. Ich zweifle nicht daran, daß ich richtig gehandelt habe. Aber was die *Motive* betrifft ... Ob mir die übermenschliche Leistung gelang, auf Vergeltung zu verzichten, obwohl Tasha starb und Sie so sehr leiden mußten – diese Frage stelle ich mir wahrscheinlich für den Rest meines Lebens.«

»Tut mir leid, Sir«, sagte der Androide. »Ich hätte Sie nicht darauf ansprechen sollen.«

»Ganz im Gegenteil, Data«, widersprach der Captain. »Es ist völlig in Ordnung, daß Sie dieses Thema anschnitten. Ich habe weitaus mehr Erfahrung als Sie und Ihre Kollegen, aber dadurch fallen mir gewisse Entscheidungen nicht leichter. Früher oder später sehen wir uns alle einer eigentlich ausweglosen Situation gegenüber. Eine der schwierigsten Lektionen des Lebens besteht darin, daß wir manchmal nur auf ein Patt hoffen können. Wer mit seinem eigenen Gewissen ringt, führt einen besonders problematischen Kampf.«

Damit endete die Besprechung, doch der lange Tag war noch nicht vorbei. Nach der Konferenz gab es für Tashas Freunde erstmals Gelegenheit, sich dem Kummer über ihren Tod zu stellen. Zuerst fand ein Raumbegräbnis statt, an dem alle Personen an Bord teilnehmen konnten. Data diente lange genug in Starfleet, um mit solchen Zeremonien vertraut zu sein. Einmal mehr vernahm er die Worte des Trostes, doch die Trauer in ihm blieb.

Nicht zum erstenmal verlor er einen Kollegen. Aber diesmal verabschiedete er einen Gefährten.

Nach dem Ritual zog sich der Androide in sein Quartier zurück, um in aller Ruhe nachzudenken. Nach wenigen Minuten summte das Interkom, und Picards Stimme unterbrach seine Grübeleien. »Bitte kommen Sie zum Holodeck, Mr. Data.«

»Zum Holodeck, Sir?«

»Ihr Name steht auf der Liste der Personen, denen Tasha eine letzte Botschaft hinterließ.«

»Ja, Sir«, erwiderte Data automatisch, während es in seinem Innern zu einer heftigen emotionalen Reaktion kam. Natürlich kannte er diese Starfleet-Tradition, aber sie hatte immer nur andere betroffen, nie ihn selbst.

Die ganze Brückencrew wartete auf dem Holodeck, und zu den Anwesenden gehörten auch Wesley und Beverly Crusher.

Data blieb ein wenig abseits stehen und wußte nicht so recht, was er erwarten sollte. Als Tashas dreidimensionales Abbild erschien, beobachtete er, wie sich Wesley kurz an seine Mutter wandte, und plötzlich fühlte er sich sehr zu dem Jungen hingezogen.

Als Yar die Aufzeichnung anfertigte, vermutete sie, in der Ausübung ihrer Pflicht zu sterben, und das erwies sich nun als richtig. Sie betonte, wie sehr sie ihre Freunde liebte, brachte ihre Dankbarkeit Starfleet gegenüber zum Ausdruck und beschrieb ihre Empfindungen für jeden einzelnen Zuhörer.

Schließlich kam sie auch auf Data zu sprechen, bezeichnete ihn ebenfalls als Freund und fügte hinzu: »Sie sehen Ihre Umwelt mit dem Staunen eines Kindes, und dadurch werden Sie menschlicher als wir.«

Schließlich verblaßte die Projektion, und eine Zeitlang blieb alles still. »*Au revoir*, Natasha«, sagte Picard und wandte sich dann an seine Offiziere. »Damit ist diese Versammlung beendet.«

Worf, Geordi und die anderen kehrten in den Korridor zurück, doch Data trat vor, beobachtete die holografischen Wolken und versuchte zu verstehen, was er gerade gesehen und gehört hatte. Picard gesellte sich zu ihm, wartete jedoch, bis der Androide das Schweigen brach.

»Sir, der Sinn dieser Zusammenkunft ... verwirrt mich.«

»Ach? Wieso?«

»Ich denke nicht in erster Linie an Tasha, sondern an mich selbst«, erklärte Data. »Ich stelle mir dauernd vor, wie sehr ich sie vermissen werde. Vielleicht habe ich nicht begriffen, worum es geht. Vielleicht bin ich noch zu unreif.«

»Das bezweifle ich«, erwiderte der Captain. »Das bezweifle ich sogar sehr.« Und damit überließ er den Androiden seinen Überlegungen.

Eine Zeitlang blieb Data ruhig stehen und wünschte sich nichts sehnlicher, als noch einmal mit Tasha sprechen zu können. Erneut fragte er sich, wie Menschen mit einem solchen Verlust fertig wurden.

Yar wies in ihrer Botschaft deutlich darauf hin: Er hatte seine Erinnerungen an sie. Vielleicht glaubten sogar einige Leute, er habe besonderes Glück, weil er sich an alle Einzelheiten entsann, weil er niemals etwas vergaß, nicht einmal die unbedeutendsten Details. Sie wußten nicht, was das bedeutete: Die Reminiszenzen an Tasha Yar begleiteten ihn bis zum Ende seiner physisch-psychischen Existenz — und machten ihm mit nicht nachlassender Deutlichkeit klar, was man ihm genommen hatte.

In diesem Zusammenhang fielen ihm die Worte des Kriegsherrn Rikan ein: »Ihnen bleiben die physischen Demütigungen des Greisenalters erspart, aber ein langes Leben wartet mit anderen Grausamkeiten auf, und einige davon sind weitaus schlimmer als Schwäche und Gebrechlichkeit. Wer in einer Welt der Gefahren überlebt, wird nicht nur geschätzt, sondern auch um sein Glück beneidet, aber viele Leute übersehen dabei, welches gräßliche Schicksal solche Personen erwartet.«

Jetzt verstand Data, was der alte Lord damit meinte. Einige Sekunden lang spielte er mit dem Gedanken, die Privilegien seines Rangs zu nutzen und per Subraum-Kommunikation mit Rikan zu sprechen. Ihm stand noch genug Kom-Zeit zur Verfügung ...

Dann dachte er an eine Bemerkung, die Captain Picard während der abschließenden Einsatzbesprechung an ihn gerichtet hatte: »Ich habe weitaus mehr Erfahrung als Sie und Ihre Kollegen.«

Nicht nur Rikan war ein Überlebender, sondern auch

Jean-Luc Picard. Und wie der legendäre Captain James T. Kirk entfaltete er seine Fähigkeiten am besten im All und nicht hinter einem Schreibtisch. Starfleet hatte sich nach Kirks Beförderung zum Admiral zu dieser Erkenntnis durchgerungen, und das bedeutete: Picard konnte so lange Kommandant der *Enterprise* bleiben, bis er selbst um eine Versetzung bat.

Nach einem langen und schwierigen Tag beendete die Besatzung ihren Dienst, und Data vermutete, daß auch der Captain Ruhe brauchte.

Aber als er in seine Unterkunft zurückkehrte, fand er am Kom-Schirm die Nachricht, sich bei Picard zu melden.

»Oh, ja, Data – da wäre noch eine Sache, die Tasha betrifft und bei der ich Ihren Rat brauche. Könnten Sie bitte in meine Kabine kommen?«

»Ich bin schon unterwegs, Sir.«

Bei der ›Sache‹ handelte es sich um eine zweite holografische Botschaft. Picard saß an seinem Schreibtisch und drehte das Speichermodul nachdenklich hin und her. Data zweifelte nicht daran, für wen die Kassette bestimmt war.

Schließlich sah der Captain auf. »Setzen Sie sich, Data. Ich nehme an, Sie wissen, was das hier ist.«

»Tashas letzter Gruß an Darryl Adin.«

Picard starrte erneut auf das Modul herab. »Ja. Kennen Sie seinen derzeitigen Aufenthaltsort?«

Data erkundigte sich nicht, wieso der Captain darauf verzichtete, eine solche Frage an den Computer zu richten. Statt dessen erwiderte er: »Er befindet sich noch immer auf Treva und hilft Präsident Rikan bei der Regierungsbildung, Sir.«

»Sollen wir ihm die Nachricht per Subraumkom schikken?«

»Ja, S...« begann Data und unterbrach sich sofort. »Nein, Sir. Wenn Sie nichts dagegen haben, Captain: Ich habe wiederholt auf meinen Landurlaub verzichtet und möchte Mr. Adin die Botschaft selbst überbringen. Ich halte es nicht für richtig, daß sie von ...« Data schnappte unwillkürlich nach Luft, als er begriff, was ihm fast über die Lippen gekommen wäre.

Picard musterte ihn kurz und lächelte dünn. »... von jemandem übermittelt wird, der Tasha nicht kannte«, beendete er den Satz. »Erlaubnis erteilt.« Er reichte dem Androiden die Kassette. »Sie nehmen nun zum erstenmal eine solche Pflicht wahr, aber seien Sie gewiß: Es wird noch häufiger geschehen.« Ein Schatten huschte über Picards Züge: Vielleicht erinnerte sich der Captain daran, Dr. Crusher eine ähnliche Nachricht gebracht zu haben; möglicherweise entsann er sich auch an andere Besatzungsmitglieder, die bei einer Mission ihr Leben ließen.

»Es ist der Preis, den wir dafür zahlen, Überlebende zu sein«, sagte Data.

Picard blinzelte überrascht und nickte langsam. »Aus dieser Perspektive habe ich es noch nicht gesehen, aber Sie haben recht. Es freut mich sehr, daß Sie bereit sind, diese Aufgabe wahrzunehmen. Sie kennen Darryl Adin weitaus besser als ich, aber ich hätte mich trotzdem auf den Weg gemacht, anstatt die Nachricht einfach zu senden.«

»Die Starfleet-Politik besteht darin, solche Botschaften von jemandem übermitteln zu lassen, der beide Seiten kennt«, meinte Data.

»Aber die Starfleet-Politik hat mit Ihrem Angebot nichts zu tun«, stellte Picard fest.

»Nein, Sir«, bestätigte Data.

»Nun gut. Lassen Sie sich während Ihrer Anwesenheit von jemandem auf der Brücke vertreten.« Als der Androide zur Tür ging, fügte der Captain hinzu: »Da fällt mir ein ...«

Data drehte sich um.

»Auf dem Holodeck brachte ich meine Überzeugung zum Ausdruck, daß Sie den Sinn solcher Abschiedsgrüße verstehen. Aber soweit ich weiß, haben Sie es bisher versäumt, eine derartige Aufzeichnung anzufertigen.«

Data starrte auf den Schreibtisch herab, runzelte die Stirn und richtete seinen Blick dann wieder auf Picard.

»Das stimmt, Sir. Ich werde es sofort nachholen. Bisher erschien mir so etwas nicht ... angemessen.«

»Und das hat sich jetzt geändert?«

»Ja, Sir.«

Picard brummte zufrieden. »Also hatte ich recht, Mr. Data. Sie haben wirklich begriffen, worum es geht.«

Das Buch

»Sagen Sie, der wievielte Abklatsch unsres ›großen Staatsmannes‹ bin ich eigentlich? Der dritte oder der vierte?« Vier anonyme Drahtzieher präsentieren dem Volk einen Diktator, der in Wahrheit nichts anderes ist als ein von ihnen gelenktes Werkzeug. Um nicht etwa durch Attentate oder plötzlich auftretende Launen ihrer menschlichen Marionette in Verlegenheit zu geraten, gründen sie eine Schule, in der entsprechender Ersatz und Nachwuchs gedrillt wird. So kann – vom Volk unbemerkt – ein Diktator gegen den nächsten ausgetauscht werden, sobald er die Erwartungen seiner Hintermänner nicht mehr erfüllt. Unter den »Austauschdiktatoren« befindet sich allerdings ein getarnter Freiheitskämpfer. Eines Tages ist die Reihe an ihm, den Posten des Führers zu übernehmen ... Eine noch immer beängstigend aktuelle »Parabel von den Managern der Macht« (George Salmony). Das Stück wurde 1957 unter der Regie Hans Schweikarts in den Münchner Kammerspielen uraufgeführt.

Der Autor

Erich Kästner, geboren am 23. Februar 1899 in Dresden, studierte nach dem Ersten Weltkrieg Germanistik, Geschichte und Philosophie. 1925 Promotion. Anstellung bei der ›Neuen Leipziger Zeitung‹. 1927 Übersiedelung nach Berlin. Neben schriftstellerischer Tätigkeit Theaterkritiker und freier Mitarbeiter bei verschiedenen Zeitungen. Während der Nazizeit Publikationsverbot. Von 1945 bis zu seinem Tode lebte Kästner in München und war dort u.a. Feuilletonchef der ›Neuen Zeitung‹ und Mitarbeiter der Kabarett-Ensembles ›Die Schaubude‹ und ›Die kleine Freiheit‹. Er starb am 29. Juli 1974.

Von Erich Kästner
sind im Deutschen Taschenbuch Verlag erschienen:
Doktor Erich Kästners Lyrische Hausapotheke (11001)
Bei Durchsicht meiner Bücher (11002)
Herz auf Taille (11003)
Lärm im Spiegel (11004)
Ein Mann gibt Auskunft (11005)
Fabian (11006; auch als dtv großdruck 25069)
Gesang zwischen den Stühlen (11007)
Drei Männer im Schnee (11008; auch als dtv großdruck 25048)
Die verschwundene Miniatur (11009; auch als dtv großdruck 25034)
Der kleine Grenzverkehr (11010)
Der tägliche Kram (11011)
Die kleine Freiheit (11012)
Kurz und bündig (11013)
Die dreizehn Monate (11014)
Notabene 45 (11016)